Friesenschädel

Harald Jacobsen wurde 1960 in Langenhorn im schönen Nordfriesland geboren. Er lebt heute mit seiner Frau in Hohenwestedt, besucht aber regelmäßig die Nordseeküste und verbringt dort Zeit mit seiner Familie. Jacobsens Krimis spielen alle in Schleswig-Holstein, und so lag es nahe, endlich auch seine eigentliche Heimatstadt Bredstedt als Handlungsort zu wählen.

HARALD JACOBSEN

Friesenschädel

KÜSTEN KRIMI

emons:

Bibliografische Information der Deutschen Nationalbibliothek
Die Deutsche Nationalbibliothek verzeichnet diese Publikation in der Deutschen Nationalbibliografie; detaillierte bibliografische Daten sind im Internet über http://dnb.d-nb.de abrufbar.

Umschlagmotiv: © Heinz Wohner/LOOK-foto
Umschlaggestaltung: Tobias Doetsch
Gestaltung Innenteil: César Satz & Grafik GmbH, Köln
Lektorat: Christine Derrer
Druck und Bindung: CPI – Clausen & Bosse, Leck
Printed in Germany 2014
ISBN 978-3-95451-359-8
Küsten Krimi
Originalausgabe

Dieser Roman wurde vermittelt durch die Literaturagentur
Schmidt & Abrahams GbR, Speyer.

Rüm Hart, klaar Kimming. – Weites Herz, klarer Horizont.

Nordfriesischer Leitspruch

PROLOG

Das Wasser verdampfte und stieg in weißen Wolken in die Nacht auf. Während die Hitze Fleisch und Sehnen des Toten verzehrte, wanderte der Wasserstrahl immer näher. Schließlich traf er mit voller Wucht den vom Fleisch befreiten Schädel und trennte ihn vom restlichen Skelett ab.

»So'n Schiet!«

Der Feuerwehrmann im Korb an der Spitze der Drehleiter bemerkte das Malheur und stieß einen erschrockenen Ruf aus. Gleichzeitig verriss er den Schlauch und weckte dadurch die Aufmerksamkeit des Oberbrandmeisters.

»Was ist denn los, Dirk?«, fragte der.

Für Ole Förster war es der erste echte Einsatz als neuer Wehrführer der Bredstedter Freiwilligen Feuerwehr. Seine Wahl war durch die Streitereien der beiden großen Familienclans ermöglicht worden. Die Mommsens wollten keinen aus der Sippe der Boysens an der Spitze der Feuerwehr sehen, und umgekehrt galt es genauso.

»Da ist einer drin«, antwortete Dirk Mommsen.

Sofort eilte der Wehrführer die Stufen hinauf und drückte sich neben Mommsen in den Gitterkorb.

»Wo denn?«, fragte Förster.

Mit leicht zittriger Hand deutete der junge Mommsen auf das nur undeutlich erkennbare Skelett. Ole Förster starrte angestrengt durch Rauch und Wasserdampf in die Scheune. Sie waren seit zwei Stunden am Einsatzort und bekamen das verdammte Feuer einfach nicht aus. Förster schaute durch das nahezu völlig zerstörte Dach ins Innere und erkannte zwei Dinge. Mommsen sagte leider die Wahrheit. Die Reste eines menschlichen Körpers befanden sich in der Scheune. Aber da war noch etwas. Förster bemerkte große Stapel einer getrockneten Substanz, die das Feuer bestens nährten.

»Verdori! Was ist das für ein Zeug?«, fragte er.

Dirk Mommsen verstand ihn zuerst nicht, doch dann folgte er dem Blick seines Wehrführers und schob die Atemmaske ein

Stück in die Höhe. Förster wollte erschrocken dem Kameraden die Maske wieder richtig aufsetzen, als dieser ihn mit einer herrischen Handbewegung abhielt.

»Nimm mal eine Nase, Ole«, rief er.

Jetzt verstand Förster und schob seinerseits kurz die Atemmaske in die Höhe. Der beißende Rauch trug eine merkwürdige Note in sich, und auf einmal erkannte er, was für Material in der Scheune lagerte.

»Schiet! Dieser Dösbaddel hat Schiet gelagert.«

EINS

Kaum erreichte Oberkommissar Fokke Mommsen die ersten Marschgebiete, stieg wie immer das wohlige Gefühl von Heimat in ihm auf. Eine Stunde später rollte sein Leihwagen hinter dem Landgasthof seiner Schwester in Bredstedt aus. Der »Pesel« war das beste Haus am Platz und verfügte neben dem Schankraum auch über sechs Gästezimmer. Meistens waren sie durch Außendienstmitarbeiter diverser Unternehmen belegt, die die gute Küche und die günstigen Zimmer von Wiebke Mommsen schätzen gelernt hatten.

»Moin, Fokke. Schnauze voll von Lübeck?«

Es war die Standardfrage von Fliesenleger Fiete Heinzen, der wie üblich mit gerötetem Gesicht am Tresen hockte und seinen Alkoholspiegel auf ein für ihn erträgliches Niveau brachte.

»Moin, Fiete. Nur ein Kurzbesuch«, antwortete Fokke.

Er schaute auf das Schlüsselbord hinter dem Tresen und nahm zufrieden den Schlüssel für Zimmer 4 vom Haken. Das war sein Lieblingszimmer, da es auf den Marktplatz hinausging. So war die Entwöhnung für den Stadtmenschen Fokke Mommsen nicht gar zu groß. Er stellte seine Reisetasche im Zimmer ab, zog die Gardine zur Seite und öffnete das Fenster. Autohupen und leises Stimmengewirr drangen in den Raum, was Fokke mit einem zufriedenen Nicken quittierte. Dann stieg er die Treppe hinunter in den Gastraum.

»Moin«, grüßte er fröhlich.

Seine drei Jahre ältere Schwester stand hinter dem Schankhahn und füllte eifrig Biergläser für die durstigen Gäste. Beim Ausruf ihres Bruders zuckte Wiebke Mommsen leicht zusammen.

»Moin, du Städter. Jagt man in Lübeck den Menschen immer einen solchen Schreck ein?«, schimpfte sie.

Fokke grinste ungeniert und umarmte seine Schwester, die es sich nicht nur gefallen ließ, sondern gleichzeitig kritisch seinen Haarschnitt musterte.

»In der Großstadt kommt der Hippielook wohl wieder in Mode«, murrte Wiebke.

»Nein, aber in Bredstedt macht der Friseurbesuch mehr Spaß«, sagte Fokke.

In den dunkelblauen Augen von Wiebke stieg Unmut auf. Es gab zwei Friseurgeschäfte in Bredstedt. Eines wurde vom fast siebzig Jahre alten Heinrich Bahnsen betrieben, und das andere stand unter der Leitung von Celia Boysen. Da ihr jüngerer Bruder schon früher nie gern zu Bahnsen gegangen war, blieb demnach nur Celias Salon.

»Da läuft doch was zwischen euch«, sagte sie.

Fokke schaute Wiebke an.

»Wen meinst du denn, liebes Schwesterherz?«, fragte er scheinheilig.

»Das blonde Gift aus der Bergstraße natürlich«, sagte Wiebke.

Fokke war mit seinem Erfolg zufrieden. Es war einfach, seine ältere Schwester aufs Glatteis zu führen. Er freute sich darauf, drei Tage in Wiebkes Gasthaus zu nächtigen und ihre gute Küche genießen zu dürfen.

»Reingefallen«, lachte er.

Das Blau in Wiebke Mommsens Augen wurde noch dunkler, woraufhin Fokke blitzschnell das Tablett mit den gefüllten Biergläsern schnappte und zwei Schritte zurückwich. Keine Sekunde zu früh, wie das nasse Tuch in Wiebkes Hand bewies.

»Sieh bloß zu und bring den Gästen das Bier, du Frechdachs«, rief sie.

Die Geschwister grinsten sich an und schon eilte Fokke hinaus zu den Tischen vor dem Gasthaus. Alle Plätze waren besetzt, doch anhand des kleinen Zeichens am Tropfenfänger der Gläser konnte Fokke die Biere korrekt verteilen.

»Moin, Fokke. Urlaub oder Arbeit?«, fragte einer.

Verblüfft schüttelte Fokke den Kopf. Er kam nur privat in seine Heimatstadt, und das wusste eigentlich auch jeder, weshalb ihn die Frage des Elektroinstallateurs irritierte.

»Privat natürlich. Wie kommst du darauf, dass ich dienstlich hier bin?«, fragte er Hartmann.

Der hagere Mann deutete mit dem Daumen auf einen Streifenwagen, der just in diesem Augenblick über den Marktplatz in ihre Richtung rollte.

»Hab es grade erfahren. Die Sheriffs haben Dirk festgenommen. Wegen Hauke Boysen«, antwortete Hartmann.

Fokke verstand kein Wort, und das war offenbar an seinem Gesichtsausdruck ablesbar. Guido Hartmann stutzte und erkannte dann seinen Fehler.

»So'n Schiet. Du hast keinen Schimmer, oder?«, fragte er.

»Nö. Was ist Hauke denn jetzt schon wieder passiert, und wieso hat man Dirk festgenommen?«, wollte Fokke wissen.

Guido Hartmann fasste sich kurz und erzählte vom Feuer auf dem Bauernhof von Hauke Boysen und von dem grausigen Fund, den die Feuerwehrleute in der Scheune gemacht hatten.

Fokke war geschockt über das, was er von Hartmann soeben erfahren hatte. Gleichzeitig sorgte er sich um seinen Cousin Dirk. Sein Blick erfasste Ulf und Heiner Boysen, die sich beim Verlassen des Fahrzeugs ihre Schirmmützen aufsetzten. Fokke ließ die beiden Polizisten kaum aus dem Streifenwagen aussteigen.

»Stimmt das, Ulf? Hast du wirklich Dirk festgenommen, weil er angeblich Hauke umgebracht haben soll?«

Polizeihauptmeister Ulf Boysen schaute den kräftig gebauten Fokke mit einem distanzierten Blick an. »Ja, aber das geht dich nichts an. Wir wollen mit Wiebke sprechen, um einige Angaben von Dirk zu überprüfen.«

Diese dämliche Fehde zwischen den Familienclans der Boysens und Mommsens war der Hauptgrund, warum Fokke nicht mehr in Bredstedt lebte. Weder seine Eltern noch einer der vielen Verwandten hatte ihm jemals den Auslöser dafür benennen können. Das hielt aber niemanden davon ab, an dieser Fehde festzuhalten. Normalerweise hielt Fokke sich tunlichst aus diesen Auseinandersetzungen heraus, aber angesichts der Festnahme seines Cousins konnte er das momentan nicht tun.

Fokke Mommsen unterdrückte den Impuls, Ulf Boysen an den Kragen zu gehen. Stattdessen folgte er ihm und Heiner Boysen in den Schankraum, wo seine Schwester immer noch hinter dem Tresen stand und die Getränke der Gäste vorbereitete.

»Na, Mittagspause bei der Polizei?«, rief sie vergnügt.

Es war offenkundig, dass Fokkes Schwester ebenfalls noch nicht im Bilde war. Dank ihres cleveren Verhaltens war das Gasthaus so etwas wie neutrales Gebiet geworden, wo sich die Mommsens und Boysens relativ friedlich trafen. Als Wiebke die düsteren Mienen der Männer bemerkte, trocknete sie sich die Hände ab und kam um den Tresen herum.

Fietes Augen funkelten im geröteten Gesicht. Fiete Heinzen war kein Freund der örtlichen Polizei. Die Ordnungshüter hatten dem Fliesenleger schon zweimal den Führerschein abgenommen, weil er betrunken mit dem Auto unterwegs gewesen war.

»Dirk ist verhaftet worden«, sagte Fokke knapp.

»Stimmt das?«, fragte Wiebke ungläubig.

Während Fokke stumm nickte, setzte Ulf Boysen eine dienstliche Miene auf oder was er dafür hielt.

»Wir wissen doch alle, dass Dirk und Hauke seit der Grundschule im Streit lagen. Jetzt ist Hauke eben zu weit gegangen, und Dirk hat die Kontrolle verloren«, sagte er.

Obwohl er sich sehr anstrengte, konnte der Polizeihauptmeister sein Unwohlsein nicht völlig verbergen. Wiebke trat dicht vor ihn und starrte Ulf Boysen drohend an.

»Sag mir, dass das ein dummer Scherz sein soll.«

Ihre Stimme war gefährlich leise geworden, sodass Fokke eilig neben seine Schwester trat und ihr besänftigend die Hand auf die Schulter legte.

»Nein, Wiebke. Erst vorgestern hat es einen schweren Streit zwischen Dirk und Hauke gegeben. Es gab Ärger wegen des Knicks zwischen den Feldern. Vermutlich ging das Ganze gestern weiter und ist dann eskaliert. Wir haben Zeugenaussagen, die es belegen«, antwortete Heiner Boysen.

Die in anderen Regionen Deutschlands auch als Wallhecken bezeichneten Baum- und Strauchhecken begrenzten die Felder und dienten vielen Tieren als natürlicher Lebensraum. Zwischen den Landwirten der beiden Clans brach regelmäßig Streit über die Pflege der Knicks aus, die zum Teil auch handgreiflich ausgetragen wurden. Heiner und Ulf hatten deswegen öfter dienstlich einschreiten müssen.

Heiner genoss die Situation sichtlich und zeigte sich gewohnt schadenfreudig.

»Ihr habt hoffentlich mehr als nur diese wenigen Indizien, Boysen«, sagte Fokke Mommsen.

Für einige Sekunden lang starrten die beiden Männer sich feindselig an. Im Gegensatz zu seinem älteren Bruder Ulf ging Heiner Boysen in der Fehde voll auf. Da er generell schnell die Nerven verlor, würde er es wohl nicht weiter als bis zum Obermeister bringen. Ulf war der Klügere von beiden und behielt seinen kleinen Bruder stets im Blick.

»Das hier ist nicht dein Revier, Mommsen! Halt dich da raus, oder es geht eine Beschwerde an deine Dienststelle«, warnte Heiner Boysen.

Jetzt war es Wiebke, die ihren Bruder zur Vernunft anhielt. Ihr mahnender Blick reichte aus, damit Fokke keinen zweiten Schritt auf Heiner Boysen zumachte. Die beiden Geschwisterpaare starrten sich finster an.

Fokke konnte nicht glauben, dass er wirklich in der guten Stube seiner Tante Anne saß und mit den Familienangehörigen über Dirks Verhaftung sprach. Er hatte sich geschworen, nie wieder ein Teil dieser vermaledeiten Fehde zu werden.

»Es ist völlig klar, warum Dirk verhaftet wurde. Weil die Boysens einen Sündenbock benötigen, und da kommt natürlich nur ein Mitglied unserer Familie in Betracht«, schimpfte Karl-Heinz Mommsen.

Der stämmige Metzgermeister kippte seinen vierten oder fünften Doppelkorn hinunter und scherte sich nicht um seinen zu hohen Blutdruck. Seine Tirade wurde von vierzehn Köpfen durch eifriges Nicken untermalt. Nur Wiebke und Fokke hielten sich zurück.

»Was sagst du denn dazu, Kommissar?«, fragte Anne Mommsen.

Die Ehefrau von Stefan Mommsen war die Sprecherin des Clans. Ihr Mann war der größte Windanlagenbauer im Kreis, und allein dadurch erhielt Annes Stimme reichlich Gewicht. Ihre braunen Augen musterten Fokke mit kaum verhohlener Skepsis. Sie traute ihm nicht sonderlich, da er sich seit Jahren aus den Familienangelegenheiten heraushielt.

»Die Indizien reichen kaum für eine längere Inhaftierung aus.

Wir sollten einen Rechtsanwalt einschalten, und damit wäre die Angelegenheit vermutlich schon erledigt«, antwortete Fokke.

Es war seine ehrliche Überzeugung, doch die Mienen um ihn herum verdüsterten sich. Sogar Wiebke winkte schnaubend ab.

»Vergiss es, Fokke! Hast du schon vergessen, wer die leitende Kriminalrätin in Husum ist?«, fragte Anne.

Das hatte er in der Tat. Doch die Ermahnung seiner Tante genügte völlig, um Fokke daran zu erinnern. Heidemarie Boysen war eine glänzende Juristin und eine extrem ehrgeizige Polizeibeamtin. Sie war eine Nachzüglerin und kam erst acht Jahre nach ihrem älteren Bruder zur Welt. In der Schule und in ihrer Freizeit wurde Heidemarie oft zum Lieblingsopfer der überwiegend älteren Kinder aus dem Mommsenclan. Sie hasste die Mommsens mit großer Inbrunst und würde nichts unversucht lassen, Dirk als Schuldigen aufzubauen. Auch Fokke war an dieser Situation nicht ganz unschuldig. Heidemarie und er waren in Husum auf das gleiche Gymnasium gegangen. Die ein Jahr jüngere Heidemarie Boysen verliebte sich in Fokke und wollte mit ihm zum Abschlussball gehen. Er hatte jedoch längst seine Wahl getroffen, und es war nun einmal nicht Heidemarie gewesen. Sein damaliger bester Freund hatte dafür gesorgt, dass es bald die ganze Schule wusste, und so für eine große Demütigung der jungen Frau gesorgt.

»Stimmt, das hatte ich vergessen«, murmelte er.

Fokke wollte nicht in die Sache hineingezogen werden. Es wäre sicherlich das Beste, wenn er gleich in aller Herrgottsfrühe zurück nach Lübeck fuhr. Er durfte ohne Erlaubnis seiner Husumer Kollegen sowieso nicht tätig werden.

»Ich habe leider keine Befugnisse in Bredstedt, Anne«, sagte Fokke. Es war ein halbherziger Versuch, auf Einsicht bei seinen Familienangehörigen zu setzen. Das ärgerliche Gemurmel zeigte jedoch, wie aussichtslos sein Versuch war.

»De Jung will utbüxen«, sagte Karl-Heinz.

Die Schnäpse in Verbindung mit dem Bier hatten den Metzgermeister in die niederdeutsche Sprache wechseln lassen. Obwohl viele der jüngeren Einwohner Bredstedts sie nur selten sprachen, verfielen ihre älteren Verwandten regelmäßig in die Heimatsprache. Besonders wenn sie aufgeregt waren, so wie Karl-Heinz in diesem Augenblick.

»Ich will überhaupt nicht abhauen«, protestierte Fokke.

Es ging nicht nur um seine Ehre, sondern auch um Wiebkes Ansehen. Seine ältere Schwester hatte es schwer genug, und Fokke wollte sie nicht durch sein eigensinniges Handeln zusätzlich belasten. Fokke spürte förmlich, wie ihn die unsichtbaren Fäden der Fehde umfingen. Er brauchte Zeit zum Nachdenken und um eine elegante Lösung zu finden.

»Ich werde mich gleich morgen mit der Dienststelle in Lübeck in Verbindung setzen. Auf diesem Umweg erhalte ich vielleicht Einblick in die Ermittlungsakte der Husumer Kollegen«, versprach er.

Fokke würde einen Kollegen bitten, über das Intranet der Landespolizei etwas herauszufinden. Ganz legal war es nicht, aber der schnellste Weg, um an Informationen zu kommen.

Das löste ein zustimmendes Gemurmel aus. Anne Mommsen schaute zufrieden drein.

»Sehr gut, Fokke. Ich werde unseren Rechtsanwalt beauftragen, dann greifen wir von zwei Seiten an«, sagte sie.

Das entsprach Fokkes Vorstellung, der auf ein schnelles Ende dieser unglückseligen Geschichte setzte. Dirk Mommsen war ein liebenswerter Einfaltspinsel, der nicht mit übergroßer Intelligenz gesegnet war.

»Wir müssten an die Unterlagen von Dr. Karstensen kommen. Er hat doch die erste Leichenschau vorgenommen, oder?«, sagte Fokke.

Eine hitzige Debatte entbrannte, auf welchen verschlungenen Wegen diese Informationen von Dr. Karstensen beschafft werden konnten. Eigentlich kamen solche illegalen Methoden für einen Oberkommissar nicht in Frage. Aber der offizielle Weg stand Fokke nicht zur Verfügung, also musste er wohl oder übel alle Proteste hinunterschlucken.

»Du bekommst den Bericht, Fokke. Sonst noch was?«, fragte Anne.

Obwohl es ihm zuwider war, musste Fokke das Netzwerk der Familie um Unterstützung bitten.

»Es muss ein Brandsachverständiger auf Haukes Hof gewesen sein und für die Kripo einen Bericht erstellt haben. Diesen Bericht brauche ich ebenfalls«, sagte er.

Karl-Heinz meldete sich mit einem gewaltigen Rülpser zu Wort. Gute Manieren zählten nicht zu seinen Stärken.

»Das übernehme ich. Es gibt nur zwei Sachverständige im Kreis, und beide gehören zu meinen Spezialkunden.«

Spezialkunden? Fokke wollte lieber nicht wissen, was sein Onkel damit meinte.

Kurz vor Mitternacht löste sich die Versammlung auf.

Wiebke und Fokke verließen den Bredstedter Koog, wo sich der moderne Hof ihres Onkels Stefan Mommsen befand.

»Willst du das wirklich machen, Fokke?«, fragte Wiebke.

Die ersten Minuten war das Geschwisterpaar schweigend über die dunkle Landstraße gefahren. Offenbar machte Wiebke sich Sorgen um ihren kleinen Bruder.

»Nö, eigentlich nicht. Anscheinend geht es aber nicht anders. Wat mott, dat mott«, antwortete Fokke mit einem schiefen Grinsen.

»Was sagt dein beruflicher Instinkt? War es Mord oder doch nur ein scheußlicher Unfall?«, fragte Wiebke.

Fokke hätte sich gewünscht, dass ihm die Antwort erspart geblieben wäre. Aber Wiebke würde nicht lockerlassen, also antwortete er ihr ganz offen.

»Hauke hatte den roden Hahn zu Gast«, sagte er.

»Du glaubst also auch, dass es Brandstiftung war. Fragt sich nur, ob Hauke es selbst getan hat oder ihm jemand die Scheune angezündet hat«, sagte Wiebke.

Darauf würde Fokke erst eine Antwort geben, wenn er mehr darüber in Erfahrung gebracht hatte. Hauke Boysen war es zuzutrauen, dass er einen Versicherungsbetrug versucht hatte und dabei kläglich gescheitert war. Genauso gut konnte Fokke sich vorstellen, dass der unselige Landwirt das Feuer bemerkt und einen dummen Löschversuch gewagt hatte. Im zweiten Fall wäre es definitiv eine Angelegenheit für die Kripo, und Fokke hatte das ungute Gefühl, dass es sich genau so verhielt.

Fokke ging neugierig hinunter in den Gastraum, jemand erwartete ihn. Wie üblich hatten sich auch an diesem verregneten Vormittag einige Stammgäste im »Pesel« eingefunden. Sehr schnell entdeckte Fokke, wer der Besucher sein musste.

»Fokke Mommsen. Sie haben nach mir gefragt?«, stellte er sich vor.

Der hochgewachsene Mann mit schütteren braunen Haaren schaute auf und nickte dann. »Finn Hansen. Karl-Heinz hat mir gesagt, dass Sie sich für das Feuer auf dem Hof von Hauke Boysen interessieren.«

Mit einem überraschten Seitenblick zu seiner Schwester setzte Fokke sich an den Tisch zum Brandgutachter. Offenbar war dieser Spezialkunde sehr erpicht darauf, bei Karl-Heinz Mommsen nicht in Ungnade zu fallen. Fokke nahm sich vor, demnächst mehr über diesen besonderen Service seines Onkels in Erfahrung zu bringen.

»Ja, das stimmt. Können Sie mir verraten, wodurch das Feuer ausgelöst wurde? War es vielleicht eine defekte elektrische Leitung?«, fragte er.

Der Gutachter beugte sich verschwörerisch zu Fokke hinüber. Nach einem prüfenden Blick auf die anderen Gäste, die jedoch allesamt keine Notiz von ihrem Gespräch nahmen, begann er zu erzählen.

»Einen Moment bitte. *Was* lagerte in der Scheune?«, unterbrach Fokke. Er nahm an, dass er sich verhört hatte.

»Tonnenweise getrockneter Kot von Schafen. Glauben Sie mir, Herr Mommsen. Der Geruch war ekelerregend«, antwortete Finn Hansen.

Hauke Boysen hatte Schafscheiße in seiner Scheune gehortet? Fokke konnte kaum fassen, was er hier zu hören bekam.

»Aber der Ausbruch des Feuers war kein Unfall? Da gibt es für Sie keinerlei Zweifel?«, hakte er nach.

»Das Feuer ist an drei unterschiedlichen Stellen in der Scheune gleichzeitig ausgebrochen. Allein dieser Umstand lässt keinen anderen Rückschluss als Brandstiftung zu. Außerdem habe ich diese Reste in der Scheune entdeckt. Können Sie erkennen, was es ist?«, fragte Hansen.

Er schob Fokke sein Smartphone hin und deutete auf eine

Fotografie, die eine unförmige Substanz zeigte. Fokke hatte zwar im Laufe seiner beruflichen Karriere eine Menge seltsamer Dinge sehen müssen, doch hiermit war er überfordert.

»Nein? Das sind Wachsreste, Herr Mommsen. Der Brandstifter hat das Feuer mit Kerzen entfacht«, erklärte Hansen.

Für Fokke wurde der Fall immer bizarrer. Welcher Feuerteufel hantierte in der heutigen Zeit noch mit Kerzen?

»Dann haben wir es also mit einem völligen Anfänger zu tun?«, fragte er.

Zu seiner Verwunderung wiegte Finn Hansen skeptisch den Kopf. »Könnte man annehmen. Auf der anderen Seite hinterlassen komplizierte Brandsätze immer auch eindeutige Hinweise auf ihre Erbauer. So gesehen stellen Wachskerzen eine clevere Alternative dar.«

Mehr konnte Hansen Fokke nicht erzählen. Er verabschiedete und freute sich, dass Fokke kein Geld für den getrunkenen Kaffee haben wollte. Kaum war Hansen durch die Tür auf den Marktplatz verschwunden, kam Wiebke an den Tisch.

»Und? Was hat er gesagt?«, fragte sie.

Fokke erzählte es seiner Schwester, die daraufhin seltsam still wurde.

»Was ist denn?«, fragte er alarmiert.

Wiebke druckste ein wenig herum, bevor sie mit der Sprache herausrückte. »Dirk war als Teenager ein kleiner Pyromane. Er hat unter anderem den Kaninchenstall von Onkel Erich in Flammen aufgehen lassen. Zum Glück war der Stall damals nicht in Gebrauch.«

Seine riesige Familie war Fokke schon immer ein wenig unheimlich vorgekommen. Jetzt gehörte auch noch ein Pyromane dazu.

»Das dürfte den Kollegen auch bekannt sein, Wiebke. So etwas entlastet Dirk nicht«, sagte er.

Bislang erwies sich diese heimliche Ermittlung als einziger Reinfall. Fokke musste einsehen, dass er sich Unterstützung bei Profis beschaffen musste. Er kehrte zurück auf sein Zimmer und rief auf der Dienststelle in Lübeck an.

»Ja, aber ohne offizielle Genehmigung«, räumte Fokke ein.

Sein Kollege Lars Brinkmann aus der Marzipanstadt reagierte zögerlich, doch dann sicherte er Fokke seine Unterstützung zu.

»Ich benötige dringend die Ergebnisse aus der Rechtsmedizin. Sobald die Auswertung in Kiel vorliegt, muss ich eine Kopie davon bekommen. Kannst du das für mich organisieren?«, bat Fokke.

Lars versprach es und wollte auch versuchen, einen Blick in die Ermittlungsakte der Husumer Kripo zu werfen. Wie er das Kunststück anstellen wollte, verriet er Fokke allerdings nicht.

Nach dem Telefonat blieb Fokke eine Weile am Fenster stehen und verfolgte das lebhafte Treiben auf dem Marktplatz. Bredstedt wurde nicht umsonst von vielen Touristen sehr geschätzt. Die kleine Stadt hatte ihren eigenen Charme, und der gepflasterte Marktplatz mit den Geschäftszeilen gehörte ohne Frage dazu.

»Heike?«

Eine auffallend hübsche Brünette war aus einem silbernen Mercedes gestiegen und ging über den Platz direkt auf den »Pesel« zu. Erinnerungen tauchten auf, die Fokke weit zurück in seine Vergangenheit trugen. Er war mit Heike fast zwei Jahre zusammen gewesen, und allein ihr Anblick reichte aus, um ihm ein leichtes Flattern in der Magengrube zu verursachen. Mit einem Lächeln ging Fokke hinunter in den Schankraum und kam gerade rechtzeitig, um Wiebkes Begrüßung anzuhören.

»Hast du dich verlaufen, Heike? Normalerweise verkehren Frauen deines Standes doch nicht in schlichten Gasthäusern.«

Die beiden Frauen pflegten eine gegenseitige Ablehnung, die Fokke nur schwer nachvollziehen konnte. Sicherlich hatte Heike ihm damals das Herz gebrochen, aber das konnte schwerlich der Grund für Wiebkes anhaltende Wut sein.

»Der Anlass ist soeben auf der Bildfläche erschienen«, antwortete Heike. Sie lächelte Fokke an, so wie es nur sie konnte. Er verdrängte die aufkommende Freude und versuchte, ein neutrales Gesicht zu wahren.

»Moin, Heike. Du willst zu mir? Wieso?«, fragte er.

Der zufriedene Blick seiner Schwester glitt von Heike zu ihm. Fokke hatte den distanzierten Tonfall besser hinbekommen als befürchtet. Als er jedoch in die dunklen Augen von Heike Fehring schaute, erkannte er Spott darin. Er konnte sie nicht täuschen.

»Gehen wir ein Stück?«, fragte sie.

Als Fokke zustimmend nickte, verdüsterte sich Wiebkes Miene.

»Vergiss nicht, was mit Dirk ist«, raunte sie ihrem Bruder zu.

»Keine Bange, Wiebke. Das vergesse ich sicherlich keine Sekunde lang«, erwiderte er.

Der skeptische Ausdruck in Wiebkes Augen war unübersehbar, doch es kamen keine weiteren Ermahnungen.

Sie lenkten ihre Schritte in Richtung Mühlenteich, ohne lange darüber zu sprechen. Es war unheimlich für Fokke, wie schnell sich die alte Vertrautheit zwischen ihnen aufbaute. Dabei hatte er Heike in den zurückliegenden Jahren nur sporadisch getroffen, wie zum letztjährigen Ringreiten.

»Deine Familie steckt in Schwierigkeiten«, sagte sie.

Für Fokke war es immer noch gewöhnungsbedürftig, dass Heike mittlerweile eine verheiratete Frau und ambitionierte Politikerin war. Seit zwei Jahren bekleidete sie das Amt der Landrätin und genoss sogar bei politischen Gegnern viel Respekt.

»Die Ermittlungen laufen ein wenig einseitig, wenn es dich interessiert. Was einen nicht wundern darf, wenn es wieder einmal mit dieser dämlichen Fehde zwischen Mommsens und Boysens zu tun hat«, antwortete Fokke.

Ein prüfender Seitenblick aus Heikes braunen Augen streifte sein Gesicht, während er den Weg zum Mühlenteich einschlug. Offenbar wollte seine frühere Jugendliebe etwas herausfinden.

»Dann zweifelst du an der Schuld deines Cousins?«, fragte Heike.

Fokke steuerte eine der Bänke an und setzte sich, sodass er auf die Fläche des Teiches sehen konnte. Heike musterte kurz die leidlich saubere Oberfläche der Parkbank und ließ sich schließlich mit einem leisen Seufzen nieder.

»Früher warst du nicht so eitel«, sagte Fokke.

In seinen Gedanken war Heike immer noch der vor Lebenslust sprühende Kobold, mit dem man Pferde stehlen konnte. Sie hatten gemeinsam die Heidelandschaft im Langenhorner Forst erkundet und später sich gegenseitig.

»Damals trug ich keine Designerkleidung und musste noch nicht auf meinen Ruf achten«, erwiderte sie.

Das brachte Fokke zurück auf ihre Frage.

»Es spielt keine Rolle, ob ich an Dirks Unschuld glaube oder nicht. Die Ermittlungen sollten objektiv geführt werden und als Ziel die Ergreifung des wahren Täters haben«, sagte er.

Heike nickte und zupfte dabei nervös am Saum ihres hellen Sommermantels. »Und daran hegst du Zweifel. Nur wegen Heidemarie oder auch wegen deiner Kollegen hier vor Ort?«, wollte sie wissen.

Darüber hatte Fokke sich mehrfach den Kopf zerbrochen. Seine Antwort fiel daher zweigeteilt aus.

»Bei Heidemarie steht die Karriere im Mittelpunkt. Dafür würde sie auf den kleinen Triumph verzichten, den ihr die Festnahme eines Mommsen verschaffen würde. Bei Ulf und Heiner sehe ich allerdings schwarz«, sagte er.

Erneut seufzte Heike und starrte schweigend auf den Teich vor sich. Eine Entenfamilie war gleich bei ihrer Ankunft eilig auf den See hinausgepaddelt, wo sie jetzt enge Kreise schwamm. Während die Entenmutter die Nachkommen im Blick behielt, beäugte der Enterich die Menschen auf der Parkbank misstrauisch.

»Du hast keinerlei Befugnisse in Bredstedt, Fokke. Das ist dir doch klar, oder?«, sagte Heike.

Sie richtete den Blick auf Fokkes Gesicht, der sie stumm anstarrte. Er fragte sich, worauf Heike eigentlich hinauswollte. Langsam ärgerte ihn dieses Gespräch.

»Natürlich weiß ich das, Heike. Bist du nur gekommen, um mir das zu sagen? Spannt Heidemarie dich neuerdings vor ihren Karren?«, fragte er.

Mit einem Ruck erhob sie sich und wandte sich zum Gehen.

»Ich lass mich von niemandem vor seinen Karren spannen, Fokke Mommsen. Auch nicht von dir oder deiner Sippe!«, sagte Heike mit heiserer Stimme und eilte dann mit langen Schritten davon. Fokke schaute ihrer schmalen Gestalt nach, die immer kleiner wurde. Ihr letzter Satz verriet ihm, wer sie in Wahrheit unter Druck gesetzt hatte.

»Das war kein kluger Schachzug, Anne«, murmelte er.

Es war generell ein zweischneidiges Schwert, Menschen mit politischem Einfluss für seine Zwecke einsetzen zu wollen. Diese Erfahrung hatte Fokke während seiner Jahre in Lübeck machen können. Während er sich selbst aus solchen Spielchen heraushielt, versuchten sich seine Vorgesetzten regelmäßig darin. Die Erfolgsquote war eher gering und bewies für Fokke nur, wie gefährlich solche Versuche sein konnten. Fokke zog den direkten Weg vor und verspürte keine Neigung, sich eine Karriere auf politischen Freunden aufzubauen. Seine Tante plagten solche Zweifel nicht, wie er schon in der jüngeren Vergangenheit leidvoll erfahren musste. Anne kannte keine Skrupel, um die besondere Beziehung ihres Neffen zur Landrätin für eigene Zwecke auszunutzen. So hatte sie versucht, bei erforderlichen Genehmigungsverfahren für Windkraftanlagen den politischen Einfluss von Heike Fehring für sich arbeiten zu lassen.

»Anne? Ich bin es, Fokke«, meldete er sich.

Er hatte sein Handy aus der Jacke gezogen und bei seiner Tante im Bredstedter Koog angerufen. Zunächst machte er Anne Vorwürfe, weil sie Heike Fehring eingeschaltet hatte.

»Man darf nichts unversucht lassen«, erwiderte sie lakonisch.

Als Fokke erkannte, wie uneinsichtig seine Tante blieb, wechselte er das Thema: »Wie steht es mit den Unterlagen von Dr. Karstensen?«

Doch trotz intensiver Anstrengungen war es den umtriebigen Familienmitgliedern bisher nicht gelungen, an den Arztbericht zu kommen. Seine Tante versicherte ihm jedoch, dass das im Laufe des Tages passieren würde. Fokke beendete das Gespräch, um anschließend das Diensttelefon seines Kollegen in Lübeck anzuwählen.

Doch Lars konnte ihm ebenfalls noch keine Ergebnisse liefern. »Die Obduktion steht nicht sehr weit oben auf der Dringlichkeitsliste im Rechtsmedizinischen Institut. Ich melde mich, sobald ich mehr weiß.«

Damit waren Fokke vorerst die Hände gebunden. Er hatte nichts, wo er ansetzen konnte. Oder doch? Ein Gedanke setzte sich in seinem Kopf fest, und schließlich strich Fokke sich durch die vollen blonden Haare und grinste.

Da könnte ich glatt zwei Fliegen mit einer Klappe schlagen, dachte er.

Zufrieden marschierte er los. Sein Weg führte Fokke in die Bergstraße, wo ein Stuhl im Friseursalon von Celia Boysen auf ihn wartete.

Der Stuhl wartete nicht wirklich, denn eine ältere Dame hatte ihn mit Beschlag belegt. Als Celia ihn entdeckte, winkte sie Fokke herein. Er hatte vor dem großen Schaufenster gestanden und gezögert. Doch als er das einladende Lächeln im Gesicht der Friseurmeisterin sah, legte Fokke seine Zweifel ab.

»Moin, Celia. Meine Haare bräuchten den professionellen Einfluss deiner Hände, aber der wird wohl woanders genauso dringend benötigt«, grüßte er.

Er nickte der Frau zu, die unter der Trockenhaube saß und ihn neugierig über den Rand einer Frauenzeitschrift musterte. Sie erwiderte den Gruß mit einem zögerlichen Nicken.

»Marga Andresen hat Klassentreffen, und da will sie natürlich besonders gut aussehen«, sagte Celia.

Sie setzte Fokke auf einen Stuhl in der Warteecke. Auf dem Tisch daneben lag ein Sammelsurium an Zeitschriften, die Celia für ihre Kunden monatlich mietete.

»Es dauert nur noch zehn Minuten, Fokke. Dann bist du an der Reihe«, versprach die Friseurin.

Sie stellte ein Glas Latte macchiato vor ihm ab und strich sanft mit den Fingerspitzen durch sein Haar. Es konnte leicht als Begutachtung einer Friseurin durchgehen, doch bei Fokke löste es völlig andere Assoziationen aus. Während die gut gebaute Blondine sich wieder ihrer Kundin zuwandte, gönnte er sich einen gedanklichen Ausflug in die Vergangenheit. Vor drei Jahren war er ausnahmsweise auf Wiebkes Bitte eingegangen und hatte seine Schwester zum Feuerwehrball begleitet. Das traditionelle Sauffest der Freiwilligen Feuerwehr artete in erwarteter Weise aus, und dummerweise hielt Fokke gut mit.

»Schön, dich auch mal wieder hier anzutreffen«, hatte Celia gesagt.

Zuerst hatte Fokke Celia gar nicht erkannt. Die angehende

Friseurmeisterin änderte ihre Haarfarbe regelmäßig und passte dazu ihren Kleidungsstil an. Damals waren Extensions gerade sehr angesagt, weshalb Celia sich in eine langmähnige Blondine verwandelt hatte. Für Fokke war sie an dem Abend die Frau mit der größten erotischen Ausstrahlung, was allerdings auch an den vielen Gläsern »Kalte Ente« gelegen haben mochte. Jedenfalls tanzten sie unter den missbilligenden Blicken der anderen Clanmitglieder miteinander, und da Celia ihm eindeutige Avancen machte, verließen sie auch gemeinsam das Fest. Zu seiner Überraschung verstand sich Celia nicht nur auf erstklassigen Sex, sondern auch auf angenehme Gespräche danach. Seitdem schätzte er Celia mehr, als es seiner Schwester lieb war.

»Träumst du?«, fragte eine Stimme.

Mühsam löste Fokke sich aus den angenehmen Erinnerungen und schaute auf das verschmitzte Grinsen Celias.

»Ja, allerdings. Ich musste gerade an den Feuerwehrball denken«, antwortete er.

Sie hatte ihn überrumpelt, ansonsten hätte Fokke es ihr nicht erzählt. Das Leuchten in ihren Augen gefiel ihm trotzdem, und er folgte Celia zum leeren Stuhl. Fokke hatte nicht einmal mitbekommen, wie Marga Andresen den Salon verlassen hatte.

»Das mit Dirk tut mir leid«, sagte sie später.

Fokke hatte bislang kein Wort über die unschöne Angelegenheit verloren, nur einfach den Friseurbesuch genossen. Er nahm Celias Duft wahr und die leichten Berührungen ihres Körpers, wenn sie sich über ihn beugte und seine Haare schnitt.

»Und mir tut es wegen Hauke leid. Kamt ihr gut miteinander aus?«, erwiderte er.

Sie erzählte ganz ungeniert über die vielen erfolglosen Versuche ihres Verwandten, mit irgendeiner verrückten Geschäftsidee doch noch wirtschaftlichen Erfolg zu haben.

»Hätten die Erträge aus dem Bauernhof nicht gereicht?«, fragte Fokke.

»Nicht, wenn man so wenig Talent als Landwirt mitbringt. Hauke war ein Träumer und Fantast. Außerdem ließ er sich zu gern auf Streitereien ein und hatte leider den Dickkopf der Familie Boysen geerbt«, antwortete Celia.

Sie stand hinter dem Stuhl und betrachtete kritisch ihr bisheriges Werk. Fokke fand daran nichts auszusetzen, aber er schwieg, um das Gespräch am Laufen zu halten.

»Ja, ich weiß. Er und Dirk scheinen sich auch öfter gestritten zu haben«, sagte er.

Davon konnte Celia mehr erzählen, da Hauke ihr beim Haareschneiden ausführlich sein Leid geklagt hatte.

»Ja, auch seine neueste Idee hatte wohl zu einem Streit geführt. Leider habe ich nicht so genau zugehört. Hauke hat sich deswegen schon diesen großen Schlepper gekauft«, sagte sie.

Dann hing der Kauf des Schleppers also mit den Grenzstreitigkeiten zwischen Hauke und Dirk zusammen. Damit baute sich leider ein mögliches Motiv für Dirk auf.

»Woher hatte Hauke das Geld für den Schlepper, wenn es ihm wirtschaftlich so schlecht ging?«, hakte Fokke nach.

Celia zuckte mit den Schultern und holte einen Spiegel, damit Fokke den Haarschnitt in seinem Nacken begutachten konnte.

»Soviel ich weiß, hat er eine größere Anzahlung geleistet. Sonst hätte Pörksen ihm sicherlich nichts verkauft«, antwortete sie.

Hauke war also auf einmal zu Geld gekommen. Wie und von wem? Der Besuch bei Celia hatte Fokke einen guten Haarschnitt eingebracht, doch die gewonnenen Informationen entlasteten Dirk nicht. Vielmehr warfen sie weitere Fragen auf.

ZWEI

Das zweite Treffen mit Anne Mommsen fand im Esszimmer von Wiebke statt. Wiebke schätzte ihre eigenen Räumlichkeiten sehr, denn sie waren ihr Rückzugsort. Hierher konnte kein Gast kommen. Sie hatte eine Flasche Wein für sich und Anne aufgemacht, während Fokke zufrieden seinen Grog trank.

»Hauke sammelte also getrocknete Scheiße in der Scheune? Der Bursche hatte wohl einen ordentlichen Deichbruch im Hirn«, sagte Anne.

»Schaapschiet, falls du es genau wissen möchtest«, meinte Fokke trocken.

Seine Tante runzelte verärgert die Stirn. »Trink nicht so viel Grog oder ändere die Mischung der Zutaten«, schimpfte sie.

Fokke schnaubte entrüstet. »Das war kein Scherz, verehrte Tante. Hauke hat tatsächlich mehrere Tonnen Schafscheiße in getrockneter Form gelagert. Beim Grog kennst du doch die eiserne Regel, oder?«

»Ja, ja. Rum mutt, Zucker kann, Water brukt nich«, antwortete Anne.

Während Wiebke die Gläser mit Wein nachfüllte, stellte sie die entscheidende Frage: »Was kann man mit getrockneter Schafscheiße anfangen?«

Fokke zuckte ratlos mit den Schultern.

»Es gibt Hobbygärtner, die schwören darauf. Der Dung soll ein hervorragender Rasendünger sein«, sagte Anne.

»Und? Sind es so viele, dass sich der Verkauf lohnt?«, fragte Fokke.

Tatsächlich war es eine kleine Minderheit, die sich mit diesem speziellen Dünger im Garten beschäftigte.

»Was wollte Hauke also damit, wenn es kein Geld damit zu verdienen gab?«, wollte Wiebke wissen.

Das war die Kernfrage, die sie trotz ausgiebiger Diskussion nicht beantworten konnten.

»Dann kommen wir zu der Geschichte mit der Anzahlung für

den Schlepper. Woher soll Hauke das Geld gehabt haben? Mit dem Verkauf seines Naturdüngers hat er es kaum erwirtschaftet«, wechselte Anne das Thema.

»Vermutlich hat er sich die Summe bei der lieben Verwandtschaft zusammengeliehen«, sagte Wiebke.

Fokke schüttelte den Kopf. Er hatte Informationen aus erster Hand, die anders lauteten. Seine Tante schaute ihn überrascht an, als er diese Möglichkeit kurzerhand vom Tisch wischte.

»Woher willst du das so genau wissen?«, staunte sie.

»Weil mein lieber Bruder das blonde Gift in der Bergstraße aufgesucht hat«, antwortete Wiebke.

Anne musterte den Haarschnitt ihres Neffen mit fachkundigem Blick. »Als Friseurin taugt Celia was. Kannst du ihr vertrauen?«, fragte sie.

»Ja, kann ich. Hauke hat das Geld nicht von seiner Familie erhalten«, sagte Fokke.

Er schaute seine Schwester warnend an, die mit viel Mühe eine scharfe Erwiderung hinunterschluckte.

Die drei entwickelten immer abwegigere Theorien, wie Hauke Boysen an das Geld gekommen sein konnte.

»Es reicht, Leute. So kommen wir nicht weiter. Neues Thema. Welchen Streit haben Dirk und Hauke miteinander ausgefochten?«, wollte Fokke wissen.

Die beiden Frauen tauschten einen Blick, bevor Anne antwortete. »Ach, immer die alte Leier. Hauke war doch schon seit der Grundschule eifersüchtig auf Dirk. Du weißt schon. Wegen des Gedichtwettbewerbs, bei dem die Lehrerin angeblich Dirk bevorteilt hat.«

Der dritte Grog hatte seine Spuren in Fokkes Gehirntätigkeit hinterlassen, weshalb er nicht sofort reagierte. Doch dann wurde er wütend. »Das ist doch Unsinn, Anne! Was war wirklich los?«

Es folgte ein weiterer Blickwechsel der beiden Frauen.

»Offenbar hat Hauke alte Katasterkarten entdeckt. Demnach sitzt Dirk auf wenigstens drei Hektar Nutzland, das eigentlich zur Fläche von Haukes Hof gehört«, sagte Wiebke.

Fokke stieß einen verwunderten Pfiff aus. Drei Hektar gutes Weideland stellten ein kleines Vermögen dar, wenn man es gut bewirtschaftete. Sollte Hauke Boysen tatsächlich recht gehabt haben, stünde ihm vermutlich eine sechsstellige Schadenersatzsumme zu.

»Das wäre verdammt übel, Wiebke. Du weißt selbst, über welche Summen wir dann sprechen würden. Ein stärkeres Motiv gäbe es kaum«, sagte Fokke.

Ihr Cousin Dirk unterhielt einen Milchviehhof, der stark unter den schwankenden Milchpreisen zu leiden hatte. Sollte er nicht mehr genügend Futterfläche für seine Kühe zur Verfügung haben, drohte ihm schnell der Bankrott.

»Bisher steht ja noch überhaupt nicht fest, ob es stimmt. Vermutlich ist es wieder nur einer dieser hinterhältigen Tricks des Boysenclans«, sagte Anne.

Fokke hoffte fast, dass es so wäre. Er wunderte sich aber, dass der Clan ausgerechnet Hauke für die Umsetzung des Betrugs eingespannt hatte. Er war einfach zu dämlich, um nicht auch den besten Plan zu torpedieren.

»Kennst du jemanden beim Katasteramt, der uns eine Kopie des Abschnitts besorgen kann?«, fragte er.

Mittlerweile baute Fokke immer mehr auf die vielen Verbindungen seiner weit gestreuten Familie, wie er mit einigem Schrecken erkannte. Seine Tante machte ein unglückliches Gesicht.

»Nein, verdori ook! Ausgerechnet da kriegen wir keinen Fuß in die Tür. Deswegen denke ich ja, dass es ein mieser Trick der Boysens ist«, schimpfte sie.

Das war durchaus ein naheliegender Gedanke, den Fokke jedoch nicht weiterverfolgen wollte. Ihm war ein völlig legaler Weg eingefallen, wie sie ohne Schwierigkeiten an die Kopie aus dem Katasteramt kommen konnten. Der Grog hatte verhindert, dass er sofort an diese Möglichkeit gedacht hatte. Eigentlich hätten seine Tante und Schwester ebenfalls darauf kommen müssen.

»Nicht so schlimm, Anne. Der Rechtsanwalt von Dirk kann sich darum kümmern«, sagte er.

Während Anne angestrengt auf die Wanduhr starrte, schob Wiebke ärgerlich ihr Weinglas hin und her. Fokke ahnte Böses.

»Ihr habt keinen Rechtsanwalt eingeschaltet? Um Himmels willen, warum denn nicht?«, fragte er.

Anne trank einen großen Schluck Wein und stellte das Glas dann energisch auf den Tisch. »Weil wir damit die Ansprüche der Boysens offiziell anerkannt hätten, Fokke! So etwas dürfen wir nicht machen. Die glauben sonst, dass wir auf jeden dämlichen Trick von ihnen hereinfallen«, antwortete sie.

Er schüttelte ungläubig den Kopf. Die Verbohrtheit dieser Menschen grenzte an Wahnsinn. Was ging nur in ihren Köpfen vor? Sobald es um die möglichen Machenschaften der anderen Familiensippe ging, verloren sie jedes Maß. So viele Kopfnüsse konnte man überhaupt nicht verteilen, um durch diese friesischen Dickschädel durchzudringen.

»Ich brauch 'ne Auszeit. Dieser verfluchte Sippenkrieg geht mir ganz gehörig auf die Nerven!«, sagte Fokke. Mit einem entschiedenen Ruck erhob er sich.

»Leicht gesagt, wenn man sich lieber in die große weite Welt verdrückt! Wir müssen schließlich Tag für Tag mit den Boysens auskommen, Fokke. Du hast es ja vorgezogen, dich nach Lübeck in dein Schneckenhaus zurückzuziehen!«, erwiderte Anne wütend.

Sie konnte ihn schlecht im Nachhinein über die wahren Hintergründe aufklären. Seine Haltung als Kommissar hatte dazu geführt, dass Anne als Oberhaupt des Clans ihm einige Dinge vorenthielt. So auch die Tatsache, dass die Änderungen auf den Karten zufällig ihre Richtigkeit hatten. Denn der Vater von Dirk hatte heimlich die Grenzsteine in einer Nacht-und-Nebel-Aktion versetzt. Die beiden Manipulationen hoben sich somit gegenseitig auf, weshalb Anne lieber nicht einen Rechtsanwalt auf dieses leidige Thema aufmerksam machen wollte.

Es war zum Aus-der-Haut-Fahren. Fokke hatte seinem Cousin wirklich helfen wollen, doch dieser Kleinkrieg zwischen den Mommsens und Boysens verhinderte es.

»Genau, liebe Tante! Ich packe gleich morgen früh meine Tasche und verschwinde aus diesem Irrenhaus.« Er ignorierte den betroffenen Gesichtsausdruck seiner Schwester und schlug krachend die Tür hinter sich zu. Er brauchte dringend frische Luft.

Als Fokke am nächsten Vormittag wach wurde, kitzelte ein Sonnenstrahl seine Nasenspitze. Mürrisch quälte er sich aus dem Bett und trat ans Fenster. Da es wie immer in der Nacht einen Spalt weit geöffnet gewesen war, füllte frische Morgenluft sein Zimmer.

»›Was tun?‹, sprach Zeus«, murmelte er.

Sein Ausbruch vom Abend zuvor war durchaus ein Teil seiner inneren Überzeugung gewesen. Dennoch spürte Fokke sein schlechtes Gewissen, weil er sich so unbeherrscht gezeigt hatte. Erst das leise Klopfen an seiner Zimmertür holte ihn zurück in die Gegenwart.

»Komm ruhig rein, Wiebke. Du bist doch sonst nicht so zurückhaltend«, rief Fokke.

Außer seiner Schwester besuchte ihn niemand im Zimmer, weshalb er sich keine weiteren Gedanken über seinen Aufzug machte. In seinem Rücken öffnete sich die Zimmertür, und dann blieb es unerwartet ruhig. Fokke wandte den Kopf und spürte eine Hitzewelle in sich aufsteigen. Mit einem belustigten Funkeln in den Augen musterte ihn Heike Fehring. Mit einer hastigen Bewegung griff Fokke nach seiner Jeanshose und schlüpfte hinein. Dabei verhedderte sich sein linker Fuß im Hosenbein. Heike eilte ihm zur Hilfe.

»Störe ich etwa?«, erklang Wiebkes verärgerte Stimme.

Während er sich an Heikes Schulter festhielt, sah Fokke hinüber zur offenen Zimmertür. Dort stand Wiebke und schaute fassungslos auf das Bild, das Fokke in Heikes Armen abgab.

»Nein, ich bin ja bereits angezogen, und Fokke ist auch gleich so weit«, erwiderte Heike trocken.

Mit einem verärgerten Schnauben verließ Wiebke das Zimmer, wobei sie die Tür heftiger als nötig ins Schloss zog. Mit einem spöttischen Lächeln löste Heike sich von Fokke und setzte sich auf die Bettkante.

»Deine Schwester kann mich immer noch nicht ausstehen. Dabei bin ich doch dafür verantwortlich, dass du nicht mit Heidemarie Boysen zum Abschlussball gegangen bist«, sagte sie.

Fokke sortierte seine Gefühle und ließ sich ächzend in den kleinen Clubsessel am Fenster fallen. »Du machst es Wiebke aber auch nicht leicht, dich zu mögen. Warum provozierst du sie ständig?«

Ein seltsamer Ausdruck erschien im herzförmigen Gesicht der Brünetten, bevor sie den Kopf senkte. Das lange Haar fiel wie ein Vorhang über ihr Gesicht und verwehrte Fokke dadurch den Blick.

»Das wirst du noch früh genug erfahren, Fokke. Aber bestimmt nicht von mir«, antwortete sie schließlich.

Fokke wusste, dass alles Nachfragen zwecklos war, und wechselte das Thema. Heike war nicht der Typ Mensch, der seine Meinung schnell bildete oder änderte. Diese Ernsthaftigkeit hatte er damals zu spät erkannt und war ihr vermutlich auch nicht gewachsen gewesen.

»Was verschafft mir die Ehre?«, fragte er.

Heike Fehring legte den Kopf schräg und wich damit dem einfallenden Sonnenlicht aus. »Du weißt über den Streit zwischen Hauke Boysen und Dirk Bescheid?«, fragte sie.

Fokke schaute sie verblüfft an. »Wenn du diese seltsame Sache mit den landwirtschaftlichen Flächen meinst, dann ja. Warum fragst du?«

Mit einem Lächeln öffnete Heike ihre Handtasche, entnahm ihr einen braunen Umschlag und reichte ihn Fokke. Als er danach griff, gab sie ihn nicht sofort frei.

»Das hast du nicht von mir bekommen, Fokke. Verstanden?«

Daher ihr ungewöhnlicher Besuch. Heike Fehring half ihm. Sie wollte aber nicht, dass es publik wurde. Fokke nickte zustimmend. Er öffnete den Umschlag und zog das mehrfach gefaltete Dokument heraus.

Nachdem er es auf dem kleinen Couchtisch ausgebreitet hatte, stieß Fokke einen leisen Pfiff aus.

»Das ist der ominöse Auszug vom Katasteramt, mit dem Hauke seinen Anspruch geltend machen wollte«, sagte er.

Heike war neben ihn getreten. Sie stand so dicht neben Fokke, dass ihre Ellenbogen sich leicht berührten und er den Duft ihres Parfüms wahrnahm. Doch bevor Fokke sich gedanklich verlieren konnte, meldete sich Heike zu Wort.

»Allerdings, Fokke. Bislang haben die Boysens ihn noch nicht als belastendes Material gegen Dirk vorgelegt. Ich gehe jedoch davon aus, dass es bald passieren wird.«

Davon ging Fokke ebenfalls aus. Was ihn im Augenblick aber weit mehr interessierte, war Heikes Motiv in dieser Angelegenheit.

»Wieso hilfst du mir?«, fragte er.

Heike zog sich ein Stück zurück und lächelte Fokke amüsiert an.

»Warum wohl, mein Lieber? Wiebke kennt die Antwort bestimmt«, erwiderte sie.

Er konnte sich denken, was Heike damit andeuten wollte. Fokke interessierte aber nicht, was seine Schwester vermutete.

»Raus mit der Sprache, Heike. Was hast du davon, wenn du mir hilfst?«, hakte er nach.

Das Lächeln in ihrem Gesicht erlosch.

»Weil ich nicht zusehen werde, wie die Ermittlungen einseitig geführt werden. Zurzeit kann Heidemarie einen schnellen Erfolg gut gebrauchen und wird daher ihrer Sippe nicht allzu sehr auf die Finger sehen. Deswegen behalte ich die Boysens im Auge.«

Das klang plausibel. Fokke dankte ihr.

»Bedank dich nicht zu früh, Fokke. Ich schaue auch deiner Familie auf die Finger, und falls ihr irgendwelche krummen Dinger probiert, bekommt ihr es mit mir zu tun«, sagte Heike.

Diese Ansage gefiel Fokke und lieferte ihm gleichzeitig die Antwort auf seine Fragen, die er vor Heikes Auftauchen zu klären versucht hatte.

»Dann werde ich bleiben«, sagte er.

Einige Sekunden lang schauten sie sich stumm in die Augen, bevor Heike sich verabschiedete.

»Melde dich bei mir, wenn es erforderlich wird.«

»Das werde ich machen. Danke für deine Hilfe«, erwiderte Fokke.

Als er die Tür hinter ihr schloss, blieb Fokke einen Augenblick nachdenklich stehen. Die junge Heike hatte ihn mit ihrer Lebendigkeit fasziniert. Die heutige Heike berührte ihn mit ihrer Ernsthaftigkeit und löste ein längst verloren geglaubtes Gefühl in ihm aus.

Die Reste eines rot-weißen Absperrbandes flatterten im böigen Wind. Fokke Mommsen umkurvte die vielen Löcher, die sich mit Regenwasser gefüllt hatten. Ein Tief war über die Nordsee nach Nordfriesland gekommen und sorgte für umwölkte Gesichter bei manchen Touristen.

»Ich muss mir einen eigenen Eindruck verschaffen«, hatte er Wiebke gesagt.

Vielleicht war es auch nur eine Ausrede gewesen, um ihren Fragen auszuweichen. Es war Fokke klar, dass seine Schwester mehr über Heikes Anwesenheit in seinem Zimmer erfahren wollte. Instinktiv hatte er sich bedeckt gehalten und auch noch kein Wort über die Kopie der Karte mit den Betriebsflächen verloren.

»Moin, Fokke. Schaapschiet stinkt ganz schön lang«, meldete sich eine Stimme.

Fokke hatte an der Stelle angehalten, an der früher einmal das große Tor in die Scheune geführt haben musste. Die verkohlten Balken ließen entsprechende Rückschlüsse zu. Er wandte sich um und war erleichtert, dass es sein Onkel Erich war und kein Mitglied des Boysenclans.

»Moin, Erich. Ja, der Gestank ist bestialisch. Hast du eine Ahnung, wozu Hauke so viel getrocknete Schafscheiße gehortet hat?«, fragte er.

Sein Onkel lehnte an seinem roten Massey Ferguson und schüttelte den Kopf. Sein grüner Overall war ordentlich verdreckt, und auch seine Gummistiefel zeigten Spuren frischer Feldarbeit.

»Nö, aber bei dem Dööskopp wundert mich überhaupt nichts mehr«, erwiderte Erich.

Mit der rechten Hand nahm er seine speckige Arbeitsmütze ab und fuhr sich durch das graue Haar. Fokke musste unwillkürlich schmunzeln, als er den weißen Rand am Haaransatz bemerkte.

»Na, zum Lachen ist das ja nun nicht mehr. Hauke war vielleicht ein bisschen langsam im Kopf, aber so einen Tod hat er nicht verdient«, sagte Erich.

Fokke stellte das Missverständnis klar und ignorierte das Gemurmel seines alten Onkels, der für diese Art Humor wenig erübrigen konnte. Erich Mommsen war es völlig gleichgültig, was die anderen Menschen von ihm hielten oder ob sein äußeres Erscheinungsbild ihren Vorstellungen entsprach.

»Wat lungerst du hier eigentlich herum, Fokke?«, fragte er.

Die typische Vermischung von hoch- und niederdeutscher Sprache setzte Erich normalerweise nur bei Fremden ein. Mit der Familie und echten Nordfriesen sprach er Niederdeutsch oder wenn möglich Friesisch, obwohl immer weniger Menschen diese Sprache beherrschten. Fokkes Onkel war mit dem Leben seines Neffen nicht einverstanden und zeigte es auf diesem Weg.

»Ich will herausfinden, wer Hauke den roden Hahn aufs Dach gesetzt und ihn dabei umgebracht hat«, antwortete er.

Der kritische Blick von Erich erfasste zuerst das Wohnhaus mit dem Reetdach, auf dem sich eine Menge Moos angesiedelt hatte. Dann wanderte er hinüber zu den Resten der niedergebrannten Scheune.

»Dirk war das nicht«, sagte er schließlich.

Fokke unternahm einen weiteren Anlauf, um auf seine Frage von vorhin eine befriedigende Antwort zu erhalten. Er wusste, dass Erich und Dirk einander bei der Arbeit auf den Höfen halfen. Daher kannte sein Onkel den landwirtschaftlichen Betrieb von Hauke Boysen ebenfalls, da er unmittelbar an Dirks Ländereien grenzte.

»Das will ich beweisen, Erich. Wat is nu mit de Schaapschiet? Hast du eine Idee?«, hakte er nach.

Außer der Verwendung als Pflanzendünger in einem Nutzgarten fiel Erich Mommsen auch nichts Sinnvolles ein, was jemand mit solchen Mengen an getrockneter Schafscheiße anstellen konnte. Er wandte sich um und stieg auf den Sitz seines Schleppers. Fokke eilte hinüber.

»Was ist das eigentlich für eine Sache mit den Betriebsflächen? Wie kommt Hauke auf diesen Unsinn mit dem angeblich widerrechtlich genutzten Land?«, rief er.

Obwohl seine Worte noch vor dem Starten des Motors gut zu hören gewesen waren, zog Erich die Tür zu und fuhr los. Er vollführte einen Halbkreis mit dem Ferguson und winkte seinem Neffen zu, bevor der nur noch dem Heck des Fahrzeugs hinterherschauen konnte.

»Friesischer Dickschädel«, brummte Fokke verärgert.

Er war sich absolut sicher, dass sein Onkel die Fragen sehr wohl gehört hatte. Erich Mommsen wollte einfach nicht antworten. War am Ende doch etwas an Hauke Boysens Behauptung dran?

Fokke hatte sich gerade wieder der abgebrannten Scheune zugewandt, als ein weiteres Fahrzeug auf dem Hofplatz anhielt. Als er den Streifenwagen erkannte, ahnte er Probleme voraus.

»Schnüffelt der Herr Kollege etwa an fremden Tatorten herum?«, fragte Heiner Boysen.

»Nein, ich wollte nur mal nachsehen«, erwiderte Fokke.

Es war eine schwache Antwort, und das wusste er. Was sollte er sonst sagen? Fokke hatte sich in eine dumme Lage gebracht. Seine Anwesenheit auf dem Bauernhof des Opfers war vielleicht noch erklärbar. Wenn Ulf oder Heiner jedoch den Umschlag in seiner Hand näher untersuchen würden, stünden Fokke ganz andere Probleme ins Haus. Wie sollte er erklären, woher er die Kopien des Auszuges der Betriebsflächen hatte?

»So, so. Dann bist du also ein verkappter Pyromane, oder suchst du nur nach Hinweisen, die noch vertuscht werden müssen?«, erwiderte Heiner.

Ulf und Heiner standen vor Fokke, der seine Antwort sorgfältig abwog.

»He, ich will nur den wahren Täter finden. Dirk war es nicht, und das wisst ihr doch genauso gut wie ich«, sagte er.

Es platzte aus ihm heraus, und an den finsteren Mienen der beiden Beamten war unschwer abzulesen, dass es deutlicher als gewünscht herausgekommen war.

»Du machst dich besser vom Hof, Fokke. Sollten wir dich noch einmal bei unzulässigen Ermittlungen erwischen, geht eine Beschwerde an deine Dienststelle in Lübeck raus. Ist das bei dir angekommen?«, warnte Ulf.

Es war sinnlos, gegen diese Drohung zu protestieren. Vermutlich hätte Fokke im umgekehrten Fall ganz ähnlich reagiert, weshalb er lediglich nickte und sich in seinen Leihwagen setzte. Er startete den Motor und zuckte zusammen, als Heiner Boysen die

Beifahrertür aufriss. Bevor Fokke reagieren konnte, schnappte er sich den braunen Umschlag und zog die Kopie der Karte heraus.

»Ich hatte recht, Ulf. Dieser krumme Hund war im Haus und hat sich Beweisstücke unter den Nagel gerissen«, rief Heiner.

Fokke stieß einen halblauten Fluch aus und fuhr los. Er konnte nur verlieren, wenn er die Herausgabe der Kopie verlangte. So würde das Wort der beiden Streifenbeamten gegen seins stehen.

»Na, toll. Jetzt ist es schon so weit mit mir gekommen, dass ich lügen muss«, schimpfte er.

Im Rückspiegel sah er die Drohgebärden der Boysens und ahnte, dass die Angelegenheit noch nicht aus der Welt geschafft war. Wenigstens Ulf Boysen war clever genug, die Situation richtig einzuschätzen. Er würde es dem Clanoberhaupt stecken, und Peter Boysen ließ eine derartige Provokation garantiert nicht so einfach auf sich beruhen.

Wie sehr er recht behalten sollte, stellte sich keine zehn Minuten nach seiner Rückkehr in den »Pesel« heraus.

»Fokke? Damit kommst du nicht durch!«

Als der aufgebrachte Peter Boysen in den Schankraum stürmte und ohne einen Gruß auf ihren Bruder losging, mischte sich Wiebke umgehend ein.

»Auch wenn du der Bürgermeister bist, Peter Boysen, führst du dich hier nicht so auf!«, rief sie.

Für die nächsten Minuten war das Gasthaus nicht mehr der neutrale Boden, auf dem sich die Mommsens und Boysens friedlich trafen. Es entbrannte ein hitziges Wortgefecht, in dem Peter Boysen auch die Sache mit der Kopie zur Sprache brachte.

»Willst du etwa leugnen, dass Heiner die Kopie in deinem Auto gefunden hat?«, fragte er.

Das war der Zeitpunkt, an dem Fokke Mommsen die unsichtbare Grenze überschritt, die er seit Jahren immer sorgfältig beachtet hatte. Er log für seine Familie.

»Hat er nicht, Bürgermeister«, erwiderte er.

Es klang selbst in Fokkes Ohren erstaunlich sicher und brachte tatsächlich Peter Boysen zum Verstummen. Er war ein intelligenter Mann, der in vielen Jahren Kommunalpolitik eine Menge über

Lügner gelernt hatte. In der Regel durchschaute Boysen sicherlich sehr schnell, ob er seinem Gegenüber vertrauen konnte.

»Ich kann nicht glauben, was ich gerade erlebe. Fokke Mommsen tanzt nach der Pfeife seiner Sippe. Das wird dir noch leidtun, Kommissar«, sagte er.

Seine Drohung war nicht so ernst, wie sie hätte sein können. Fokke erkannte die Verunsicherung bei Peter Boysen, aber die Warnung traf ihn dennoch. Eine Stimme in seinem Kopf wiederholte die Worte immer und immer wieder.

Das wird dir noch leidtun, Kommissar.

Fokke konnte das ungute Gefühl nicht abstreifen, dass es genau so kommen würde. Er schaute Peter Boysen hinterher, der den Schankraum genauso grußlos verließ, wie er ihn betreten hatte.

»Hast du tatsächlich Papiere vom Hof mitgehen lassen?«, fragte Wiebke.

Das Geschwisterpaar hatte sich hinter den Tresen zurückgezogen, damit keiner ihr Gespräch mit anhören konnte. Man wusste nie genau, wer sich als Zuträger der Boysens erweisen würde.

»Ja, hab ich«, behauptete Fokke.

Innerhalb weniger Minuten log er nicht nur das Familienoberhaupt der Boysens an, sondern auch noch seine Schwester. Diese Sache entwickelte sich eindeutig in die falsche Richtung. Fokke schien eine Art Rückverwandlung zu durchlaufen und benahm sich schon fast wie ein vollwertiges Mitglied seiner Familie. Genau so hatte er nicht enden wollen, und nun schien es innerhalb weniger Stunden trotzdem so zu kommen.

»Es war die Kopie des Kartenausschnittes, die Haukes Ansprüche auf Dirks Ländereien belegen soll«, sagte er.

Am liebsten hätte Fokke sich auf sein Zimmer verzogen, um endlich in Ruhe nachdenken zu können. Alles ging viel zu schnell und zwang ihn zu unüberlegten Reaktionen. Wenn Fokke nicht höllisch aufpasste, würde er sein gesamtes bisheriges Leben in Lübeck zerstören.

Was für ein grausamer Gedanke.

DREI

Gleich nach dem Frühstück setzte Fokke sich in seinen Mietwagen und fuhr hinaus in den Bredstedter Koog. In Lübeck benutzte er nur ein Fahrrad und brauchte kein eigenes Auto.

Da Anne Mommsen einen Termin mit einem Kunden hatte, schlenderte Fokke hinüber zum kleinen Anbau. Dort hatte sich Stefan Mommsen die Verwaltung seines Unternehmens eingerichtet. Seitdem der findige Geschäftsmann in den Betrieb von Windkraftanlagen eingestiegen war, beschäftigte er zwei Angestellte für den Verwaltungsaufwand.

»Moin, Fokke. Bist du auf der Flucht?«, scherzte sein Onkel.

Mit Stefan verstand Fokke sich sehr gut. Die beiden Männer teilten ihre kritische Einschätzung der seit langer Zeit schwellenden Fehde und tauschten sich gern darüber aus.

»Nö, eigentlich nicht. Ich muss mit Anne sprechen, aber sie hat noch Kundschaft«, antwortete Fokke.

Sein Onkel lotste ihn in sein mit hellen Holzmöbeln eingerichtetes Büro und bot ihm frischen Kaffee aus einer modernen Maschine an. Fokke nahm das Angebot dankend an und setzte sich an den runden Besprechungstisch, wo ein Prospekt lag, dessen Aufmachung Fokke sofort neugierig machte.

»Das ist ihre neueste Idee. Meine Anne will ein eigenes Tourismusportal aufziehen, um den Boysens eins auszuwischen«, erklärte Stefan.

In seiner Stimme schwang gutmütige Resignation mit. Fokkes Onkel liebte seine Frau über alles und ertrug daher auch ihre Rolle in der Fehde.

So muss es idealerweise zwischen einer Frau und einem Mann sein, dachte Fokke.

Bei ihm hatte es bislang lediglich zu zwei Beziehungen gereicht, die über mehrere Monate gingen. Während die erste Frau bereits nach sechs Monaten kein Verständnis mehr für die unregelmäßigen Dienstzeiten eines Oberkommissars hatte, entpuppte sich die zweite nach dreizehn Monaten als wahre Verwandlungskünstlerin.

Ihr einziges Objekt war leider Fokke, dem sie ein völlig neues Image verpassen wollte. Sylvia scheiterte jedoch an seiner friesischen Dickschädeligkeit, sodass sie entnervt die Koffer packte.

»Bist du wegen Dirk hier?«, fragte Stefan.

Es tat gut, einmal ungefiltert über die Ermittlungen sprechen zu können. Fokke konnte ungehemmt mit seinem Onkel sprechen, der ein guter Zuhörer war und niemals mit Dritten über ihr Gespräch reden würde. Auch nicht mit Anne.

»Lügen haben kurze Beine«, sagte Stefan.

Er spielte damit auf diese vermaledeite Sache mit der Kopie der Geländekarte an.

»Ich weiß, aber mir fehlte die Zeit für eine plausible Ausrede«, gestand Fokke.

Ein mitfühlendes Lächeln huschte über Stefan Mommsens Gesicht, während er einen Schluck aus seinem Kaffeebecher trank.

»Konntest du dir die Karte wenigstens genauer ansehen?«, fragte er dann.

Fokke wiegte skeptisch den Kopf.

»Ja, schon. Es waren einige Markierungen eingetragen, doch daran kann ich mich nur noch ungenau erinnern«, antwortete er.

Sein Onkel stellte seinen Becher ab und erhob sich, um hinter seinem Schreibtisch Platz zu nehmen. Er winkte Fokke zu sich.

»Dieses Problem können wir eventuell aus der Welt schaffen«, sagte er.

Da seine Firma bei der Erschließung von Standorten für neue Windkrafträder ständig den gesamten Landkreis untersuchte, verfügte sie über erstklassiges topografisches Kartenmaterial. Stefan öffnete das Programm und wählte das Gebiet aus, in dem sich die Betriebsstätten von Dirk Mommsen und Hauke Boysen befanden.

»Diese Karte sieht zwar ein wenig anders aus, aber damit müssten wir deinem Gedächtnis auf die Sprünge helfen können«, sagte er.

Fokke stemmte seine Handflächen auf die Tischplatte und sah sich den Kartenausschnitt konzentriert an. Nach und nach kehrten tatsächlich die Erinnerungen an die Markierungen zurück, die sein Onkel sofort eintrug. Als Fokke beim besten Willen nichts mehr einfallen wollte, druckte Stefan den Ausschnitt.

»Dann hast du etwas in der Hand, und falls dir weitere Markierungen einfallen, kannst du sie jederzeit nachtragen«, sagte er.

Kurze Zeit später verließ ein zufriedener Fokke mit dem Ausdruck in der Hand das Verwaltungsgebäude und fand seine Tante allein in der großen Küche des Wohnhauses vor.

»Moin, Fokke. Warst du bei Stefan?«, begrüßte sie ihn.

Anne hatte gesehen, wie ihr Neffe auf den Hof gefahren war, und da er sich erst jetzt bei ihr meldete, zog sie die richtigen Schlüsse. Fokke erzählte von der Begegnung mit den uniformierten Kollegen auf Hauke Boysens Hof, der Kopie der Geländekarte sowie dem Auftritt von Peter Boysen. Den schmückte er besonders aus, weil er damit von der verschwundenen Kopie ablenken wollte.

»Pah, Peter! Der soll sich lieber schön bedeckt halten«, schimpfte Anne.

Doch kaum war ihr Wutanfall beendet, stellte sie die entscheidenden Fragen.

»Was ist das denn nun mit dieser Kopie? Woher hattest du sie, und was war darauf zu sehen?«, fragte sie.

Er wollte seiner Tante nicht den Bären mit dem angeblichen Diebstahl auftischen und erzählte ihr die Wahrheit. Anne Mommsen war nicht die Frau, die eine gute Quelle verraten würde. Sie versprach ihrem Neffen, kein Wort über Heike Fehrings Unterstützung zu verlieren.

»Das hätte ich dir gar nicht zugetraut, Fokke. Du stellst dich schlauer an als erwartet«, lobte sie ihn.

Bevor er den Irrtum korrigieren konnte, drängte Anne ihn dazu, den neu erstellten Kartenausschnitt vorzuzeigen. Fokke entfaltete den Ausdruck auf dem Esstisch.

»Schönen Schiet«, sagte Anne nach einer Weile.

Für Fokke erschlossen sich die Informationen nicht so leicht, weshalb er fragend seine Tante anschaute.

»Ich habe früher deinem Onkel bei der Suche nach geeigneten Standorten für Windkraftanlagen geholfen und musste mir dazu einiges Wissen über Kartografie aneignen. Diese Markierungen könnten Dirk einige Probleme bereiten«, sagte sie.

Anne deutete nacheinander auf einige Stellen und erklärte

ihrem Neffen, was die Zeichen zu bedeuten hatten. Das Gesamtergebnis der Betrachtung ernüchterte Fokke.

»Dann hätte Hauke die Wahrheit gesagt, Anne. Daraus kann die Staatsanwaltschaft durchaus ein Motiv für einen Anschlag basteln«, sagte er.

Selbst sein rudimentäres Wissen über die Landwirtschaft reichte aus, um den wirtschaftlichen Schaden für seinen Cousin zu ermessen.

»Vielleicht wusste Dirk überhaupt nichts von den versetzten Grenzmarkierungen«, sagte Fokke.

Doch an diese These glaubte Anne nicht.

»Jeder landwirtschaftliche Betrieb hat einen Kartensatz, auf dem die korrekten Markierungen eingezeichnet sind. Da sich die Ländereien schon sehr lange im Besitz der Familie befinden, würden veränderte Markierungen sofort auffallen. Dirk hätte mich danach gefragt«, erklärte sie.

»Du willst also sagen, dass entweder Dirk diese Korrekturen eingearbeitet hat oder die Kopien Fälschungen sind«, stellte Fokke fest.

Seine Tante nickte und ergänzte die Aussage.

»Wobei ich Dirk nicht für clever genug halte, so eine Fälschung aus eigenem Antrieb anzustellen«, sagte sie.

Fokke hatte den gleichen Gedanken. Er hatte sogar eine bestimmte Person in Verdacht, die für diesen Coup verantwortlich sein könnte. Anne vielleicht auch?

»Du weißt nicht zufällig mehr darüber?«, fragte er.

Seine Tante schüttelte erbost den Kopf.

»Ich spiele nicht mit gezinkten Karten, Fokke! Das ist mehr der Stil des Boysenclans«, protestierte Anne.

Er ließ es vorerst auf sich beruhen, auch wenn er diese Behauptung nicht wirklich glaubte. Doch seine Tante hielt noch eine Überraschung parat.

»Mir ist endlich der Arztbericht von Dr. Karstensen in die Hände gefallen, Fokke. Hier, lies selbst«, sagte sie.

Mit diesen Worten schob Anne einige Kopien über den Tisch, die Fokke mit größter Neugier an sich nahm. Durch seine Arbeit an verschiedenen Mordfällen verstand er genug von medizinischen

Ausdrücken, um die Zusammenfassung des Arztes nachvollziehen zu können. Er stieß einen lauten Pfiff aus.

»Ich habe es mir erklären lassen. Stimmt es, dass Dr. Karstensen von einem gewaltsamen Tod Haukes ausgeht?«, wollte Anne wissen. Ausnahmsweise war ihre Stimme leise und von Unsicherheit geprägt.

»Ja, wobei er zwei Möglichkeiten andeutet. Hauke könnte demnach bereits tot gewesen sein, als man die Scheune in Brand gesteckt hat. Die andere Alternative fände ich noch schlimmer«, sagte Fokke.

Er las den Arztbericht noch einmal sorgfältig durch und musste schließlich einsehen, dass sich die Aussage nicht veränderte. Aus der Brandstiftung mit Todesfolge war unversehens ein Mord geworden. Wenn die zweite Vermutung des Arztes stimmte, handelte es sich sogar um ein besonders heimtückisches Verbrechen.

»Erkläre es mir, Fokke. Was bedeutet es?«, fragte Anne.

In diesem Moment betrat Stefan Mommsen die Küche und trat sofort zu seiner Frau. Fokkes Onkel schien zu spüren, wie nah ihr dieses Gespräch ging, und wollte sie beschützen. Eine Geste, die Fokke tief berührte. Bei Anne übersah man leicht, dass sie auch eine sensible Seite hatte.

»Dr. Karstensen hält es für möglich, dass Hauke noch gelebt hat, als das Feuer in der Scheune ausgebrochen ist. Das wäre dann heimtückischer Vorsatz des Täters gewesen, und so etwas verfolgt die Staatsanwaltschaft mit besonderer Härte«, antwortete Fokke.

Eine Weile sprach niemand ein Wort. Fokke starrte aus dem Fenster, während Stefan und Anne einander festhielten. Fokke spürte den dringlichen Wunsch, schleunigst aus Nordfriesland zu verschwinden. Er wollte lieber Schwerverbrecher in Lübeck jagen, anstatt sich mit diesem Fall auseinanderzusetzen.

»Dirk wäre nicht zu so einer Tat fähig, Fokke«, sagte Stefan.

Seine Stimme war voller Überzeugung. Anne warf ihm einen dankbaren Blick zu, löste sich aus der Umarmung und nickte bestätigend.

»Genau, Stefan. Dirk kann so etwas Abscheuliches nicht getan haben«, sagte sie.

Es waren Bekundungen, die Fokke im Laufe seiner Zeit bei der

Kriminalpolizei immer wieder von Angehörigen oder Freunden eines Täters zu hören bekommen hatte. Manchmal trafen sie zu, viel häufiger jedoch nicht.

»Sobald der Befund aus der Rechtsmedizin vorliegt, werde ich informiert. Vorerst müssen wir uns darauf einstellen, dass bei dieser Beweislage ein Haftprüfungsantrag wenig Aussicht auf Erfolg haben wird«, sagte Fokke.

Er erklärte seinen Verwandten, was es damit auf sich hatte, und spürte gleichzeitig, wie ein neuer Druck auf seinen Schultern lastete. Fokke kannte Dirk nicht gut genug, um ihn als Täter auszuschließen. Seine weiteren Ermittlungen standen auf der Kippe. Machte es überhaupt Sinn, dass er sich heimlich auf Tätersuche begab? Dieser Gedanke begleitete Fokke auf seiner Rückfahrt nach Bredstedt.

Heikes Anruf hatte Fokke kurz vor der Stadtgrenze erreicht.

»Kommst du zu unserem alten Treffpunkt?«, hatte sie gefragt.

Es war beachtlich, dass er nicht einmal lange über diesen Ort nachdenken musste. Fokke zögerte nur kurz, bevor er einwilligte. Er durchquerte Bredstedt und fuhr auf der Bundesstraße in Richtung Langenhorn. Kurze Zeit später rollte sein Leihwagen auf einem der Besucherparkplätze aus, wo bereits das Luxusmobil von Heike Fehring stand. Ansonsten parkten lediglich zwei Pkws mit auswärtigen Kennzeichen auf dem Sandboden, wie Fokke mit Erleichterung registrierte. Wehe, wenn Wiebke von diesem Treffen erfuhr.

»Du weißt jetzt über die Hintergründe Bescheid?«, wollte Heike wissen.

Ihre knappe, ausgesprochen förmliche Begrüßung hatte Fokke zunächst irritiert.

Was hast du eigentlich erwartet? Dass Heike dich in die kleine Senke schleppt und auf dem Boden der Jagdhütte vernascht, schalt er sich selbst.

Fokke sortierte seine Gedanken und staunte einmal mehr über den hervorragenden Wissensstand von Heike.

»Falls du auf die Grenzstreitereien zwischen Dirk und Hauke anspielst, so lautet meine Antwort ja«, sagte er.

Sie schlenderten gemächlich über einen sich durchs Heidekraut schlängelnden Sandpfad, während sie miteinander redeten. Für Fokke blieb es weiterhin fraglich, welche Interessen Heike mit ihrer Einmischung verfolgte. Ging es ihr wirklich nur um die objektive Aufklärung des Mordes?

»Diese Details könnten sehr bald die entscheidende Rolle in der Anklageerhebung gegen Dirk einnehmen. Sobald deine Husumer Kollegen auf die heftigen Kämpfe stoßen, die sich Hauke und Dirk deswegen geliefert haben, werden sie daraus ein starkes Motiv ableiten«, sagte Heike.

Von solchen Kämpfen war bislang immer nur in Andeutungen gesprochen worden. Sie schien offenbar auch hierüber bestens informiert zu sein.

»Erzähl mir mehr von diesen Auseinandersetzungen«, sagte Fokke.

Heike warf ihrem Begleiter einen Seitenblick zu, bevor sie redete. Was sie dann jedoch zu erzählen wusste, verbesserte Fokkes Laune keineswegs. Weder Wiebke noch Anne hatten ihm reinen Wein eingeschenkt.

»Es gab gegenseitige Morddrohungen, und nun liegt Hauke Boysen in der Rechtsmedizin«, schloss Heike den Bericht.

Solche Drohungen wurden zuhauf unter streitenden Menschen ausgesprochen. Niemand scherte sich darum, solange nicht einer der Kontrahenten dann tatsächlich gewaltsam ums Leben kam.

»Je mehr ich erfahre, umso weniger sehe ich gute Chancen für Dirk«, sagte Fokke ernüchtert.

Er zuckte leicht zusammen, als Heike Fehring ihm die schmale Hand mit überraschender Kraft auf den Unterarm legte. Er starrte auf ihre schlanken Finger, die sich um sein Handgelenk geschlungen hatten. Heike sah ihn eindringlich an.

»Nur du kannst ihm helfen, Fokke! Wirf die Flinte nicht voreilig ins Korn«, sagte sie.

Seine Instinkte jagten quasi im Dauerfeuer Warnmeldungen hinaus. Heike Fehring hatte ein persönliches Interesse daran, dass der Mord aufgeklärt wurde und dass mit Dirk Mommsen kein Unschuldiger ins Gefängnis kam.

»Das habe ich doch gar nicht vor. Himmel, Heike! Was für ein Spiel läuft hier eigentlich?«, fragte er.

Sie löste die Finger von Fokkes Handgelenk und setzte sich wieder in Bewegung.

»Es ist wirklich komplizierter, als du denkst«, antwortete Heike.

Wieder so eine kryptische Auskunft. Fokke fühlte sich benutzt, und das war eindeutig ein Gefühl, das er überhaupt nicht schätzte.

»Rück endlich heraus mit der Sprache, Heike. Warum hängst du dich dermaßen stark in die Ermittlungen rein?«, fragte er.

Sie erreichten einen der vielen kleinen Seen und setzten sich auf eine Bank. Es war eine sehr solide Konstruktion aus Holzbohlen, deren Sitzfläche noch weniger einladend auf Heike wirken musste als die am Mühlenteich. Doch dieses Mal setzte sie sich ohne Zögern hin und starrte düster auf einen Mückenschwarm, der über der Wasserfläche schwebte.

»Weil es auch um meine Zukunft geht, Fokke. Heidemarie strebt das nächste Ziel ihrer politischen Karriere an und will mir den Posten der Landrätin abspenstig machen«, antwortete Heike.

Daher wehte also der Wind. Ihr politisches Amt war gefährdet, wenn Heidemarie Boysen einen wichtigen Mordfall aufklären und dadurch an Profil gewinnen konnte. So ernüchternd dieses Wissen für Fokkes romantische Ader auch sein mochte, es bot gleichzeitig enormes Potenzial.

»Dann bist du also genauso auf mich angewiesen wie ich auf dich«, stellte er fest.

»Ja, richtig. Und? Macht dich das jetzt stolz?«, sagte Heike verärgert.

Fokke schüttelte mit einem Lächeln den Kopf.

»Nein, aber ich weiß jetzt, dass ich mich auf dich verlassen kann«, antwortete er.

Sie schwiegen eine Weile

»Warum wolltest du mich eigentlich unbedingt treffen? Doch sicherlich nicht, um mir was über die Streitereien zwischen Dirk und Hauke zu erzählen«, fragte Fokke.

Heikes linker Schuh stocherte an einem verdorrten Ast herum und verriet ihre Anspannung. Irgendetwas bedrückte sie, und so, wie es wirkte, fiel ihr das Aussprechen dieses Umstandes nicht gerade leicht.

»Do, wat du wullt, de Lüt snackt doch!«, sagte Fokke sanft.

Ein kleines Lächeln erhellte Heikes Gesicht und entfachte ein Feuer in Fokke, der diesen Effekt bereits kannte. Es war dieses bezaubernde Lächeln gewesen, das ihm schon vor vielen Jahren den Verstand geraubt hatte. Trotzdem unterdrückte Fokke den Impuls, Heike in seine Arme zu schließen.

»Mein Leben ist zurzeit reichlich chaotisch, Fokke. Wenn ich meinen Posten als Landrätin einbüße, kann ich mich nur noch um Ehrenämter bemühen«, sagte Heike.

Das war eindeutig Schwarzmalerei, die Fokke nicht von früher von ihr kannte. Offenbar gab es auch bei Heike wesentliche Veränderungen, die ihm bislang nicht aufgefallen waren. Sie waren eben beide keine Teenager mehr, die ihr gesamtes Leben noch vor sich hatten.

»Ärger mit Kay?«, fragte Fokke.

Am liebsten hätte er die Frage sofort zurückgezogen. Ihn ging das Privatleben von Heike nichts an, und er wollte auch nicht mehr darüber erfahren.

»Vergiss es einfach, Fokke. Du kümmerst dich um den Mordfall, und ich helfe dir, wo ich nur kann«, wehrte sie ab.

Er atmete auf. Sein Leben war schon kompliziert genug, er musste sich nicht auch noch mit den privaten Problemen einer Jugendfreundin herumschlagen. Sie gingen zurück zum Parkplatz. Der Abschied fiel kurz und förmlich aus, obwohl Fokke einen Augenblick lang den Eindruck hatte, dass Heike ihm näher kommen wollte. Fokke verließ als Erster den Parkplatz, um kurz darauf über die Bundesstraße zurück nach Bredstedt zu fahren.

Um Haaresbreite hätte sie alles verdorben. Fast hätte sie einen unverzeihlichen Fehler begangen, weil sie wieder die Nähe eines Mannes spüren wollte, der ihr aufrichtige Gefühle entgegenbrachte. Sie hatte einen Augenblick mit dem Gedanken gespielt, Fokke von ihrer vom Scheitern bedrohten Ehe zu berichten und wie gern sie sich an die wunderschöne Zeit mit ihm zurückerinnerte. Ihre Einmischung sorgte auch dafür, dass ihre alte Liebe länger als geplant in ihrer Nähe blieb. Doch sie hatte Angst vor Fokkes Reaktion.

Im Gegensatz zu Fokke hatte Heike es nicht sehr eilig, den Rückweg anzutreten. Bis zu ihrem nächsten Termin blieben noch zwei Stunden Zeit, weshalb sie die Zigarettenpackung aus der Handtasche nahm und sich eine Zigarette anzündete.

Noch ein Laster, das nicht bekannt werden darf, dachte sie.

Aus dem kleinen Schlitz in der Seitenscheibe entwich der Qualm ins Freie, während Heike ihren Gedanken nachhing. Unwillkürlich verglich sie Kay und Fokke miteinander. Es war ein dummer, überflüssiger Vergleich. Während ihr Ehemann ein zielstrebiger Tierarzt war, der sein Leben schon als Jugendlicher sorgsam geplant hatte, war Fokke ein wesentlich impulsiverer Mensch. Seine Körperlichkeit hatte damals einen großen Reiz auf Heike ausgeübt. Fokke Mommsen war von Natur aus ein kräftig gebauter Mann und sportlich talentiert.

Für Heike war es immer wichtig gewesen, die Kontrolle über ihr Leben zu behalten. Fokkes impulsives Verhalten hatte sie daher gleichermaßen angezogen und verunsichert. Das Scheitern dieser jungen Liebe hinterließ eine Leere in ihr, und Heike hatte gehofft, sie mit Kay Fehring füllen zu können.

Ihre Ehe dauerte mittlerweile vierzehn Jahre und hatte jeden Reiz verloren. Aus der ohnehin nie feurigen Liebe entwickelte sich eine freundschaftliche Partnerschaft, was Heike sogar ganz recht war. Kay ging völlig in seiner Arbeit auf, während seine Ehefrau sich mehr und mehr verloren fühlte. Ihr Studium der Volkswirtschaft brachte Heike zwar eine leitende Funktion im Vorstand der Genossenschaftsbank ein, doch damit war der Zenit ihres beruflichen Werdeganges erreicht.

»Sie müssten sich eine größere Bank oder eine Beratungsgesellschaft suchen, Frau Fehring. Innerhalb unserer kleinen Bank sind weitere Beförderungen nicht zu erwarten«, hatte man ihr gesagt.

Damals hatte Heike einige Wochen darüber nachgedacht, genau wie Fokke Mommsen ihrer geliebten Heimat den Rücken zu kehren und irgendwo in Kiel, Lübeck oder außerhalb Schleswig-Holsteins ein neues Betätigungsfeld zu finden. Zu ihrem Leidwesen wollte Kay nicht umziehen.

»Ich habe hier meine Praxis und ein gutes Auskommen. Warum sollte ich das alles aufgeben, nur damit du dir eine Karriere aufbauen kannst?«, lautete seine pragmatische Stellungnahme.

Der Weg in die Politik erwies sich glücklicherweise als Ausweg aus dem Dilemma, und Heikes Engagement trug sehr bald Früchte. Und jetzt stand sie vor dem doppelten Aus!

Meine Ehe ist bereits gescheitert, und nun will man mir mein Amt auch noch nehmen, dachte sie verbittert.

Seit etwa einem halben Jahr wusste Heike genau, dass Kay eine Affäre hatte. Sie wusste sogar noch mehr. Heike kannte die Liebhaberin ihres Ehemannes nur zu gut und fragte sich, wie Fokke wohl darauf reagieren würde: Wiebke Mommsen.

Heike drückte die zweite Zigarette im Aschenbecher aus und startete den Motor. Es würde ihr guttun, sich ein wenig bei den Kollegen im Kreistag in Husum umzuhören. Meistens gab es Gerüchte, die sich für ihre politische Arbeit als vorteilhaft erwiesen. Die Konzentration auf ihre Arbeit half Heike, die trüben Gedanken aus ihrem Kopf zu verbannen.

Kurz bevor Fokke Bredstedt erreichte, entdeckte er den alten Opel seines Onkels vor sich. Erich Mommsen wollte offenbar zu seinem Bauernhof, denn er bog in Richtung Dörpum ab. Fokke folgte ihm und parkte kurze Zeit später auf dem gepflasterten Innenhof.

»Moin, Fokke. Verfolgst du mich etwa?«, fragte Erich.

Seine hellblauen Augen forschten im Gesicht seines Neffen. Gleichzeitig warf der alte Landwirt einen kleinen Stein über Fokkes Schulter, was Fokke erschrocken zusammenzucken ließ.

»De ole Düvel«, knurrte Erich Mommsen.

Was oder wen er damit meinte, konnte Fokke nicht herausfinden. Hinter ihm lag der Schuppen mit dem Schleppdach, unter dem diverse landwirtschaftliche Geräte auf ihren nächsten Einsatz warteten.

»Ich muss mit dir über den Streit zwischen Dirk und Hauke sprechen«, sagte Fokke.

Sein Onkel zuckte gleichgültig mit den Schultern und ging leise vor sich hin fluchend ins Wohnhaus. Fokke folgte ihm, nachdem er einen Blick auf die Maschinen geworfen hatte. Seit einiger Zeit benahm sich sein Onkel noch seltsamer als früher. Fokke hatte mit Wiebke und Anne darüber gesprochen, die beide eine fortschreitende Menschenfeindlichkeit bei Erich Mommsen diagnostizierten. An der Tür zum Wohnhaus drehte sich Fokke nochmals um und bemerkte einen dunklen, massigen Körper, der im Halbschatten der Scheune kauerte.

»Hast du einen Hofhund?«, fragte er Erich.

Sein Onkel löffelte eine größere Menge Kaffeepulver in einen Filter aus Keramik, der auf der Öffnung einer alten Kaffeekanne thronte.

»En Swarten?«, fragte er zurück und brummelte erneut einige Verwünschungen.

Fokke lauschte verwundert den Flüchen seines Onkels.

»Dieser einäugige Bandit ist also ein riesiger Kater, der sich nicht vertreiben lässt«, fasste er zusammen.

»De ole Düvel is mien Dood«, fluchte Erich.

Seine Ausführungen brachten nicht ausreichend Licht in die Angelegenheit. Fokke konnte nicht wirklich ausmachen, womit dieser Kater seinem Onkel so zusetzte. Vielleicht nur mit einer noch größeren Dickköpfigkeit.

»De Kaffee ist gliek fardig«, sagte Erich.

Dass er jetzt nahezu durchgängig Niederdeutsch mit ihm sprach, wertete Fokke als gutes Zeichen. Er lenkte das Gespräch auf den Streit zurück und wartete ab, was er von seinem Onkel zu hören bekam.

»Typischer Boysenmurks, wenn du mich fragst. De hem de Steen ännert, und nu schall Dirk dorför büßen«, antwortete Erich.

Demnach war ihm durchaus bekannt, dass die Markierungssteine versetzt worden waren. Natürlich sah er ausschließlich im Boysenclan die möglichen Schuldigen.

»Warum haben die dann so lange damit gewartet, ihre Ansprüche anzumelden? Macht irgendwie keinen Sinn«, sagte Fokke.

In stoischer Ruhe filterte Erich Mommsen das Wasser durch das Kaffeepulver und schwieg eisern. Auch die Kunst, unbequemen Fragen durch Ignoranz auszuweichen, zählte fraglos zu den vielen Talenten der Nordfriesen. Fokke wusste es, weil er selbst über diese Gabe verfügte und sie regelmäßig einsetzte.

»Stimmt es, dass Dirk Hauke gedroht hat, ihn umzubringen?«, bohrte er weiter.

Die Prozedur des Kaffeekochens war abgeschlossen, und Erich kam mit der Kanne zum Esstisch in der Wohnküche. Fokke hatte zwei leidlich saubere Becher vom Regal über der Eckbank genommen und auf den Tisch gestellt. Eine Fliege saß auf einem Stück Butter. Es war nicht erkennbar, ob der Unterteller mit dem Butterklecks erst seit dem heutigen Frühstück oder schon länger auf dem Tisch stand. Im Leben von Erich Mommsen fehlte eindeutig eine Frau.

»Hat er. Die beiden Heißsporne gingen immer wieder aufeinander los, und da flogen nicht nur die Fäuste. Hauke hat Dirk ebenfalls gedroht, ihm den Hals umzudrehen«, antwortete Erich.

Wenn er wollte, konnte er lupenreines Hochdeutsch sprechen. Fokke wusste nur nicht, was es in diesem Augenblick bedeuten sollte.

»Mag schon sein. Tatsache ist leider, dass Hauke Boysens Leichnam in der Rechtsmedizin liegt. Damit sieht es noch schlechter für Dirk aus«, sagte Fokke.

Diese Informationen hätte er gleich zu Beginn seiner heimlichen Ermittlungen erhalten müssen. Seine Familie benahm sich stur wie immer und betrachtete Fokke mehr als Außenstehenden und nicht als Familienmitglied. Im Grunde konnte es ihm nur recht sein, dennoch wurmte es ihn.

»Er war es aber nicht, Fokke. Verdori, du muss de Jung helpen! De Husumer Kripo söcht doch nich länger no een annern Ümbringer«, stieß Erich hervor.

Ein leises Klappern der Tür war zu hören. Ungläubig schaute Fokke in das entstellte Gesicht eines riesigen schwarzen Katers, der seinen Körper durch eine Katzenklappe gezwängt hatte. Mit seinem verbliebenen Auge musterte ihn der Kater, bevor er sich auf den Weg in den Stall machte.

»Du hast eine Katzenklappe in der Seitentür und wunderst dich darüber, dass der Kater sich frei in Haus und Stall bewegen kann?«, fragte er seinen Onkel.

Erich schlürfte laut seinen Kaffee und hob dabei die Schultern. »Die Klappe war ja nicht für ihn gedacht«, lautete seine Antwort.

Die Zeit hatte nicht für Fokke gearbeitet. Wiebke stand wie ein Wachsoldat hinter dem Tresen im »Pesel« und schien nur auf seine Rückkehr gewartet zu haben.

»Schön, dass mein Herr Bruder sich auch wieder einmal blicken lässt«, sagte sie.

Die Stammgäste duckten sich unter ihren harten Blicken und beschäftigten sich intensiv mit ihren Getränken und Speisen. Ein Ehepaar mit zwei Kindern schaute Fokke missbilligend an. Offensichtlich hatten sie die sympathische Wirtin ins Herz geschlossen.

»Ich war bei Anne und habe auch mit Erich geredet. Möchtest du hören, was es an Neuigkeiten gibt, oder mir lieber gleich den Kopf abreißen?«, fragte Fokke.

Der Ausdruck in den Augen des Ehepaares stellte ihn auf eine Stufe mit einem nichtsnutzigen Ehemann, der seine gutherzige Frau mit der Arbeit sitzen ließ und stattdessen mit seinen Kumpanen herumhing.

»Hoffentlich hat es was gebracht, aber vorher will ich andere Antworten. Treibst du es unter meinem Dach etwa mit Heike?«, fragte Wiebke.

Das Elternpaar reagierte nahezu panisch und drängte die minderjährigen Kinder, ihre Pommes schneller zu vertilgen. Fokke nahm auch die mitleidigen Blicke der Stammgäste wahr.

»Ich suche mir eine andere Bleibe«, sagte er wütend.

Statt weiter mit Wiebke zu reden, verließ er den Schankraum durch die Verbindungstür, die zur Treppe ins Obergeschoss führte. Mit ärgerlichem Schnauben erklomm er die Stufen, öffnete die Zimmertür, warf seine Sachen in die nur halb ausgepackte Reisetasche und stapfte die Treppe wieder hinunter. Wiebke konnte nur tatenlos zusehen, wie Fokke den Zimmerschlüssel auf den Tresen knallte. Das Ehepaar schob mit ängstlicher Miene seine beiden Sprösslinge zur Tür hinaus, während sich die Stammgäste erneut duckten.

»Schick mir die Rechnung nach Lübeck«, sagte er knapp.

Sein Verhalten war grenzwertig kindisch, was Fokke sehr wohl wusste. Doch dieser Ort brachte offenbar immer seine schlechtesten Seiten zum Vorschein, und daher wollte er nur noch weg. Wiebke starrte ihren Bruder ungläubig an. So hatte er sich noch nie benommen, sie war sprachlos. Mit einem Ruck packte Fokke die Reisetasche und eilte aus dem Gasthaus.

»Nichts wie weg aus diesem Kaff«, murmelte er aufgewühlt.

Er setzte sich ins Auto und fuhr mit quietschenden Reifen vom Parkplatz des Gasthauses. Auf der Eisenbahnstraße musste er warten, da ein Lkw die Fahrspur blockierte. In diesen Sekunden löste sich Fokkes Wut weitgehend auf, und ihm wurde bewusst, dass er sich nicht einfach nach Lübeck absetzen konnte. Er konnte Dirk nicht im Stich lassen.

Da ihm nichts Besseres einfiel, bog Fokke in die Dörpumer Straße ein und fuhr erneut zum Bauernhof von Erich Mommsen. Als er dort eintraf, stand der Opel immer noch auf seinem Platz, während der Ferguson und ein Wendegerät für Heu unter dem Schleppdach fehlten.

»Erich? Bist du hier?«, rief Fokke trotzdem.

Der Kommissar hatte das Wohnhaus durch die Seitentür betreten und machte sich laut bemerkbar. Außer einigen Kühen reagierte niemand auf sein Rufen. Fokke warf einen Blick in den Stall und schaute auf die Melkanlage. Wieso wurden Erichs Kühe am frühen Nachmittag gemolken? Das passierte normalerweise in den frühen Morgenstunden und ein zweites Mal am späten Nachmittag.

»Ihr seht eigentlich nicht so aus, als wenn es schon so weit wäre«, murmelte Fokke verblüfft.

Er hatte früher ständig bei der Hofarbeit geholfen, um sein mageres Taschengeld aufzufrischen. Sein Blick erfasste die nur mäßig gefüllten Euter, und Fokke registrierte das unwillige Muhen der Kühe.

So'n Quatsch. Ich schalte die Anlage einfach aus und lass die armen Viecher zurück auf die Weide, entschied er.

Fokke ging hinüber zum Bedienpult der automatischen Melkanlage und stoppte das Programm. Anschließend löste er die Kühe aus ihren Geschirren und öffnete die Hintertür, sodass das Milchvieh hinaustrotten konnte. Fokke warf einen prüfenden Blick auf die Standardeinstellungen der Melkanlage. Zu seiner Verwunderung entdeckte er zwei voreingestellte Uhrzeiten. Warum lief die Anlage dann jetzt?

Was mochte seinen Onkel dazu bewogen haben? Kopfschüttelnd drehte Fokke sich um und wollte in die Wohnküche gehen. Dabei wäre er um Haaresbreite über den massigen Körper des schwarzen Katers gestolpert, der sich unbemerkt hinter ihn gesetzt hatte.

»Mensch, Düvel! Das könnte böse ins Auge gehen«, rief er erschrocken aus.

Der lange Blick aus dem gesunden grünen Auge erinnerte Fokke an seine Schwester. Es lag eine gewisse Überheblichkeit darin, so als wenn der Kater ihn für die Warnung lediglich auslachen würde.

»Aha, so einer bist du also«, sagte er.

Fokke ging um den Kater herum, der sich nicht bequemte, aus dem Weg zu gehen. Da Düvel schließlich auf dem Hof zu Hause war, gewährte er ihm dieses Recht. Als Fokke sich umdrehte, war vom Kater keine Spur mehr zu sehen.

»Dat is een liese Düvel«, murmelte er.

VIER

Mittlerweile bereute Fokke Mommsen seine überhastete Aktion schon wieder. Doch er würde keinesfalls zu Kreuze kriechen. In jeder anderen Stadt hätte er sich schlicht in einem anderen Gasthaus oder einer Pension eingemietet.

Es gab in Bredstedt kein anderes Gasthaus, und die wenigen Pensionen wurden ausschließlich von Mitgliedern oder engen Freunden des Boysenclans betrieben. Vorerst verdrängte Fokke den Gedanken und konzentrierte sich lieber auf die Recherchen im Mordfall Hauke Boysen.

»Hallo, Lars. Gibt es Neuigkeiten?«, fragte er.

Der Kollege aus Lübeck hatte sich bereits nach dem zweiten Freizeichen gemeldet. Fokke lauschte seinen Ausführungen, während er aus dem Küchenfenster auf den wenig gepflegten Kräutergarten seines Onkels schaute.

»Dann steht es also fest. Hauke war tot, als man ihn in die Scheune gebracht hat«, sagte er.

Der Obduktionsbefund aus dem Rechtsmedizinischen Institut ließ diesbezüglich keine Zweifel offen. Der Mörder hatte seine Tat woanders verübt und Hauke anschließend in die Scheune geschleppt.

»Die Brandstiftung sollte nur zur Vertuschung des Mordes dienen«, sagte Lars.

Konnte Fokke damit seinem Cousin helfen? Er war sich noch nicht schlüssig, ob dieser Ablauf tatsächlich für Dirk sprach oder gegen ihn.

»Was steht denn im Befund zur eigentlichen Todesursache?«, fragte er.

Sein Kollege las ihm die entsprechenden Passagen vor, worauf Fokke einen nicht jugendfreien Fluch vom Stapel ließ.

»Dieser Wasserstrahl hat weitere Verletzungen hinzugefügt, trotzdem ist der Rechtsmediziner sich absolut sicher. Hauke Boysen wurde mittels stumpfer Gewalteinwirkung auf seinen Schädel getötet«, teilte Lars Brinkmann mit.

Das konnte eindeutig gegen Fokkes Cousin ausgelegt werden. Die Staatsanwaltschaft würde vielleicht sogar so argumentieren, dass Dirk Mommsen mit voller Absicht den Wasserstrahl gegen den Schädel des Toten gelenkt hätte.

»Man könnte annehmen, dass Dirk dadurch seine Spuren verwischen wollte«, sagte Lars.

Jeder erfahrene Mordermittler würde große Zweifel an der zufälligen Verquickung all dieser Umstände äußern. Der Obduktionsbericht war nicht dazu geeignet, Dirk Mommsen zu entlasten. Ganz im Gegenteil.

»Tut mir leid, wenn ich dir keine besseren Nachrichten zukommen lassen konnte«, entschuldigte sich Lars.

Fokke dankte seinem Kollegen und bat ihn, ihn über den Stand der Ermittlungen bei den Husumer Kollegen auf dem Laufenden zu halten. »Vielleicht werden Hinweise unterschiedlich gewichtet«, sagte Fokke.

Heidemarie Boysen würde niemals ein laufendes Verfahren manipulieren. Sie verfügte allerdings über die Kompetenz, entlastende Hinweise weniger intensiv untersuchen zu lassen. Lars Brinkmann versprach, ein Auge auf den Fall zu haben, und damit war das Telefonat beendet.

So komme ich nicht weiter, dachte Fokke.

Er musste sein Vorgehen verändern. Eine Entlastung seines Cousins gestaltete sich immer schwieriger, alles, was Fokke herausfand, belastete Dirk zusätzlich.

Ab sofort würden Hauke Boysen und sein Leben der Schwerpunkt seiner Ermittlungen werden. Es musste einen Auslöser für seine Ermordung gegeben haben. Und den musste Fokke finden.

Jede vernünftige Mordkommission würde normalerweise parallel ermitteln, doch in diesem speziellen Fall war sich Fokke Mommsen da nicht so sicher. Damit fiel ihm diese Aufgabe zu, und dabei würde er ohne die Unterstützung seiner Familie kaum vorankommen.

Noch kannst du abhauen, dachte er verzweifelt.

In Fokke tobte ein Streit. Sollte er sein persönliches Wohlbefinden dem Aufspüren eines Mörders vorziehen? Konnte er seinen Cousin im Stich lassen?

»So'n Schiet! Wäre ich bloß nach Mallorca geflogen«, schimpfte er halblaut.

Fokke trat wütend gegen den Küchenschrank, was ihm ein ärgerliches Fauchen eintrug. Erschrocken zuckte er zurück und entdeckte den schwarzen Kater, der soeben die getrockneten Reste von einem Teller schleckte.

»Kein Wunder, dass du so ein fetter Kater bist«, sagte er.

Mit diesem Kommentar konnte das Tier anscheinend gut leben, denn der Kater machte sich erneut über die Speisereste her. Fokke ließ ihn allein und machte sich auf den Weg durchs Haus. Seine stille Hoffnung war, dass er hier eine vorübergehende Unterkunft finden würde. In früheren Jahren hatte sein Onkel immer wieder Erntehelfer auf seinem Hof einquartiert.

Es war unfassbar, wie dumm er sich verhalten hatte. Seit seiner Schulzeit bekämpfte er sein aufbrausendes Naturell und hatte ernsthaft angenommen, es mittlerweile besser unter Kontrolle zu haben.

Es darf nicht sein, dass ein Idiot wie Hauke Boysen alles kaputtmacht, dachte er grimmig.

Sein Leben war von den Menschen in Bredstedt bestimmt, und er liebte diese Menschen. Hier war sein Platz, und er würde alles dafür tun, um ihn zu verteidigen. Gemordet hatte er nun auch schon.

Mord? Müsste dafür nicht der Wunsch zu töten vorher da gewesen sein?, zweifelte er.

Er hatte den dämlichen Bauern nicht töten wollen. Hätte Boysen einfach nur seine Schnauze gehalten! Hätte er nur. Die Aussprache lief aus dem Ruder, auch weil Hauke Boysen getrunken hatte. Zuerst diese Karte, mit der er groß herauskommen wollte. Zu plump in seinen Augen, aber Hauke war noch nie sonderlich schlau gewesen.

Mich zu erpressen war total bescheuert, dachte er.

Wie hätte er es sich gefallen lassen können? Sein Leben war bestens aufgestellt, und nur wegen einer lächerlichen Affäre wollte er es nicht wegschmeißen.

Wieso ging das nicht in seinen Dickschädel hinein? Es war

schier unfassbar, zu welchem Zeitpunkt Hauke Boysen ihm in die Parade hatte fahren wollen. Zufall?

Natürlich. Woher hätte dieser Trottel denn wissen sollen, dass diese Entscheidung anstand?

Manchmal fragte er sich, was wohl passiert wäre, wenn Hauke zwei Wochen früher oder einen Monat später den Erpressungsversuch gewagt hätte. Seine Überlegungen wurden gestört, als er den kräftig gebauten Kommissar über den Hofplatz laufen sah. Was zum Teufel wollte der Schnüffler aus Lübeck denn hier?

»Verflucht sei dieser ganze Clan!«, stieß er hervor.

Die Bäume und Büsche auf dem Knick schützten ihn vor neugierigen Blicken, trotzdem rutschte er ein Stück tiefer in seinen Sitz. Mit misstrauischen Blicken verfolgte er, wie Fokke Mommsen an der niedergebrannten Scheune stehen blieb.

Könnte er etwas entdecken?, fragte er sich.

An dem Abend hatte er improvisieren müssen, was eindeutig nicht zu seinen Stärken zählte. Sein Talent lag mehr in der sorgfältigen Vorbereitung und der disziplinierten Umsetzung von Plänen. Deswegen war er auch an diesen Ort in der Nähe von Hauke Boysens Hof gekommen. Die Zweifel nagten an seinen Nerven, und am liebsten hätte er sich selbst gründlich auf dem Bauernhof umgesehen. Doch damit würde er ein viel zu großes Risiko eingehen. Bislang brachte man ihn noch nicht mit dem Feuer und dem Mord in Verbindung.

Der darf einfach nichts finden. Das Feuer müsste alle verdächtigen Spuren getilgt haben, besänftigte er seine Nerven.

Kaum war Fokke Mommsen im Wohnhaus von Hauke Boysen verschwunden, startete er den Motor und wendete seinen Wagen. Ein vorsichtiger Blick in den Rückspiegel ließ ihn aufatmen. Fokke hatte offenbar den geparkten Wagen übersehen, oder er schenkte ihm keine besondere Beachtung. Warum auch?

Der Wallander von Bredstedt wird mir auch nicht auf die Schliche kommen, dachte er.

In seinen Augen war jemand ein Versager, wenn er freiwillig zur Polizei ging. Jeder halbwegs intelligente Mensch würde sich einen so schlecht bezahlten Beruf nicht antun, sondern eine bessere Position anstreben. So wie er.

»Du bist mir nicht gewachsen, Fokke Mommsen«, rief er laut aus.

Als sein Wagen die Stadtgrenze von Bredstedt passierte, pfiff er fröhlich vor sich hin. Seine Bedenken verdrängte er so erfolgreich, dass er den restlichen Nachmittag mit bester Laune verbrachte. Er fühlte sich sehr sicher.

Den Entschluss, sich noch einmal in aller Ruhe auf Haukes Hof umzusehen, fasste Fokke spontan. Er lief über die hintere Koppel, überstieg den Zaun und war nach sechs oder sieben Minuten auf dem Nachbarhof.

Hoffentlich niemand aus dem Boysenclan, dachte er, als sein Blick die schemenhaften Konturen eines Fahrzeuges erfasste, das auf dem Feldweg parkte. Wenn Fokke Pech hatte, säße einer aus dem riesigen Clan der Boysens darin und alarmierte sofort Heiner und Ulf. Noch einmal würde Fokke nicht so glimpflich davonkommen, wenn die beiden ihn auf dem Hof von Hauke antrafen.

Hier werde ich kaum etwas finden, dachte er.

Fokke blieb einen Augenblick vor den verkohlten Überresten der Scheune stehen und starrte sie an. Der scharfe Geruch von verbrannter Schafscheiße lag noch immer in der Luft. Schließlich wandte er sich ab und ging hinüber zum Wohnhaus.

Die haben nicht einmal das Haus versiegelt, staunte Fokke.

Weder war ein polizeiliches Siegel an der Haustür angebracht, noch war sie abgeschlossen. Solange der Bauernhof bewirtschaftet wurde, musste man in Nordfriesland seine Türen auch nicht verriegeln. Da es sich hierbei jedoch um einen Tatort handelte und niemand den Hof beaufsichtigte, wäre mehr Umsicht angebracht gewesen. Als Fokke im schmalen Flur stand, schaute er durch die Gardinen hinüber zum Feldweg.

Wohl doch nur einer, der eine Pause eingelegt hat oder in Ruhe telefonieren wollte, dachte er.

Der Wagen auf dem Weg war verschwunden, was Fokke ungemein beruhigte. Wäre es einer der Boysens gewesen, hätte er mit Sicherheit auf das Eintreffen des Streifenwagens gewartet. Fokke wanderte durch die Räume und fand sie ähnlich unordentlich vor wie die auf dem Hof seines Onkels.

»Typische Junggesellen eben«, murmelte er.

Dabei war er selbst alleinstehend, und doch hielt er seine zweieinhalb Zimmer in Lübeck besser in Ordnung. Ein muffiger Geruch hing im Haus, weil seit Tagen niemand mehr gelüftet hatte. Besonders intensiv war der Gestank im Schlafzimmer, wo Fokke angewidert auf die verdreckte Bettwäsche schaute.

Kein Wunder, dass der nie ein weibliches Wesen hierherlocken konnte, dachte er.

Fokke untersuchte einen alten Holzschreibtisch, der in einer Ecke des Wohnzimmers stand. Auf der Oberfläche lagen diverse Rechnungen, geöffnete und noch verschlossene Kuverts herum. Offenbar hatte Hauke es mit seiner Buchführung nicht so genau genommen. Fokke nahm die Unterlagen nacheinander in die Hand und suchte nach einem Hinweis, woher das Geld für den neuen Schlepper stammte. Hatte Hauke sich eventuell bei einer der neuen Banken in Flensburg oder Husum doch noch einen Kredit beschaffen können?

Die Bank hier in Bredstedt hätte ihm bei dem Kontostand keinen einzigen Cent mehr geliehen, stellte Fokke fest.

Ihm war ein Stapel von Kontoauszügen in die Hände gefallen, die ein trauriges Zeugnis über den wirtschaftlichen Stand des Betriebs ablegten. Hauke Boysen war unmittelbar vor seinem Tod rettungslos überschuldet gewesen und hätte demnächst Insolvenz anmelden dürfen. Diese Tatsache machte es umso unglaubwürdiger, dass irgendeine Bank dem Landwirt noch Kredit gewährt hatte.

Ein Ausweg aus dieser Situation konnte eine Entschädigungssumme wegen der angeblichen Grenzmanipulationen sein. Vielleicht tauchte auch ein reicher Gönner auf, was allerdings sehr unwahrscheinlich war.

Und doch gab es diese merkwürdige Geschichte mit dem Schlepper, den Hauke von Frank Pörksen gekauft hatte. Der Händler war sicherlich bestens über die finanziellen Verhältnisse des Landwirtes informiert gewesen, und trotzdem schloss Pörksen das Geschäft ab. Wieso?

Hatte einer aus der Familie für Hauke gebürgt? Nein, das konnte sich Fokke nicht vorstellen.

Er konzentrierte seine Suche auf den Kaufvertrag für den

Schlepper. Daraus musste doch hervorgehen, wie es mit der Bezahlung gelaufen war. Lange musste Fokke nicht suchen. Als er den Kaufvertrag in den Händen hielt, schaute er fassungslos auf das Feld mit der Anzahlung.

Fünfundzwanzigtausend Euro musste Hauke bezahlen. Die ersten drei Raten hatte er in bar bezahlt. Woher stammte das Kapital dafür?

Allein die Anzahlung überschritt die finanziellen Möglichkeiten von Hauke Boysen völlig. Zusammen mit den drei bereits geleisteten Monatsraten verfügte der chronisch bankrotte Landwirt urplötzlich über mehr als fünfundzwanzigtausend Euro. Von diesem Geld hätte Hauke locker ein Jahr leben können.

Wieso kauft der einen neuen Schlepper? Wofür hat er den so dringend gebraucht?

Die Fragen wurden immer mehr, und Fokke hatte gerade erst mit seiner Suche angefangen. Vor kurzer Zeit musste in Hauke Boysens Leben etwas passiert sein, das zu diesem unverhofften Geldsegen geführt hatte. Lag darin der Schlüssel zum Mord? Fokkes Instinkt sagte ihm, dass er auf der richtigen Fährte war.

Außer vielen neuen Fragen brachte die Durchsuchung wenig ein. Was immer zum finanziellen Aufschwung bei Hauke Boysen geführt hatte, es schlug sich nicht in seinem Wohnhaus nieder. Obwohl es bei Erich Mommsen auch eher rustikal zuging, war dessen Haus klinisch rein im Verhältnis zum Lotterhof seines Nachbarn.

»Fokke? Was treibt dich schon wieder her?«, rief sein Onkel.

Als er den Ferguson mit dem Heuwender auf den Hof zufahren sah, blieb Fokke neben seinem Wagen stehen und wartete, bis sein Onkel den Traktor abgestellt hatte.

»Asyl. Kann ich einige Tage in der Bude oben einziehen?«, fragte er.

Ein nachdenklicher Blick streifte Fokke, bevor Erich knapp nickte.

»Ich kümmere mich auch um den Einkauf«, sagte Fokke.

Ob er damit ein wichtiges Argument lieferte, war Erich Mommsen nicht anzusehen.

»Ich war drüben und habe mich ein wenig umgesehen.« Fokke

deutete dabei mit dem Daumen über die Schulter. Sein Onkel hob den Blick und zog dann seine Pfeife aus einer der vielen Taschen an seinem Overall. Während Fokke von seinen Erkenntnissen erzählte, holte Erich einen ledernen Beutel heraus und stopfte gelassen Tabak in den kleinen Pfeifenkopf. Anschließend entzündete er seine Pfeife und paffte genüsslich dicke Rauchwolken in den leicht bedeckten Himmel von Nordfriesland.

»Kredit bei einer auswärtigen Bank? Glööv ick nich. Eher hat Hauke sich das Geld von seiner Mischpoke zusammengeliehen«, urteilte Erich.

Fokke hatte verdrängt, wie sehr sein Onkel die Familie der Boysens verachtete. Er wusste nur ungefähr, woher diese extreme Abneigung rührte. Wenn es stimmte, hing es mit einer Liebesgeschichte à la Romeo und Julia zusammen. Angeblich hatte Erich sich in die schöne Tochter von Friedrich Ernst Boysen verguckt, und sie erwiderte die Gefühle. Doch beide Clans verhinderten, dass es zu einer echten Liebesbeziehung werden konnte. Die schöne Landwirtstochter wurde kurzerhand auf ein Internat in Süddeutschland geschickt, und Erich blieb mit gebrochenem Herzen zurück. Fokke hatte sich seinen Onkel nie als heißen Liebhaber vorstellen können, weshalb er Zweifel an der Geschichte hegte.

»Ich werde meinen Kollegen darauf ansetzen. Sollte Hauke sich bei einer Bank in Husum oder Flensburg Kredit erschwindelt haben, findet Lars es heraus«, sagte Fokke.

Ihr Gespräch wurde von einem dunkelroten Toyota unterbrochen, der schwungvoll auf den Hofplatz fuhr. Als Erich den Fahrer erkannte, krauste er verwirrt die Stirn.

»Was macht Fehring denn heute hier? Er wollte doch am Donnerstag kommen.«

»Heute ist Donnerstag, Erich. Ich wusste gar nicht, dass Kay dein Tierarzt ist«, sagte Fokke.

Sein Onkel schaute irritiert zum Stall hinüber, so als wenn er etwas suchte.

»Ich habe die Melkanlage angehalten und die Kühe auf die Weide gelassen«, sagte Fokke.

Jetzt schaute Erich seinen Neffen an, als wenn der den Verstand verloren hätte. Kay Fehring hatte sich mittlerweile hohe Gummistiefel und einen grünen Overall angezogen. Der Tierarzt beugte sich in den Geländewagen und zog seine Arzttasche vom Rücksitz.

Was würde Kay machen, wenn er von den Treffen zwischen seiner Frau und ihm erfuhr? In Fokkes Kopf wirbelten die Gedanken durcheinander.

»Wat hast du gemacht? Wieso waren die Viecher denn im Stall?«, fragte Erich ungläubig.

»Moin, Erich. Hallo, Fokke. Ich habe schon gehört, dass du wieder mal in Bredstedt bist«, begrüßte sie Kay Fehring.

Zum Glück nahm sein Onkel den hochgewachsenen Tierarzt sofort in Beschlag, sodass Fokke zu keiner längeren Erklärung gezwungen wurde. Während Erich und Kay hinüber zur Weide stiefelten, zückte Fokke sein Handy und wählte die Nummer seiner Dienststelle in Lübeck.

»Moin, Lars. Ich muss dich um noch einen Gefallen bitten«, meldete er sich.

Sein Kollege unkte über das Moin und meinte, dass Fokke sich schon zu lange in seiner Heimat aufhielt.

»Ich bin selbst froh, wenn ich wieder von hier verschwinden kann. Hör zu, ich benötige einige Bankauskünfte«, erwiderte Fokke. Er schilderte seinem Kollegen, was er genau brauchte, und bat um möglichst baldige Erledigung.

»Konntest du einen Blick auf den Ermittlungsstand der Husumer Kollegen werfen?«, fragte er.

Zu Fokkes Verwunderung konzentrierten sich deren Nachforschungen nicht ausschließlich auf Dirk Mommsen, was ihn einigermaßen überraschte. Vielleicht unterschätzte er Heidemarie Boysen. Nachdem Lars Brinkmann ihm alle Neuigkeiten übermittelt hatte, beendeten sie das Gespräch. Fokke blieb eine Weile auf dem Hofplatz stehen und rieb sich nachdenklich den Nacken. Als ihn etwas am Bein streifte, schaute er überrascht nach unten.

»Na, du ole Düvel.«

Der dicke Kater strich um Fokkes Beine. Der beugte sich hinunter und kraulte das dichte Fell, was ein tiefes Schnurren auslöste. So einfach konnte das Leben sein. Mehr als gelegentliche

Streicheleinheiten benötigte der Kater vermutlich nicht. Seltsamerweise musste Fokke dabei an Heike denken.

Die beiden Frauen schüttelten entrüstet den Kopf.

»Typisch, oder? Männer vertragen keine Kritik«, sagte Anne.

Sie hatte ihrer Nichte erzählen können, wo Fokke abgeblieben war. Ihr umfangreiches Netzwerk funktionierte wieder einmal reibungslos, und so konnten sich Wiebke und Anne über die neue Männerwohngemeinschaft auslassen.

»Wobei es für Erich sicherlich ganz gut ist, wenn er nicht so völlig allein auf dem Hof lebt«, erwiderte Wiebke.

»Ja, wenn man dran denkt, dass Erich immer tüdeliger wird«, sagte Anne.

Sie griff zum Glas und trank einen kräftigen Schluck vom Alsterwasser. Wiebke warf einen Blick auf ihre anderen Gäste, die jedoch von ihrer Aushilfe bestens versorgt wurden. Während der Saison arbeiteten immer zwei ortsansässige Frauen im Wechsel im »Pesel«, damit Wiebke dem Andrang der Touristen gewachsen blieb.

»Du hast Angst, dass Fokke was über Dinge erfahren würde, die du lieber für dich behalten möchtest?«, stichelte Wiebke.

Ein erboster Ausdruck trat in Anne Mommsens Augen, die sich voll und ganz mit ihrer angeheirateten Familie identifizierte. »Ich denke doch, dass ich nicht die Einzige bin, die ihre Geheimnisse bewahren möchte. Besonders jetzt, wo eine gewisse Landrätin in deiner Gaststätte ein- und ausgeht«, antwortete sie.

Wiebke zuckte leicht zusammen. Sie ging davon aus, dass dank ihrer Umsicht bislang niemand in Bredstedt über ihre Affäre mit dem verheirateten Tierarzt Bescheid wusste. Die Andeutung ihrer Tante versetzte ihr daher einen mächtigen Schrecken.

»Schon gut, Anne. Ich möchte nur nicht, dass Fokke zwischen die Stühle gerät«, ruderte sie zurück.

Ein verständnisvolles Lächeln huschte über das Gesicht ihrer Tante.

»Immer die große Schwester, die ihren kleinen Bruder beschützen will. Du unterschätzt Fokke, meine Liebe. Er kann hervorragend auf sich allein aufpassen, mal abgesehen von den Frauen natürlich«, sagte Anne.

»Was meinst du denn damit schon wieder?«, fragte Wiebke.

»Seitdem Fokke hier ist, sieht man ihn öfter in Frauenbegleitung. Mal ist es die Landrätin, aber er wurde auch schon bei Celia Boysen gesehen. Hat er das wohl im Griff? Was meinst du?«, fragte Anne.

Ihre Gegenfragen waren das reine Gift, und da Wiebke es erkannte, schluckte sie eine schnelle Antwort hinunter. Fokke traf sich ausgerechnet mit zwei Frauen, die Wiebke nicht gern in seiner Nähe sah. Verärgert wischte sie einen imaginären Fleck von der Tischplatte.

»Wat geiht uns dat an?«, fragte sie.

Der spöttische Ausdruck im Gesicht ihrer Tante bewies, dass sie Wiebkes vorgespielte Gleichgültigkeit als solche erkannt hatte.

»Dirk braucht Fokke, und wir brauchen ihn. Es ist wirklich zu blöd, dass ihr euch gestritten habt. Wie sollen wir jetzt wissen, dass Erich nicht zu viel plaudert?«, fragte Anne.

Sie handelte wie immer ganz im Sinne der Familie. Fokke wurde gebraucht, und gleichzeitig durfte er als Außenseiter nicht zu tief in die Geheimnisse der Familienfehde eingeweiht werden. Vor allem wollte Anne über alles, was Fokke tat, Bescheid wissen. Eine vertrauenswürdige Person aus der Familie musste Wiebkes Rolle übernehmen.

»Mit Thorben hat sich Fokke immer gut verstanden, käme der nicht in Betracht?«, fragte Wiebke.

Der wissenschaftliche Leiter des Nordfriisk Instituts gehörte zu den Menschen, die Fokke sehr nahestanden. Thorben Mommsen hatte in Kiel studiert und eine Weile in Berlin gearbeitet, bevor es ihn zurück nach Nordfriesland gezogen hatte. Oft trafen sich die beiden Männer, wenn Fokke in Bredstedt zu Besuch war. Gleichzeitig verfolgte Thorben als Fachmann für nordfriesische Geschichte die Fehde zwischen den Clans mit wissenschaftlicher Neugier, ohne sich einzumischen.

»Ja, eine gute Idee. Ich werde ihn besuchen und mit ihm sprechen. Fokke wird bestimmt zu ihm Kontakt aufnehmen«, stimmte Anne zu.

Die beiden Frauen besprachen weitere Angelegenheiten, und Wiebke wurde sich bewusst, dass ihre Rolle innerhalb der Familie sich gerade veränderte. Bislang war es ihr als Inhaberin des »Pesel«

gelungen, auch von den Mitgliedern des Boysenclans wenigstens als neutrale Person wahrgenommen zu werden. Sie musste darauf achten, dass sich ihre Position in dieser Hinsicht nicht zu stark veränderte. Diese spezielle Haltung half auch der Familie und verschaffte Wiebke gleichzeitig ein wenig Abstand von einer möglichen Vereinnahmung.

»Haltet mich auf dem Laufenden. Fokke ist ein ziemlicher Dickkopf und wird sich vermutlich die nächsten Tage nicht bei mir blicken lassen«, bat sie.

Erneut huschte ein spöttisches Lächeln über Annes Gesicht.

»Du könntest doch einfach zum Hof von Erich hinausfahren und Frieden mit deinem Bruder schließen«, sagte sie.

Daraufhin erhob Wiebke sich ruckartig und stemmte wütend die Fäuste in die Hüften.

»Ich soll zu Kreuze kriechen? Fokke hat den Streit vom Zaun gebrochen und meine Gastfreundschaft beleidigt! Also muss er zu mir kommen und sich entschuldigen, ansonsten kann er meinetwegen bis in alle Zeiten auf Erichs Hof wohnen«, stieß sie hervor.

Anne lächelte nachsichtig und erhob sich gelassen.

»So, so. Fokke ist also ein Dickkopf. Man gut, dass du so eine nachgiebige Seele bist«, spottete sie gutmütig.

»Macht drei Euro und fünfzig Cent für das Alsterwasser«, sagte Wiebke.

Ihre Tante verkniff sich ein weiteres Lächeln und drückte ihrer Nichte vier Euro in die Hand. »Stimmt so. Der Rest ist für die freundliche Bedienung des Hauses«, sagte sie.

Obwohl ihre Nichte weiterhin beleidigt tat, umarmte Anne sie und drückte Wiebke einen Kuss auf die Wange. Mit einem fröhlichen Winken verabschiedete sie sich anschließend und nahm die nachgerufenen Grüße an ihren Mann noch an der Eingangstür auf.

»Mach ich, Wiebke. Ich werde auch Thorben grüßen«, versprach Anne.

Fokke hatte die Küche aufgeräumt, das Geschirr abgewaschen und die Lebensmittel mit abgelaufenem Haltbarkeitsdatum aus dem Kühlschrank entfernt.

Erstaunlich ungesundes Zeug für einen Landwirt, dachte er.

Für den normalen Stadtmenschen, zumal wenn es sich um eine alleinstehende Person handelte, gehörte Junkfood zum alltäglichen Leben. Doch auf dem Land ernährten sich die Menschen in der Regel bewusster, auch weil es dort nur wenige Niederlassungen von McDonald's oder Burger King gab. Daher staunte Fokke über den Inhalt des Kühlschrankes, der kaum gesunde Lebensmittel enthielt.

»Lars? Das ging schneller als erwartet«, sagte er überrascht und stellte den Kessel mit heißem Wasser zur Seite, um in Ruhe zu sprechen.

Die Kaffeezubereitung war hier ein wenig komplizierter, als er es von Haus aus gewohnt war.

»Ich konnte die Banken zu einer schnellen Auskunft bewegen. Also, Hauke Boysen hat bei keinem der Institute im Land Schleswig-Holstein oder in Hamburg einen Kredit erhalten. Es existieren nicht einmal Girokonten bei einer der Banken«, teilte Lars mit.

Fokke dankte seinem Kollegen für die prompte Erledigung seiner Anfrage und setzte sich eine Minute später mit dem Becher Kaffee an den Tisch. Nachdenklich trank er das aromatische Gebräu in kleinen Schlucken, während sein Verstand die neuesten Informationen verarbeitete.

»Dann bleibt noch die Familie oder was Illegales«, murmelte er.

Fokkes Instinkt signalisierte ihm hartnäckig, dass er auf der richtigen Fährte war. Trotzdem half ihm das im Moment nur bedingt weiter. Er musste einfach das persönliche Umfeld des Opfers besser ausleuchten. Nur wie?

Ohne die Unterstützung meiner Familie wird daraus nichts, dachte Fokke.

Diese unschöne Aussicht verdarb ihm fast den Genuss am frisch aufgebrühten Kaffee. Er würde mit Anne darüber sprechen und sehen, wie sie ihm helfen könnte. Da er Motorengeräusche hörte, stand Fokke auf und schaute aus dem Küchenfenster.

»Warst du das vorhin?«, fragte er halblaut.

Erst jetzt fiel ihm auf, dass der Wagen des Tierarztes eine große

Ähnlichkeit mit dem Wagen auf dem Feldweg aufwies. Farbe und Größe passten zum Fahrzeug, das dort halb verdeckt geparkt hatte. Wenn es Kay Fehring gewesen war, stellten sich völlig neue Fragen.

»Beschattest du etwa Heike? Glaubst du, wir haben etwas miteinander?«, fragte Fokke leise.

Natürlich antwortete sein Antlitz in der Küchenscheibe nicht auf die Fragen, doch Fokke spürte ein unangenehmes Ziehen in der Magengrube. Das Letzte, was er im Augenblick gebrauchen könnte, wäre der Streit mit einem eifersüchtigen Ehemann.

»Was ist denn hier passiert?«, meldete sich Erich in Fokkes Rücken.

Der wandte sich um und zuckte mit den Achseln.

»Ich habe mich nützlich gemacht. Ist es nicht in Ordnung?«, fragte Fokke.

Sein Onkel brummelte etwas Unverständliches in seine grauen Bartstoppeln und schenkte sich dabei einen Becher Kaffee ein. Nachdem er ihn probiert und offensichtlich für gut befunden hatte, setzte Erich Mommsen sich an den Tisch. Fokke rutschte in die Eckbank und stellte seinen Becher ab.

»Ich weiß jetzt, dass Hauke bei keiner Bank einen Kredit erhalten hat. Wie zum Teufel ist er dann an fünfundzwanzigtausend Euro gekommen?«

Fokke schaute seinen Onkel fragend an, der eine wegwerfende Handbewegung machte.

»Na, von seiner Mischpoke eben. Habe ich doch schon vorhin gesagt«, sagte Erich.

»Glaubst du wirklich, dass die Boysens einem Versager wie Hauke so viel Geld überlassen würden?«, fragte Fokke.

Erich schnäuzte sich und wischte den Schnodder mit dem Handrücken weg. Fokke schmeckte der Kaffee auf einmal nicht mehr so gut, und auch sein Mageninhalt zeigte Tendenzen, den Weg durch die Speiseröhre in Richtung Mund anzutreten. An solchen Reaktionen erkannte er, wie lange er schon nicht mehr eine längere Zeit im Schoße seiner Familie zugebracht hatte. Als Jugendlicher hatte ihn das Verhalten seines Onkels nicht weiter gestört.

»Nö, so doof sind die eigentlich auch nicht«, räumte Erich ein.

So sah es auch Fokke, der damit allerdings vor einem erheblichen Problem stand. Wie sollte er herausfinden, auf welchen krummen Wegen der Tote dann an das viele Geld gekommen war?

»Dat glööv ick nich!«, stieß sein Onkel hervor.

Bevor Fokke überhaupt realisierte, was geschah, krachte bereits der Stuhl zu Boden, und Erich Mommsen hetzte durch die Tür hinaus auf den Innenhof. Verblüfft sprang auch Fokke auf, schaute hinaus durchs Fenster und wusste sofort, was seinen Onkel dermaßen in Rage versetzt hatte. Ein dunkelblauer Audi parkte mitten auf dem Hof, und Heidemarie Boysen war auf dem Weg zur Haustür.

»Das bedeutet nichts Gutes«, murmelte Fokke nervös.

Er drehte sich um und folgte seinem Onkel hinaus auf den Hof.

»Gah af von mien Hoff!«, brüllte Erich gerade.

Sein Onkel hatte auf dem Weg hinaus eine Mistgabel gepackt und hielt sie jetzt drohend in den schwieligen Händen. Während der Fahrer sich in Bewegung setzte, um seiner Chefin beizustehen, blieb Heidemarie Boysen gelassen.

»Ich bin nicht deinetwegen hier, Erich. Wo ist Fokke?«, fragte sie kühl.

Der Kommissar schob sich an seinem Onkel vorbei und machte Erich dabei ein Zeichen, damit er die Mistgabel senkte. Mürrisch befolgte der diese Aufforderung, behielt aber den ungebetenen Gast scharf im Blick. Der Fahrer wich auf einen Wink seiner Vorgesetzten wieder zum Wagen zurück.

»Moin, Heidemarie. Welch unerwarteter Besuch«, sagte Fokke.

Die Kriminalrätin schaute ihn wie ein missliebiges Insekt an.

»Moin, Fokke. Das ist kein Höflichkeitsbesuch. Du überschreitest deine Befugnisse, und ich will dich warnen. Stell deine privaten Nachforschungen umgehend ein, oder ich beschwere mich offiziell bei deiner Dienststelle in Lübeck«, sagte sie.

Die Kriminalrätin musste eisern auf ihre Ernährung achten und vermutlich etliche Stunden in einem Fitnessclub zubringen, damit sie so schlank blieb. Wie viele aus ihrer Familie neigte Heidemarie Boysen erkennbar zu Übergewicht. Die Kostümjacke schien eine Nummer zu klein für sie und spannte an den Nähten.

»Klär mich auf, Heidemarie. Wann genau habe ich meine Befugnisse überschritten?«, fragte Fokke.

Die blaugrauen Augen von Heidemarie Boysen funkelten gefährlich.

»Mehrfach, wie du sehr wohl weißt. Angefangen bei der Schnüffelei am Tatort, dann durch Erkundigungen in der Rechtsmedizin und erst heute durch die Abfrage der Bankdaten von Hauke. Hör auf damit oder du wirst es bereuen!«, sagte sie.

Fokke spürte unwillkürlich Anerkennung für sie in sich aufsteigen. Heidemarie Boysen machte ihren Job ausgesprochen gut, auch wenn es Fokke schwerfiel, das einzuräumen.

»Wer führt eigentlich die Ermittlungen, Heidemarie? Für Ulf und Heiner ist es wohl eine Nummer zu groß, oder?«, fragte Fokke.

Sie machte zwei lange Schritte auf ihn zu, sodass sich ihre Nasenspitzen fast berührten. Zu seiner Überraschung empfand Fokke die körperliche Nähe nicht einmal als unangenehm.

»Das geht dich nichts an, Fokke Mommsen! Sollten wir dich auch nur noch einmal bei der geringsten Einmischung erwischen, dann geht die Beschwerde raus. Ist das endlich in deinem Sturkopf angekommen?«, fragte Heidemarie.

Er hielt ihrem Blick stand und nickte schließlich nach einigen Sekunden. Mit einem warnenden Blick wandte Heidemarie Boysen sich um und eilte auf den Wagen zu. Der aufmerksame Fahrer öffnete sofort die hintere Tür des Audis, damit seine Vorgesetzte ohne Verzögerung einsteigen konnte. Gleich darauf sprang der Mann hinter das Lenkrad und startete den Motor. Mit einem eleganten Wendemanöver verließ der Audi den Innenhof. Erich und Fokke Mommsen schauten dem Wagen stumm hinterher.

»Das war eine Kriegserklärung«, stellte Erich fest.

Und ob es das war.

»Ja, und dabei steht meine berufliche Karriere auf dem Spiel«, sagte Fokke.

FÜNF

Die angespannte Atmosphäre in der Wohnstube von Anne und Stefan Mommsen hatte unterschiedliche Ursachen. Neben der anhaltend schlechten Aussicht, Dirk aus der Schusslinie zu schaffen, sorgte auch der Streit zwischen Wiebke und Fokke für schlechte Stimmung.

»Ich kann es nicht glauben, wie wir uns selbst das Leben schwer machen. Statt alle Kraft auf Dirks Freilassung zu bündeln, streiten wir uns untereinander«, schimpfte Anne.

Fokke schaute zu seiner Schwester, doch Wiebke fixierte den Teller mit Obst. Die Dickköpfigkeit war ein Familienerbe, mit dem auch Fokke gesegnet war. Doch nach dem Besuch von Heidemarie Boysen war er geneigt, dieses Mal die Streitaxt schneller als üblich zu begraben.

»An mir soll es nicht liegen, solange meine liebe Schwester sich aus meinen Privatangelegenheiten heraushält«, sagte er.

Sofort schnellte der Kopf von Wiebke hoch, und ein gefährliches Funkeln trat in ihre blauen Augen. Bevor sie jedoch etwas erwidern konnte, ergriff Anne das Wort.

»Keiner von uns mag es, wenn man sich zu sehr in private Dinge einmischt. Da sind wir uns sicherlich einig, oder, Wiebke?«

Die beiden Frauen tauschten einen Blick, der umgehend Fokkes Misstrauen weckte. Was lief da zwischen seiner Tante und Schwester? Zu seiner Verwunderung lenkte Wiebke tatsächlich ein und bot Fokke an, wieder sein Zimmer in der Gastwirtschaft zu beziehen.

»Bis übermorgen habe ich für den neuen Gast ein anderes Quartier gefunden«, sagte sie.

Als Fokke ablehnte und darauf verwies, dass er bei Erich Mommsen durchaus eine Weile wohnen könnte, folgte der nächste Blickwechsel der Frauen. Natürlich ahnte Fokke, dass es innerhalb seiner Familie Dinge gab, von denen er nichts wissen sollte. Wollte er auch gar nicht. Jetzt stellte er sich jedoch die Frage, ob eines der Geheimnisse möglicherweise mit dem Mord an Hauke Boysen zu tun haben könnte. Fokke musste unwillkürlich an die mysteriöse Geschichte mit den angeblich versetzten Grenzsteinen denken.

»Ganz wie du willst, Fokke. Vielleicht können wir dann endlich über den aktuellen Stand der Ermittlungen sprechen«, wechselte Anne das Thema.

Fokke berichtete von den Auskünften, die er von seinem Kollegen aus Lübeck erhalten hatte. Als er in diesem Zusammenhang auf die unzulässige Durchsuchung des Wohnhauses von Hauke Boysen hinwies, verdüsterte sich der Blick seiner Tante.

»Sei vorsichtig mit solchen Aktionen. Sollte Heidemarie davon hören, wird sie dir mächtig Druck machen«, sagte Anne.

»Schon passiert, Anne. Sie war vorhin bei Erich auf dem Hof und hat mir die Leviten gelesen«, erklärte Fokke.

Sein knapper Bericht über den Auftritt von Heidemarie Boysen sorgte für Unruhe.

»Das ist nicht gut, Fokke. Du solltest vorsichtiger auftreten, sonst macht Heidemarie ihre Drohung wahr«, sagte Wiebke. Sie schaute ihren Bruder so besorgt an, dass er ihr beruhigend zulächelte.

»Falls wir nicht bald auf neue Hinweise stoßen, kann ich sowieso kaum noch was tun«, sagte Fokke.

Das wollten aber weder Anne noch Stefan akzeptieren.

»Fünfundzwanzigtausend Euro sind kein Pappenstiel. Wenn Hauke keinen Kredit aufnehmen konnte, bleibt doch eigentlich nur seine Familie. Da muss man doch mehr herausfinden können«, sagte Stefan.

Fokke stimmte seinem Onkel zwar im Prinzip zu, dennoch fehlte ihm ein brauchbarer Ansatz für weitere Nachforschungen.

»Es könnte mit dieser Grenzgeschichte zusammenhängen. Ich kann ja nachher einmal bei Thorben vorbeischauen. Wenn jemand dazu etwas Objektives sagen kann, dann er«, erwiderte Fokke.

Den skeptischen Blickwechsel zwischen Wiebke und Anne konnte Fokke bestens nachvollziehen. Thorben war ein Sonderling genau wie er. Mit seiner wissenschaftlich distanzierten Art, die Streitereien der beiden Clans zu verfolgen und zu analysieren, eckte der Historiker gerne an. Vielleicht verstanden Fokke und

Thorben sich deswegen so gut. Ein Gespräch mit dem als Leiter des Nordfriisk Instituts arbeitenden Cousin konnte sich als sehr aufschlussreich erweisen.

»Sehr gute Idee«, lobte Anne.

Sie selbst würde weiterhin ihr umfangreiches Netzwerk ausnutzen, doch ein baldiger Erfolg war nicht absehbar.

Eine Stunde später umarmten Wiebke und Fokke sich neben seinem Leihwagen. Leichter Nieselregen hatte eingesetzt, nachdem das sommerliche Hoch von einem Tief abgelöst worden war. Fokke staunte beim Wetterwechsel einmal mehr über die gute Nase seines Onkels, denn Erich hatte den gesamten Tag dazu genutzt, sein Heu zu wenden, um es später in die Scheune einzubringen.

»Komm wenigstens zum Essen, du alter Dickkopf«, sagte Wiebke.

Angesichts der Umstände auf dem Hof seines Onkels nahm Fokke das verlockende Angebot gern an. Anschließend stieg jeder in seinen Wagen und fuhr einmal hupend vom Hof. In der Tür konnte Fokke den Umriss seiner Tante ausmachen, der sich dunkel gegen das Flurlicht abhob. Als er hupte, hob sie grüßend eine Hand.

Welches Geheimnis willst du wohl vor mir verbergen?, rätselte Fokke während der Fahrt.

Trotz der frühen Abendstunde lenkte er den Wagen zunächst in die Süderstraße, wo sich das Nordfriisk Institut befand. Schon als Fokke an der Amtsverwaltung vorbeifuhr, entdeckte er das völlig im Dunkeln liegende Gebäude. Daher bog er nicht auf den Parkplatz ab, sondern fuhr weiter in die Theodor-Storm-Straße. Thorben Mommsen hatte sich eines der Häuser dort gekauft, nachdem die frühere Besitzerin ins Heim umsiedeln musste. Als Fokke seinen Mietwagen auf der Auffahrt vor dem neu gebauten Carport abstellte, ging eine Lampe an und erhellte den mit Kies bestreuten Weg.

»Moin, Fokke. Du kommst gerade rechtzeitig. Das Essen steht auf dem Tisch«, rief Thorben.

Der schlaksige Thorben stand in der offenen Haustür und winkte seinen Cousin heran.

Ron betrachtete seine von Arbeit gezeichneten Hände. Auf dem Glasdach seines Ateliers trommelte der Regen, während der Bildhauer verdrießlich auf die halb fertige Skulptur schaute.

»Da fehlt das Gegenstück, Ron. Erst als Paar kann ich sie ausstellen«, hatte der Galerist gesagt.

Es hatte Ronald Tüchsen fünfzehn entbehrungsreiche Jahre gekostet, um jetzt endlich in einer so bekannten Galerie ausgestellt zu werden. Obwohl er mittlerweile einige Abnehmer für Rons Kunstwerke gefunden hatte, verhielt sich der Hamburger Galerieinhaber immer noch sehr zögerlich.

»Dazu benötige ich mehr Zeit und vor allem Geld«, hatte Ron gefordert.

Doch der geizige Galerist hatte keinen müden Cent herausgerückt, und deswegen schaute Ron nunmehr ratlos auf die halb fertige Skulptur. Mürrisch griff er zur Weinflasche und setzte sie an den Mund. Ron ignorierte das dünne Rinnsal aus Rotwein, das von seinem Mundwinkel auf den ehemals weißen Overall lief. Es war die zweite Flasche Wein, die er an diesem Abend geöffnet hatte.

»Dann eben anders«, murmelte er.

Sein glasiger Blick schweifte durch seine Werkstatt und blieb schließlich an einem verbeulten Stahlschrank hängen. Mit einem leisen Lachen erhob Ron sich und stampfte hinüber zum Schrank. Mit einem wilden Ruck riss er die Tür auf und störte sich nicht daran, dass einige Werkzeuge zu Boden fielen. Ron Tüchsen suchte etwas Bestimmtes und entdeckte die alte Filmkamera schließlich in einer Pappschachtel. Sie stammte noch aus einer Periode, in der er sich auf dem neuen Feld der Performancekunst versucht hatte.

»Damals warst du nutzlos. Heute wirst du endlich einen Zweck erhalten«, sagte er.

Die Kamera war lediglich ein Hilfsmittel für sein Vorhaben. Obwohl sich der Alkoholnebel mehr und mehr in Rons Hirn ausbreitete, blieben seine Gedanken in Verbindung mit seinem Plan erstaunlich klar.

»Wo steckt dieses verdammte Telefonbuch?«, knurrte er.

Sein Handy war wieder einmal im Verlauf einer seiner selbstzerstörerischen Anfälle zu Bruch gegangen und dieses Mal so endgültig, dass eine Reparatur ausgeschlossen war. Für ein neues Gerät fehlte dem Künstler das Geld, weshalb er das erforderliche Telefonat von der Telefonzelle beim Höker machen musste. Da Ron Tüchsen genau wusste, dass es dort kein brauchbares Telefonbuch mehr gab, musste er die benötigte Nummer aus dem eigenen Telefonverzeichnis heraussuchen. Er wusste nur nicht mehr, wo er es zuletzt hingelegt hatte.

Der Inhaber des sogenannten Hökers hatte kein Verständnis für das ungeregelte Leben eines Künstlers. Er weigerte sich standhaft, für Ron am späten Abend oder mitten in der Nacht sein kleines Geschäft nochmals aufzuschließen. Ihn konnte er also auch nicht nach einem Telefonbuch fragen.

»Bertram!«

Schlagartig fiel Ron wieder ein, wann er das eigene Telefonbuch zum letzten Mal benutzt hatte. Nachdem sein persönlicher Vorrat an alkoholischen Getränken verbraucht war, musste Ron zum Einkaufen in die Stadt. Da er seit geraumer Zeit nicht mehr im Besitz einer gültigen Fahrerlaubnis war, fuhr Ron Tüchsen meistens mit Bertram Johannsen, der seinen Lebensunterhalt als Taxiunternehmer bestritt.

Um seinem störrischen Gedächtnis weiter auf die Sprünge zu helfen, trank er noch einige Schlucke Rotwein. In der Erinnerung war der Streit mit Bertram ziemlich nebulös, was an Rons damaligem Zustand lag. Bevor der Künstler sich mit seinen Einkäufen auf den Heimweg gemacht hatte, kehrte er noch zu einem Drink in den »Pesel« ein. Erst als Bertram sein Fahrgeld haben wollte, gestand Ron ihm, dass er pleite war. Bertram wurde fuchsteufelswild und bedrängte ihn. Es folgte ein verbaler und schließlich ein handgreiflicher Streit in der Werkstatt, in dessen Verlauf Ron das örtliche Telefonbuch in ein Wurfgeschoss verwandelt und damit Bertram eine Beule zufügt hatte.

Ron schlug sich mit der flachen Hand vor die Stirn, als es ihm wieder einfiel. Er sprang so ruckartig auf, dass der Stuhl gegen die Werkbank krachte und Ron selbst ins Straucheln geriet. Mit dem Können eines erfahrenen Säufers behielt er seine Balance und taumelte hinaus ins Freie. Während der Regen sein Gesicht nässte, rief sich Ron die Situation mit Bertram Johannsen noch einmal ins Gedächtnis.

»Deine Karre stand neben dem Mofa«, murmelte er.

Das Licht aus der Werkstatt reichte gerade so eben bis zum fahrbaren Untersatz des Künstlers. Vorsichtig umrundete Tüchsen das Mofa mit dem platten Vorderreifen und stierte in die Dunkelheit dahinter. Schließlich fluchte er und richtete sich wieder auf, um zurück in die Werkstatt zu gehen. Als Ron sich umdrehte, blieb sein linker Fuß an einem Gegenstand neben dem Hinterrad des Mofas hängen. Ron stürzte nach vorne, wollte sich am Sattel festhalten und konnte nicht mehr verhindern, dass er zusammen mit dem Mofa zu Boden ging. Als er sich mühsam in eine sitzende Position hochgekämpft hatte, blieb sein trunkener Blick an dem Gegenstand hängen, der für den Sturz verantwortlich war.

»Da bist du ja, du blödes Ding«, fluchte er.

Seine tapsige Suchaktion wurde auf ungewöhnliche Weise zu einem Erfolg, als Ron das vom Regen durchweichte Telefonbuch aus dem Schlamm barg und damit zurück in seine Werkstatt taumelte.

»Mal sehen, wie viel dir mein Schweigen wert ist«, sagte er halblaut.

Trotz des schlechten Zustands des Telefonbuches fand Ron die gesuchte Nummer und bereitete sich innerlich auf den Anruf vor. Wenn alles so lief, wie er es sich dachte, stünde der Fertigstellung der zweiten Skulptur nichts mehr im Wege.

Das Essen war hervorragend gewesen, obwohl Fokke anfangs leichte Zweifel gehabt hatte. Thorben hatte sich durch die Flut von Kochsendungen im Fernsehen inspirieren lassen und sich mit seiner typischen Akribie daran gemacht, selbst ein ordentlicher Hobbykoch zu werden. Das Ergebnis konnte sich durchaus sehen lassen, und das sagte Fokke seinem Cousin auch.

»Danke, Herr Kommissar. Wieder ein Punkt auf meiner Liste, wie ich ein perfekter Ehemann werde«, frotzelte Thorben.

Das war sein wunder Punkt. Sein wissenschaftlicher Weg hatte nahezu alle anderen Dinge aus Thorbens Leben verdrängt. Die kurze Liaison mit einer Kommilitonin in Kiel hatte ihm gezeigt, wie wertvoll eine Partnerin sein konnte. Seitdem Thorben die Leitung des Friisk Instituts übernommen hatte, suchte er in Bredstedt und Umgebung nach einer geeigneten Frau. Fokke hielt Thorben aber noch nicht für einen hoffnungslosen Fall.

»Du suchst nach alten Katasterkarten, die den Grenzverlauf zwischen den Ländereien von Dirk und Hauke aufzeigen. So etwas wird sich mit Sicherheit finden lassen, Fokke. Es wird euch aber kaum weiterbringen«, sagte Thorben.

Fokke trank einen Schluck Bier und schaute seinen Cousin fragend an.

»Warum nicht? Wenn wir nachweisen können, dass Dirk keinen Grund für einen Angriff auf Hauke hatte, steht die restliche Anklage auf extrem dünnen Beinen«, sagte Fokke.

Doch Thorben wehrte entschieden ab.

»Es gelten immer nur die aktuellen, von Amts wegen beglaubigten Karten. Du musst nachweisen, dass die von Hauke Mommsen ins Spiel gebrachte Karte eine Fälschung ist«, stellte Thorben fest.

Damit drehten sie sich im Kreis. Wie sollte Fokke das bewerkstelligen?

»Es würde voraussetzen, dass die im Katasteramt vorliegenden Karten nicht ebenfalls manipuliert wurden«, sagte Fokke.

Dazu konnte Thorben natürlich nichts sagen.

»Hast du Heike Fehring in den letzten Tagen getroffen?«, fragte er.

Sie hatten eine Weile geschwiegen, immer wieder von ihrem Bier getrunken, und dann stellte Thorben auf einmal so eine Frage. Fokke schaute ihn verblüfft an.

»Ja, habe ich. Warum fragst du?«, wollte er wissen.

»Die schöne Landrätin hat sich bei den Sitzungen im Kreisausschuss regelmäßig nach dir erkundigt. Läuft da etwas, was ich wissen sollte?«, fragte Thorben.

Fokke schüttelte den Kopf, während er über diese Neuigkeit nachdachte. Er hätte nicht gedacht, dass Heike überhaupt an ihn dachte. Und nun das.

»Wir sind immer noch gute Freunde, Thorben. Mehr nicht«, sagte er.

Der spöttische Ausdruck in Thorbens Augen war unübersehbar.

»Klar, Fokke. Aus der großen Jugendliebe wurde eine innige Freundschaft. So etwas funktioniert weder in der Fiktion noch im wahren Leben. Pass bloß auf, dass du da nicht in eine wirklich dumme Geschichte reinschlidderst«, warnte Thorben.

Um vom Thema abzulenken, fragte Fokke ihn nach seiner Ansicht zu einigen Rätseln des Falles. Zur Frage, warum Hauke Boysen große Mengen an getrocknetem Schafskot in seiner Scheune gelagert hatte, wollte Thorben beim besten Willen nichts einfallen. Zu den fünfundzwanzigtausend Euro lieferte er jedoch eine erstaunliche Erklärung.

»Das ist die gleiche Summe, die Stefan auch Dirk angeboten hat«, sagte er.

Vor lauter Überraschung verschluckte Fokke sich am Bier und musste zuerst die Luftröhre wieder frei husten.

»Was sagst du da? Wofür sollte das Geld denn sein?«, fragte er gespannt.

Soweit Thorben wusste, ging es um die Errichtung von Windkraftanlagen auf einem Teil der Weideflächen.

»Dirk wollte eine Biogasanlage aufbauen, um mehr Einnahmen aus seinem Betrieb zu generieren. Als Stefan davon hörte, soll er Dirk das Geld angeboten haben. Du weißt ja, wie dein Onkel zu Biogasanlagen steht.«

Für Stefan Mommsen war die hohe Anzahl an Biogasanlagen ein echtes Ärgernis, da er von dieser Energiegewinnung wenig hielt. Bei Diskussionen darüber führte er durchaus sinnvolle Argumente ins Feld. So verwies er regelmäßig auf die vielen Zwischenfälle, bei denen zum Teil schwere Explosionen durch unsachgemäßen Aufbau oder Umgang mit den Anlagen verursacht wurden. Gleichzeitig konnte Stefan Mommsen nachweisen, wie fragwürdig die Klimabilanz dieser Anlagen war. Auch wenn Fokke es gern als eine Art Lobbyarbeit seines Onkels ansah, konnte er sich den Argumenten nicht völlig verschließen.

»Dann glaubst du, dass Stefan Hauke Boysen ein ähnliches Angebot gemacht haben könnte?«, fragte er.

Thorben hielt es wenigstens für denkbar, und das würde jedenfalls den unerwarteten Geldsegen erklären. Es gab aber einen Aspekt, der in Fokkes Augen dagegen sprach.

»Warum hätte Stefan es nicht erwähnen sollen? Er weiß doch, wie sehr ich dieser Spur nachgehe«, sagte er.

Auch hierbei konnte ihm Thorben nicht weiterhelfen. Er versprach Fokke aber, alle verfügbaren Kartenausschnitte zu beschaffen, die etwas über den Grenzverlauf zwischen den Höfen von Hauke Boysen und Dirk Mommsen belegen konnten.

»Sollte es eine deutliche Abweichung zu der von Hauke vorgelegten Karte geben, könnt ihr immerhin begründete Zweifel anmelden«, schlug er vor.

Das war besser als nichts, weshalb Fokke gegen Mitternacht mit einem guten Gefühl hinaus zum Hof von Erich Mommsen fuhr. Die vielen Eindrücke aus dem Gespräch mit Thorben ließen ihm keine Ruhe.

Er setzte sich in die Küche und nahm sich ein Bier aus dem Kühlschrank. In diesen Minuten hätte Fokke sich lieber an den Tresen im »Pesel« gesetzt und seine Gedanken durch banale Gespräche mit den Gästen beruhigt. So blieb ihm nur die Einsamkeit der Küche auf dem Bauernhof seines Onkels, der schon seit Stunden schlief.

Es war einer dieser schier endlos langen Tage mit zu vielen Terminen gewesen. Den letzten davon hatte Heike Fehring so zügig wie möglich abgehandelt, weshalb sie nun knapp eine Stunde früher als erwartet den Mercedes in die Garage fuhr. Der Wagen ihres Mannes stand weder in noch vor der Garage.

»Na, musst du wieder einem deiner Patienten die Hufe halten«, murmelte Heike.

Sie ging durch den Seiteneingang, der von der Garage in das zweistöckige Friesenhaus mit angeschlossener Praxis führte. Als Heike den Lichtschein aus dem Arbeitszimmer ihres Mannes bemerkte, machte sie sich auf den Weg dorthin. Auf dem Schreibtisch lagen die Unterlagen für die Quartalsabrechnung, mit der sich Kay an diesem Abend hatte befassen wollen.

Büroarbeit zählte nicht zu den Vorlieben ihres Ehemannes, wie sie sehr wohl wusste. Heike drückte den Abspielknopf des Anrufbeantworters der Praxis. Es war reine Neugier, die sie dazu veranlasste. Heike erwartete die Stimme eines Bauern zu hören, dessen Kuh früher als gedacht kalbte oder dessen Pferd sich eine Kolik eingefangen hatte.

»Ich kann heute Karin allein lassen. Hast du Zeit?«

Heike starrte fassungslos auf das schwarze Gerät, aus dessen Lautsprecher unverkennbar die Stimme von Wiebke Mommsen kam. Kays Geliebte erdreistete sich, ihn am Abend noch anzurufen. Unter dem Anschluss der Praxis, weil Heike diesen normalerweise natürlich nicht abhörte.

»Du arroganter Scheißkerl!«, stieß sie hervor.

Kay hielt es offenbar nicht einmal mehr für erforderlich, die Hinweise seiner außerehelichen Aktivitäten zu beseitigen. Eine Mischung aus Ekel und Wut erfasste Heike, die aus dem Arbeitszimmer eilte. Was sollte sie tun? Es einfach ignorieren und später so tun, als wenn sie nichts mitbekommen hätte?

»Nein. Auch wenn mich die Konventionen von einer Trennung abhalten, werde ich mich nicht einfach so demütigen lassen«, sagte sie.

Heikes Stimme hallte ungehört in der modern eingerichteten Küche wider. Sie hatte sich ein Glas vom Pfälzer Weißburgunder eingeschenkt und betrachtete angewidert ihr eigenes Spiegelbild im Küchenfenster.

Warum eigentlich nicht?, dachte sie eine Weile später.

Sie hatte am Nachmittag Stefan Mommsen auf einer Veranstaltung im Sönke-Nissen-Koog getroffen und von Fokkes Onkel erfahren, wo sich Fokke zurzeit aufhielt. Zuerst hatte Heike den Gedanken an einen spontanen Besuch auf dem Bauernhof von Erich Mommsen verworfen. Es erschien ihr wie eine billige Rache, die weder ihren eigenen Ansprüchen noch ihren Gefühlen für Fokke gerecht wurde. Doch der Gedanke hatte sich in ihrem Kopf eingenistet, sodass Heike alle Bedenken über Bord warf und wieder in den Mantel schlüpfte.

Vielleicht will er mich ja auch gar nicht sehen, und ich mache mich lächerlich, dachte sie während der Fahrt.

Bevor Heike sich jedoch ihr Vorhaben wieder ausreden konnte, erreichte sie die schmale Teerstraße, die auf dem Hofplatz von Erich Mommsens Betrieb endete. Hätte nicht das Licht im Fenster zum Innenhof gebrannt, wäre Heike sofort umgekehrt. So aber stieg sie aus dem Mercedes und ging auf das erleuchtete Fenster zu.

Erich schläft bestimmt schon. Klingeln kann ich nicht, dachte Heike.

Statt an die Scheibe zu klopfen, blieb Heike stehen und betrachtete Fokke Mommsen. Der mittelgroße, kompakt gebaute Mann mit den blonden Haaren und blaugrauen Augen war eine typische Erscheinung in Nordfriesland. Es war auch weniger sein Äußeres, das Heike Fehring schon als Teenagerin fasziniert hatte.

Er war der sprichwörtliche Fels in der Brandung und gleichzeitig mit überraschenden Tiefen ausgestattet.

Heike gab sich gern ein wenig spröde und ließ auch keine Flirtereien zu, die von ihren männlichen Kollegen in Husum oder Kiel regelmäßig versucht wurden. In Wahrheit sehnte Heike sich jedoch nach einem Partner, mit dem sie auch ihre größten Geheimnisse teilen und hemmungslos lachen konnte und zu dem sie sich auch körperlich hingezogen fühlte. In ihrer Vorstellung war Fokke Mommsen genau so ein Mann. Dummerweise hatte sie es damals nicht erkannt und zu wenig um ihn gekämpft. Wenn Heike Fokke in den zurückliegenden Jahren mehr oder weniger zufällig getroffen hatte, glaubte sie immer wieder unausgesprochene Sehnsucht in seinen Augen lesen zu können.

Es musste doch einen guten Grund geben, warum er immer noch ungebunden war.

Heike verdrängte die verwirrenden Gefühle und klopfte leise mit dem Fingerknöchel gegen die Scheibe. Sie hätte vermutlich die gleiche heftige Reaktion ausgelöst, wenn sie unangemeldet in die Küche getreten wäre. Fokke fuhr hoch und hätte um ein Haar sein Bierglas vom Tisch gefegt.

»Ich bin es, Heike«, rief sie.

Für einige Sekunden schauten sie und Fokke sich nur an, bevor er eine Geste in Richtung Seitentür machte. Heike nickte und trat an die dunkelgrün gestrichene Holztür, die im nächsten Augenblick aufging.

»Hallo. Was treibt dich so spät noch hierher?«, fragte Fokke.

Die Antwort musste er in Heikes Augen lesen können, denn sein Blick wurde ganz weich, und er streckte die Hand nach ihr aus. Im gleichen Moment fielen alle Zweifel von Heike ab, und sie warf sich in Fokkes Arme.

Zwei Stunden später lagen sie erschöpft nebeneinander im Bett. Die extrem schlicht ausgestattete Kammer von Fokke störte Heike überhaupt nicht, obwohl sie normalerweise viel Wert auf eine gute Einrichtung legte. Doch in diesem glückseligen Moment, in dem ihr Verlangen erstmals seit vielen Jahren wieder vollkommen gestillt worden war, zählten nur sie und ihr Liebhaber.

»Warum jetzt auf einmal?«, wollte Fokke wissen.

Bisher hatte er nichts gefragt und sich ausschließlich auf Heikes Körper konzentriert. Seine Zärtlichkeit zu Beginn wechselte in heißes Begehren, sodass sie gemeinsam mehrfach zum Höhepunkt ihrer Vereinigung kamen.

»Es war der passende Zeitpunkt«, sagte Heike ausweichend.

Sie schaute in Fokkes forschende Augen, die sie im Halbdunkeln nur undeutlich erkennen konnte. Es war für sie nicht der geeignete Moment, um mit ihm über die Verwicklungen ihres Privatlebens zu sprechen. Heike wollte nur den Augenblick genießen.

SECHS

Es hätte ein romantischer Abend werden sollen, doch erneut hatte Kay sie zu sehr bedrängt.

»Lass uns endlich für klare Verhältnisse sorgen«, forderte er.

Für Wiebke Mommsen war jedoch alles sehr klar. In ihrer Vorstellung hatte eine Partnerschaft mit Kay Fehring keinen Platz. Sie schätzte ihre Unabhängigkeit und bestaunte den Wandel beim anderen Geschlecht, bei dem neuerdings auch der Trauschein eine große Rolle spielte. Wo waren die guten alten Zeiten geblieben, in denen Männer allein bei der Erwähnung dieses Wortes Reißaus nahmen?

»Du kennst meine Haltung dazu. Für mich muss sich nichts ändern«, sagte Wiebke.

Daraus entwickelte sich ein heftiger Streit. Nach einer Stunde mit gegenseitigen Vorwürfen und verhärteten Positionen zog Wiebke bildlich gesprochen die Reißleine. Sie schickte Kay weg und trank ein Glas Wein, um ihre innere Ruhe wiederzufinden. Es wollte ihr nicht wirklich gelingen, weshalb sie kurz entschlossen in ihr Auto stieg. Oft half es Wiebke weiter, wenn sie ziellos durch die Nacht fuhr. Dabei beruhigten sich ihre Gedanken, und anschließend konnte sie Lösungen entwickeln. Unwillkürlich wählte Wiebke die Ausfallstraße, die sie in Richtung Langenhorn brachte. In Ost-Langenhorn lebte ihre Freundin Karo, mit der sie bereits seit der Schulzeit eng befreundet war.

»Schade, die alte Nachteule ist ausgeflogen«, murmelte Wiebke.

Als sie die dunklen Fenster im Haus ihrer Freundin sah, wendete sie den Wagen und rollte zurück zur B 5. Um diese Uhrzeit hielt sich Karo zwar häufig in ihrer Praxis auf, doch an diesem Abend waren die Räumlichkeiten der Heilpraktikerin ebenfalls dunkel.

Wat nu?, fragte sich Wiebke.

Die kurze Fahrt hatte nicht ausgereicht, um die innere Unruhe in den Griff zu bekommen. Wiebke dachte an Fokke. Vermutlich hockte Fokke allein in der Küche, trank ein Bier und grübelte über den Fall. Spontan entschloss sie sich, ihrem Bruder einen Besuch abzustatten.

Ich muss mich sowieso daran gewöhnen, dass Erich und Fokke eine Männerwohngemeinschaft bilden, dachte sie.

Mit einem Schmunzeln im Gesicht kam Wiebke eine Viertelstunde später auf dem Hofplatz von Erich Mommsen an. Zu ihrer Überraschung stand dort bereits der Mercedes von Anne.

Gab es etwa Neuigkeiten?

Schwungvoll verließ Wiebke ihren Wagen und steuerte auf die Seitentür zu. Aus dem Küchenfenster fiel ein Lichtschein auf den Hof, weshalb sie ihren Bruder und die Tante in der Küche vermutete. Als Wiebke den dumpfen Geruch nach Kuhstall in die Nase bekam, musste sie unwillkürlich an ihre Kindheit denken. Ihre Eltern hatten bei Erich Mommsen regelmäßig bei der Kartoffelernte auf dem Feld geholfen. Damals gab es nur wenige Landwirte, die sich eine Erntemaschine leisten konnten. Ihr Onkel gehörte nicht dazu, weshalb ihn die ganze Familie in der Erntezeit tatkräftig unterstützte.

»Fokke? Anne?«

Als Wiebke die Tür zur Küche aufstieß, rief sie laut die Namen. Ihr Blick erfasste die halb geleerte Bierflasche, die auf dem Tisch an der Eckbank stand. Auf ihr Rufen passierte nichts. Verblüfft lauschte Wiebke auf Geräusche.

Seit wann nutzte Erich die gute Stube?

Wiebke hatte leise Stimmen vernommen und ging Richtung Wohnzimmertür. Normalerweise spielte sich das Leben auf Erich Mommsens Bauernhof in der Küche ab, außer er hatte besonderen Besuch. Warum er mit Fokke und Anne im Wohnzimmer saß, würde Wiebke hoffentlich gleich erfahren. Die Neugier hatte sie längst gepackt und wurde zu ihrer Enttäuschung nicht in der Wohnstube aufgelöst. Die lag friedlich im Dunkeln, sodass Wiebke ratlos in den Flur zurückkehrte.

Das Geräusch kam von oben.

Wiebke erklomm die ausgetretenen Holzstufen, und tatsächlich wurden die Stimmen immer lauter. Da die Schlafzimmertür ihres Onkels geschlossen war, kam nur noch die kleine Kammer in Betracht. Dort logierten in unregelmäßigen Abständen Erntehelfer, und jetzt nutzte vermutlich Fokke den winzigen Raum als Bleibe. Ein helles Lachen perlte hinaus auf den Gang, der nur mäßig von einer nackten Glühbirne ausgeleuchtet wurde.

Heike!

Die Erkenntnis traf Wiebke mit großer Wucht und ließ sie erstarren. Der Mercedes auf dem Hof gehörte der Landrätin und nicht Anne Mommsen, wie sie fälschlicherweise angenommen hatte. Ihr Bruder lag augenscheinlich mit der Ehefrau von Kay Fehring im Bett. Noch verdrehter hätte sich der Abend kaum entwickeln können. Hastig zog sich Wiebke zurück und war heilfroh, dass niemand ihren späten Besuch mitbekommen hatte.

Fokke, du Idiot!, dachte sie.

Natürlich gab es eine leise Stimme, die Wiebke derartige Vorwürfe mit dem Hinweis auf ihre Affäre mit dem Tierarzt verbot. Doch es war eine vergleichsweise zarte Stimme, die von den wütenden Gedanken in ihrem Kopf ohne Mühe übertönt wurde. Wiebke erkannte zwar die Ironie der Situation, dennoch fokussierte sie ihren Zorn auf Fokke. Warum nur konnte ihr kleiner Bruder nicht die Finger von Heike Fehring lassen?

»Sie ist nicht die Richtige für dich«, murmelte Wiebke.

Als Fokke und Heike als Teenager zusammenkamen, entwickelte sich eine Weile zwar so etwas wie eine Freundschaft zu Heike, doch heute sah Wiebke Heike mit völlig anderen Augen.

»Das wäre alles nicht passiert, wenn dieser dusselige Hauke Boysen sich nicht hätte umbringen lassen«, murrte Wiebke.

Sie verdrängte gekonnt, dass Hauke in diesem Fall das unschuldige Opfer war. Wiebke musste einfach jemanden finden, der für diesen ganzen Schlamassel verantwortlich war.

Als Fokke am nächsten Vormittag sein Frühstücksgeschirr abspülte, drifteten seine Gedanken immer wieder zur vergangenen Nacht mit Heike Fehring ab. Heike war so rechtzeitig aufgebrochen, dass Erich sie nicht antreffen konnte.

»Ich rufe dich an«, hatte sie versprochen.

Ihre Leidenschaft im Bett hatte Fokke ein wenig überrumpelt. Nachdem sie ihren Gelüsten zunächst freien Lauf gelassen hatten, folgten Phasen der tiefen Entspannung und leichten Gespräche.

Nach und nach erzählten sie einander ihre Lebensgeschichte, und so wusste nun auch Fokke um ihre komplizierte Situation.

»Kay und ich leben mehr neben- als miteinander. Für meine politische Arbeit wäre eine Scheidung vermutlich katastrophal, und Kay profitiert schließlich auch davon«, erzählte Heike.

Solche Überlegungen waren Fokke Mommsen völlig fremd, und er registrierte Heikes verblüfftes Staunen, wenn er von seiner Arbeit und der Zufriedenheit mit seinem Dienstgrad sprach.

»Natürlich möchte ich irgendwann einmal Hauptkommissar werden. Es geht schließlich auch um mein monatliches Einkommen und die Rente. Aber für meine Arbeit als Ermittler ist es total unwichtig, ob ich Ober- oder Hauptkommissar bin«, sagte er.

Zwischendurch hatten sie sich erneut geliebt und sich dann weiter über zukünftige Pläne unterhalten. Während Fokke sich nach seinem Leben in Lübeck zurücksehnte, spekulierte Heike auf eine zweite Amtszeit als Landrätin.

»Mir gefällt der Einfluss, den ich durch diese Position erhalte. Besonders als Frau ist es noch eher selten, über dermaßen viel Macht zu verfügen«, sagte sie.

Mitten im Gespräch meinte Fokke das Knarren einer Holzstufe gehört zu haben. Als er aber nachsehen ging, war von seinem Onkel nichts zu sehen. Die leisen Schnarchgeräusche aus dessen Schlafzimmer beruhigten ihn wieder.

»Da war nichts. Vielleicht wieder de ole Düvel«, beruhigte er Heike.

Als sie ihn fragend anschaute, erzählte Fokke ihr vom einäugigen Kater und von dessen merkwürdigem Verhalten.

»Der wirkt manchmal so, als wenn er dir ins Hirn oder in die Seele schauen könnte«, sagte er.

Heike lachte an dieser Stelle laut auf und räkelte sich im Bett. Dabei verrutschte die Bettdecke und gewährte Fokke einen herrlichen Blick auf die Rundungen an den richtigen Stellen. Als sie es bemerkte, lockte Heike Fokke wieder ins Bett.

»Wat kickst du denn so scheel?«, fragte Erich und unterbrach damit die Erinnerungen.

Er holte seine Thermoskanne mit frisch aufgebrühtem Kaffee, die er wie immer mit zur Feldarbeit nahm.

»Ach, nix. Wo fuhrwarkst du denn hüüt?«, fragte Fokke.

Sein Onkel erzählte von mehreren Knicks, an denen er noch arbeiten musste. Die Büsche sollten zurückgeschnitten werden, und einige Gräben waren wohl wieder zugewachsen.

»Dat Water löppt anners wedder op Feld«, erklärte er.

Wie alle Landwirte musste auch Erich Mommsen dafür sorgen, dass die Wassergräben nicht mit Pflanzen zuwucherten. Sobald dies geschah, führten sie das Regenwasser nicht mehr richtig ab, und es trat über den Rand auf Felder oder Straßen. Sein Onkel hatte keine besonderen Wünsche für das Mittagsessen, sodass Fokke freie Hand hatte.

»He, so eine große Herde habe ich schon lange nicht mehr gesehen«, murmelte er kurze Zeit später.

Der Kommissar wollte von der schmalen Stichstraße, die zum Betrieb seines Onkels führte, auf die Landstraße nach Bredstedt einbiegen. Doch er musste einer Schafherde den Vortritt lassen, die von einem Schäfer mit drei Hunden von einem Feld aufs andere getrieben wurde.

»Meinhard?«, rief er überrascht.

Die wilde Lockenpracht seines alten Schulfreundes war unverkennbar, weshalb Fokke seinen Namen rief. Als der Schäfer den Kopf drehte, leuchtete sein rotes Haar wie Feuer in der Sonne auf. Ein skeptischer Ausdruck lag in den grünen Augen von Meinhard Becker.

»De Kommissar ut Lübeck. Moin, Fokke«, antwortete er.

Das Misstrauen wurde von einem breiten Grinsen abgelöst, und kurz darauf schüttelten die beiden Männer einander erfreut die Hand.

»Das muss eine halbe Ewigkeit her sein, dass wir uns getroffen haben. Ich dachte, du arbeitest als Gärtner«, freute sich Fokke.

Meinhard und er waren gleichzeitig eingeschult worden. Da sie beide wenig Neigung zeigten, die hochdeutsche Sprache zu erlernen, und stattdessen lieber miteinander rangen, verbrachten sie regelmäßig die Nachmittage mit gemeinsamem Nachsitzen in der Schule. Daraus entstand eine feste Freundschaft, die niemals in Zweifel gezogen wurde. Meinhards Reaktion bewies, dass auch eine längere Abwesenheit von Fokke nichts daran ändern würde.

»Das habe ich vor zwei Jahren aufgegeben. Irgendwann musste ich mich entscheiden, ob ich in der Gärtnerei oder als Schäfer mein Geld verdienen wollte. Das Leben eines Schäfers sagt mir mehr zu«, antwortete Meinhard.

Während sie miteinander redeten, ging sein prüfender Blick regelmäßig hinüber zu der riesigen Herde. Ab und an stieß er einen halblauten Pfiff aus, womit er offensichtlich eine Reaktion bei den Hunden auslöste. Fokke schaute fasziniert dabei zu, wie sich die Woge der Tiere ohne viel Abweichung über die Straße ergoss. Die drei Border Collies jagten ständig um die Herde herum und sorgten für einen reibungslosen Ablauf.

»Kann ich mir gut vorstellen. Vor allem, wenn deine Hunde die ganze Arbeit machen«, sagte Fokke.

Für diese Frechheit erhielt er einen derben Hieb mit dem mannshohen Stock, den Meinhard mit sich führte.

»Vorsicht, das könnte dir eine Anzeige wegen Angriffs auf einen Polizeibeamten einbringen«, warnte Fokke.

Bevor er einen weiteren Stockhieb einstecken musste, machte der Kommissar zwei schnelle Schritte zurück.

»Von wegen, du Klookschnaker! Bist du nur zu Besuch, oder hat es mit der Geschichte wegen Hauke Boysen zu tun?«, rief Meinhard.

Fokke erzählte von der Verhaftung seines Cousins und dass er deswegen teilweise beruflich unterwegs war.

»Mommsens und Boysens. Ihr und euer ständiger Zwist«, sagte Meinhard.

Es war eine Eingebung, die Fokke seinen Freund nach dem getrockneten Schafsmist in der abgebrannten Scheune fragen ließ. Zu seiner Verwunderung konnte Meinhard Becker eine Erklärung liefern.

»Den größten Teil davon hat Hauke vermutlich von meinen Schafen eingesammelt«, sagte er.

Der völlig überraschte Fokke ließ es sich genauer erklären und kam aus dem Staunen nicht mehr heraus. Sogar zu dem Verwendungszweck des getrockneten Kots konnte der Schäfer etwas sagen.

»Er wollte damit die Energiewende einläuten«, lautete die Antwort.

Fokke genügte ein Blick in Meinhards Augen, um die Ernsthaftigkeit der Aussage nicht weiter anzuzweifeln. Es war Meinhard Becker völlig ernst damit.

Die neuen Hinweise forderten eine baldige Besprechung mit den anderen Familienmitgliedern. Fokke rief im Koog an, um von seinem Onkel Stefan zu erfahren, dass Anne sich in Bredstedt bei Wiebke aufhielt.

»Danke. Dann fahre ich gleich in den ›Pesel‹«, sagte Fokke.

Er musste sich anstrengen, nicht dauernd an Heike Fehring zu denken. Sobald sich das Gesicht von Heike dazwischendrängen wollte, unterdrückte Fokke es mit aller Macht. Was in der vergangenen Nacht passiert war und wie es möglicherweise damit weitergehen konnte, darüber wollte er sich zu einem anderen Zeitpunkt Gedanken machen.

Fernbeziehungen taugen sowieso nichts, dachte er.

Wesentlich interessanter war die Information des Schäfers. Hauke Boysen hatte offenbar angenommen, dass er mit dem getrockneten Schafskot eine neue biologische Energiequelle entdeckt hatte. Damit war zumindest geklärt, warum er diesen ganzen Mist in seiner Scheune gelagert hatte.

Und auch wofür er dringend den neuen Schlepper benötigt hatte. Wo hatte Hauke nur das Geld dafür her?

Als Fokke den Parkplatz an der Gaststätte erreichte, kehrte eine Bemerkung von Heike urplötzlich in sein Gedächtnis zurück.

»Kay hat eine Geliebte. Wieder einmal. Er muss ihr bereits einige exklusive Geschenke gemacht haben. Von seinem Firmenkonto sind in der jüngeren Vergangenheit etwa fünfundzwanzigtausend Euro abgehoben worden«, hatte sie gesagt.

Fokke hatte es nur am Rande registriert und darin eine Beruhigung seines schlechten Gewissens gesehen. Immerhin schlief er mit einer verheirateten Frau, und da war es weniger schlimm, wenn ihr Ehemann ebenfalls fremdging. Dennoch störte es Fokke in seinem Empfinden, wie eine Partnerschaft auszusehen hatte. Vertrauen stand dabei sehr weit oben auf der Liste.

Fünfundzwanzigtausend Euro? Schon wieder diese Summe. Kay und Hauke? Wie würde das zusammengehen? Nachdenklich betrat er den Schankraum vom »Pesel« und grüßte automatisch Fiete Heinzen, der wie immer am Tresen hockte und sein Bier trank.

»Moin, Fokke. Das ist aber ein langer Kurzbesuch«, sagte der Fliesenleger.

Zuerst verstand Fokke überhaupt nicht, worauf Fiete anspielte. Doch dann erinnerte er sich daran, wie er vor wenigen Tagen in Bredstedt angekommen war.

»Ja, der zieht sich ein wenig. Kann Dirk schließlich nicht hängen lassen«, sagte er.

Fiete kniff eines seiner geröteten Augen verschwörerisch zusammen.

»Falls er ein Alibi braucht, bin ich euer Mann«, sagte er voller Ernst.

Fokke dankte ihm und verkniff sich ein amüsiertes Schmunzeln. Da Fietes zweites Zuhause der »Pesel« war, würde dieses Alibi wenig Sinn machen. In der Küche fand er seine Schwester und Anne ins Gespräch vertieft vor.

»Moin, die Damen«, grüßte er fröhlich.

Für die zur Schau getragene gute Laune erhielt er strafende Blicke. Was erwarteten Wiebke und seine Tante von ihm? Sollte Fokke mit einer permanenten Trauermiene herumlaufen?

»Ich hoffe, du hast einen Grund für deine Fröhlichkeit«, sagte Anne.

Den eigentlichen Anlass würde Fokke ihr natürlich nicht verraten, aber dafür konnte er neue Informationen liefern. Als er das Rätsel um den getrockneten Schafskot lüftete, tauschten die beiden Frauen ungläubige Blicke aus.

»So blöd kann nicht einmal Hauke Boysen gewesen sein«, stellte Wiebke fest.

»Anscheinend doch. Meinhard hat es sich erklären lassen und ist überzeugt davon, dass Hauke es ernsthaft geglaubt hat«, sagte Fokke.

Damit war zwar eines der vielen Rätsel gelöst worden, aber die schwierigen Fragen warteten immer noch auf eine Antwort.

»Ich habe gehört, dass Stefan denjenigen Bauern einen Vorschuss zahlt, die einen Teil ihres Landes für eine Windkraftanlage zur Verfügung stellen. Stimmt das, Anne?«, fragte er.

Seine Tante staunte zwar über den Themenwechsel, bestätigte aber die Angaben von Thorben Mommsen.

»Ist es immer die gleiche Summe, oder variiert sie?«, wollte Fokke wissen.

Verärgerung stieg in den Augen von Anne auf, die offensichtlich den Sinn seiner Fragen nicht verstand. Wiebke schaute ihren Bruder ebenfalls verwundert an, hielt sich aber mit Kommentaren erfreulicherweise zurück.

»Es ist immer die gleiche Summe. Wieso willst du das eigentlich alles wissen?«, wollte seine Tante erfahren.

Mit seiner nächsten Frage würde es den Frauen klar werden, und Fokke war sich nicht sicher, wie dann ihre Reaktion ausfallen würde. Es half aber nichts. Er musste auch dieser vagen Spur nachgehen, um möglicherweise ein weiteres Rätsel aus der Welt zu schaffen.

»Es sind immer fünfundzwanzigtausend Euro, richtig?«, sagte er.

Ein fassungsloser Ausdruck erschien in Wiebkes Gesicht, während Annes Oberkörper sich erkennbar versteifte.

»Das stimmt zwar, aber ich will nicht annehmen, dass du Stefan in irgendeiner Weise mit dem Mord an Hauke Boysen in Verbindung bringen willst«, antwortete sie.

Eine unterschwellige Drohung schwang in ihrer Stimme mit. Fokke hob abwehrend beide Hände in die Höhe.

»Mitnichten, verehrte Tante. Falls Stefan aber nicht nur Dirk, sondern auch Hauke diese Anzahlung überwiesen hat, wäre die Sache mit dem Geld geklärt«, wehrte er ab.

Beide Frauen atmeten erleichtert auf und nickten zustimmend. Fokke beobachtete seine Tante genau, denn er kannte ihren wachen Verstand. Wann würde sie auf die Ungereimtheit stoßen?

»Nein, das hat er nicht«, stieß sie auf einmal hervor.

Während Wiebke ihre Tante verwundert anschaute, hielt Fokke dem Blick von Anne stand.

»Weil er uns sonst längst davon erzählt hätte. Das dachte ich mir auch«, sagte er schließlich.

Kurz legte sich ein unangenehmes Schweigen über die drei Menschen, und nur die Geräusche aus dem Schankraum waren zu hören.

Er wurde tatsächlich erpresst! Nachdem er sich diesen dummen Bauern erfolgreich vom Hals geschafft hatte, sollte eigentlich Ruhe in sein Leben zurückkehren.

»Erst dieser blöde Hauke und nun auch noch das«, schimpfte er.

Das Erpresserschreiben wie im Fernsehen war ausgeblieben, doch nach dem zweiten Anruf bestanden nicht länger Zweifel über diesen dreisten Versuch.

Glaubt er denn wirklich, ich hätte ihn nicht erkannt?, fragte er sich.

Der Erpresser hatte sich nicht vorgestellt, doch allein seine verwaschene Aussprache genügte vollauf, um diesen bescheuerten Künstler zu erkennen. Tüchsen war selten nüchtern, und daher verriet er sich allein schon durch seine trunkene Art. Hockte er jetzt vielleicht im »Pesel« und feierte den bevorstehenden Geldsegen?

»Du wirst dich noch wundern«, murmelte er.

Es war schier unglaublich, wie zwei der unfähigsten Menschen im gesamten Kreis Nordfriesland ihm das Leben versauen wollten. Keiner der beiden hatte nur halb so viel Verstand wie er selbst, und ausgerechnet zu diesem Zeitpunkt in seinem Leben mussten sie ihm auf die Schliche kommen. Dabei war er immer extrem vorsichtig gewesen, denn er kannte die Regeln einer Kleinstadt. Nirgendwo auf der Welt belauerten die Menschen einander mehr und vertrauten ihr Wissen irgendwelchen Freunden an.

Mich kriegt ihr nicht klein. Das hat Hauke schon kapieren müssen, und jetzt wird es dieser verdammte Bildhauer auch noch lernen, dachte er.

Ein Anruf löste ihn aus den Gedanken, und für einen unschönen Moment lang glaubte er, der Erpresser würde sich schon wieder melden. Doch dann entspannte er sich, als er die Stimme erkannte. Es war wieder eines dieser Gespräche, die ihm seine nahe Zukunft in glühenden Farben erscheinen ließen. Sein Erfolg würde demnächst eintreten, und er würde nicht zulassen, dass ein verhinderter Bildhauer ihn störte.

Die vorliegenden Indizien reichten im Grunde völlig aus. Heidemarie Boysen studierte die Fakten zum Mordfall Hauke Boysen. Trotzdem blieb eine warnende Stimme in ihrem Kopf, die vor einem voreiligen Abschluss der Ermittlungen warnte.

»Ulf? Wie kommt ihr voran?«, fragte sie.

Die Leiterin der Kriminaldirektion Husum hatte bei ihrem Neffen in Bredstedt angerufen und hoffte auf gute Neuigkeiten. Zu ihrem Verdruss gab es keine Fortschritte, und so langsam musste sie einsehen, dass ihre Neffen wohl doch nicht ausreichend für eine Mordermittlung qualifiziert waren. Sollte sie es wagen und einen neutralen Ermittler einschalten? Ihre bisherigen Maßnahmen würde keiner in Frage stellen, zumal es einen sehr schnellen Erfolg gegeben hatte.

»Ich will, dass ihr euch sehr genau alle Konflikte anseht, in die Hauke in den zurückliegenden sechs Monaten verwickelt war«, ordnete sie an.

Das war ein vernünftiger Zeitraum, um später dem Staatsanwalt die ausreichende Sorgfalt darlegen zu können. Heidemarie Boysen wusste sehr gut, dass Hauke ein schwieriger Mensch gewesen war. Sie bezweifelte nicht, dass er sich mit diversen Menschen angelegt hatte.

»Nein, ist es nicht! Wir müssen verhindern, dass die Mommsens uns vorwerfen können, dass wir nicht an alle Möglichkeiten gedacht hätten«, widersprach Heidemarie.

Ulf hatte gegen die angebliche Zeitvergeudung protestiert, doch seine Tante ließ dieses Argument nicht gelten.

»Was treibt Fokke eigentlich so?«, wollte sie dann wissen.

Zu ihrer Verärgerung musste Heidemarie anhören, dass man ihn weitgehend aus den Augen verloren hatte. Auch in dieser Richtung musste etwas geschehen.

»Na schön. Ihr kämmt jetzt das Leben von Hauke durch und bringt mir alle Namen von möglichen Verdächtigen«, befahl sie.

Damit beendete sie das unerfreuliche Telefonat und dachte zum ersten Mal seit geraumer Zeit wieder über ihre Empfehlung nach.

Sie hatte sich ausdrücklich dafür eingesetzt, dass die Stelle des zivilen Ermittlers in der Außenstelle in Bredstedt nicht neu besetzt wurde. Die Pensionierung des Kollegen lag noch kein halbes Jahr zurück, und schon beschlichen Heidemarie einige Zweifel. Ulf und Heiner Boysen waren nicht befähigt, komplizierte Ermittlungen zu führen. Wenn dann noch der Mommsenclan eine Rolle dabei spielte, wurde es besonders schwierig.

Wenn die beiden versagen, wirft es auch ein schlechtes Licht auf mich, dachte Heidemarie.

Den Mord an Hauke würde man vermutlich erfolgreich aufklären können. Doch was kam danach? Sobald Heidemarie regelmäßig einen Beamten aus Husum nach Bredstedt schicken musste, würde ihr Rat im Ministerium kritisch beäugt werden. Vorerst musste sie sich jedoch um das Problem Fokke Mommsen kümmern. Es machte Heidemarie ausgesprochen nervös, dass dieser erfahrene Kommissar sich in Bredstedt aufhielt und sich höchstwahrscheinlich nicht völlig aus den laufenden Ermittlungen heraushielt. Seufzend wählte Heidemarie eine Telefonnummer, die sie eher ungern benutzte. Ihr neuer Schachzug konnte durchaus zu einem gefährlichen Manöver werden, aber dieses Risiko wollte und musste sie in dieser Situation eingehen.

Der Streit war unmittelbar nach dem Abschied von Anne ausgebrochen.

»Du schläfst mit Heike«, hatte Wiebke gesagt.

Für Fokke war es wie ein Faustschlag in die Magengrube gewesen, doch dann verbat er sich die Einmischung seiner Schwester.

»Es geht dich nichts an, Wiebke. Schließlich mische ich mich auch nicht in dein Privatleben ein, also halte dich bitte ebenfalls zurück«, erwiderte er.

Doch seine Schwester konnte sich nur schwer aus ihrer Rolle lösen, die sie nach dem Unfalltod der Eltern übernommen hatte. Fokke blieb der jüngere Bruder, um den Wiebke sich ständig kümmern musste. So sah sie es jedenfalls, und bisher war es ihnen gelungen, daraus kein Problem entstehen zu lassen. Dieser Aufenthalt in Bredstedt war andersgeartet und brachte die Gegensätze genauso deutlich zutage, wie er auch ihre Gemeinsamkeiten betonte.

»Ich weiß aber, dass Heike dich benutzt. Sie will sich doch nur an Kay rächen!«, rief Wiebke.

Verblüfft registrierte Fokke, dass seine Schwester offenbar bestens über das Privatleben der Landrätin und des Tierarztes Bescheid wusste. Das war an sich in Bredstedt nichts Ungewöhnliches, doch bislang hatte Wiebke sich aus solchen Dingen herausgehalten. Es war eine gute Strategie, um das Geschäft ihres Gasthauses nicht zu gefährden.

»Seit wann kümmerst du dich denn um das Sexualleben deiner Mitmenschen?«, fragte er verwundert.

Die Reaktion seiner Schwester überraschte Fokke sehr.

»Nur, wenn es mich betrifft!«, fauchte sie.

Er hatte nicht geahnt, wie sehr sie seine neu aufgeflammte Beziehung zu Heike mitnahm.

»Es war eine Nacht, Wiebke. Vermutlich bedauert Heike es jetzt schon und sucht nach einer passenden Gelegenheit, um mich wieder aus ihrem Leben zu entfernen«, sagte Fokke.

»Bedeutet es dir denn überhaupt nichts?«, fragte Wiebke.

Er hatte einige kurze Affären gehabt, und die hatten ihn emotional nicht sehr berührt. Doch bei Heike Fehring lag die Sache irgendwie anders. Als er sie in seinen Armen gehalten hatte, fühlte es sich richtig an. Das sagte er Wiebke und bemerkte den Anflug von Traurigkeit in ihren Augen.

»Mach dir keinen Kopf, Schwesterherz. Wie gesagt, Heike wird mir vermutlich noch heute klarmachen, dass es keine Fortsetzung geben wird«, beruhigte Fokke sie.

Damit war das Thema zunächst vom Tisch. Fokke ahnte aber, dass es nicht erledigt war.

»Deine Fragen nach dem Geld haben Anne mächtig erschüttert. Glaubst du denn wirklich, dass Stefan Hauke einen Vorschuss gezahlt haben könnte?«, fragte Wiebke.

Darüber hatte Fokke ausreichend nachgedacht.

»Es würde doch Sinn machen, Wiebke. Wenn er Dirk einen Teil seiner Flächen abkaufen wollte, dann passt doch das Land von Hauke ebenfalls ins Erschließungsgebiet.«

»Ja, du hast recht. Wieso hat Stefan es dann aber nicht erwähnt? Da ist doch nichts dabei, und wir hätten schon viel früher eine Erklärung für Haukes Geldsegen gehabt«, wunderte sich Wiebke.

»Das fragen nicht nur wir uns. Ich gehe davon aus, dass Anne sich die gleichen Gedanken macht und deswegen so erschüttert ist«, sagte Fokke.

Es gab noch einen Menschen, der seltsamerweise die gleiche Summe von seinem Konto abgehoben hatte. Wie passte Kay Fehring ins Bild?

Mit dieser Frage beschäftigte sich Heike Fehring ebenfalls. Ihr schwindelte es, wenn sie an einen Vorfall von vor fünf Wochen dachte.

»Hauke Boysen will mich bei der Ärztekammer anzeigen«, hatte Kay gesagt.

Er war völlig aufgelöst in ihr Büro gestürzt. So etwas war vorher noch nie vorgekommen, weshalb Heike sich nur zu gut an diesen Nachmittag erinnerte. Es hatte sie einige Nerven gekostet, aus den wilden Verwünschungen ihres Mannes schlau zu werden.

»Boysen bezahlt die Rechnung nicht, weil du angeblich gepfuscht haben sollst?«, fragte sie nach.

So stellte es Kay damals dar. Es gab einige Dinge, die Heike Fehring ihrem Ehemann vorwerfen konnte. Aber in Bezug auf seine Arbeit als Tierarzt wusste nicht nur sie, dass Kay hervorragende Arbeit leistete. Nicht umsonst war er einer der wenigen Kandidaten der Ärztekammer, die für die neu zu besetzende Stelle des Kreisveterinärs in Betracht kamen. Der Vorwurf von Hauke Boysen konnte daher schlicht nur aus der Luft gegriffen sein, um sich das Geld für die ausstehende Rechnung sparen zu können. Er war immer einer der besonders zahlungsunwilligen Kunden von Kay gewesen. Kay ließ den Tieren auf Boysens Hof trotzdem jede Behandlung angedeihen.

»Droht er nur, oder will er es wirklich machen? Was meinst du?«, hatte Heike gefragt.

Ihr Ehemann war so aufgewühlt, weil er Haukes Drohungen einiges an Gewicht beimaß. Eine Anzeige würde immer ihre

Spuren hinterlassen, wie auch Heike wusste. Damit kam Kay auf eine schwarze Liste und verlor seinen tadellosen Ruf.

»Fahr in die Praxis oder zu deinem nächsten Kunden. Ich sehe einmal, was ich tun kann«, hatte Heike gesagt.

Obwohl er immer noch sehr beunruhigt war, befolgte Kay die Ratschläge seiner Frau. Heike hatte ihre guten Kontakte zum Landwirtschaftsministerium genutzt, um einer möglichen Anzeige auf den Grund zu gehen. Damals war sie heilfroh gewesen, dass es offenbar doch nur eine leere Drohung von Hauke Boysen gewesen war. Zu ihrer Verwunderung zeigte sich Kay bereits am selben Abend wieder völlig gelassen.

»Bellende Hunde beißen nicht«, zitierte er ein Sprichwort.

Es passte eigentlich nicht zu seiner vorherigen Haltung, doch zu diesem Zeitpunkt machte sich Heike keine Gedanken mehr darüber. Seit der vergangenen Nacht sah es jedoch völlig anders aus. Sie hatte die Zweifel bei Fokke gespürt, als sie die Kontobewegungen ihres Ehemannes mit großzügigen Geschenken an eine Geliebte begründet hatte.

So weit würde Kay nicht gehen. Eine Summe von fünfundzwanzigtausend Euro konnte er nicht so einfach aus der Praxis nehmen. Es würde seine Existenz bedrohen.

Der Gedanke ließ Heike nicht mehr los, weshalb sie am frühen Nachmittag in die Praxis gegangen war. Kays Sprechstundenhilfe war vor einer halben Stunde nach Hause gefahren, da sie ihm nur bei der Kleintierbehandlung assistierte. Nachdem Kay seine tägliche Nachmittagsrunde über die Bauernhöfe angetreten hatte, stahl sich Heike in die Räume der Praxis.

Was willst du hier eigentlich finden?, fragte sie sich selbst.

Ein wenig ratlos stand sie am Schreibtisch ihres Mannes und schaute nachdenklich auf den Anrufbeantworter. Dort würde sie sicherlich keinen aufschlussreichen Hinweis finden. Wo dann?

Kay war ein unglaublich systematisch vorgehender Mensch. Er hätte sicherlich auch an einer Universität oder Forschungseinrichtung eine wissenschaftliche Karriere antreten können. Da er aber den Umgang mit Menschen und Tieren sehr schätzte, entschied er sich für die Praxis in Bredstedt. Bei seinem Vorgänger hatte Kay drei Jahre lang die Abläufe lernen können. Ein unbekanntes

Kribbeln erfasste Heikes Körper, als sie die Schublade mit dem Buchstaben B aufzog und nach Hauke Boysens Akte suchte.

Für die Durchsicht der Behandlungsakte benötigte sie keine fünf Minuten und entdeckte dabei nichts Verräterisches.

Das wäre dann auch zu einfach gewesen, dachte Heike. Wenn es einen Beweis für ihre Theorie gab, befand er sich nicht in der Akte.

Wo dann? Bildete sie sich das alles nur ein?

Die Fragen wurden immer drängender, und auf einmal schämte Heike sich. Was unterstellte sie ihrem Ehemann eigentlich? Ihr wurde erst jetzt bewusst, welches Ziel die Suche hatte. Mit einem angewiderten Schnauben wandte Heike sich um und wollte das Arbeitszimmer schon verlassen. Dabei fiel ihr ein Fachbuch auf, das nicht so sorgfältig im Regal wie seine Artgenossen stand. Mit einer automatischen Handbewegung wollte Heike das Buch richtig hinstellen, als ein Stück Papier aus den Buchseiten rutschte. Heike bückte sich und hob es auf. Kaum hatte sie die wenigen Zeilen entziffert, wurden ihre Knie ganz weich, und sie musste sich in den Schreibtischstuhl fallen lassen. Sie hielt einen Erpresserbrief in ihren Händen. Hauke Boysen behauptete darin, dass Kay bei der Behandlung seiner Kühe Medikamente eingesetzt hatte, deren Verfallsdatum weit überschritten gewesen war. Als Beweis hatte der Landwirt eine verwackelte Fotografie einer solchen Packung beigelegt.

»Mein Gott, Kay. Was hast du nur getan?«, entfuhr es ihr.

Sie hatte gefunden, wonach sie gesucht hatte. Doch jetzt verwünschte sie ihre Suche und hätte das Ergebnis am liebsten ignoriert. Ihre Augen füllten sich mit Tränen, denn sie schaute buchstäblich auf die Trümmer ihres Lebens.

SIEBEN

Nichts. Seit zwei Tagen wartete Ron Tüchsen auf die erlösende Antwort, doch sein Opfer stellte sich stumm. Die Zeit drängte, und damit wuchs auch der Druck auf ihn. So etwas war Gift für seine Konzentration und führte dazu, dass seine Wut immer größer wurde.

»Dann muss ich dir wohl zeigen, wie riskant dein Verhalten ist«, knurrte Ron.

Er schlüpfte aus seinem verdreckten Overall und zog stattdessen seine Cordhose samt passender Lederjacke an. Die Baskenmütze saß sowieso permanent auf seinem Kopf, und damit war Tüchsens Ausgehkleidung schon komplett. Kurze Zeit später trat er den Weg in die Kleinstadt an.

»Moin, Ron.«

Der hochgewachsene Künstler wurde freundlich gegrüßt. Die Menschen in Bredstedt hatten sich an seine unkonventionelle Art gewöhnt und tolerierten sie.

»Sie?«

Sein Opfer erspähte den Bildhauer, noch bevor Tüchsen die Tür zu dem Gebäude hatte aufstoßen können. Das sichtbare Erschrecken im Gesicht des Mannes gefiel Ron, der hämisch grinste.

»Was hast du Würstchen denn erwartet? Entscheide dich lieber schnell, da ich ansonsten nach anderen Gesprächspartnern Ausschau halten muss«, warnte er.

Die Blicke des Mannes huschten von links nach rechts. Immer wieder musste er Passanten grüßen, wodurch seine Nervosität zusätzlich anstieg. Sein Zögern interpretierte der Bildhauer auf seine ganz eigene Art.

»Ja, dann eben nicht«, sagte er.

Als er sich jedoch an seinem Opfer vorbeischieben wollte, packte der Mann seinen Oberarm mit überraschender Kraft und zwang Tüchsen, stehen zu bleiben.

»Schon gut, Tüchsen! Sie bekommen das Geld. Heute Abend komme ich zu Ihnen«, sagte er.

Der Ausdruck in seinen Augen war dermaßen gehetzt, dass der Bildhauer am liebsten laut losgelacht hätte. Da er aber kein unnötiges Aufsehen erregen wollte, unterdrückte Ron diesen Impuls. Mit einer knappen Bewegung löste er die Finger des Mannes von seinem Oberarm.

»Das ist deine letzte Chance. Wenn du mich verarschen willst, wirst du es bitter bereuen«, warnte er.

Der Mann schüttelte nachdrücklich den Kopf.

»Keine Angst, Tüchsen. Heute Abend bekommen Sie, was Ihnen zusteht«, erwiderte er.

Für wenige Sekunden maßen die Männer sich mit Blicken, bevor Ron Tüchsen sich mit einem zufriedenen Nicken umdrehte und ging. Diesen Erfolg musste er unbedingt feiern. Der Bildhauer schritt zügig aus und überquerte den Marktplatz, um sich eine Erfrischung im »Pesel« zu gönnen. Auch hier begrüßte man ihn freundlich und brachte Ron den Respekt entgegen, den er nach seiner Auffassung als Künstler auch verdiente.

»Moin, Wiebke. Ein Glas von deinem Roten, bitte«, sagte er.

Mit einem leisen Seufzer ließ Ron sich auf eine der bequemen Sitzbänke unter dem westlichen Fenster fallen. Genüsslich streckte er seine Beine aus und trank kurz darauf einen großen Schluck des trockenen Regentweines.

Fokke hatte unterdessen die Einkäufe erledigt, die für ein vernünftiges Leben auf dem Bauernhof seines Onkels zwingend erforderlich waren. Der Inhalt von Erich Mommsens Kühlschrank genügte nicht einmal Fokkes bescheidenen Ansprüchen, und das Haltbarkeitsdatum einer ganzen Reihe von Konservendosen war zudem erheblich überschritten.

»Das sieht fast so aus, als wenn Fokke Mommsen länger in der Stadt bleiben würde«, meldete sich eine bekannte Stimme.

Als Fokke sich umdrehte, lächelte ihn Celia Boysen keck an. Lachend erklärte er die Gründe für seinen umfangreichen Einkauf und schloss das Gespräch mit einem Hinweis auf den immer noch in Untersuchungshaft sitzenden Dirk Mommsen ab.

»Dann hast du also deinen Urlaub verlängert, um deinem Cousin zu helfen. Nobel, nobel. Das gefällt mir, Fokke.« Es lag keinerlei Spott in ihrer Stimme, und der Ausdruck ihrer Augen war voller Offenheit. Fokke deutete auf das in Folie eingeschweißte Fertiggericht, das die Friseurin in der Hand hielt.

»Na, ein Hungeranfall oder etwa dein gesamtes Mittagessen?«, fragte er.

Celia zog eine Schnute.

»Da mich kein gut aussehender Mann zum Essen einlädt und ich ungern allein essen gehe, muss so etwas genügen«, antwortete sie.

Da es in seiner Heimatstadt immer noch den schönen Brauch gab, dass die Geschäfte über die Mittagszeit geschlossen wurden, blieb ausreichend Spielraum für eine gemeinsame Mahlzeit.

»Solange du mich nicht in die Gastwirtschaft deiner Schwester einlädst, nehme ich deine Einladung gerne an«, freute sich Celia.

Fokke schlug das Restaurant am Fernsehturm auf Stollberg vor. Mit dieser Wahl war Celia Boysen auf Anhieb einverstanden, und so saß die quirlige Friseurmeisterin kurz darauf neben ihm im Wagen.

»Dann bist du also nach wie vor von Dirks Unschuld überzeugt?«, fragte sie.

Da Celia die Welt nicht ausschließlich durch die Brille ihres Clans sah, ging Fokke bereitwillig auf dieses Thema ein. Als er auf die mysteriöse Geldzahlung zu sprechen kam, bezog Celia eindeutig Position.

»Kein Mensch mit klarem Verstand hätte Hauke auch nur einen Euro geliehen, geschweige denn eine Summe von fünfundzwanzigtausend Euro«, sagte sie.

Dann berichtete Fokke seiner Begleiterin, warum ihr Cousin den Schafskot in der Scheune gelagert hatte. Zuerst schaute Celia ihn skeptisch an, doch dann erkannte sie den Ernst in seiner Aussage.

»Das kann doch nicht wahr sein! Haukes Geschäftssinn war nicht nur schlecht, sondern schlicht nicht vorhanden. Was für eine schwachsinnige Idee«, schimpfte sie.

Schließlich erreichten sie ihr Ziel und suchten sich einen Tisch auf der überdachten Terrasse aus. Der Koch des Restaurants war bekannt für seine Wildspezialitäten, und so kam Fokke in den Genuss einer von Meisterhand zubereiteten Mahlzeit. Durch

Celias Gesellschaft wurde die Zeit noch besser und führte zu einer tiefen Entspannung.

Mit so einer Frau an der Seite macht das Leben noch mehr Spaß, schoss es ihm durch den Kopf.

Der Gedanke überraschte Fokke. Dieser Besuch in Bredstedt wurde immer eigenwilliger. Während er in Lübeck kaum eine passende weibliche Begleitung finden konnte, traf er sich in seiner Heimatstadt nun schon mit zwei sehr interessanten Frauen. Wer hätte das gedacht?

Bei seiner Ankunft im »Pesel« entdeckte Fokke den leicht angetrunkenen Bildhauer in seiner Ecke. Der Kommissar winkte Ron Tüchsen zu, der den Gruß lässig erwiderte. Sie kannten sich näher, seitdem der Bildhauer eine Ausstellung in Lübeck gehabt hatte. Der volltrunkene Tüchsen wusste später nicht einmal mehr den Namen seines Hotels, weshalb Fokke seinen Landsmann kurzerhand mit in seine Wohnung nahm.

»Moin, Fokke. Komm, setz dich zu mir«, rief Ron.

Der Bildhauer konnte nicht ahnen, wie sehr er damit Fokkes Wunsch entgegenkam. Der hob die volle Tüte in die Höhe.

»Mach ich, Ron. Ich muss vorher nur das Zeugs verstauen«, rief Fokke.

Der Wortwechsel wurde von Wiebke mit gefurchter Stirn verfolgt, die ihrem Bruder in die Küche folgte. Dort stellte Fokke die gesamte Einkaufstüte in einen der mannshohen Kühlschränke.

»Was soll das werden, Fokke Mommsen?«

Wiebke schaute ihren Bruder erbost an, während er sich mit einem zufriedenen Lächeln an den Kühlschrank lehnte.

»Ich werde mit meinem alten Freund Ron Tüchsen einige Gläser zwitschern«, antwortete er.

Die dunklen Wolken in Wiebkes Augen wurden noch düsterer, und da Fokke kein unnötiges Donnerwetter provozieren wollte, erklärte er sein seltsames Vorhaben.

»Ron hatte vor einigen Tagen einen heftigen Streit mit Hauke Boysen. Für die Zuschauer wurde es so bedrohlich, dass sie die Polizei gerufen haben«, sagte er.

Diese interessante Neuigkeit hatte er seiner charmanten Begleiterin beim Mittagessen zu verdanken. Celia hatte es von Ulf Boysen gehört und sah keinen Grund, warum sie es nicht weitererzählen sollte.

»Woher weißt du denn auf einmal davon?«, staunte Wiebke.

Fokke schüttelte in gespielter Gekränktheit den Kopf.

»Schon vergessen? Ich bin Kommissar, und nicht einmal ein schlechter. Du glaubst wohl, ich treibe mich nur zu meinem Vergnügen in der Gegend herum? Ganz und gar nicht, liebe Schwester«, antwortete er lächelnd.

Er hielt seine Antwort gewollt vage, um nicht sein Treffen mit Celia Boysen erwähnen zu müssen. Wie Wiebke darauf reagieren würde, war Fokke völlig klar. Dabei zählte es in ihren Augen überhaupt nicht, dass Fokke so an wertvolle Informationen gekommen war.

»Prahlhans«, murrte Wiebke.

Dennoch erkannte sie natürlich die Chance, die ein Trinkgelage mit dem Bildhauer darstellte. Wenn es Fokke gelang, dem trinkfesten Ron mehr über diesen Streit zu entlocken, fielen ihm dadurch vielleicht entlastende Beweise für Dirk in die Hände.

»Ron trinkt dich unter den Tisch«, warnte Wiebke.

Es gab zwar einige Tricks, die Fokke bei seinem Vorhaben von Nutzen sein konnten, aber trotzdem hatte seine Schwester recht.

»Ich vertilge gleich eine Dose mit Thunfisch in Öl. Dazu darfst du mir eine Käseplatte servieren, damit mein Magen gut geschmiert ist«, erwiderte er.

Damit konnte Wiebke dienen und schaute dann Fokke zu, wie er in erstaunlicher Geschwindigkeit sowohl den Thunfisch wie auch den Käse in sich hineinstopfte. Angesichts der Tatsache, dass er keine Stunde zuvor ein vollständiges Mittagsmahl zu sich genommen hatte, fühlte Fokke sich nunmehr bestens gewappnet.

»So, auf in die Schlacht«, sagte er und rülpste verhalten.

Den strafenden Blick seiner Schwester übersah Fokke geflissentlich und verließ dann die Küche. Er schnappte sich eine neue Flasche Regent, entkorkte sie und nahm sie, zusammen mit einem Glas, mit an Rons Tisch.

»Einverstanden?«, fragte er.

Der kräftige Bildhauer schob wortlos sein geleertes Glas zu

Fokke hin, der großzügig einschenkte. Dann füllte er sein Glas und prostete Ron zu.

In der folgenden Stunde leerten die beiden Männer die Flasche und sprachen über alle möglichen Dinge, ohne auf den Mordfall Hauke Boysen zu kommen. Wiebke brachte ihnen eine weitere Flasche an den Tisch und warf Fokke einen zweifelnden Blick zu. Offenbar traute sie seinem Plan nicht wirklich, doch Fokke wähnte sich auf einem guten Weg.

»Du musst mich unbedingt im Atelier besuchen kommen, Fokke. Ich stelle gerade eine neue Skulpturenserie fertig, die ich dir unbedingt zeigen möchte.«

Fokke war kein ausgesuchter Kunstkenner. Er ging dabei ausschließlich seinem Bauchgefühl nach und fand etwas eben gut oder auch nicht. Tüchsens Skulpturen gefielen ihm zum Teil, weshalb er die Einladung gern annahm.

»Machst du bald wieder eine Ausstellung in Lübeck?«, fragte er dann.

Er wollte es vorsichtig angehen lassen. Der Künstler verfügte über ein aufbrausendes Wesen und würde eventuell verärgert reagieren. Daher wollte Fokke ihn zunächst an ihre gemeinsame Zeit in Lübeck erinnern und wie gastfreundlich er sich Tüchsen gegenüber gezeigt hatte.

»Bestimmt. Wenn die Serie komplett ist, wird es eine Reihe von Ausstellungen geben. Lübeck gehört definitiv dazu«, antwortete Ron stolz.

Es wurde Zeit, dass Fokke zu seinem eigentlichen Anliegen kam. Er spürte immer mehr die Wirkung des Weines und musste trotzdem einen klaren Kopf behalten. Keine leichte Aufgabe, wie er selbst einräumen musste.

»Dann kannst du gern wieder bei mir auf der Couch schlafen. Melde dich nur rechtzeitig an, damit ich an dem Abend keinen Dienst habe«, sagte Fokke.

Nachdem Ron Tüchsen dies zugesagt hatte, hob er fragend die leere Weinflasche in die Höhe. Sein Verhalten ließ kaum erkennen, wie viel Alkohol mittlerweile in seinen Adern kreisen musste. Fokke erkannte, dass er härtere Geschütze auffahren musste.

»Ich hätte Lust auf einen steifen Grog. Du auch?«

Rons Augen leuchteten begeistert auf. Als echter Nordfriese schlug er einen ordentlichen Grog niemals aus, und so ging Fokke zum Tresen, um seiner Schwester die Bestellung weiterzugeben.

»Grog? Bist du sicher, dass du dabei nicht abstürzt?«, fragte Wiebke. Ihre Skepsis war zwar angebracht, aber Fokke traute es sich dennoch zu.

»Ich muss Ron weiter enthemmen, und mit Rotwein dauert es einfach zu lange«, erklärte er.

Obwohl seine Schwester erhebliche Zweifel hatte, brachte sie wenige Minuten später die ersten beiden Gläser mit Grog an den Tisch. Es sollten noch einige weitere folgen.

Die Stille fehlte. Deswegen wachte Fokke mitten in der Nacht auf. Ein Auto mit defektem Auspuffrohr fuhr am Marktplatz vorbei und zerriss den Nebelvorhang in seinem Kopf.

»Oh Mann«, stöhnte er auf.

Der Versuch, sich mit einem eleganten Schwung aus der Waagerechten in die Senkrechte zu bringen, löste eine Welle von Übelkeit sowie Kopfschmerzen der schlimmsten Art aus. Fokke sank zurück auf das Bett und sortierte zunächst seine Gedanken.

»Ron, zwei Flaschen Wein und mehr als sechs starke Grogs«, murmelte er.

Bei der massiven Attacke mit hochprozentigem Alkohol reichten seine Vorkehrungen natürlich nicht mehr aus. Fokke erinnerte sich vage an einige lästerliche Flüche des Bildhauers genauso wie an lauten Gesang. Dabei war er gar nicht der Typ, der singen konnte oder wollte. Fokke mied Karaoke-Bars wie der Teufel das Weihwasser. Was hatte er nur getrieben?

»Zeit für die Tagesschau, Herr Kommissar«, sagte er halblaut.

Es war ihm gelungen, sein Handy vom Nachtschrank zu angeln und einen Blick auf die Uhr im Display zu werfen. Sein Besäufnis mit Ron hatte gegen vierzehn Uhr begonnen, und so gegen siebzehn Uhr kam der Mann mit dem Vorschlaghammer, der für eine blitzartige Ohnmacht gesorgt hatte. So wie sich Fokkes Kopf anfühlte, hatte der Kerl einige Schläge direkt gegen seinen Schädel geführt.

»Wer nichts verträgt, sollte sich nicht auf einen solchen Wettkampf einlassen«, murmelte er.

Natürlich trank Fokke auch schon einmal ein oder zwei Gläser zu viel, aber nicht so übertrieben wie heute mit Ron Tüchsen. Dabei war es sein eigener Plan gewesen, und es sollten wichtige Entlastungshinweise herausspringen.

»Hauke und Ron hatten Streit. Wegen was eigentlich?«

Sosehr Fokke sein gemartertes Gehirn auch quälte, es wollte ihm nicht mehr einfallen. Ein fürchterlicher Gedanke überkam ihn. Wehe, wenn das Gelage völlig umsonst gewesen ist, dachte er. Er schloss die Augen und ließ sich treiben. Fokke wurde mit wirren Bildern belohnt, zu denen auch Flammen gehörten. Was hatte es nur zu bedeuten?

»Bist du wieder ansprechbar?«

Fokke öffnete seine Lider einen Spaltbreit und spähte zur Tür. Wiebke war ins Zimmer gekommen und lehnte nun von innen am Türrahmen.

Ihr angewiderter Blick nahm Fokkes erbärmlichen Zustand nicht nur zur Kenntnis, sondern vermittelte ihm auch seine aktuelle Ausstrahlung auf andere Menschen.

»So halbwegs«, erwiderte er leise.

»Ich hoffe, es hat sich gelohnt«, sagte Wiebke.

Das hoffte Fokke auch.

»Natürlich, sonst hätte ich es doch gar nicht getan«, antwortete er laut.

Seine Schwester schaute ihn auffordernd an, doch noch konnte Fokke sich in seinen angeschlagenen Zustand flüchten.

»Gib mir wenigstens so viel Zeit, um einigermaßen frisch zu werden. Einer der sechs Grogs muss wohl schlecht gewesen sein«, sagte er.

Wiebke lachte unfroh auf und schüttelte dabei den Kopf.

»Das waren acht Grogs für Ron und sieben für dich, kleiner Bruder. Deswegen hatte dein neuer Busenfreund ja auch freie Auswahl bei dem anschließenden Getränk«, korrigierte sie.

Fokke konnte es kaum glauben. Er sollte sieben Gläser Grog getrunken haben? Kein Wunder, wenn sein Kreislauf verrückt spielte.

»Ich habe aber nicht noch mehr Grog getrunken, oder?«, hakte er nach.

Wiebke hatte schließlich von dem obligatorischen Freigetränk gesprochen, das jeder Gast bekam, der acht Gläser Grog hintereinander trank.

»Nein, keinen Grog. Ron bestand darauf, mit dir einen Friesengeist zu trinken«, antwortete Wiebke.

Daher die Erinnerung an Flammen! Der hochprozentige Schnaps wurde im Glas angezündet, damit er trinkbar wurde. Was für ein Wahnsinn. Erst Rotwein, dann Grog und schließlich Friesengeist. Fokke hatte zum letzten Mal als Sechzehnjähriger dermaßen unvernünftig durcheinandergetrunken. Kein Wunder, wenn sein Gehirn sich jetzt mit Gedächtnislücken rächte.

»Ich habe den Schnaps auch noch getrunken?«, erkundigte sich Fokke.

»Nicht nur den einen, Fokke. Du wolltest nicht zurückstehen und hast gleich die nächste Runde bestellt. Dann habt ihr euch über Fußball gestritten, um anschließend lauthals die alten Songs zu grölen. Den Gästen hat es seltsamerweise gefallen«, erwiderte Wiebke.

Was für ein beschämender Auftritt. Fokke würde in den kommenden Tagen zum Stadtgespräch in Bredstedt werden. Welch ein Glück, dass er bald nach Lübeck abreisen und wieder in der Anonymität der Großstadt abtauchen konnte.

»Und dann kam der Knock-out«, murmelte er.

Seine Schwester schilderte genüsslich, wie Fokke mitten in einem Lied von der Gruppe Queen aufgehört hatte zu singen.

»Deine Lippen haben sich zwar noch bewegt, aber es sah mehr nach einem Karpfen an Land aus«, sagte sie.

Der schwer betrunkene Ron hatte Fokke zwar nicht mehr vor dem Sturz zu Boden retten können, aber ihn dafür hinauf in dies Zimmer geschleppt.

»Ron hat deutlich mehr Ausdauer beim Trinken und reichlich Kraft«, sagte Wiebke.

Auf ihre Nachfrage, was genau er nun von dem Bildhauer über den Streit mit Hauke Boysen erfahren hatte, wich Fokke erneut aus.

»Bist du dir sicher, dass es diesen Streit überhaupt gegeben hat? Vielleicht taugt deine Quelle einfach nichts«, zeigte sich Wiebke skeptisch.

»Doch, auf Celia kann ich mich verlassen.« Der Name war über seine Lippen gekommen, bevor er es verhindern konnte. Fokke schaute seine Schwester an, die ihn mit eisigen Blicken maß.

»Willst du etwa behaupten, wir hätten diesen ganzen Unsinn dem Geplapper dieser Friseuse zu verdanken?«, fragte sie.

»Das heißt Friseurin, und Celia lügt mich nicht an«, protestierte Fokke.

Wiebke stieß sich von der Tür ab und war mit drei schnellen Schritten am Bett, weshalb Fokke erschrocken hochfuhr. Erneut wollte sein Mageninhalt den Weg zurück durch die Speiseröhre in Fokkes Mund antreten, was er nur durch mehrfaches, energisches Schlucken verhindern konnte.

»Sag mir sofort, was du von Ron über den Streit in Erfahrung gebracht hast!«, forderte Wiebke.

Kleinlaut räumte Fokke ein, dass seine Erinnerungen leider noch sehr bruchstückhaft waren.

»Es kommt wieder, Wiebke. Verlass dich drauf«, beschwor er seine Schwester.

Doch sie war mittlerweile stinksauer und zerrte ihren protestierenden Bruder vom Bett hoch. Vor Wut schnaubend drückte sie ihm kurze Zeit später die Einkaufstasche in die Hand und bugsierte Fokke zur Hintertür hinaus.

»Lass dich erst wieder hier blicken, wenn du alle Erinnerungen beisammenhast. Und wehe dir, wenn nichts Ordentliches dabei herauskommt. Die Zeche schreibe ich dir auf die Rechnung, du Saufbold!«, rief sie erbost.

Bevor Fokke etwas erwidern konnte, zog Wiebke die Tür hinter sich krachend ins Schloss.

Ron rieb sich die schmerzende Schulter und wurde dadurch an sein fortschreitendes Alter erinnert.

»Früher hätte ich so einen Hänfling unter den Arm geklemmt und in sein Bett geworfen«, knurrte der Bildhauer.

Trotz der leichten Blessur fühlte Ron sich aber bestätigt. Er soff immer noch jeden Mann unter den Tisch und schleppte ihn anschließend eine Treppe hinauf. Die Rückfahrt zu seinem Haus hatte er im Taxi zurückgelegt. Wie immer erkundigte sich der neugierige Johannsen nach seinen aktuellen Werken. Er hatte geantwortet und wahrscheinlich wieder einmal mehr als nötig erzählt. Ron wusste um seine Schwächen, und als er jetzt in sein Atelier trat, blieb sein Blick an der halb fertigen Skulptur hängen. Sofort erinnerte Ron sich wieder an die Verabredung.

»Na also. Die Angst macht's möglich«, murmelte er zufrieden.

Er hatte soeben nach der Uhrzeit sehen wollen, als er den sich nähernden Wagen hörte. Leuchtfinger strichen über die Bäume und Büsche, erhellten kurz darauf den gesamten Vorplatz. Ron verließ sein Atelier und schaute verwundert in den Abendhimmel. Leichter Nieselregen hatte eingesetzt. Da ihn die Scheinwerfer des Autos blendeten, machte Ron eine herrische Geste.

»Mach das Licht aus!«, brüllte er.

Einen Moment lang schien es fast so, als wenn der Fahrer der Aufforderung nicht nachkommen wollte. Unwillkürlich kroch Angst in dem Bildhauer hoch, der daraufhin zwei Schritte zurücktrat und auf der Werkbank nach seinem Holzhammer griff. Es war eine gute Waffe, wenn man stark war und damit umgehen konnte. Beides traf auf Ron zu, weshalb er sich wieder beruhigte.

»Was soll der Scheiß?«, fragte er verärgert.

Sein später Besucher hatte die Scheinwerfer gelöscht und stand nun neben dem Wagen. Die beiden Männer sahen sich an. Ron konnte den schnellen Wechsel der Emotionen am Gesicht seines Gegenübers ablesen. Am Ende blieb Resignation übrig, was ihn erfreute.

»Wo ist das Geld?«, fragte Ron.

»Welche Garantien habe ich, dass du mich in einigen Wochen nicht um noch mehr Geld bittest?«, wollte sein Opfer wissen.

Es war in Rons Augen die typische Frage eines Kleinbürgers. Er grinste.

»Na, mein Ehrenwort. Reicht dir das vielleicht nicht?«

Aus dem Nieselregen wurde ein solider Landregen, der die Kleidung langsam, aber sicher durchnässte. Der Künstler legte den Kopf in den Nacken und verfolgte das Wolkenjagen am

Abendhimmel. Es war nur eine kleine Front, die über Bredstedt und Umgebung hinwegzog. Dann schaute Ron wieder sein Gegenüber an und fand, dass sie genug geredet hatten. Er wollte nur noch sein Geld und dass der widerliche Typ von seinem Hof verschwand.

»Was nun? Gib das Geld schon her«, forderte er.

Der Mann am Wagen seufzte schwer und beugte sich dann hinunter, um einen braunen Umschlag vom Armaturenbrett zu nehmen. Mit einer knappen Bewegung schleuderte er ihn in Rons Richtung. Der Umschlag vollführte einen Bogen, und Ron musste einen Ausfallschritt machen, um ihn zu fangen. Dabei verlor er den Halt auf dem glitschigen Kopfsteinpflaster und rutschte aus. Fluchend ließ Ron den schweren Holzhammer fallen und fing den Sturz mit beiden Händen ab. Der braune Umschlag fiel nur einen knappen Meter entfernt von ihm auf den Boden. Mit ungläubigem Staunen starrte Ron auf die zusammengefalteten Zeitungsseiten, die aus dem Umschlag herausglitten.

»Du Schwein wolltest mich reinlegen!«, schrie er.

Ron Tüchsen drehte sich zur Seite und stemmte sich vom Boden hoch. Erst als der Holzhammer an seinen Schädel prallte, erkannte er die Tragweite seines Irrtums. Der Mann wollte ihn nicht hereinlegen, sondern töten! Panik erfasste den kräftigen Ron, und das ausgeschüttete Adrenalin verlieh ihm ungeahnte Kräfte. Sein Opfer wich erschrocken zurück, als er taumelnd auf die Beine kam. Wenn Ron nicht nochmals auf einem der nassen Steine ausgerutscht wäre, hätte er den Angreifer vermutlich in die Flucht schlagen können. So aber stürzte er erneut krachend zu Boden und konnte nur noch schützend die Arme hochreißen. Der erste Schlag zertrümmerte Rons linken Unterarm, und dann prasselte eine wahre Flut an Schlägen auf seinen Kopf ein. Ron starb mit dem Blick auf die offene Tür seines Ateliers, wo immer noch die Skulptur auf ihre Fertigstellung wartete.

Fokke hatte großes Glück, denn just in diesem Augenblick fuhr Bertram Johannsen mit seinem Taxi auf den Marktplatz zu. Fokke machte ihm ein Zeichen, sodass der Wagen neben ihm anhielt.

»Moin, Bertram. Kannst du mich fahren?«

Eigentlich war der Taxifahrer bereits mit seiner Schicht für heute fertig, doch er nahm die Fuhre trotzdem an.

»Kalle töövt noch nich«, lautete seine Antwort.

Mit Kalle war Karl-Heinz Petersen gemeint, der zweite Inhaber des Taxis. Früher hatten sie zusammen bei einem Taxiunternehmen auf Sylt gearbeitet. Als dann eine Lizenz für Bredstedt vergeben wurde, griffen sie sofort zu. Seit drei Jahren fuhren sie wieder in ihrer Heimat umher und konnten bestens davon leben. Wer mehr über die aktuellen Gerüchte erfahren wollte, musste nur eine Fuhre mit einem der beiden Taxifahrer antreten.

»Prima. Setz mich bitte bei Erich auf dem Hof ab«, erwiderte Fokke.

Mit einem erleichterten Seufzer sackte er in den weichen Sitz und ignorierte die fragenden Blicke von Bertram.

»Dat weer wohl ein Glas to vel, wa?«

Da sein Fahrer hartnäckig blieb, schilderte Fokke schließlich doch noch seinen feuchtfröhlichen Nachmittag mit Ron Tüchsen. Dafür erntete er einen spöttischen Blick von Bertram.

»Disse Künstler drinkt man nich so licht ünner'n Disch«, kommentierte er fröhlich.

Während Fokke ein wenig vor sich hindämmerte, erzählte Bertram aus seinem Taxifahrerleben. Da kam mehrfach der Bildhauer Ron Tüchsen vor, doch Fokke hörte nur mit einem halben Ohr zu. Er versuchte, sich auf seine Erinnerungen zu konzentrieren, doch sie blieben fragmentarisch. Nachdem Bertram ihn auf dem Hof abgesetzt hatte, fuhr er mit einem Hupen davon.

»Wat ist mit dien Auto passeert?«, wollte Erich wissen.

Es half alles nichts. Fokke musste innerhalb einer Stunde seine dritte Beichte ablegen und fand auch in seinem Onkel keinen Trostspender.

»Schön doof«, sagte er knapp.

Da Fokke immer noch mit den Nachwehen seines Trinkgelages zu kämpfen hatte, ging er kurze Zeit später bereits in seine Kammer und fiel aufs Bett. Nach einer Serie wilder Träume und zwei Gängen ins Bad wachte Fokke vom Klang eines startenden Traktors auf. Mürrisch wälzte er sich aus dem Bett und schaute aus dem Fenster. Er sah Erich, der auf seinem Ferguson saß und ein Schneidegerät an das Fahrzeug gehängt hatte. Wo wollte er mit dem Mähdrescher hin?

Was will der denn jetzt schneiden?, wunderte sich Fokke.

Er hatte immer noch den Erntekalender im Hinterkopf und wusste daher, dass zu dieser Jahreszeit bestenfalls Winterweizen eingeholt werden konnte. Erich Mommsen baute dieses Getreide aber schon lange nicht mehr an.

Vielleicht will er auch nur in die Schlosserei damit, dachte Fokke.

Nach einer ausgiebigen Dusche ging er in die Küche hinunter und bereitete sich ein kräftiges Frühstück zu. Sein Magen knurrte nachdrücklich, weshalb Fokke sich für eine Pfanne mit Rührei und Speck entschied. Nach dem Essen und einer halben Kanne starkem Kaffee fühlte er sich eine Stunde später wieder wie ein normaler Mensch.

Streng dein Hirn an, Fokke. Was hat Ron dir über diesen Streit mit Hauke erzählt, drängte er sich selbst.

Nicht einmal ein langer Spaziergang über einen Feldweg brachte den Durchbruch. Die Sonne hatte den Platz am Himmel fast ganz allein für sich. Die wenigen Schleierwolken vermochten dem herrlichen Augusttag nichts anzuhaben. Es war eigentlich der perfekte Tag, um einen Abstecher an die Nordsee zu machen.

Aber Fokke konnte schlecht baden gehen, während sein Cousin Dirk in Untersuchungshaft schmorte.

Also machte er kehrt und wanderte zügig zurück zum Bauernhof seines Onkels. Als er die Seitentür öffnete, fiel ihm eine Bemerkung von Bertram Johannsen ein.

Was hatte er gesagt?, versuchte Fokke sich zu erinnern.

Im nächsten Augenblick zuckte er zurück, als ein schwarzer Körper ihn hart am Unterschenkel traf. Fokke rieb sich die schmerzende Stelle und erwiderte den strafenden Blick des einäugigen Katers.

»Düvel! Was soll das denn werden?«, schimpfte er.

Der Kater gab einen merkwürdigen Laut von sich, irgendwas zwischen einem tiefen Miauen und einem verärgerten Fauchen. Dabei drehte er sich um und trabte in die Küche voraus. Dort sprang er mit einem eleganten Satz auf die Spüle. Fokke hatte das benutzte Geschirr selbstverständlich wieder abgewaschen und lediglich die Pfanne zum Trocknen stehen lassen.

»Na und? Was willst du mir damit sagen?«, fragte Fokke.

Düvel machte einen Buckel und fauchte leise. Dann setzte er sich wieder auf sein kräftig gebautes Hinterteil und starrte ihn mit dem gesunden Auge an. Da erinnerte Fokke sich an seinen ersten Tag auf dem Hof und was der Kater in der Küche getrieben hatte.

»Jetzt kapier ich. Du vermisst die Essensreste. So etwas gibt es nicht mehr, Düvel«, sagte er.

Der Kater schaute ihn unvermindert auffordernd an. Schließlich gab Fokke nach und holte die Packung mit Schinken aus dem Kühlschrank. Außerdem schnitt er ein Stück von der Makrele ab, die er fürs gestrige Abendbrot eingekauft hatte. Der Kater schnupperte zunächst an dem Teller mit den Köstlichkeiten, bevor er sich dazu herabließ, sie aufzufressen. Danach verließ er, ohne Fokke eines weiteren Blickes zu würdigen, die Küche.

»Ich bezweifle, dass dies der Beginn einer lang anhaltenden Freundschaft ist«, sagte Fokke.

Er hatte gerade den Teller abgespült, als ein Wagen auf den Innenhof fuhr. Fokke erkannte Hans Opitz, der einen der größten landwirtschaftlichen Betriebe in Nordfriesland führte. Er trat hinaus und begrüßte Hans.

»Moin, was treibt dich denn hierher?«, rief er.

Jetzt wäre ein kurzes Begrüßungsgespräch angesagt gewesen, so wie man es üblicherweise auf dem Land machte. Doch Hans Opitz war offensichtlich über irgendetwas sehr erbost, was seine ungesunde Gesichtsröte vermuten ließ.

»Moin, Fokke. Du musst mitkommen und diesen alten Querkopf von meinem Feld holen!«, rief er.

Querkopf? Fokke verstand kein Wort.

»Was ist denn los, Hans? Wovon redest du eigentlich?«, fragte er.

Wie sich herausstellte, ging es um Erich Mommsen. Der mähte zurzeit den noch nicht fertigen Winterweizen auf einem von Opitz' Feldern, was diesen naturgemäß ziemlich aufbrachte.

»*Was* macht er? So'n Schiet! Wieso hältst du ihn denn nicht selbst davon ab?«, wunderte sich Fokke.

»Weil er sich weigert, auf mich zu hören. Er behauptet, mein Vater hätte es ihm befohlen«, antwortete Hans.

Fokke krauste verwirrt die Stirn. Er wusste natürlich, dass sein Onkel auf dem Bauernhof von Hans-Herrmann Opitz seine Ausbildung durchlaufen hatte. Das war allerdings schon eine Ewigkeit her, und der Vater von Hans Opitz war lange tot.

»Fahren wir«, sagte er nur.

Fokke hatte so eine Ahnung, was mit seinem Onkel los war. Die Sache mit der Melkmaschine passte dabei hervorragend ins Bild.

Als Fokke und Hans auf dem Feld eintrafen, standen zwei von Opitz' Helfern neben dem Traktor. Erich saß auf dem Trittbrett und hatte den Kopf gesenkt.

»Vier Reihen. Zum Glück sind meine Leute im richtigen Moment hier vorbeigekommen, um das Schlimmste zu verhindern«, erklärte Hans.

Fokke schaute von den bereits abgemähten Reihen über die im Wind wogenden Ähren und dann auf seinen niedergeschlagenen Onkel. Offenbar hatte Erich erkannt, was er hier angerichtet hatte.

»Alles wieder in Ordnung, Erich?«, fragte Fokke.

Auf einen Wink von Hans hin gingen seine Helfer zu ihrem Wagen und setzten ihren Weg fort. Opitz schlenderte hinüber zu den gemähten Ähren und ging dort in die Hocke. Fokke und sein Onkel konnten somit ungestört miteinander reden.

»Wat stimmt nich mit mi, Fokke?«, fragte er.

Mit einiger Mühe entlockte Fokke seinem Onkel erklärende Worte. Nachdem Erich die Kühe gemolken und anschließend wieder aufs Feld geführt hatte, erinnerte er sich auf einmal an eine Anordnung von seinem Ausbilder Hans-Herrmann Opitz.

»Dat weer doch so echt. He stünn vör mi und vertellte, wat ich vondaag doon schall«, sagte Erich.

Er konnte nicht begreifen, dass sein Gehirn ihm einen üblen Streich gespielt hatte. Nicht zum ersten Mal, aber dieses Mal hatten es Außenstehende mitbekommen. Der alte Landwirt schämte sich für diesen unerklärlichen Aussetzer und wusste nicht, wie er damit umgehen sollte.

»Ich klär es mit Hans, Erich. Danach fahren wir zusammen nach Hause«, versprach Fokke.

Er war erschüttert. Seine Ahnung wurde immer mehr zur Gewissheit, obwohl es noch keinerlei ärztliche Bestätigung gab. Fokke ging hinüber zu Hans und sprach mit ihm.

»Ja, das dachte ich mir schon. Das mit dem Weizen ist halb so schlimm, Fokke. Sorg nur dafür, dass es sich nicht wiederholt. Einverstanden?«

Fokke wusste zwar nicht, wie er ein solches Versprechen einhalten sollte, dennoch sagte er es zu. Anschließend kletterte er auf den Traktor und lenkte das Fahrzeug mit dem angehängten Mähdrescher zurück zum Hof seines Onkels. Erich saß stumm auf dem Notsitz und starrte unglücklich in die Gegend. Nachdem sie gemeinsam den Mähdrescher gereinigt und in den Schuppen gestellt hatten, setzten sie sich in die Küche.

»Du musst zu einem Arzt, Erich. Ich habe bereits einen Termin im Krankenhaus in Husum vereinbart«, sagte Fokke.

Er verabscheute sich dafür, dass er die Unsicherheit seines Onkels ausnutzte, um ihn zu dieser Untersuchung zu drängen. Trotzdem war Fokke heilfroh, als er seinen Onkel im Krankenhaus in die Obhut eines Arztes geben konnte.

»Wenn Sie in drei Stunden wieder hier sein können, sind wir mit den Untersuchungen fertig«, sagte der Mediziner.

Fokke ging zu seinem Onkel, der bereits dieses fürchterliche Krankenhausoberteil trug. Erich lag wie ein Häufchen Elend im Bett. Der Anblick versetzte Fokke einen zusätzlichen Stich, er hatte seinen Onkel immer als gesunden, starken Menschen erlebt. Wie viele Männer seiner Generation ging Erich Mommsen nur dann zum Arzt, wenn es keinen Ausweg mehr gab. Diese Haltung hatte Fokke immer beeindruckt, und er hatte sie mittlerweile selbst verinnerlicht.

»Ich bleibe nicht hier, Fokke!«, sagte Erich.

In seinen Augen lag ein Flehen, das Fokke kaum ertragen konnte. Dennoch war er überzeugt davon, dass diese Untersuchung unbedingt erforderlich war. Sollte sich seine Ahnung bestätigen, musste der Familienclan darüber in Kenntnis gesetzt werden. Es galt dann, eine für Erich vertretbare Lösung zu finden.

»Du wirst nur gründlich untersucht, Erich. Vermutlich ist es halb so wild, aber wir müssen es wissen, bevor es schlimmer werden kann.«

Fokkes Eltern waren zu früh verstorben, als dass er sich um sie hätte Gedanken machen müssen. Die üblichen Gebrechen wären auch bei ihnen zwangsläufig gekommen, und irgendwann hätten Wiebke und er sich um sie kümmern müssen. Der Unfall hatte seinen Eltern die weniger schönen Seiten des Älterwerdens erspart. Doch für Fokke kam diese Verantwortung für den kranken Erich jetzt mit brutaler Härte. Fokke fühlte sich nicht weniger überfordert als Erich selbst.

»Worüm hett Hauke nur nich höörn wullt? Diese Dummbüdel harr doch allens kaputt maakt«, sagte Erich.

Fokke erstarrte. Was meinte sein Onkel damit? Ein eisiger Schauer überkam ihn.

»Was meinst du damit, Erich? Hast du etwas mit dem Feuer in der Scheune zu schaffen?«, fragte er ungläubig.

Seine Erschütterung wuchs weiter, denn Erich Mommsen begann, lautlos zu weinen. Ab und an schluchzte Erich, sodass Fokke hilflos neben dem Bett stand.

»Sie können ruhig gehen, Herr Mommsen. Ihr Onkel ist bei uns in den besten Händen. Wir wissen, wie wir mit seiner Angst umzugehen haben«, sagte die Krankenschwester.

Bevor Fokke wusste, wie ihm geschah, schob die resolute Frau das Krankenbett mit Erich aus dem Zimmer. Mit ihm verschwanden die Antworten auf Fokkes Fragen, sodass er nur überstürzt das Krankenhaus verlassen konnte.

ACHT

Es lohnte sich nicht, für die Zeit der Untersuchung zurück nach Bredstedt zu fahren. Er würde nur hin- und herfahren und könnte keinerlei Nachforschungen anstellen.

Fokke ging hinunter an den Husumer Hafen und wollte sich dort an einer der besten Fischbuden der Nordsee ein Krabbenbrötchen gönnen. Mit dem Brötchen in der Hand schlenderte er über eine Brücke, die im Rahmen der Modernisierung des Hafens neu gebaut worden war.

»Es freut mich, dich hier zu treffen«, sagte eine Stimme.

Fokke verschluckte sich prompt an einer Krabbe und hustete krampfhaft, um die Luftröhre wieder freizubekommen. Seine Bemühungen wurden durch kräftige Schläge auf seinen Rücken von Heidemarie Boysen unterstützt, die ihn so überraschend angesprochen hatte.

»Danke, es reicht! Musst du einen so erschrecken?«, beschwerte sich Fokke.

Er schluckte ständig, da sein Rachen sich wie mit Schmirgelpapier bearbeitet anfühlte. Mit einer großzügigen Geste streckte Heidemarie ihm ihre Trinkflasche mit Wasser hin. Dankbar ließ Fokke einige Schlucke durch die malträtierte Kehle laufen und reichte ihr anschließend die Flasche zurück.

»Ich konnte ja nicht ahnen, dass du so schreckhaft bist«, sagte Heidemarie.

Sie lehnten nebeneinander am Geländer und schauten den Scharen von Touristen zu, die wie üblich das gesamte Hafengebiet bevölkerten.

»Verrätst du mir auch noch, wieso dich mein Anblick neuerdings erfreut?«, fragte Fokke.

Aus dem Augenwinkel musterte er Heidemaries sommerliches Outfit, das durch die weite Hose und den luftig geschnittenen Blazer geschickt das leichte Übergewicht kaschierte. Der Wind spielte mit ihren rotbraunen Haaren, die sie nachlässig zu einer Hochfrisur arrangiert hatte. Zusammen mit der ins Haar hinaufgeschobenen Sonnenbrille wirkte sie wie eine Frau, die ihren Urlaub in Husum verbrachte.

»Weil du deine Zeit mit einem Bummel in der grauen Stadt an der Nordsee verbringst und nicht mit eigenmächtigen Ermittlungen in Bredstedt«, antwortete Heidemarie.

Fokke musste an ihre gemeinsame Vergangenheit am Gymnasium hier in Husum denken. Heidemarie hatte die Parallelklasse des nur ein Jahr älteren Fokke besucht. Sie war schon damals sehr selbstbewusst und zielstrebig gewesen, was ihm durchaus imponiert hatte. Ab und an hatte er sie sogar gegen die Sticheleien seiner eigenen Cousins und Cousinen verteidigt.

Was wäre wohl passiert, wenn ich damals mehr über ihre Gefühle für mich geahnt hätte?, überlegte Fokke.

Dummerweise hatte er nichts davon gewusst, und als Fokke es mitbekam, war der Schaden bereits angerichtet. Er ging mit Heike zum Abschlussball.

»Erde an Fokke. Hallo, bin ich etwa so langweilig?«, fragte Heidemarie.

Er entschuldigte sich und fühlte ein wenig Scham in sich aufsteigen. Während Heidemarie sich alle Mühe gab, um mit Fokke ein unverfängliches Gespräch zu führen, brüskierte er sie durch seine Tagträume.

»Nein, entschuldige bitte. Es geht um Erich, Heidemarie. Ich habe ihn in die Klinik gebracht und muss immer an das Bild denken, wie er in diesem hässlichen Krankenhausoberteil in seinem Bett lag«, flüchtete er sich in eine Notlüge.

Daraufhin lud Heidemarie ihn in eines der Cafés ein, von denen man einen guten Blick auf das Theodor-Storm-Haus hatte. Als sie in den weichen Plüschsesseln saßen, nahm eine freundliche Bedienung die Bestellung auf.

»Du glaubst also, dass dein Onkel an Demenz erkrankt ist?«, fragte sie.

Fokke schilderte seine Erlebnisse mit Erich Mommsen und wurde in seiner Vermutung bestätigt. Heidemarie Boysen gehörte eindeutig nicht zu den Menschen, die einer ehrlichen Antwort aus dem Weg gingen, nur weil sie möglicherweise unbequem war. Ein angenehmer Wesenszug von Heidemarie.

»Dann wird es maßgeblich davon abhängen, wie fortgeschritten die Krankheit bei Erich bereits ist und welchen Verlauf die Ärzte prognostizieren«, sagte Heidemarie.

Es wurde ein Gespräch, so wie es eigentlich nur unter guten Freunden zustande kam. Fokke fühlte sich wohl in ihrer Gesellschaft und vergaß eine Weile, dass Heidemarie und er im Grunde in zwei verschiedenen Lagern standen.

»Gibt es neue Erkenntnisse, was den Brand ausgelöst hat?« Die Frage war heraus, bevor Fokke darüber nachdenken konnte. Als er den Unmut in Heidemaries blaugrauen Augen aufsteigen sah, hob er abwehrend eine Hand und legte sie dann auf ihren Unterarm. Ihr Blick wurde unsicher.

»Ich frage nur, weil Erich eine merkwürdige Bemerkung gemacht hat. Er war sehr verunsichert und hat sogar später geweint«, sagte Fokke.

Nachdem der Kommissar die wirren Worte seines Onkels wiederholt hatte, schürzte Heidemarie Boysen nachdenklich ihre Lippen.

»Du steckst voller Überraschungen, Fokke Mommsen«, murmelte sie dann.

»Uhln sitt Uhln ut«, erwiderte er.

Mit dem gebräuchlichen Sprichwort, wonach Eulen nur Eulen ausbrüten, deutete er an, dass er eben ein echter Mommsen mit allen Merkwürdigkeiten war. Heidemarie lachte laut los.

»Gleichfalls«, sagte sie dann.

Für einen Augenblick war ihre Begegnung frei von allen Belastungen, die sich aus der Zugehörigkeit zu ihren Familien oder den laufenden Ermittlungen ergaben.

»Ich werde deinem Hinweis nachgehen lassen, Fokke. Danke«, sagte Heidemarie.

Fokke zuckte mit den Schultern und mimte den Gleichgültigen.

»Falls ihr zu wenig Ermittler in Husum habt, kannst du mich ja anfordern.«

Es war ein Scherz, auf den Heidemarie Boysen jedoch mit unerwarteter Ernsthaftigkeit reagierte.

»Das würde ich glatt tun, wenn wir eine freie Planstelle hätten.

Aktuell sieht es aber so aus, dass wir demnächst auch noch die Kommissar-Stelle für die Inseln abgeben müssten«, sagte sie.

Fokke hob verwundert die Augenbrauen. Von dieser neuen Umstrukturierung hatte er noch nichts gehört, obwohl er immer sorgfältig die Nachrichten aus dem Innenministerium studierte.

»Die Kieler wollen den Inselkommissar abschaffen? So en Tüdelkraam«, schimpfte er.

Auch Heidemarie schien wenig mit dieser Maßnahme anfangen zu können, denn sie stimmte Fokke unumwunden zu.

»Kollegen wie Lena Arndt kennen die Menschen auf den Inseln und Halligen besser als jeder andere. Wenn es dort ein Verbrechen gibt, klären sie es im Handumdrehen auf«, sagte sie.

Fokke kannte die von Föhr stammende Kollegin. Er und Lena hatten gemeinsam ein Seminar in Altenholz an der Fachhochschule besucht. »Lena ist wirklich kompetent. Was passiert mit ihr, wenn diese Stelle tatsächlich gestrichen wird?«, fragte er.

»Ich werde Lena nicht in Husum halten können. Mir fehlt dazu einfach eine freie Stelle, also wird sie vermutlich nach Flensburg gehen müssen«, antwortete Heidemarie.

Es gab also mehr Dinge, über die Fokke und Heidemarie sich einig waren. Das war eine schöne Erkenntnis, die für die Zukunft eventuell als Basis dienen könnte. Fokke würde seine Recherchen weiter vorantreiben und irgendwann ohnehin mit den Husumer Kollegen aneinandergeraten. Wenn es so weit wäre, würde ihm dieses Treffen mit Heidemarie unter Umständen helfen. Vielleicht konnten Heidemarie und er später einen Kompromiss finden, bei dem die Wahrheit nicht auf der Strecke blieb.

»Ich muss zurück ins Krankenhaus. Der Arzt hat von drei Stunden gesprochen, die für die Untersuchungen benötigt werden«, sagte Fokke. Er beglich die Rechnung, ohne sich um Heidemaries Protest zu scheren.

»Du hast mir deine Zeit geopfert und zugehört. Da ist es nur recht und billig, dass ich bezahle«, erwiderte Fokke.

Heidemarie bedankte sich und machte ihm Mut.

»Es wird schon schiefgehen, Fokke. Erich hat wahrscheinlich nur eine Mangelerscheinung, die sich leicht beheben lässt.«

Auf dem Weg ins Krankenhaus gingen Fokke viele Gedanken durch den Kopf. Heidemarie Boysen hatte ihm heute einen unerwarteten Freundschaftsdienst erwiesen, und er musste seine Haltung zu ihr grundlegend überdenken. Sollte Fokke ihr reinen Wein über seine heimlichen Ermittlungen einschenken und darauf setzen, dass Heidemarie ihm verzieh?

Der Arzt bestand darauf, dass Erich noch wenigstens zwei Tage in der Klinik blieb. Die Anzeichen einer beginnenden Demenz wollte der Mediziner nicht als solche kommentieren.

»Warten Sie einfach die weiteren Ergebnisse ab, Herr Mommsen. Es macht erst dann Sinn, darüber zu sprechen, wenn uns eindeutige Werte den richtigen Weg zeigen.«

Also musste Fokke seinen aufgewühlten Onkel dazu bringen, nicht das Krankenhaus fluchtartig zu verlassen. Die Unsicherheit stand Erich ins Gesicht geschrieben, und die ausweichenden Antworten des Arztes sowie des Pflegepersonals trugen nicht zu einer Entspannung der Situation bei.

»Sie sagen nichts, weil sie noch nichts wissen«, wiederholte Fokke.

Er argumentierte mittlerweile fast eine geschlagene Stunde, um seinen Onkel zum Bleiben zu überreden. Langsam ging Fokke die Geduld aus, und als Erich nochmals zum Kleiderschrank mit seinen Sachen gehen wollte, beendete er die fruchtlose Diskussion. Er packte den überraschten Erich am Oberarm und dirigierte ihn zurück zum Bett.

»Du bleibst hier, verdori! Die Ärzte werden herausfinden, was du für ein Problem hast, und uns dann die Lösung nennen. Solange das aber nicht der Fall ist, kommst du nicht mit nach Hause«, sagte Fokke.

Der zutiefst gekränkte Ausdruck in den Augen seines Onkels setzte Fokke böse zu. Es wäre um so viel einfacher gewesen, Erichs Drängen nachzugeben und mit ihm zurück nach Bredstedt zu fahren. Doch damit wäre nichts gewonnen, und Fokke bezweifelte, dass er seinen Onkel dann noch einmal zu einer Untersuchung ins Krankenhaus bewegen konnte.

»Es ist zu deinem Besten, Erich. Glööv mi dat«, sagte er.

Seine Entschlossenheit reichte wenigstens aus, um seinen

Onkel zum Verbleib im Zimmer zu bewegen. Als Fokke das Krankenhaus verließ, war sein Rücken schweißnass, und er verfluchte die Krankheit. Er rang lieber ein Dutzend der übelsten Ganoven nieder, als einen geliebten Menschen ins Krankenhaus zu bringen.

Leise fluchend legte Fokke den Weg nach Bredstedt zurück, obwohl er nah dran gewesen war, sich bei Heidemarie Boysen zu melden.

»Du verlierst den Überblick, Fokke. Heidemarie. Unglaublich«, schalt er sich selbst.

Schließlich passierte er die Tierarztpraxis von Kay Fehring und warf einen sehnsüchtigen Blick hinüber zu den Fenstern des Wohnhauses. Was hätte Fokke darum gegeben, wenn er sich jetzt in Heikes Arme hätte schmiegen und das Elend des Tages hätte verdrängen können. Natürlich blieb es ein weiterer Tagtraum, der keine Erfüllung fand.

»Wie geht es Erich?«, wollte Wiebke wissen.

Kaum betrat Fokke den Schankraum des »Pesel«, überfiel ihn seine Schwester mit Fragen. Er setzte sich auf einen freien Barhocker und deutete stumm auf den Schankhahn. Wiebke füllte ein Glas Bier und stellte ungefragt ein Glas mit Doppelkorn vor Fokke ab. Der stürzte den Hochprozentigen in einem Zug hinunter und spülte mit einem großen Schluck Bier nach.

»Erich hat geweint«, murmelte er.

Da sie am Ende des Tresens waren, erreichte der übliche Lärm sie nur in abgeschwächter Form. Wiebke verstand daher jedes Wort und erbleichte.

»Onkel Erich hat geweint?«, fragte sie ungläubig.

Fokke nickte stumm und schob ihr das leere Schnapsglas hin. Dieses Mal füllte seine Schwester sich selbst ebenfalls ein Glas ein und kippte es wie ihr Bruder mit einem Ruck hinunter. Fokke erzählte vom Gespräch mit dem Arzt und was der über den Gesundheitszustand ihres Onkels gesagt hatte.

»Körperlich ist Erich natürlich noch sehr gut beisammen. Diese neurologischen Ausfälle können aber unterschiedliche Gründe haben, weshalb der Arzt ihn weiter untersuchen muss.«

Wiebke schüttelte immer wieder den Kopf und schenkte ihre Gläser erneut voll.

»Was wird das hier? Ein geschwisterliches Besäufnis?«, fragte Anne.

Sie war im Gastraum aufgetaucht, ohne dass Fokke oder seine Schwester es bemerkt hatten.

»Kein übler Gedanke«, erwiderte Fokke.

Er spürte, wie der Alkohol sich nach und nach als Nebel über seine Gedanken legte. Es war ein willkommener Prozess, den er sehr gern fortsetzen wollte.

»Dafür habt ihr jetzt keine Zeit«, schimpfte Anne.

Bevor Fokke reagieren konnte, erzählte Wiebke bereits von Erichs Krankheit. Er nippte an seinem Bier, gab hier und dort seinen Kommentar ab und ließ ansonsten seine Schwester berichten. Anne Mommsen nahm einen freien Barhocker und ließ sich ein Glas Rotwein einschenken.

»Klingt nicht gut. Warten wir aber erst einmal ab, wie schlimm es wirklich ist. Sollte Fokke recht behalten, werden wir uns um Erich und seinen Betrieb kümmern müssen«, sagte Anne.

Die nüchterne Art ihrer Tante sagte den Geschwistern nicht sehr zu. Fokke empfand ihre Reaktion als gefühllos und sagte es auch.

»So, findest du? Vielleicht siehst du es ja gleich ganz anders«, reagierte Anne kühl.

»Was meinst du damit?«, fragte Fokke.

Die Frau von Stefan Mommsen nippte am Wein und legte sich ihre Worte sorgfältig zurecht.

»Es gibt einen zweiten Mord, Fokke. Hier in Bredstedt«, sagte sie.

Die Geschwister tauschten einen Blick größter Fassungslosigkeit aus.

»Wen hat man ermordet?«, fragte Fokke.

Als Anne den Namen aussprach, schaute er sie ungläubig an. Er hatte erst wenige Stunden zuvor noch mit dem Bildhauer getrunken. In der Kneipe seiner Schwester.

»Ron ist tot? Wieso, und wer war es?«, hakte er nach.

Genaue Angaben konnte Anne nicht machen. Sie war durch die

Einsatzfahrzeuge der Polizei und den Rettungswagen aufmerksam geworden, als sie auf der Fahrt in die Stadt am Haus des Bildhauers vorbeigekommen war.

»Ulf hat mich weggeschickt. Heiner hat mir nur verraten, dass jemand Ron den Schädel eingeschlagen hat. Offenbar mit seinem eigenen Werkzeug«, erzählte Anne.

Fokke hatte das ungute Gefühl, von den Ereignissen überrollt zu werden. Warum wollte ihm partout nicht einfallen, was Ron ihm erzählt hatte? Während er in den Spiegel hinter dem Tresen starrte, schob sich ein neues Gesicht vor sein inneres Auge. Es gehörte Bertram Johannsen, und auch der Taxifahrer hatte auf der Fahrt hinaus nach Dörpum etwas erzählt, was irgendwie mit den Morden zusammenhing. Was war er nur für ein Ermittler? In Lübeck halfen ihm die professionelle Distanz und der Austausch mit den Kollegen. Doch in seiner Heimatstadt wollte Fokke einfach nichts gelingen.

»Hast du gehört, was ich gesagt habe?«, fragte Wiebke.

Derartig abrupt aus seinen Gedanken gerissen, schaute Fokke seine Schwester verwirrt an. Doch bevor Wiebke sich wiederholen konnte, erschien Heidemarie Boysen auf der Bildfläche. Ihr Auftritt verhieß nichts Gutes, da sie in Begleitung eines Husumer Ermittlers erschien.

»Du hättest mich fast gehabt, Fokke Mommsen! Mit deiner rührseligen Geschichte über deinen Onkel hast du nur davon ablenken wollen, dass du immer noch deine Nase in unsere Angelegenheiten steckst.« Da Heidemarie Boysen sogar auf eine förmliche Begrüßung verzichtete, ahnte Fokke Böses auf sich zukommen.

»Erich ist krank«, protestierte er schwach.

Heidemarie und auch ihr Kollege schauten Fokke wie ein lästiges Insekt an.

»Ich habe mich offiziell über dich beschwert, Fokke. Dein Vorgesetzter in Lübeck war sehr ungehalten. Jetzt wirst du uns aufs Polizeirevier begleiten und deine Aussage machen«, sagte Heidemarie.

Der Anruf seines Chefs würde bestimmt nicht lange auf sich warten lassen. Fokke würde sich eine gepfefferte Standpauke gefallen lassen müssen, was aber nicht das Schlimmste war. Weit schwerwiegender war die zu erwartende Anweisung, sich zukünftig aus den Ermittlungen herauszuhalten. Dadurch geriet er in eine gefährliche Zwickmühle. Entweder ließ er seine Familie im Stich, oder er riskierte eine Suspendierung mit anschließendem Rauswurf aus dem Polizeidienst.

»Was für eine Aussage soll ich denn machen?«, fragte er.

Während sich ein Teil seines Gehirns mit den Folgen der Beschwerde beschäftigte, blieb der Rest beim laufenden Gespräch.

»Du hast mit Ron nur wenige Stunden vor seinem Tod viel Zeit verbracht. Es soll ein wahres Besäufnis gewesen sein, und wir wollen jetzt über jedes noch so winzige Detail von dir informiert werden«, antwortete Heidemarie.

Da schob sich Anne Mommsen neben Fokke und funkelte sie an.

»Das ist doch reine Willkür! Der zweite Mord zeigt doch nur, dass Dirk unschuldig in Haft ist. Außerdem ist Fokke ein Kollege von euch und kein Verdächtiger«, stieß sie hervor.

Die beiden Frauen sahen sich feindselig an. Fokke schluckte und betete zu Gott, dass er niemals zwischen diese Furien geraten möge. Die Argumente seiner Tante waren nur bedingt tauglich. Solange es keinen erkennbaren Zusammenhang zwischen den zwei Morden gab, würde man Dirk Mommsen weiterhin als Hauptverdächtigen im Fall Hauke Boysen inhaftiert lassen. Was Fokkes Rolle anbelangte, war sein Besäufnis mit Ron in der Tat ein Problem. Es gab nur einen kleinen Lichtblick. Dank seiner anhaltenden Amnesie konnte er Heidemarie und dem Husumer Kollegen nichts über sein Gespräch mit Ron verraten.

»Deine Anmerkungen beweisen nur, wie wenig du über die Dinge nachdenkst. Es gibt keinen Grund, zwischen den beiden Mordfällen einen Zusammenhang herzustellen«, erwiderte Heidemarie kühl.

Wiebke schnaubte verächtlich, was ihr einen scharfen Seitenblick von Heidemarie Boysen eintrug.

»Zwei Morde innerhalb weniger Tage in Bredstedt, und ihr glaubt an keinen Zusammenhang? Wie blind muss man eigentlich sein, um Karriere bei der Polizei machen zu können? Oder passt es nur gut in deine ehrgeizigen Pläne, wenn du jetzt auch noch einen erfolgreichen Kollegen kreuzigen kannst?«, feuerte Wiebke ihre Fragen ab.

Es waren gefährliche Unterstellungen, die kaum dazu dienten, die sehr angespannte Atmosphäre zu beruhigen. Fokke machte energische Gesten, die sowohl Anne als auch seine Schwester zur Räson bringen sollten.

»Lasst es gut sein. Ich muss meine Aussage machen und werde natürlich mitkommen«, sagte er zu Heidemarie.

Er verband damit eine Hoffnung. Anhand der ihm gestellten Fragen würde Fokke vermutlich einiges über den Mord am Bildhauer erfahren. Vielleicht konnte er durch geschickte Gegenfragen zusätzliche Informationen abgreifen, die ihm bei der Entscheidungsfindung helfen konnten.

Familie oder Karriere? Das ist hier die Frage, dachte er.

Während er mit seinen Husumer Kollegen die Gastwirtschaft verließ, kreisten seine Gedanken um seine Zukunft. Auf der kurzen Fahrt im Dienstwagen schwiegen die drei Ermittler eisern. Bei der Wache angekommen, bemerkte Fokke den Mercedes von Heike. Was suchte Heike Fehring hier?

»Und schon eilt die nächste Frau zu deiner Rettung herbei. Was ist das eigentlich für ein Gefühl, wenn einem permanent ein weibliches Wesen zur Hilfe kommen muss?«, fragte Heidemarie.

Aus dieser Perspektive hatte Fokke es bislang nicht betrachtet. Ihm fiel keine passende Antwort ein, weshalb er einfach den Mund hielt. Mit dieser Taktik würde er in den kommenden Tagen vermutlich am besten fahren. Es war ein frommer Gedanke, mehr nicht. Fokke Mommsen war viel zu sehr Ermittler, um seinen beruflichen Instinkten nicht nachzugeben. Fokke ahnte eine Menge Verdruss auf sich zukommen, für den er selbst verantwortlich sein würde.

»Herzlich willkommen in deiner Heimat, Fokke Mommsen«, murmelte er.

Seine Worte wurden von den Geräuschen im Polizeirevier verschluckt, in dem es ungewöhnlich hektisch zuging. Kein Wunder. Wann hatte es zum letzten Mal zwei Morde in Bredstedt gegeben?

»Vielleicht ist Fokke ja auch nur nach Bredstedt gekommen, um unsere Ermittlungen zu behindern«, sagte Heidemarie Boysen.

Sie und Heike Fehring fochten einen Wortkampf aus, dem kein Mann dieser Welt etwas hätte entgegensetzen können. Fokke saß auf dem Stuhl neben Heike, die sich wie eine Rechtsanwältin für ihn gebärdete. Niemand hatte sie darum gebeten, und doch warf Heike ihr gesamtes politisches Gewicht als Landrätin in die Waagschale, um Heidemarie in die Schranken zu weisen. Naturgemäß verstärkte sie dadurch nur den Widerstand der nicht weniger selbstbewussten Heidemarie Boysen, die zudem noch das Recht auf ihrer Seite wusste. Fokke überlegte kurz, ob er sich zu Ulf in den Nebenraum gesellen sollte. Vermutlich würden die beiden Frauen sein Verschwinden noch nicht einmal zur Kenntnis nehmen.

»Willst du eine Aussage machen?«

Es dauerte einige Sekunden, bevor er begriff, dass ihm die Frage gegolten hatte. Beide Frauen schauten Fokke an.

»Ja, will ich. Das hätten wir längst hinter uns haben können, wenn ihr euch nicht in die Haare gekriegt hättet«, erwiderte er.

Seine Worte führten zu unterschiedlichen Reaktionen. Während Heidemarie erleichtert wirkte, glommen in Heikes Augen Enttäuschung und Wut auf. Mit einem Ruck erhob sie sich und schüttelte nur verärgert den Kopf.

»Komm aber nachher nicht zu mir und erwarte, dass ich dir dann helfe.«

Fokke schwieg, bis Heike den Raum verlassen hatte. Er akzeptierte zwar, dass sie ihm beistehen wollte, doch er würde niemals eine laufende Ermittlung behindern.

»Das war dein Ass, Fokke. Bluffst du nur, oder willst du wirklich mit uns zusammenarbeiten?«, fragte Heidemarie.

Er wurde es langsam leid, dass ständig seine Motivation in Frage gestellt wurde.

»Ich will, dass die Morde an Hauke und Ron aufgeklärt werden. Wir sehen vielleicht noch keinen erkennbaren Zusammenhang, aber es gibt ihn! Deswegen werde ich alles sagen, was ich weiß, und es dann dir überlassen, wie du weitermachen möchtest«, sagte er entschieden.

»Das klingt vernünftig, Fokke. Fang einfach mit dem Nachmittag mit dir und Ron im ›Pesel‹ an.«

Mittlerweile hatte sich der schweigsame Kollege aus Husum wieder zu ihnen gesellt und verfolgte Fokkes Aussage aufmerksam. Während seine Chefin nur zuhörte, fertigte der Husumer Kommissar auch Notizen an. Schließlich war Fokke mit seinem Bericht am Ende und lehnte sich erschöpft zurück. Es war nicht so einfach, den bewussten Nachmittag und Abend in eine chronologische Reihenfolge zu bringen. Fokke musste sich mehrfach korrigieren, was ihm nachdenkliche Blicke seiner Kollegen einbrachte. Er wusste selbst, wie es sich anhörte, und stellte sich auf eine Menge Nachfragen ein.

»Ich habe einige Fragen, Fokke«, sagte Heidemarie prompt.

Die erste Stunde war seine Sprechzeit gewesen, doch in der zweiten Stunde bombardierten ihn Heidemarie und ihr Mitarbeiter nach allen Regeln der Kunst mit Fragen. Schließlich fühlte Fokke sich wie der berühmte Schwamm, den man sorgfältig ausgewrungen hatte. Er bat um einen Kaffee oder ein Glas Wasser. Der Kollege aus Husum organisierte beides und brachte auch für sich und Heidemarie einen Becher mit.

»Du kannst dich wirklich nicht erinnern, was Ron dir anvertraut hat?«, fragte sie nochmals.

Es war zum Verzweifeln, auch diese intensive Vernehmung hatte nicht zur Aufhellung der Erinnerung beigetragen. Fokke konnte nur hilflos mit den Schultern zucken.

»Sie wissen selbst, wie es wirkt. Was erwarten Sie jetzt von uns, Herr Mommsen?«, fragte der Mitarbeiter.

Im Laufe der Vernehmung hatte Fokke in ihm einen fähigen Ermittler erkannt und nahm die Frage nicht als Provokation auf.

»Am liebsten würde ich mit Ihnen zusammen ermitteln. Ich befürchte aber, dass Sie mir nicht genug vertrauen«, antwortete er ehrlich.

Der Kollege schmunzelte und verließ wortlos den Raum. Fokke konnte sich denken, warum. Die Entscheidung lag bei Heidemarie, und da der Kollege natürlich längst über das besondere Verhältnis zwischen den Familien Boysen und Mommsen im Bilde war, hielt er sich lieber heraus.

»Wie stellst du dir das vor? Erst beschwer ich mich offiziell über deine Eigenmächtigkeiten, und wenige Stunden später soll ich dich in mein Team aufnehmen. So läuft es einfach nicht, Fokke. Tut mir leid«, sagte Heidemarie.

Er setzte nicht nach. Ihre Entscheidung war getroffen, und Fokke nahm Heidemarie sogar das Bedauern ab. Leider verschärfte es seine ohnehin schon angespannte Situation weiter, denn er würde seine Nase nicht aus den Ermittlungen heraushalten können. Sie war längst ein Teil seiner selbst geworden. Nicht nur dass seine Familie davon betroffen war, auch mit Ron verband ihn eine Art Freundschaft. Er konnte sich nicht zurückziehen und die Arbeit den Husumer Kollegen überlassen. Jetzt nicht mehr.

Die Mienen der Anwesenden waren durch die Bank bedrückt.

»So en Schiet«, knurrte Stefan Mommsen.

Der erfolgreiche Unternehmer verfiel seltener als andere Menschen in der Region ins Niederdeutsche. Wenn es aber der Fall war, bewies es seine außergewöhnliche Anspannung.

»Ich werde weitermachen, solange es geht. Der zweite Mord wirft meines Erachtens einige Zweifel an Dirk als Täter auf. Wir dürfen uns aber nicht darauf verlassen, dass es meine Husumer Kollegen genauso sehen«, erklärte Fokke.

Die Diskussion über den aktuellen Stand lief bereits über eine Stunde und bescherte ihnen viel Frust. Fokke hatte vor dem abendlichen Treffen im Bredstedter Koog das erwartete Telefonat mit seinem Vorgesetzten führen müssen. Sollte es weitere Beschwerden von Heidemarie geben, wäre sein Kredit verspielt.

»Sie sind ein hervorragender Kommissar, Herr Mommsen. Ich kann es aber nicht tolerieren, wenn Sie auf eigene Faust in Fällen anderer Dienststellen ermitteln. Halten Sie sich ab sofort bedeckt und genießen Sie Ihren Urlaub«, hatte sein Chef gesagt.

Das verärgerte Schnauben seiner Tante brachte Fokke zurück in die Gegenwart.

»Heidemarie hat einen Schuldigen, und das reicht der Frau Kriminalrätin«, stieß sie hervor.

»Nein, so ist es nicht. Ich habe mit ihr reden können, als ich in Husum auf die Auswertungen von Erichs Untersuchungen gewartet habe. Heidemarie ist ein Profi und wird sich auch so verhalten. Sollte es mir gelingen, eine Verbindung zwischen den beiden Mordfällen herzustellen, wird sie Dirks Haftentlassung beantragen«, widersprach Fokke.

Er machte sich über zwei Dinge Gedanken. Er musste seinem Clan noch über die verstörenden Ausführungen von Erich berichten, und er wusste auf einmal wieder, dass er dringend mit Bertram Johannsen sprechen musste. Der Taxifahrer hatte ihn in der Nacht nach dem Besäufnis nach Hause gefahren und dabei etwas Wichtiges über Ron erzählt. Fokke wusste nicht mehr genau, was Johannsen gesagt hatte, aber sein Instinkt meldete sich nachhaltig.

»Erich weiß mehr über das Feuer auf Haukes Hof«, sagte Fokke.

Ungläubige Blicke flogen durch den Raum.

»Was sagst du da? Woher weißt du das?«, fragte Wiebke.

Fokke schilderte das weinerliche Geständnis seines Onkels und war nicht bereit, es als die Aussage eines verwirrten Geistes abzutun.

»Erich stand natürlich mächtig unter Stress, Wiebke. Trotzdem bin ich mir absolut sicher, dass er in dem Moment völlig klar im Kopf war. Er weiß etwas oder hat sogar was damit zu tun«, beharrte er.

Der Protest brach wie ein Sturm über ihn herein, und besonders Anne erwies sich als starrköpfig. Konnte es damit zusammenhängen, dass es einen bislang ungeklärten Geldfluss zwischen ihrem Mann und Hauke Boysen gegeben hatte?

»Sobald Erich wieder ansprechbar ist, werde ich ihn dazu befragen. Das kann mir auch Heidemarie nicht verbieten«, sagte Fokke.

Da meldete sich erstmals Thorben zu Wort, der bis zu diesem Zeitpunkt nur als Zuhörer an der Versammlung teilgenommen hatte.

»Was passiert dir eigentlich, wenn Heidemarie sich nochmals in Lübeck beschwert?«, fragte er.

Seine ruhige, sachliche Art sorgte dafür, dass ihm alle aufmerksam zuhörten. Seine Frage schnitt wie ein Messer in die aufgebrachte Diskussion und brachte sie schlagartig zum Erliegen.

»Das wäre mein berufliches Ende. Zuerst würde man mich suspendieren und eine interne Ermittlung durchführen. Da die Vorwürfe der Kollegen berechtigt sind, stünde das Urteil von Anfang an fest. Meine Dienststelle würde meinen Rauswurf empfehlen«, antwortete Fokke.

Seine Ausführungen waren arg verkürzt, und in Wahrheit gäbe es noch einige Zwischenstufen, wie zum Beispiel die Versetzung ins Archiv. Doch damit würde Fokke sich niemals abfinden können. Er würde in so einem Fall von sich aus den Hut nehmen und sich ein neues Betätigungsfeld suchen.

»So weit wird es nicht kommen!«, sagte Anne.

Sie nickte Fokke aufmunternd zu, bevor sie sich an Thorben wandte.

»Du wirst deinen Cousin unterstützen, Thorben. Fokke muss in den Hintergrund treten und wird sich offiziell um Erichs Hof kümmern.«

Es war ein gut gemeinter Versuch, doch in Fokkes Augen völlig untauglich. Thorben war Wissenschaftler und kein Ermittler.

»Daraus wird nichts, Anne. Thorben –«, wollte Fokke widersprechen.

Doch sein Cousin fiel ihm ins Wort, was an sich schon ein ungeheuerlicher Vorgang für den sonst so höflichen Mann war. Was er dann aber zu sagen hatte, überraschte nicht nur Fokke.

»Anne hat recht. Fokke steht im Moment viel zu sehr neben sich, um objektiv ermitteln zu können. Ich werde es ab sofort übernehmen und mich mit Fokke abstimmen. So kommen wir effektiver voran.«

Während alle nach kurzem Überlegen stumm nickten, schüttelte Fokke verärgert den Kopf.

»Was sagst du denn da? Ich stehe überhaupt nicht neben mir, und du bist kein erfahrener Ermittler.«

Sein Cousin maß ihn mit einem mitleidigen Blick, der Fokkes Blut noch mehr in Wallung brachte.

»Ach nein? Du schläfst mit Heike Fehring, triffst dich gleichzeitig mit Celia Boysen, redest mit Heidemarie Boysen über Angelegenheiten der Familie und liegst mit deiner eigenen Schwester im Streit. Dein Besäufnis mit Tüchsen lässt sich ebenfalls schwerlich als professionelle Ermittlungsmethode bezeichnen. Oder ist dir mittlerweile wieder eingefallen, was der Bildhauer dir über den Streit erzählt hat?«, zählte Thorben gnadenlos auf.

Fokke hätte im Traum nicht erwartet, dass sein zurückhaltender Cousin solch ein brutales Verhalten an den Tag legte. Jedes Wort entsprach der Wahrheit, und im Ganzen betrachtet ließ es Fokke in der Tat unprofessionell erscheinen. Betretenes Schweigen legte sich über die Versammlung. Bisher hatte Fokke angenommen, die Fäden der heimlichen Ermittlung ganz gut in Händen zu halten. Wie sehr er sich dabei geirrt hatte, führte ihm Thorben in diesem Augenblick deutlich vor Augen.

»Na schön. Wir werden es so machen, wie Anne es gesagt hat. Ich bleibe überwiegend auf dem Hof von Erich, und Thorben übernimmt die Rolle des Privatschnüfflers«, sagte Fokke schließlich.

Seine Zustimmung läutete das Ende des Treffens ein. Wiebke erklärte sich bereit, ihren Bruder nach Dörpum zu fahren. Doch da trat Thorben zu den Geschwistern und deutete auf seinen Wagen.

»Ich fahre Fokke zu Erichs Hof. Dann können wir auf der Fahrt über die nächsten Schritte reden«, sagte er.

Wiebke schaute fragend zu Fokke, der zustimmend nickte.

»Danke für dein Angebot, aber Thorben hat recht. Wir dürfen keine Zeit mehr verlieren, und deswegen fahre ich mit ihm«, erwiderte er.

Er umarmte seine Schwester, in deren Augen er Mitgefühl lesen konnte. Fokke lächelte tapfer und stieg dann in Thorbens Golf ein. Sie fuhren die ersten Kilometer schweigend.

»Damit wäre der Clan beruhigt, und keiner von ihnen kann sich aus Versehen verplappern. Wir beide müssen es jetzt so organisieren, dass du möglichst ungehindert weitermachen kannst«, sagte Thorben.

Fokke schaute seinen Cousin verblüfft an und musste auf einmal laut loslachen.

»Du bist mir vielleicht ein Früchtchen, Thorben. Deine Nummer gerade eben war echt überzeugend.«

Thorben schmunzelte zufrieden vor sich hin, wie Fokke im schummrigen Licht der Armaturenbeleuchtung erkennen konnte.

»Nun, Holmes. Wie gehen wir vor?«, fragte Thorben dann.

Fokke erwiderte das verschwörerische Grinsen.

»Das, mein lieber Watson, besprechen wir bei einem Bier«, antwortete er.

NEUN

Der folgende Tag fing mit ungewohnter Arbeit an. Fokke kroch im Morgengrauen aus dem Bett und schloss die Kühe an die Melkanlage an. Die Handgriffe waren ihm nicht vertraut, was von den Kühen bemerkt und bemängelt wurde. Als ihn zum wiederholten Male ein Tritt erwischte, schlug Fokke mit der flachen Hand auf die Kuppe der Kuh.

»Benimm dich, Dörthe! Sei froh, dass ich überhaupt hier bin und euch melke«, schimpfte er.

Schließlich waren alle Tiere angeschlossen, und ihr zufriedenes Muhen erfüllte den Stall. Fokke nutzte die Zeit für eine schnelle Dusche und suchte sich einen sauberen Overall, um für die anstehende Arbeit auf dem Bauernhof passend gekleidet zu sein. Bis in die Mittagszeit war Fokke mit seinen neuen Pflichten bestens beschäftigt und fand keine Zeit, sich mit den Morden auseinanderzusetzen.

»Das nenne ich doch mal einen schönen Anblick. Fokke bei ehrlicher Arbeit«, rief Wiebke.

Er hatte soeben den Heuwender unterm Schleppdach abgesetzt und stieg vom Ferguson, als seine Schwester ankam. Fokke knurrte lediglich als Antwort und rieb sich den schmerzenden Rücken.

»Bist du nur zum Lästern gekommen?«, fragte er.

Wiebke war ihrem Bruder ins Haus gefolgt, wo er sich zunächst ausgiebig die Hände gewaschen hatte.

»Nein, eher, um dich vorm Verhungern zu retten«, erwiderte sie lachend.

Fokke entdeckte erst jetzt den Weidenkorb, der auf dem Küchentisch stand. Wiebke holte diverse Behälter heraus, in denen sie ihre Köstlichkeiten warmgehalten hatte. In Windeseile deckte Fokke den Tisch, sodass sie kurze Zeit später essen konnten.

»Dein Gulasch ist unschlagbar«, lobte er Wiebke.

Für eine Weile plauderten die Geschwister über alltägliche Dinge und blendeten den Grund für Fokkes längeren Aufenthalt einfach aus. Fokke hatte seinen Urlaub verlängern können, mit der Begründung, dass er seinen kranken Onkel auf dem Bauernhof vertreten musste. Dass Fokke in Wahrheit vor allem die Ermittlungen heimlich vorantreiben wollte, kam natürlich nicht zur Sprache.

»Du hast vermutlich noch nicht die aktuellen Gerüchte über den Mord an Tüchsen gehört, oder?«, fragte Wiebke.

Normalerweise kümmerte Fokke sich herzlich wenig um solche Aussagen, die in der Regel keinerlei Substanz hatten. In diesem Fall musste er eine Ausnahme machen, da es sich um Bredstedt handelte. Hier wurde so manches Wissen unter dem Deckmantel eines angeblich aus dritter Hand vernommenen Gerüchtes verbreitet.

»Nö, habe ich nicht«, antwortete er.

Wiebke schob den leeren Teller zurück und tupfte sich die Mundwinkel mit der Serviette ab, bevor sie ihrem Bruder das Gerede mitteilte.

»Ron hatte also wieder einmal eine Affäre. Das ist nicht ungewöhnlich, außer dass es eine verheiratete Frau gewesen sein soll. Solche Komplikationen hat er eigentlich gemieden. Glaubst du den Gerüchten denn?«, fragte er verblüfft.

In seiner Erinnerung hatte Fokke Ron nie mit einer verheirateten Frau gesehen.

»Ja, und der Ehemann dieser Frau soll bereits mehrfach mit Ron gestritten haben. Nicht nur mit Worten«, antwortete Wiebke.

Die Eifersucht zählte fraglos zu den häufigen Mordmotiven, und gehörnte Ehemänner verloren regelmäßig die Kontrolle. Fokke brachte das nur nicht mit Ron zusammen.

»Gibt es denn auch Namen zu dieser ominösen Geliebten?«, fragte er.

Wiebke ließ ihren Bruder ein wenig zappeln, bevor sie die Identität der angeblichen Geliebten lüftete.

»Elke Busch? Ausgerechnet Miss Nordfriesland soll etwas mit Ron gehabt haben? Das klingt verdächtig nach dem Neid einiger Frauen«, zweifelte Fokke.

Der Titel der Miss Nordfriesland lag zwar bereits eine Weile zurück, doch Elke Busch gehörte immer noch zu den auffälligen Frauen in der kleinen Stadt. Sie war die Tochter eines Fischhändlers, der nicht nur mit Nordseekrabben ein kleines Vermögen angehäuft hatte. Henner Busch hatte Elke zeitlebens auf einen Sockel gestellt, wodurch sie sich selbst ebenfalls als Prinzessin ansah. Fokke hatte sich früher oft gefragt, wie ein unscheinbarer Mann wie Henner so eine Schönheit hervorbringen konnte.

»Ja, ja. Elke wird von allen Männern angehimmelt und von allen Frauen beneidet. Ist so eine Betrachtungsweise eigentlich hilfreich für einen Kommissar?«, fragte Wiebke.

Fokke schmunzelte zufrieden. Seine Schwester erkannte die Falle, in die sie getappt war, und versetzte ihm einen kräftigen Schlag gegen die Schulter.

»Aua! So abwegig ist diese Einteilung gar nicht. Mich interessiert viel mehr, ob an diesem verrückten Gerücht tatsächlich etwas dran ist«, sagte Fokke.

Er hatte für den Nachmittag einen kleinen Ausflug geplant gehabt. Da er seinen Mietwagen mittlerweile in Flensburg bei der dortigen Niederlassung der Verleihfirma zurückgegeben hatte, musste er sich mit dem alten Mercedes seines Onkels begnügen. Solange er damit keine Verfolgungsjagden antreten musste, würde der Wagen vollauf genügen.

»Ich fahre nachher ins Krankenhaus zu Erich. Auf dem Weg wollte ich einen Abstecher zu Rons Atelier machen. Vielleicht bietet sich aber vorher noch ein Besuch bei Elke an«, erklärte Fokke.

Den skeptischen Blick von Wiebke ignorierte er genauso wie die abfällige Bemerkung.

»Mannslüüd blieven jümmers Mannslüüd«, sagte sie.

Ihre negative Haltung zum männlichen Geschlecht schien neuerdings noch ausgeprägter als früher zu sein.

»Hast du Ärger mit deinem Liebhaber?«, neckte Fokke.

Er machte sich nur wenig Gedanken über das Liebesleben seiner älteren Schwester. Seine Frage war reine Lust am Ärgern, weshalb ihn die heftige Reaktion total überrumpelte.

»Dat geiht di gornix an! Sieht so dein Dank für die leibliche Versorgung aus?«, schimpfte Wiebke.

Bevor Fokke seine Verblüffung überwunden hatte, räumte Wiebke den Weidenkorb ein und eilte aus der Küche. Endlich kam Fokke auf die Füße und folgte seiner Schwester, doch er kam zu spät. Als er die Tür zum Innenhof aufstieß, sah er nur noch die Heckpartie des Beetles. Dafür rammte ihm Düvel den kräftigen Schädel gegen das Schienbein.

»Mensch, ole Düvel. Das tut doch weh«, beschwerte sich Fokke.

Statt in irgendeiner Weise seine rabiate Handlung abzumildern, trat der schwarze Kater mit voller Absicht auf Fokkes Fuß. Da er auf Strümpfen unterwegs war, schmerzte der Druck der schmalen Pfoten ebenfalls nicht unerheblich.

»So werden wir keine Freunde«, knurrte Fokke.

Er rieb abwechselnd das malträtierte Schienbein und den Fuß, während er nachdenklich dem immer kleiner werdenden Wagen seiner Schwester nachschaute. Hatte er unwissentlich einen wunden Punkt angesprochen? Seufzend wandte Fokke sich um und kehrte zurück in die Küche. Dort hockte der schwarze Kater auf dem Tisch und schleckte genüsslich den Teller von Wiebke aus.

»Beim Essen hast du jedenfalls einen guten Geschmack«, sagte Fokke.

Der Besuch im Krankenhaus war nicht einfach für Fokke gewesen. Erich wirkte immer noch sehr verloren und fasste seine Krankheit in einem simplen Satz zusammen.

»Mien Bregen lööst sik op«, sagte er.

Es war eine drastische Umschreibung für die nachlassende Leistung seines Gehirns, das sich natürlich nicht wirklich auflöste. Erich drückte es aber so aus, und vermutlich fühlte es sich auch so für ihn an. Fokke bemühte sich um Optimismus und erhielt dabei Unterstützung durch den behandelnden Arzt.

»Ihr Onkel spricht sehr gut auf die Medikamente an, Herr Mommsen. Zum Glück wurde die Krankheit in einem frühen Stadium entdeckt, sodass wir die Entwicklung erheblich bremsen können«, sagte der Mediziner.

Es würde noch drei Tage dauern, bis Erich ausreichend auf die passende Medikation eingestellt war und auf seinen Bauernhof zurückkehren durfte.

»Mach dir keinen Kopf, Erich. Ich kümmere mich um deine Viecher und Felder«, beruhigte ihn Fokke.

Der skeptische Seitenblick seines Onkels erinnerte ihn aber daran, dass er in Erichs Augen ein Stadtmensch geworden war.

»Ehrlich. Ich mach das schon«, versicherte Fokke.

»Glööv ick di, Fokke. Wat is mit de Hof vun Dirk?«, fragte Erich.

An den hatte Fokke überhaupt nicht mehr gedacht und völlig vergessen, dass sich sein Onkel seit der Inhaftierung seines Cousins ebenfalls darum kümmerte. Als Erich den Schrecken im Gesicht seines Neffen bemerkte, lachte er schallend los.

»Muss nich glieks dood umfallen, mien Jung. Hans kümmert sik al üm«, sagte er dann.

Demnach beobachtete Erich die Bestrebungen seines Neffen sehr aufmerksam und hatte dafür gesorgt, dass Dirks Betrieb während seiner Abwesenheit bestens versorgt wurde. Fokke musste eingestehen, dass er wohl doch mehr Stadtmensch war, als er es selbst einsehen wollte.

»Na, dann funktioniert dein Hirn ja viel besser, als du uns weismachen willst«, sagte Fokke.

Kurze Zeit später lenkte er den schwerfälligen Diesel seines Onkels wieder über die B 5. Fokke hatte eine Idee, wo er mehr über die angebliche Affäre zwischen Ron Tüchsen und Elke Busch erfahren konnte. In gemütlichem Zockeltempo rollte der Mercedes vierzig Minuten später auf einen Parkplatz in Schlüttsiel aus. Fokke erklomm die Treppe hinauf zum Deich und schlenderte zwischen den Touristen hinunter zur Bude, in der er Henner Busch anzutreffen hoffte.

»Moin, Henner. Wo geiht di dat?«, grüßte er den Inhaber.

Der dunkelhaarige Fischhändler hatte eine weiße Schürze um seinen gewaltigen Bauch gebunden und schaute Fokke aus kleinen, gewieften Augen an. Henner müsste nicht mehr selbst in dieser Fischbude am Deich stehen, aber er fühlte sich hier am wohlsten.

»Kiek maal an. De Kommissar besöcht uns ook maal wedder«, rief Henner aus.

Er reichte seine schwammige Hand über den Tresen, die Fokke notgedrungen schütteln musste. Doch das Krabbenbrötchen, das er bekam, war eine hervorragende Entschädigung, sodass er sich schnell wieder entspannte.

»Wie geht es Dirk?«, fragte Henner.

Fokke gab bereitwillig Auskunft über alle Belange seiner Familie, die der Fischhändler penibel abfragte. Als er von Erich Mommsens Erkrankung hörte, glitt ein Schatten über sein fülliges Gesicht.

»Dumme Sache, das. Aber er ist ein zäher Bursche, dein Onkel. Erich packt das.«

Eine besondere Feinfühligkeit konnte man Henner nun wirklich nicht unterstellen, aber das erwartete Fokke auch nicht von ihm. Nachdem er sein Krabbenbrötchen genüsslich vertilgt hatte, schlürfte er den starken Kaffee und wartete geduldig ab, bis andere Laufkundschaft versorgt worden war.

»Wie geht es Elke? Tourt sie immer noch durch die Weltgeschichte?«, fragte er dann.

Zu seiner Überraschung hatte sich die ehemalige Schönheitskönigin ein seriöses Standbein aufgebaut. Als Eventmanagerin organisierte Elke mittlerweile kleine und mittlere Veranstaltungen an der Küste und auf den Inseln.

»Die Deern macht sich richtig gut, Fokke«, schwärmte Henner.

»Redet ihr etwa über mich?«, fragte Elke.

Fokke drehte sich überrascht um, als er ihre Stimme in seinem Rücken vernahm. Mit einem Lächeln umarmte sie den völlig überrumpelten Fokke, der die hellblonde Tochter des Fischhändlers bislang nicht als Freundin eingestuft hatte. Ihre unerwartete Intimität verwirrte ihn, weshalb er die Herzlichkeit ein wenig steif erwiderte.

»Wie man hört, bringst du die holde Weiblichkeit in Bredstedt in Aufruhr«, redete sie weiter.

Offenbar kursierten über Fokke, Celia, Heike und sogar Heidemarie die wildesten Gerüchte in der kleinen Stadt. Kein Wunder, wenn Wiebke sich darüber echauffierte. Fokke hatte nicht geahnt, was für ein interessantes Ziel er für die Klatschmäuler abgab.

»Danke, gleichfalls. Dir dichtet man schon eine Affäre mit Ron Tüchsen an«, nutzte er die Gelegenheit.

Während Henner puterrot im Gesicht wurde, lachte Elke prustend los. Es amüsierte sie offenbar, dass man ihr eine Liebschaft mit dem ermordeten Bildhauer nachsagte. An mangelndem

Selbstbewusstsein litt die Tochter des Fischhändlers offenkundig nicht.

»Dat is Rufmord!«, tönte Henner.

Elke winkte jedoch lässig ab.

»Lass den Tratschtanten doch ihren Spaß, Vader. Dat jöökt mi gornich«, erwiderte sie.

Für Fokke bestanden keine Zweifel an Elkes Aufrichtigkeit. Selbst wenn sie verheiratet gewesen wäre, was nicht der Fall war, traute er ihr keine Affäre mit Ron zu.

»Weiß man eigentlich schon mehr, Fokke? Unterstützt du deine Husumer Kollegen bei dem Fall?«, fragte sie.

Fokke erklärte seine schwierige Lage und die im Raum stehende Drohung von Heidemarie Boysen. Henner gab einige bissige Kommentare ab, die Fokke aber eher als eine Pflichtübung ansah. Sobald einer aus dem Boysenclan an seiner Bude stehen und über die Mommsens meckern würde, würde er bestimmt die gleiche Zustimmung erhalten. Henner Busch war eben ein cleverer Geschäftsmann, der sich keiner Seite zuneigen wollte.

»Hast du noch Zeit für einen kleinen Spaziergang, oder warten die Kühe auf dich?«, fragte Elke.

Fokke fand, dass er die Zeit hatte, und so schlenderten sie kurze Zeit später nebeneinander am Deich entlang. Henner hatte ihm noch eine Portion frischer Krabben aufgenötigt, die er zuerst in den Wagen brachte. Elke plauderte zunächst über ihre Arbeit, bevor sie die Bombe platzen ließ.

»Ich wollte Vader nicht beunruhigen, Fokke. Ron und ich hatten doch eine Beziehung, die aber schon längere Zeit vorbei war«, beichtete sie.

Ihre Eröffnung ließ Fokke stehen bleiben und die schöne Frau ungläubig anstarren.

Während Fokke diese Neuigkeit noch verdauen musste – er konnte sich die blonde Schönheit nur schwer in den Armen des toten Bildhauers vorstellen –, erzählte Elke von der fast zwei Jahre andauernden Beziehung.

»Ron war unglaublich verletzlich und ein wahrer Künstler. Sobald ich ihn in seine Welt begleitet hatte, zeigte sich ein völlig anderer Mensch. Ein wertvoller Mensch, Fokke.«

Unwillkürlich musste er an die Tage in Lübeck denken, als Ron in seiner Wohnung genächtigt hatte. Auch in dieser Zeit ergaben sich tief gehende Gespräche, die Fokke dem ruppigen Ron nie zugetraut hätte.

»Ich verstehe, was du meinst. Ron war einmal bei mir in Lübeck«, sagte er.

Sie tauschten Erinnerungen aus, und für Fokke stand fest, dass Elke Ron aus ganzem Herzen geliebt hatte.

»Wie kam es zur Trennung?«

Es war eine heikle Frage, die ihm nicht zustand. Offenbar nahm Elke es ihm nicht krumm, da sie offenherzig über ihre Beziehung berichtete.

»Ron war ein Selbstzweifler und immer auf der Suche nach Anerkennung. Es gab immer wieder Streit zwischen uns, da er in dieser Hinsicht ausgesprochen egoman agierte.«

Ron Tüchsen suchte demnach so verzweifelt nach Bestätigung, dass er auch falschen Schmeicheleien erlag oder Frauen zu diesem Zweck umgarnte. Fokke konnte sich lebhaft vorstellen, wie kompliziert dadurch eine Liebesbeziehung werden konnte. Ihm reichte bereits die einfache Variante, um sich überfordert zu fühlen.

»Siehst du ein Motiv?«, fragte Elke.

Ihr wacher Verstand sortierte das Gesagte, um zu einem logischen Rückschluss zu gelangen.

Wer behauptet, alle Blondinen wären blöd, der kennt Elke nicht, dachte er.

»Oft sind es Täter aus dem unmittelbaren Umfeld des Opfers. Daher suche ich, rein theoretisch, nach solchen Menschen«, erwiderte Fokke.

Elke registrierte seine eilige Einschränkung und quittierte sie mit einem hellen Lachen. Sie hakte sich bei Fokke unter.

»Keine Bange, Herr Kommissar. Ich werde niemandem verraten, dass du dich nach Ron erkundigt hast«, sagte sie.

Es war ein wunderbarer Moment voller Harmonie. Fokke spazierte auf dem Deich im böigen Wind, sog die salzige Nordseeluft ein und unterhielt sich mit einer gleichermaßen intelligenten wie schönen Frau. Das Leben schenkte ihm einen Augenblick des Glücks.

»Hoppla! Ist das nicht die Landrätin?«, fragte Elke.

Die wankelmütige Göttin Fortuna kehrte Fokke abrupt den Rücken zu und ließ ihn mit der unerwarteten Begegnung allein fertig werden. Heike Fehring kam auf ihn und Elke zu und zögerte kurz, nachdem sie Fokke erkannte.

»Moin, Elke. Moin, Fokke. Ein schöner Nachmittag, um sich seinen Kopf an der See durchpusten zu lassen«, grüßte Heike.

Ihr Lächeln war das einer professionellen Politikerin, aber in ihrem Blick las Fokke eine Spur Enttäuschung, mit der er zu kämpfen hatte. Warum meldete sich sein Gewissen? Nur weil sie einmal miteinander geschlafen hatten, waren Heike und er wohl kaum ein Paar. Trotzdem fühlte Fokke sich unbehaglich, weil er mit Elke am Arm ausgerechnet auf Heike getroffen war.

»Ja, nicht wahr? Alle Termine für heute erledigt, oder machst du nur eine kurze Pause?«, antwortete Elke.

Heike erzählte von noch ausstehenden Treffen in Husum und Leck. Die Zeit dazwischen wollte sie mit einem Fischbrötchen in Schlüttsiel verbringen.

»Gute Wahl. Vader freut sich bestimmt auch, wenn er dich gleich sieht«, lobte Elke.

»Ja, er bestimmt. Schönen Tag noch«, verabschiedete sich Heike.

Mit einem undefinierbaren Blick wandte sie sich ab und ging weiter zur Fischbude von Henner Busch.

»Sie beherrscht ihre Gefühle ausgesprochen gut. Dabei hat Heike sicherlich überlegt, ob sie dich küssen oder dir die Augen auskratzen soll«, sagte Elke.

Fokke zuckte erschrocken zusammen, als sie so unverblümt über die augenscheinlich erkennbaren Gefühle von Heike sprach.

»Sie ist verheiratet und würde in der Öffentlichkeit weder das eine noch das andere machen«, widersprach er automatisch.

»Pah! Das sieht doch ein Blinder mit Krückstock, dass da was zwischen euch läuft«, sagte Elke.

Dann sollten wir besser nicht in Kays Gegenwart aufeinandertreffen, schoss es Fokke durch den Kopf.

Er wechselte schnell das Thema und fragte Elke weiter nach Ron aus. Mitten in einem Bericht über dessen Alkoholexzesse fiel

Fokke auf einmal wieder ein, was Bertram Johannsen ihm in der Nacht des Mordes erzählt hatte. Wie hatte er das nur vergessen können?

Daran war nur der verdammte Friesengeist schuld, dachte er.

Der Weg von Schlüttsiel bis nach Bordelum, wo Bertram Johannsen sein Haus hatte, reichte für viele unnütze Überlegungen aus. Fokke gehörte eigentlich nicht zu den Menschen, die ihre Gefühle zu Tode analysierten, doch die Begegnung auf dem Deich hatte ihn aufgewühlt.

Wenn es so verdammt offensichtlich ist, müssen Heike und ich uns aus dem Weg gehen, beschloss er schließlich.

Es hatte ihn zutiefst erschüttert, wie selbstverständlich Elke die Anziehung zwischen Heike und ihm ausgemacht hatte.

»Moin, Fokke«, grüßte der Taxiunternehmer.

Bertram erhob sich aus der Hocke und rieb sich über den schmerzenden Rücken. Er bekämpfte das Unkraut, das sich in den Fugen zwischen den großen Steinen des Friesenwalles angesiedelt hatte. Sein forschender Blick erfasste Fokkes Gesicht.

»Moin, Bertram. Hast du einen Moment für mich?«

Sie gingen auf die Terrasse des Hauses, wo Bertram eine Thermoskanne mit Kaffee sowie eine Flasche Mineralwasser auf dem Tisch stehen hatte. Fokke entschied sich für den Kaffee und erinnerte Bertram dann an die Taxifahrt.

»Klar kann ich mich erinnern. Ich habe dich noch nie so besoffen erlebt«, schmunzelte Bertram.

Fokke überging dieses Detail und kam stattdessen auf die Gesprächsfetzen zu sprechen. Bertram runzelte nachdenklich die Stirn und starrte eine Weile stumm auf einen Hortensienstrauch. Dann nickte er auf einmal.

»Es ging bei Ron, wie meistens, um seine Skulpturen und darum, dass nie ausreichend Geld zur Verfügung stand. Er hat bei der Fahrt mehrfach von einem ominösen Sponsor erzählt, wobei seine Andeutungen ein wenig rätselhaft waren«, antwortete er schließlich.

»Was meinst du damit?«, wollte Fokke es genauer wissen.

Bertram beschrieb das Gespräch mit Ron und gab einiges

wortwörtlich wieder. Fokke vergaß seinen Kaffee und spürte sofort, dass er auf eine heiße Spur gestoßen war. Sein Instinkt als Ermittler ließ sich in dieser Hinsicht nicht täuschen.

»Das hört sich ja fast so an, als wenn Ron jemanden erpresst haben könnte«, sagte Fokke.

»Wat? Nö, der doch nicht«, widersprach Bertram entschieden.

Einen Augenblick lang schaute Fokke ihn nur verblüfft an.

»Wieso nicht? Alles, was Ron gesagt hat, deutet doch genau in diese Richtung«, sagte er.

»Ron war ein Klookschnaker, genau wie du. Er hat doch nur dumm rumgetönt«, schimpfte Bertram.

Klookschnaker, er? Was meinte der Taxiunternehmer denn damit?

»Wieso bezeichnest du Ron und mich als Klookschnaker?«, fragte er.

Bertram Johannsen stürzte den Inhalt seines Wasserglases in einem Zug hinunter und erhob sich. Verblüfft kam Fokke ebenfalls auf die Beine und fragte sich, wodurch er den Unwillen des sonst so umgänglichen Taxiunternehmers ausgelöst hatte.

»Weil ihr beide mit dem Kopf immer in den Wolken unterwegs seid. Ron hatte nur seine dämlichen Skulpturen im Sinn und du nur deine Ermittlungen. Gibt es eigentlich kein normales Leben bei euch?«, lautete die Antwort.

Damit war das Gespräch für Bertram beendet, der mit wütenden Schritten über den Rasen zur Eingangspforte stampfte. Fokke beeilte sich, um mit Bertram Schritt halten zu können, und versuchte, die Stimmung wieder aufzubauen.

»Nun beruhig dich doch, Bertram. Ich bin nun einmal Polizist, und daher gehen meine Gedanken vermutlich wirklich zu oft in diese Richtung. Vergiss einfach, worüber wir geredet haben. Einverstanden?«, bat er.

Wenn Bertram sich später bei den Fahrgästen über seine Fragen auslassen würde, drohte Fokke reichlich Ungemach. Sie würden es weitertragen, und irgendwann erreichte es auch die Ohren von Heidemarie Boysen. Welches Schicksal Fokke dann blühte, wusste er ja bereits. Wie hatte sein Besuch bei dem sanftmütigen Bertram nur so aus dem Ruder laufen können?

»Ja, ja. Jetzt lass mich meine Arbeit machen, bevor es zu regnen beginnt«, erwiderte der.

Auf dem Weg zum alten Mercedes seines Onkels warf Fokke einen prüfenden Blick hinauf zum Himmel. Es hatten sich Schleierwolken gebildet, die das strahlende Blau in eine milchige Masse verwandelten. Siedend heiß fiel Fokke ein, dass er ja einige Aufgaben auf dem Bauernhof seines Onkels zu erledigen hatte. Fluchend sprang er auf den Fahrersitz und glühte die alte Dieselmaschine vor. Auf dem Weg durch Bredstedt hätte Fokke am liebsten zuerst bei Thorben im Institut und anschließend im »Pesel« vorbeigeschaut. Er musste seinem Cousin unbedingt von den Neuigkeiten berichten, außerdem wollte er mit Wiebke seinen Frieden schließen. Beides musste warten, denn die Arbeiten auf dem Hof gingen vor.

Die Tieffront blieb über der Region Nordfriesland hängen.

Am Tag zuvor hatte er gerade noch das getrocknete Heu in Ballen fassen und in die Scheune fahren können. Keine zwei Stunden, nachdem Fokke auf den Hof seines Onkels zurückgekehrt war, wurde aus dem leichten Tröpfeln ein heftiger Landregen. Da er anschließend noch die Kühe melken musste und den Stall ausmisten, blieb keine Zeit mehr für Grübeleien. Fokke aß eine Kleinigkeit und fiel kurz danach zu Tode erschöpft ins Bett.

Jetzt ging sein Blick hinaus durchs Küchenfenster, an dem Regentropfen hinunterliefen.

»Schietweder«, grummelte Fokke.

»Das ist zurzeit das geflügelte Wort«, antwortete Thorben.

Fokke hatte nicht bemerkt, wie sein Cousin in die Küche gekommen war. Was ihm jedoch nicht entging, war der ole Düvel. Der schwarze Kater drückte sich an Thorbens Bein vorbei und setzte sich vor den leeren Fressnapf.

»Moin, Thorben. Was treibt dich denn hierher?«, fragte Fokke.

Er füllte einen Becher mit Kaffee und schob ihn Thorben zu. Sein Cousin nippte daran und deutete auf den Kater.

»Dein Hausgenosse wartet auf sein Fressen«, sagte er.

Fokke ignorierte das gelegentliche Miauen des Katers genauso wie die strafenden Blicke des gesunden Auges.

»Der hat bereits zwei Schüsseln vertilgt. Such dir ’ne Maus, Düvel«, empfahl Fokke.

Da der Kater mittlerweile die Sturheit seines derzeitigen Dosenöffners erkannt hatte, verschwand er aus der Küche. Thorben schüttelte amüsiert den Kopf.

»Dauert nicht mehr lange, und ihr benehmt euch wie ein altes Ehepaar«, sagte er.

Fokke zuckte mit den Schultern und starrte finster hinaus auf den Innenhof, auf dem sich bereits einige Regenpfützen gebildet hatten.

»Auf dem Hof fällt heute vermutlich nicht so viel Arbeit an, oder?«, fragte Thorben.

»Nö, außer Melken eigentlich nichts weiter. Wieso?«

Thorben hatte dafür gesorgt, dass sein Institut eine Auswahl an Katasterkarten zugeschickt bekam.

»Angeblich um einen Abgleich mit alten Karten vorzunehmen. Na ja, im Grunde war das nicht einmal gelogen«, sagte er.

Zuerst verstand Fokke nicht, warum sein Cousin ihm davon erzählte. Doch dann ging ihm ein Licht auf.

»Verdori! So können wir herausfinden, ob die Betriebsfläche von Dirk verändert wurde«, stieß er hervor.

»Genau das ist der Plan. Also hast du Zeit?«, erwiderte Thorben.

Schlagartig verflog Fokkes schlechte Laune. Er stieg wenige Minuten später zu Thorben in den Wagen und fuhr mit ihm ins Institut. Dort breiteten die beiden Männer die verschiedenen Kartenausschnitte auf einem der riesigen Tische aus und verglichen sie miteinander. Sobald die richtigen Ausschnitte nebeneinanderlagen, erkannten Fokke und Thorben die Zusammenhänge.

»Übel, übel. Hauke hatte recht. Wenn es keine Grundstücksübertragungen gegeben hat, dann beackert Dirk einen Teil vom Boysenland«, sagte Fokke.

Es war ihnen also nicht gelungen, diesen Vorwurf zu entkräften.

»Aber deswegen würde Dirk doch keinen Menschen umbringen«, sagte Thorben.

»Nein, sicherlich nicht. Wat nu?«

Die Cousins schauten sich fragend an. Keinem wollte eine brauchbare Idee einfallen.

»Lass uns erst mal in den ›Pesel‹ fahren und zu Mittag essen«, sagte Fokke.

Thorben gefiel der Vorschlag, und so betraten sie zehn Minuten später die bereits gut gefüllte Gastwirtschaft von Fokkes Schwester. Neben den Einheimischen, die fast jeden Tag hier anzutreffen waren, hatten sich diverse Touristen ebenfalls in den »Pesel« aufgemacht. Als Wiebke ihren Bruder und ihren Cousin bemerkte, machte sie eindeutige Zeichen.

»Wir sollen in ihre Küche gehen. Dort können wir in Ruhe essen und reden«, sagte Fokke.

Auf dem Weg dorthin schnappte er sich zwei frisch gezapfte Biere und stellte ein Glas vor Thorben auf den Tisch. Der stand in der westlichen Ecke der großen Küche, in der zwei Helferinnen an den Herden standen und das bestellte Essen zubereiteten.

»Moin«, rief er.

Grete winkte lediglich, während die dünne Erika herüberkam und beiden Männern die Hand reichte. Für ein Gespräch war keine Zeit, worüber weder Fokke noch Thorben wirklich traurig waren. Erikas Eltern waren nach dem Krieg aus Pommern nach Bredstedt gekommen und geblieben. Man hörte es an der merkwürdigen Klangfarbe in Erikas Aussprache, da sie den pommerschen Dialekt nie ganz abgelegt hatte.

»Ich geh zurück«, sagte sie seit geraumer Zeit.

Anfangs hatten Wiebke und die anderen Bredstedter es noch geglaubt, aber da den Worten nie Taten folgten, gingen sie mittlerweile nicht weiter darauf ein. Die Euphorie von Erika war unmittelbar nach dem Wegfall der Mauer aufgekommen, doch zu einem echten Aufbruch hatte es nie gereicht.

»Wir haben schlechte Nachrichten«, sagte Fokke.

Wiebke war in die Küche gekommen.

»Was ist nun schon wieder passiert?«, fragte sie.

Fokke und Thorben erzählten von den Katasterauszügen.

»So'n Schiet! Wart ihr auch auf der Bank?«

Wiebke schaute in die fragenden Gesichter und erzählte von den jüngsten Vorkommnissen.

»Heiner und Ulf waren in der Bank? Warum sollte das etwas mit dem Mord an Hauke zu tun haben?«, fragte Fokke.

Darüber konnte Wiebke ihn aufklären. Einige Angestellte der Genossenschaftsbank waren zum Mittagessen in den »Pesel« gekommen.

»Sie haben sich darüber unterhalten, was die Polizei in der Bank gewollt hat. Es ging um den Inhalt eines Schließfaches. Genauer gesagt, um das Schließfach von Hauke Boysen«, erzählte sie.

Einer der leitenden Angestellten hatte sich erinnert, dass das Mordopfer ein Schließfach bei der Bank hatte, und die Polizei angerufen.

»Ralf Christiansen hat das Fach geöffnet und den Inhalt Heiner ausgehändigt«, sagte Wiebke.

Das musste zunächst nichts bedeuten, aber trotzdem spürte Fokke ein unangenehmes Ziehen in der Magengrube.

»Ging aus dem Gespräch hervor, was im Schließfach war?«, fragte er.

Darüber hatte Wiebke leider nur Andeutungen aus dem Gespräch der Bankangestellten aufschnappen können.

»Es muss aber wichtig sein, Fokke«, sagte sie.

»Warum glaubst du das?«, fragte er.

Wiebke zögerte kurz mit der Antwort.

»Weil keine Stunde später Heidemarie mit einem weiteren Kripomann aus Husum nach Bredstedt gekommen ist.«

Fokke stöhnte leise auf. Es war zum Haareausraufen. Jede weitere Entwicklung im Mordfall Hauke Boysen schien die Schuld von Dirk weiter zu untermauern.

»Wir müssen unbedingt herausfinden, was in diesem Schließfach gewesen ist«, sagte er.

Seine Schwester konnte nicht länger bei ihnen stehen bleiben. Im Schankraum wurde ihre Hilfe dringend benötigt, sodass Fokke und Thorben allein über das Problem nachdenken mussten.

»Ich kenne Ralf Christiansen ganz gut. Da mein Institut auch Kunde bei der Bank ist, könnte ich ihn unter einem Vorwand besuchen und ausquetschen«, schlug Thorben vor.

Es war kein genialer Plan, aber der einzige, den sie hatten. Sosehr es Fokke auch missfiel, er musste Thorben zustimmen. Nachdem der sein Jägerschnitzel mit Salzkartoffeln vertilgt hatte, machte er sich auf den Weg zur Genossenschaftsbank. Fokke blieb nichts anderes übrig, als sich von Grete den Teller nachfüllen zu lassen und zu warten. Die füllige Küchenhelferin freute sich über seinen guten Appetit.

»Wenigstens dich mache ich glücklich«, murmelte er.

ZEHN

In der Bank wurde Thorben Mommsen sofort von Ralf Christiansen empfangen. Der Prokurist führte den Stammkunden in sein Büro und bot frischen Kaffee an.

»Danke, sehr gerne«, erwiderte Thorben.

Nachdem ihnen eine Mitarbeiterin die beiden Tassen gebracht hatte, kam Thorben zum Anlass seines Besuches.

»Wir sollen demnächst weitere Fördergelder der EU erhalten. Dafür müssen neue Konten eingerichtet werden. Sie kennen die Vorgaben der EU ja«, sagte er.

Da Christiansen in der Vergangenheit schon mehrfach für die Projekte des Instituts die Konten eingerichtet hatte, war er mit den Abläufen bestens vertraut. Es handelte sich in der Regel um sechsstellige Summen, die sich immer gut in der Bilanz der Genossenschaftsbank niederschlugen.

»Ja, natürlich. Ich lasse die erforderlichen Papiere sofort vorbereiten«, sagte Christiansen.

Er verließ das Büro für einige Minuten, in denen Thorben über seine nächsten Worte nachdenken konnte. Der Zufall kam ihm in Form zweier aufgeregt diskutierender Bankangestellten zur Hilfe. Als Ralf Christiansen ins Büro zurückkehrte, nutzte Thorben die Gelegenheit.

»Die Polizei war bei Ihnen, Herr Christiansen? Was ist denn passiert?«, fragte er direkt.

Als Christiansen ihn verwundert anschaute, nannte Thorben den mitgehörten Wortwechsel als Grund seiner Neugier. Für einige Sekundenbruchteile verschleierte sich Christiansens Blick, doch dann kehrte sein professionelles Lächeln zurück.

»Keine große Sache, Herr Mommsen. Es ging lediglich um den Inhalt eines Schließfaches«, antwortete Christiansen.

Er wollte das Thema wechseln, doch Thorben griff zu einer Notlüge.

»Es fiel der Name Hauke Boysen in dem Gespräch. War es etwa sein Schließfach?«

Dieses Mal hielt die Verärgerung ein wenig länger an, doch der Prokurist bestätigte die Vermutung.

»Und deswegen musste die Kripo aus Husum kommen?«, bohrte Thorben weiter.

Doch an dieser Stelle hob Christiansen abwehrend die Hand hoch.

»Ich habe schon zu viel verraten, Herr Mommsen. Mehr darf ich Ihnen nicht sagen«, sagte er.

Es war sein Ernst, und daher akzeptierte Thorben es schweren Herzens. Wenigstens sah er sich in seiner Annahme bestätigt, dass offenbar belastendes Material im Schließfach gelegen hatte.

»Vielen Dank für die schnelle Erledigung, Herr Christiansen«, sagte er fünf Minuten später.

Nachdem Thorben seine Unterschriften unter die Kontoeröffnungsunterlagen gesetzt hatte, verabschiedete er sich. Dann eilte er über den Marktplatz und ging zurück in den »Pesel«. Dort gab er sein Wissen weiter und konnte zusehen, wie die Besorgnis in den Gesichtern von Fokke und Wiebke wuchs.

»Wir müssen den Clan zusammenholen und uns beratschlagen«, entschied Wiebke.

Es war Fokke zwar nicht recht, aber er erhob trotzdem keine Einwände. Sie mussten alle Köpfe einschalten, die ihnen zur Verfügung standen.

Fokke grauste zwar vor einem weiteren Treffen mit seiner Sippe, doch die Lage zwang ihn dazu. Thorben und er kamen nicht allein voran.

»Kannst du auch gegen vier Uhr am Nachmittag, Wiebke?«, fragte Thorben.

Zu dieser Zeit sollte es im Gastraum des »Pesel« ein wenig ruhiger zugehen, sodass ihre Anwesenheit nicht dringend erforderlich war. Wiebke akzeptierte den Vorschlag, und da auch Anne telefonisch zustimmte, einigte man sich auf ein Treffen im Institut.

»Am liebsten würde ich zur Wache fahren und sehen, ob Heidemarie und ihr Kollege immer noch da sind«, sagte Fokke.

Thorben warf ihm einen Seitenblick zu, bevor er die Fahrtroute änderte.

»Es kann nicht verboten sein, dass wir uns nach dem Stand der Ermittlungen erkundigen. Solange du ganz offen auftrittst, kann Heidemarie dir keinen Strick daraus drehen«, sagte er.

Als Fokke und Thorben die Polizeistation betraten, schaute sie Ulf Boysen überrascht an.

»Was wollt ihr denn hier?«, fragte er.

Bevor Fokke ihm eine passende Antwort geben konnte, kam Heidemarie aus dem Büro des Stationsleiters.

»Fokke? Steckst du deine Nase etwa schon wieder in unsere Angelegenheiten?«, fragte sie.

Da trat Thorben schnell vor und antwortete für Fokke.

»Nein, Heidemarie. Wir wollen uns lediglich erkundigen, wie es aussieht. Du verstehst doch sicherlich, dass wir uns Sorgen um Dirk machen«, erwiderte er.

Nach einigen Sekunden nickte die Kriminalrätin und erteilte ihnen die gewünschte Auskunft.

»Es sind weitere belastende Beweise aufgetaucht. Ich werde noch heute mit dem Staatsanwalt sprechen. Ihr solltet davon ausgehen, dass die Beweislage für eine Anklageerhebung jetzt ausreicht«, sagte sie.

Fokke und Thorben schauten Heidemarie Boysen ungläubig an.

»Was für neue Beweise sind aufgetaucht?«, fragte Fokke.

Er wusste genau, dass er darauf keine Antwort erhalten würde, und wandte sich daher gleich ab.

»Vergiss nicht, was dir blüht, wenn du dich nicht aus den Ermittlungen raushältst«, warnte ihn Heidemarie.

Fokke eilte aus dem Revier und schlug die Beifahrertür von Thorbens Golf krachend hinter sich zu. Sein Cousin rutschte hinter das Lenkrad und fuhr los.

»Der Wagen kann nichts dafür, Fokke. Wir müssen eine Lösung finden, und dabei wird der Clan uns helfen«, sagte Thorben nach einer Weile.

Das bezweifelte Fokke immer mehr, doch vorerst schwieg er. Ihm machte die Zuversicht der Husumer Kollegen zu schaffen. Sollten die Beweise tatsächlich so erdrückend sein?

Heike Fehrings bisheriges Leben schien sich langsam, aber sicher aufzulösen. Zuerst die Entdeckung in der Praxis ihres Mannes und dann die Begegnung am Deich.

Nimmst du es, wie es kommt, Fokke?, fragte sie sich.

Als sie Elke Busch und ihn in trauter Zweisamkeit gesehen hatte, war ihr schwer ums Herz geworden. Heike überspielte den Schock und die einsetzende Enttäuschung, nur um wenige Augenblicke später von Elkes Vater noch schwerer getroffen zu werden.

»Fokke und Elke? Jau, se kunnen jümmer good ünnerenanner«, sagte er.

Daraufhin schmeckte ihr weder der Kaffee noch vermochten die frische Luft oder die wunderschöne Aussicht übers Wattenmeer Heikes Laune wieder aufzubessern. Sie absolvierte die späteren Termine nur mit halbem Herzen und blieb auch am Tag danach meistens unkonzentriert.

»Hast du mir überhaupt zugehört?«, fragte Kay.

Sie hatten sich zum Mittagessen in der Küche getroffen, um wieder einmal ein wenig Zeit miteinander zu verbringen. Während ihr Mann von den Verletzungen eines angefahrenen Hundes berichtete, schweiften Heikes Gedanken erneut ab. Es war Kay offenkundig nicht entgangen.

»Entschuldige bitte, Kay. Diese blöde Geschichte mit den einstweiligen Verfügungen geht mir nicht aus dem Kopf«, sagte Heike.

Es war zum Teil sogar richtig, denn auch dieses Eilverfahren beschwor einen weiteren Streit zwischen dem Mommsenclan und den Boysens herauf. Es gab erhebliche Zweifel an einigen Grundstücken, die als Baugrund für neue Windkraftanlagen vorgesehen waren. Peter Boysen hatte in seiner Funktion als Bürgermeister von Bredstedt rechtliche Unstimmigkeiten bei einigen Grundstücken festgestellt. Nun mussten die Karten des Katasteramtes dahin gehend überprüft werden. Es hatte schon öfter Zank zwischen den Clans gegeben, weil ein Grenzstein verschwunden war oder seine aktuelle Position nicht mit den Karten übereinstimmte. Mittlerweile bezweifelte der Bürgermeister ganz offen, dass einige Felder überhaupt zu Recht im Besitz der Mommsens waren. Seine rechtlichen Schritte beschäftigten auch Heike in ihrer Funktion als Landrätin.

»Wenn die Grenzsteine versetzt wurden, muss es geklärt werden. Du scheinst neuerdings mehr die Partei der Mommsens zu ergreifen. Hat es etwa mit Fokkes Rückkehr zu tun?«, fragte Kay.

Verärgert über den unterschwelligen Vorwurf schob Heike ihren nur halb geleerten Teller von sich.

»Was soll das werden? Willst du mit mir ernsthaft das Thema eheliche Treue erörtern?«, fragte sie.

Ihre bissigen Gegenfragen ließen Kay verwundert die Augenbrauen in die Höhe ziehen. Heike spürte förmlich, wie ihr Gespräch in gefährliches Fahrwasser abdriftete.

»Worauf spielst du an?«, fragte ihr Mann.

Sie wollte um jeden Preis das heikle Thema umgehen und wählte daher den einzigen Ausweg, der ihr in diesem Augenblick einfiel.

»Ich habe vor einigen Tagen in einem deiner Bücher etwas nachgeschlagen und bin dabei auf den Brief von Hauke Boysen gestoßen«, antwortete Heike.

Kay blinzelte mehrfach. Offenbar hatte er damit nicht gerechnet. Die Überraschung war so groß, dass er seine Frau nicht einmal das Naheliegende fragte. Der Tierarzt nahm es einfach hin, dass Heike sich um medizinische Themen kümmerte. Denn welchen Grund hätte sie sonst gehabt, eines seiner Fachbücher zurate zu ziehen? Sie war heilfroh, dass er nicht darauf einging.

»Du weißt doch, wie Hauke war. Er hat ständig irgendeinen Streit vom Zaun gebrochen«, sagte Kay.

Es war nicht seine Art, so schnell in die Defensive zu gehen. Heike hatte einen wunden Punkt getroffen. Da sie es nun einmal ausgesprochen hatte, wollte sie endgültig Klarheit haben.

»Warst du bei Hauke auf dem Hof? Habt ihr euch gestritten?«, fragte sie.

Sein Schweigen dauerte zu lange. In Heike stieg Hitze auf. Hatte sie die Büchse der Pandora geöffnet, nur um das Thema Ehebruch zu vermeiden?

»Was hast du getan?«, bohrte sie nach.

Kay schüttelte stumm den Kopf, stieß den Stuhl zurück und

wollte aus der Küche fliehen. Doch Heike war in Panik und reagierte unerwartet schnell. Sie stellte sich ihrem Ehemann in den Weg und schaute ihm entgeistert ins Gesicht.

»Red doch, Kay! Was ist auf dem Hof passiert?«, forderte sie.

Einige Sekunden lang schauten sie sich nur an. Dann senkte Kay den Kopf und wirkte auf einmal wie ein verlorener Junge. In einer spontanen Geste schlang Heike die Arme um seinen Hals.

»Ich muss es wissen, Kay. Bitte. Sprich mit mir«, flehte sie.

Heike nahm den Geruch seiner Haut wahr. Wie lange war es her, dass sie einander so nahe gewesen waren? Ein unbestimmtes Verlangen erfasste sie.

»Ich wollte Hauke zur Vernunft bringen. Auch eine ungerechtfertigte Anzeige hätte meinen guten Ruf nachhaltig beschädigt«, murmelte Kay.

Sie standen im Durchgang, der Wohnhaus und Praxis voneinander trennte. Heike hielt Kay umfangen, während er mit leiser Stimme vom Besuch auf Hauke Boysens Hof berichtete. Kay hatte anhand der Fotografien schnell erkannt, dass Hauke ihm Medikamentenpackungen unterjubeln wollte, die er selbst über das Verfallsdatum hinaus aufbewahrt hatte. Die aufgedruckten Chargennummern ließen sich ohne Weiteres zurückverfolgen und belegten, dass Kay die Präparate vor geraumer Zeit im tadellosen Zustand ausgehändigt hatte. Doch Hauke blieb stur und drohte weiterhin mit einer Anzeige bei der Ärztekammer, falls der Tierarzt sich sein Schweigen nicht erkaufen würde.

Es war ein Schock für Heike, sie schämte sich so sehr, weil sie Kay misstraut hatte. Als er verstummte, nahm sie ihr Gesicht von seinem Hals und schaute in seine Augen.

»Wir stehen es durch, Kay. Gemeinsam«, sagte Heike.

Ein verloren geglaubtes Gefühl stieg in ihr auf, als sie Kay so hilflos vor sich stehen sah. Unwillkürlich küsste sie ihn. Zuerst sanft und beruhigend, doch dann erwiderte Kay den Kuss. Er zog seine Frau in die Arme und gab seinen Gefühlen nach. Schließlich lösten sie sich aus der Umarmung, aber nur, um hinauf ins Schlafzimmer zu eilen. Noch auf der Treppe zog Kay Heike die Bluse aus.

Die Versammlung blieb übersichtlich, denn außer Anne war nur noch Wiebke ins Institut gekommen.

»Wo bleiben die anderen?«, fragte Thorben.

Als die beiden Frauen einen Blick austauschten, ahnte Fokke nichts Gutes.

»Was ist los, Anne?«, fragte er.

Kurz nach Thorbens Anruf wegen der Versammlung hatte sich Dirks Rechtsanwalt bei Anne Mommsen gemeldet.

»Er kam gerade vom Gericht. Die Staatsanwaltschaft hat offiziell gegen Dirk Anklage eingereicht. Der Richter hat die vorgelegten Beweise geprüft und sie als ausreichend eingestuft«, erwiderte sie.

»Was befand sich im Schließfach?«, fragte Fokke.

»Ein Schuldschein über siebzehntausend Euro und einer über elftausend Euro. Beide von Dirk unterschrieben.«

Bei Annes Antwort stöhnten Fokke, Wiebke und Thorben fassungslos auf. So viel Geld hätte Dirks Hof niemals abgeworfen.

»Wofür soll Dirk das gebraucht haben?«, fragte Thorben.

»Die Frage sollte eher lauten, wie Hauke an so viel Geld gekommen sein soll«, sagte Wiebke.

»Warum hätte Hauke ausgerechnet Dirk das Geld leihen sollen? Sie mochten sich nicht einmal, und der Streit um die Ländereien lief ebenfalls schon«, ergänzte Anne.

Fokke schüttelte ungläubig den Kopf. Dieser Fall steckte voller Geheimnisse, und alles sprach mittlerweile gegen Dirk Mommsen. Wenn er doch nur offiziell ermitteln dürfte. Auf die bisherige Art und Weise konnte er seinem Cousin kaum effektiv helfen.

»Es gibt zu viele offene Fragen. Ich kann so nicht ermitteln«, sagte Fokke.

Einige Sekunden legte sich Schweigen über die Gruppe, bevor Anne die entscheidende Frage stellte.

»Willst du damit andeuten, dass du uns nicht mehr helfen kannst?«

»Doch, verehrte Anne. Ich muss aber einen Weg finden, als offizieller Ermittler arbeiten zu dürfen«, sagte Fokke.

Er verabschiedete sich kurze Zeit später und lieh sich Thorbens Wagen aus. Damit fuhr Fokke zunächst nach Husum ins Krankenhaus, um seinem Onkel einen Besuch abzustatten. Erich Mommsen wirkte ausgesprochen munter und tadelte Fokke sofort.

»De Hof geiht vör oder ünner«, beschwerte er sich.

Natürlich wusste Fokke, dass er die Arbeit auf dem Bauernhof nicht so gut wie sein Onkel verrichtete, aber von einem drohenden Untergang konnte er auch nichts erkennen.

»Du übertreibst, Erich. Der Arzt hat also zugesagt, dass du spätestens übermorgen wieder nach Hause darfst?«

Das waren gute Nachrichten, und in der Tat wirkte Erich nicht so, als wenn sein Aufenthalt im Krankenhaus weiter erforderlich wäre. Fokke hatte mit dem behandelnden Arzt gesprochen und kannte die Prognose.

»Ich will morgen nach Hause. Hol mich um elf Uhr ab, dann ist die Visite durch«, ordnete Erich an.

Da er sich der hochdeutschen Sprache bediente, war jeder Widerspruch zwecklos. Erich Mommsen fühlte sich hier überflüssig und machte sich Sorgen um seinen Hof. Fokke sagte daher zu und machte sich nach einem Blick auf seine Armbanduhr auf den Weg.

»Töövt en Deern op di?«, fragte Erich.

»So in etwa. Bis morgen«, verabschiedete sich Fokke.

Vom Krankenhaus fuhr er zum Kommissariat, wo sich auch das Büro von Heidemarie Boysen befand. Fokke parkte den Golf und blieb sitzen. Er wollte sich seine Worte noch einmal zurechtlegen und wurde dabei von Heidemarie überrascht. Fokke hätte das Gespräch lieber im Büro gesucht, doch nun musste er improvisieren.

»Moin, Heidemarie«, sagte er.

Fokke war ausgestiegen und trat ihr in den Weg. Heidemarie krauste verwundert die Stirn und beschattete die Augen mit der Hand, da sie die Strahlen der tief stehenden Sonne blendeten.

»Moin, Fokke. Na, warst du wieder im Krankenhaus?«, fragte sie.

Er nutzte die Gelegenheit, um mit dem unverfänglichen Thema anzufangen. Fokke berichtete von seinem Besuch und gab auch den Tadel seines Onkels wortwörtlich wieder. Heidemarie lachte laut los.

»Das klingt wirklich nach Erich Mommsen, so wie er leibt und lebt«, sagte sie.

»Hast du noch einen Termin?«, fragte Fokke.

»Nein, ausnahmsweise kann ich einmal pünktlich Feierabend machen. Warum? Wolltest du mich etwa auf ein Eis einladen?«

In einem Café voller Touristen wollte Fokke ungern über das heikle Thema sprechen. Er schlug daher ein gutes Restaurant vor, in dem man ungestörter miteinander sprechen konnte.

»So ein Pech. Ausgerechnet heute haben die Ruhetag«, sagte Heidemarie.

Offenbar verschwor sich zurzeit alles gegen Fokke.

»Könnte ich dich zu einem Grillabend überreden, oder geht das zu sehr gegen deine Familienehre?«, fragte Heidemarie.

Mit einer solchen Einladung hatte Fokke überhaupt nicht gerechnet. Es wäre ein idealer Rahmen für sein Vorhaben, egal was Wiebke oder Anne darüber denken würden.

»Man wird mich vermutlich verstoßen, aber ich finde deine Idee sehr verlockend«, erwiderte Fokke.

Auf dem Weg hinaus nach Schwesing, wo Heidemarie ihr Haus hatte, hielten sie bei einem kleinen Metzgerladen. Dort kauften sie Steaks und Grillwurst sowie einen Topf mit hausgemachtem Weißkrautsalat ein.

»Bier und Wein habe ich zu Hause. Die Grillkohle sollte auch noch reichen«, sagte Heidemarie.

Fokke legte die Einkaufstüten in den Kofferraum des Golfs, da er auch auf der Bezahlung bestanden hatte.

»Es war schließlich meine Einladung, und du stellst ja bereits deine Terrasse samt Grill und die Getränke zur Verfügung«, lehnte er ihre Beteiligung rundweg ab.

Für die restliche Strecke benötigten sie nur noch wenige Minuten, bis sie das ehemalige Siedlungshaus in Schwesing erreichten. Früher hatte hier ein Onkel von Heidemarie mit seiner Familie gelebt. Nach seiner Pensionierung als Luftwaffenoffizier war er mit seiner Frau in den Süden gezogen.

»Das ist ein schönes Anwesen«, lobte Fokke beim Anblick des gepflegten Gartens und des umsichtig renovierten Hauses. Die größeren Fensterflächen brachten mehr Licht in die Räume, die Heidemarie ihren Bedürfnissen angepasst hatte. Es gab eine offene Küchenzeile, die in ein Esszimmer überging. Während das Siedlungshaus äußerlich nur wenig verändert schien, war es im Inneren heller und offener als die meisten seiner Artgenossen. Zu seiner Überraschung fühlte Fokke sich schnell wohl, und er bereute ein wenig, dass er nicht ohne Hintergedanken bei Heidemarie zu Besuch war.

»Danke. Für den Garten habe ich zum Glück einen Rentner aus der Nachbarschaft, der ihn in Schuss hält. Mir fehlt nicht nur der grüne Daumen, sondern auch die Zeit dafür«, erwiderte Heidemarie.

Fokke füllte Grillkohle in die Schale und entfachte sie mit Anzündern. Dann schloss er den Deckel und kehrte zurück ins Haus. Heidemarie hatte die Steaks gewürzt und bereits Teller und Besteck auf ein Tablett verteilt. In der Küche drückte sie Fokke verschiedene Gewürze und den Topf mit Krautsalat in die Hand.

»Was möchtest du trinken? Bier oder lieber Wein?«, fragte sie.

Fokke entschied sich für Bier. Während Heidemarie für die Getränke sorgte, trug er zunächst Gewürze und Krautsalat hinaus. Anschließend schnappte er sich noch das Tablett und verteilte Teller und Besteck auf dem Tisch auf der Terrasse. Als er mit dem Bierglas in der Hand in einem Stuhl mit hoher Rückenlehne saß, wanderte sein Blick hinauf zum Himmel. Dort trieb der westliche Wind die Wolken vor sich her, sodass ab und an die Sonne für einige Momente ihre wärmenden Strahlen zur Erde schicken konnte.

»Gibt heute vielleicht noch Regen. Aber erst später«, kommentierte Heidemarie das Wolkenbild.

Sie hatte sich ebenfalls ein Glas mit Bier gefüllt und prostete Fokke zu.

Er hatte es nicht gewagt. Heidemarie umsorgte Fokke in ihrem Heim, und er wollte von ihr ein Zugeständnis erbitten.

Nachdem sie gut gegessen und noch eine Weile entspannt geplaudert hatten, verabschiedete Fokke sich, ohne seine Bitte vorzutragen. Im einsetzenden Regen fuhr er über die B 5 in Richtung Bredstedt. Es hatte sich alles in ihm dagegen gesträubt, die gute Stimmung durch sein Anliegen zu zerstören. Er würde einen neuen Anlauf am folgenden Tag versuchen müssen, bevor er Erich aus dem Krankenhaus abholte. Sein Blick erfasste eine Werbetafel für ein neues Gartencafé. Es stand einhundert Meter von der nächsten Kreuzung entfernt und warb mit Berliner Weiße. Das Wort löste umgehend eine Assoziation bei Fokke aus. Er musste an die Berliner Arztgattin Elfriede Schulze denken, der auch eine Liebschaft mit Ron Tüchsen nachgesagt wurde, wie er von seiner Schwester erfahren hatte. Sollte an den Gerüchten nichts dran sein, wäre es gut, diesen Ermittlungsstrang abzuschließen. Und wenn doch, dürften die Auskünfte von Frau Schulze sehr aufschlussreich sein. Sein beruflicher Instinkt riet ihm, seiner Eingebung nachzugeben.

Kurz entschlossen bog Fokke nach Drelsdorf ab, um zur Villa von Dr. Schulz zu fahren. Als er dort Licht bemerkte, hielt Fokke an und stieg aus. Kaum trat er an das weiß gestrichene Holztor am Grundstück, schoss ein weißer Königspudel laut kläffend über den Rasen auf ihn zu.

»Sissy! Benimm dich gefälligst«, rief eine Frauenstimme.

Der Hund dachte überhaupt nicht daran, sein wildes Bellen einzustellen. Der Pudel stemmte seine Vorderpfoten von innen gegen das Holztor und kläffte Fokke an. Eine schlanke Frau eilte auf die Pforte zu und zögerte einen Augenblick, als sie Fokke bemerkte.

»Verzeihen Sie die Störung, Frau Schulz. Mein Name ist Fokke Mommsen. Ich bin ein Freund von Ron Tüchsen«, rief er.

Er setzte auf die Freundschaft zum Bildhauer, um eventuell Einlass in die Villa zu finden. Tatsächlich glitt ein Lächeln über das Gesicht der Frau, die den Pudel energisch am Halsband vom Tor wegzerrte.

»Aus! Sei endlich ruhig, Sissy«, herrschte sie den Hund an.

»Ich würde gern mit Ihnen und Ihrem Mann über Ron sprechen. Hätten Sie einen Moment Zeit dafür?«, bat Fokke.

Offenbar weckte er Vertrauen in der Frau des Arztes, die mit einem Nicken das Tor öffnete. Fokke trat ein und schloss die Pforte hinter sich, um dann auf den Ansturm des Pudels zu reagieren.

»Hallo, Prinzessin. Ich freue mich auch, dich kennenzulernen«, rief er lachend.

Zuerst zeigte Sissy sich noch misstrauisch, doch dann reagierte sie auf die Worte mit erfreutem Schwanzwedeln.

»Woher wissen Sie, dass mein Mann sie immer Prinzessin nennt?«, fragte Elfriede Schulz.

»Bei dem Namen fand ich es irgendwie passend. Außerdem führt Sissy sich wie eine Prinzessin auf«, antwortete Fokke.

Damit war bei der Pudeldame schon einmal das Eis gebrochen. Sissy umkreiste Fokkes Beine und ließ sich am Kopf kraulen.

»Mein Mann ist in Berlin. Er führt dort eine Privatklinik und kommt erst zum Wochenende ins Sommerhaus«, erklärte Elfriede Schulz.

»Wenn es Ihnen lieber ist, komme ich dann wieder«, bot Fokke an.

Doch davon wollte Frau Schulz nichts wissen und führte ihren Besucher ins Haus. Im Gegensatz zu Heidemaries Siedlungshaus wirkte die Villa wenig einladend auf Fokke. Die Fußböden aus Stein in Verbindung mit weiß verputzten Wänden, an denen sich Bilder mit Sockeln verschiedener Skulpturen ablösten, erinnerten ihn eher an ein Museum.

»Ich habe den Kamin an. Das Wetter ist so ungemütlich«, plauderte Elfriede Schulz drauflos.

Nach wenigen Minuten war Fokke klar, dass die Frau des Berliner Arztes sich langweilte. Vermutlich hatte sie ihn auch sofort ins Haus gebeten, weil sie Ablenkung suchte.

»Darf ich Ihnen etwas zu trinken anbieten? Ein Glas Wein oder vielleicht lieber einen Longdrink?«, fragte sie.

Die zwei Gläser Bier auf der Terrasse von Heidemarie waren vorerst genug Alkohol für Fokke, der um ein Mineralwasser bat. Elfriede Schulz reichte ihm das Glas und schenkte sich selbst aus einem Metallschwenker nach. Fokke tippte beim Anblick der Flüssigkeit auf eine Wodkamischung.

»Sie waren also mit Ron befreundet?«, fragte sie.

Fokke erzählte von seiner Familie in Bredstedt und seinem Leben in Lübeck.

»Wenn Ron eine Ausstellung bei uns hatte, wohnte er bei mir«, sagte er.

Dass es nur einmal vorgekommen war, behielt Fokke lieber für sich. Er spürte, wie Elfriede Schulz immer zugänglicher wurde. Nachdem er ihr so bereitwillig über seine Beziehung Auskunft erteilt hatte, gab sie sich nicht weniger offen. Elfriede Schulz erzählte, wie sie in Berlin auf die Arbeiten von Ron aufmerksam geworden waren.

»Dietmar sammelt Kunst als gute Geldanlage, und so gelangten einige Arbeiten von Ron in unseren Besitz.«

Erst später erfuhr das Ehepaar, wo Ron Tüchsen sein Atelier hatte.

»Sie können sich unsere Überraschung vorstellen, als wir ihn in Bredstedt trafen. Von da an besuchte Ron uns regelmäßig im Sommerhaus«, berichtete Elfriede Schulz.

Bei diesen Worten trat ein schwärmerischer Ausdruck in ihr Gesicht. Eine Ahnung stieg in Fokke auf. Er konnte sich lebhaft vorstellen, wie Ron auf die gelangweilte Arztfrau gewirkt haben musste. Elfriede Schulz musste es genossen haben, wenn der Künstler sie besucht hatte.

»Ron hat oft über Sie gesprochen«, sagte Fokke.

Er hielt seine Aussage bewusst vage, um der Frau möglichst viel Spielraum bei der Antwort zu lassen. Elfriede Schulz schenkte sich nach und nippte gedankenverloren an ihrem Glas. Dann hob sie den Blick und schaute Fokke an.

»Sie vermuten, dass Ron und ich eine Affäre hatten. Stimmt doch, oder?«, fragte sie.

»Ja, das denke ich.«

Erneut nippte Elfriede Schulz an ihrem Drink, bevor sie weitersprach.

»Ron war ein gemeiner Mensch. Er hat mich erpresst«, stieß sie hervor.

Damit hatte Fokke überhaupt nicht gerechnet und musste zunächst einmal seine Gedanken ordnen.

Die Zweifel wollten einfach nicht mehr verschwinden. Zuerst hatte er seinen Einfall für besonders clever gehalten und war über die Reaktion der Polizei hocherfreut gewesen. Er feierte seinen Erfolg mit einer Flasche Champagner, dessen Nachgeschmack ihm heute fad vorkam.

Was, wenn die weiteren Ermittlungen die wahren Hintergründe aufdecken?, dachte er.

An diese Möglichkeit hatte der Mörder von Hauke Boysen und Ron Tüchsen bislang überhaupt nicht gedacht. Seitdem sich dieser Gedanke eingeschlichen hatte, wuchsen seine Zweifel über den Erfolg seiner Maßnahme nahezu stündlich. Was konnte er jetzt noch tun, um den Schaden zu begrenzen?

Die Spur des Geldes verwischen, dachte er.

So klar sich diese Idee in der Theorie anbot, so schwierig war die praktische Umsetzung. Er war kein Profi, der über die nötigen Kenntnisse oder wenigstens Kontakte verfügte. Schließlich war er ein braver Bürger und kein Gangster.

Er musste trotzdem einen Weg finden. Es musste einfach sein. Er war zurück auf dem Pfad. Zweifel gehörten nicht zu seinem Selbstbild. Nach und nach setzte sich die gewohnte Selbstsicherheit wieder durch, und er glaubte fest daran, auch für das neue Problem schon bald eine Lösung gefunden zu haben. Das Läuten des Telefons beendete das Grübeln und holte ihn zurück in den Alltag.

Die ganze Fahrt von Bredstedt nach Husum, wo er Erich aus dem Krankenhaus abholen wollte, dachte Fokke über das Gespräch vom Vorabend nach. Ein wenig plagte ihn das schlechte Gewissen, weil er Elfriede Schulz nicht die Wahrheit über sich erzählt hatte. Für sie war Fokke ein Freund von Ron Tüchsen, der sich ihr gegenüber als mieser Charakter herausgestellt hatte.

»Es war eine schöne Zeit, die mich noch einmal träumen ließ. Ich dumme Kuh habe ernsthaft an eine gemeinsame Zukunft mit Ron geglaubt, bis er mir die Rechnung präsentierte«, hatte sie Fokke erzählt.

Es schien ihr überhaupt nicht in den Sinn zu kommen, dass sie sich durch diese Aussage schwer belastete. Elfriede Schulz hatte das alles in einem privaten Gespräch gestanden und war zudem angetrunken gewesen.

Ich kann die Informationen trotzdem nicht für mich behalten, dachte Fokke.

Fokke war sehr früh aufgestanden, um die nötigen Arbeiten auf dem Bauernhof zu erledigen. Erich sollte keinen Grund zum Klagen haben, wenn er später seinen Betrieb in Augenschein nahm. Wie es in den kommenden Tagen und Wochen mit Erich und seinem Bauernhof weitergehen sollte, musste allerdings noch geklärt werden.

Wenn er Heidemarie nicht dazu bringen konnte, ihn in die Ermittlungen offiziell einzubinden, musste er nächste Woche wieder seinen Dienst in Lübeck antreten.

In dem Fall blieben Fokke ganze drei Tage, um seinem Cousin aus der Patsche zu helfen. Angesichts der wenigen Fortschritte in den zurückliegenden Tagen war es kaum vorstellbar, wie ihm ein solches Kunststück gelingen sollte. Fokke erreichte den Parkplatz des Krankenhauses.

»Erich?«

Verblüfft hielt Fokke den Mercedes neben seinem Onkel an, der bereits am Haupteingang des Krankenhauses auf einer Parkbank saß. Die Reisetasche stand neben Erich, der sich sofort erhob, als er seinen Wagen erkannte.

»Warrt ook Tied«, brummelte er.

Erich warf die Tasche schwungvoll auf die Rückbank, bevor er demonstrativ die Fahrertür öffnete und seinen Neffen auffordernd anschaute.

»Du willst selbst fahren?«, fragte Fokke.

Da Erich ihn nur stumm anstarrte, löste Fokke den Verschluss des Sicherheitsgurtes und stieg aus.

»Hat der Arzt dir denn erlaubt, sofort wieder Auto zu fahren?«, fragte er.

Erichs Blicke sprachen Bände. Die kurze Schwächephase zu Beginn seines Krankenhausaufenthaltes war längst wieder verflogen, und so trat Erich Mommsen in gewohnter Manier auf.

»Fahr mit der Bahn, wenn du Schiss hast«, sagte er.

Bevor Fokke begriff, was sein Onkel damit sagen wollte, zog Erich die Fahrertür ins Schloss und fuhr los. Fokke blinzelte verwirrt und konnte nicht glauben, dass Erich ihn tatsächlich einfach hier stehen ließ.

»Halt an, Erich! Verflucht, wie soll ich denn nach Hause kommen?«, brüllte Fokke.

ELF

Seine Verwirrung wurde von einer schnell wachsenden Wut abgelöst. Fokke drohte dem davonfahrenden Erich mit der erhobenen Faust, obwohl er auf kein Einlenken setzte. Kopfschüttelnd setzte er sich auf die Parkbank.

»Diese Familie spinnt doch komplett. Wieso setze ich mich nicht einfach wieder nach Lübeck ab und überlasse die Sippe ihrem Schicksal?«, murmelte Fokke.

»Weil du ein gutmütiger Trottel bist«, sagte Heidemarie.

Fokke erschrak. Er hatte nicht bemerkt, wie sie gekommen war.

»Heidemarie? Wie kommst du denn hierher?«, fragte er.

Sie deutete mit einem Lächeln auf ihren Wagen.

»Ich war auf dem Weg ins Büro, als ich einen wütenden Fokke Mommsen auf dem Parkplatz stehen und einem Wagen hinterherbrüllen sah«, erwiderte sie.

Heidemarie setzte sich neben ihn auf die Bank und hörte zu.

»Wenn ich Schiss hätte, sollte ich mit der Bahn fahren. Was für ein sturer Hund«, sagte Fokke.

Heidemarie schaute ihn mitfühlend an.

»Trotzdem wirst du deinen Clan nicht im Stich lassen. Das passt nicht zu dir«, sagte sie.

»Weil ich ein Trottel bin. Danke, die Botschaft ist angekommen.«

Heidemarie nahm ihm seine üble Laune nicht krumm und bot Fokke sogar an, ihn zum Bahnhof zu fahren.

»Nicht nötig. Bevor du aber in dein Büro fährst, muss ich dir was erzählen«, sagte Fokke.

Er hatte beschlossen, ihr reinen Wein über sein Gespräch mit Elfriede Schulz einzuschenken.

»Ich gehe davon aus, dass es ein Freundschaftsbesuch gewesen ist. Danke für deine Offenheit, Fokke. Vielleicht solltest du mit ins Büro kommen.«

Fokke stieg zu Heidemarie Boysen ins Auto. So hatte er sich

den Ablauf des Vormittags eigentlich nicht vorgestellt, aber möglicherweise bot die Wendung sogar Chancen.

Heidemaries Einschätzung fiel eindeutig aus.

»Nein, Fokke. Ich respektiere dich als Ermittler und würde gern einen Mann mit deiner Erfahrung im Team haben. Doch die persönliche Verwicklung bleibt ein unüberwindliches Hindernis.«

Es war keine Bosheit, die diese Ablehnung begründete. Fokke konnte ihr ansehen, wie schwer ihr die Antwort fiel. Es war mehr als seltsam für ihn, wie unkompliziert sie inzwischen über dienstliche Belange sprechen konnten. Aber auch ihre private Ebene war spätestens seit dem gemeinsamen Grillabend erheblich entspannter. Daher schluckte Fokke die Ablehnung ohne Widerworte.

»Das verstehe ich gut, Heidemarie. Vielleicht behältst du wenigstens im Hinterkopf, dass mein beruflicher Instinkt in Dirk nicht den Täter wittert«, sagte er.

Sie hatten über die mögliche Verbindung beider Morde ausführlich diskutiert. Auch Heidemarie schien an einen Zusammenhang der Fälle zu glauben. Damit wäre Dirk aus dem Schneider, da er zum Zeitpunkt des Mordes an Ron Tüchsen bereits in Haft gesessen hatte.

»Versprochen, Fokke. Wie lange bist du noch in Bredstedt?«

Fokke sagte ihr, dass er kommenden Montag wieder arbeiten müsste. Daher wollte er seine Heimatstadt am frühen Sonntagnachmittag verlassen und nach Lübeck zurückkehren. Heidemarie versprach, ihn telefonisch auf dem Laufenden zu halten. Anschließend verließ er das Polizeirevier und wanderte gemütlich in Richtung Hauptbahnhof.

Als Fokke an einem Café vorbeikam, rief jemand seinen Namen. Er schaute zu den Tischen unter dem Glasdach und sah Heike Fehring winken.

»Das nenne ich einmal eine nette Überraschung«, begrüßte sie ihn.

Seine Freude erhielt aber einen Dämpfer, als Heike seine Umarmung in einen Handschlag abbog. Vermutlich wollte sie keine unnötige Aufmerksamkeit in der Öffentlichkeit erregen. Es wurmte Fokke, auch wenn er es nachvollziehen konnte.

»Einen großen Milchkaffee, bitte«, bestellte er.

Die Bedienung verschwand zwischen den Tischen, und so hatte Fokke Gelegenheit, Heike in Ruhe anzusehen. Sie wirkte verändert, irgendwie aufgekratzt. Er fragte sich, woran das liegen konnte. War es das unerwartete Aufeinandertreffen, das ihre Erinnerungen an die gemeinsame Nacht wachgerufen hatte?

»Du siehst toll aus«, sagte er.

Heike nahm das Kompliment mit einem Lächeln auf.

»Danke. Was führt dich nach Husum?«, fragte sie.

Fokke erzählte von seinem Vorhaben, seinen Onkel vom Krankenhaus abzuholen, und was sich daraus entwickelt hatte. Die Begegnung mit Heidemarie ließ er dagegen instinktiv unter den Tisch fallen

»Und du? Hattest du eine Sitzung im Kreistag?«, fragte er stattdessen.

Während er seinen Milchkaffee trank, erzählte Heike von ihrem Tag. Die Arbeit machte ihr erkennbar Freude, und so hörte Fokke mit mehr Aufmerksamkeit zu, als er eigentlich dafür aufbringen konnte. Verwaltungsaufgaben und politische Rangeleien waren ihm ein Graus.

»Ich bin auf dem Weg nach Hause. Willst du mitfahren?«, bot sie später an.

Es gab keinen Grund, diese Einladung abzuschlagen. Fokke genoss anfangs die Fahrt mit Heike, bis sie ihn dann doch noch mit einer Frage in Schwierigkeiten brachte.

»Warst du auch bei Heidemarie, um dich nach der Ermittlung zu erkundigen?«

Fokke antwortete sehr sachlich.

»Meine Bitte um Einbindung als offizieller Ermittler hat sie erneut abgewiesen. Heidemarie versteift sich auf den möglichen Interessenkonflikt.«

Heike wollte mehr Details zu den Ermittlungen wissen und stellte eine Reihe von Fragen. Fokke versuchte, wahrheitsgemäß zu antworten, und gab zum Schluss eine fachliche Einschätzung ab.

»Ich möchte eine ehrliche Antwort erhalten, Fokke. Kannst du trotz der familiären Verknüpfung wirklich objektiv ermitteln?«, fragte Heike.

So direkt hatte ihn noch niemand danach gefragt. Alle gingen wie selbstverständlich davon aus, dass Fokke immer im Sinne des Familienclans handeln würde. Dabei sprach sein Leben in Lübeck dagegen, und daher konnte er ohne Zögern antworten.

»Ja, das kann ich. Selbst wenn ich nicht an Dirks Schuld glaube, ermittle ich davon unberührt in alle Richtungen weiter«, sagte er.

»In Kays Richtung musst du nicht ermitteln. Ich habe mich getäuscht.«

Fokke horchte auf und erfuhr von Hauke Boysens unbeholfenem Erpressungsversuch.

»Als ich dann noch die Summe von fünfundzwanzigtausend Euro auf dem Bankauszug entdeckte und der Empfänger die Initialen H.B aufwies, sah ich Kay schon als Mörder an«, gestand Heike.

»Und? Wie hat er es dir erklärt?«, fragte Fokke.

»Es ist die letzte Abschlagszahlung für den Praxisumbau, und der Empfänger war die Hanseat Bank. Alles ganz normal. Ich hätte Kay mehr vertrauen und gleich fragen sollen«, antwortete Heike.

Damit löste sich ein Rätsel auf, und ein Verdächtiger weniger stand zur Verfügung. Die Fragestunde war beendet, und Heike lenkte die Limousine am »tanzenden Haus« vorbei. Als Fokke die Bilder davon in der Zeitung sowie einen ausführlichen Bericht im Schleswig Holstein-Magazin gesehen hatte, fand er den Titel für das auffällig gestaltete Haus am Marktplatz sehr treffend. Er bat Heike, ihn an der Gaststätte seiner Schwester abzusetzen.

»Wie? Du wohnst nicht mehr bei Erich auf dem Hof?«, fragte sie.

Nach dem Zwischenfall vor dem Krankenhaus sah Fokke keinen Grund, zum Hof seines Onkels zurückzukehren. Irgendwann müsste er zwar noch seine Sachen abholen, aber vorerst zog es ihn mehr zum »Pesel«.

»Der alte Querkopf kommt ganz gut ohne mich zurecht. Mal sehen, wie es weitergeht. Im Augenblick kann ich bestens auf seine Gesellschaft verzichten«, erwiderte Fokke.

Die Verabschiedung von Heike fiel ähnlich distanziert wie

die Begrüßung in Husum aus. Erneut schob Fokke es auf den öffentlichen Raum, in dem sie sich bewegten. Heike Fehring konnte keinen Skandal gebrauchen, daher blieb sie nach außen hin die kühle Politikerin.

»Vielen Dank fürs Mitnehmen. Melde dich, wenn du ein wenig Zeit hast. Ich werde wahrscheinlich gegen zwei Uhr am Sonntagnachmittag aufbrechen«, sagte Fokke.

Er erhielt keine verbindliche Zusage, sondern nur ein unbestimmtes Nicken. Fokke war sich überhaupt nicht mehr sicher, ob er Heike bis zu seiner Abfahrt nochmals sehen würde.

Es hatte sich alles verändert. Heike wusste selbst nicht, wie sie mit dem radikalen Wechselbad der Gefühle umgehen sollte. Kay und sie hatten unvermutet wieder zueinandergefunden. Heike hatte sich entschieden. Es gab Hoffnung, ihre Ehe noch zu retten, und damit war kein Platz mehr für Fokke in ihrem Leben.

»Ich war so einsam«, hatte Kay gesagt.

Nachdem die körperliche Sehnsucht gestillt war, mündete der Abend in eine Aussprache. Alles kam auf den Tisch, und so verstand Heike auch, wie viel Schuld sie selbst zu tragen hatte. Ihre Karriere als Politikerin hatte Kay weitaus mehr abverlangt, als ihr selbst bewusst gewesen war.

Nachdem Heike Fokke abgesetzt hatte, fuhr sie nach Hause. In der Küche lag ein Zettel. Kay war zu einem Notfall gerufen worden.

Sie saß am Esstisch und nippte am kalten Weißwein, den sie sich eingeschenkt hatte. Sie war froh, dass Kay im Moment außer Haus war und sie sich in Ruhe mit ihren Überlegungen beschäftigen konnte. Die Mordermittlungen der Husumer Kripo würden weiterlaufen, und Heidemarie Boysen war nicht die Frau, die sich von einer Landrätin einschüchtern ließ. Dummerweise verfügte Heidemarie außerdem über starke Mentoren, deren Einfluss bis ins Innenministerium reichte.

Fokke musste bleiben. Sie fühlte sich ihm verpflichtet, das war das Mindeste, was sie jetzt für ihn tun konnte. Es würde nicht so einfach zu bewerkstelligen sein, doch nachdem sie es sich einmal in den Kopf gesetzt hatte, wollte Heike es auch umsetzen. Sie klappte ihr Notebook auf und suchte sich die Handynummern einiger Parteifreunde heraus, die ihr bei ihrem Vorhaben helfen konnten.

»Ja, unbedingt. Kommissar Mommsen ist der einzige Ermittler, dem ich eine rasche Aufklärung zutraue«, bestätigte sie immer wieder.

Durch Fokkes Arbeit bei der Lübecker Kriminalpolizei war es glaubhaft, denn er verfügte über die Erfahrung von vielen Mordermittlungen. Ein Umstand, der ihn weitaus qualifizierter erscheinen ließ als seine Husumer Kollegen.

»Ja, das wäre hilfreich«, dankte Heike dem letzten Gesprächspartner.

Auf dessen Intervention würde es höchstwahrscheinlich ankommen, denn er hatte direkten Zugang zum Leiter der Lübecker Kriminalpolizei. Wenn der Staatssekretär sich mit Nachdruck für die Einschaltung Fokkes in die laufenden Ermittlungen einsetzte, würden dessen Vorgesetzte nachgeben. Ihr Mann rief nach ihr.

»Ich bin hier«, rief sie.

Kay kam aus der Praxis und brachte den unverwechselbaren Duft nach Kuhstall mit. Trotzdem genoss Heike seine stürmische Umarmung und erwiderte den leidenschaftlichen Kuss.

»Immer noch bei der Arbeit?«, fragte er.

Heike erklärte ihrem Mann, was sie getan hatte und warum sie Fokke unbedingt bei den Ermittlungen dabeihaben wollte. Sie wollte vermeiden, dass der Einfluss des Boysenclans zu falschen Ergebnissen führte. Die Ermittlungen sollten ergebnisoffen geführt werden, was sie durch Fokkes Mitwirkung gewährleistet sah.

»Nur deswegen?«, fragte Kay.

Es war ein neues Gefühl für Heike, dass Kay eifersüchtig reagierte. Sie genoss es.

»Ich könnte es dir unter der Dusche besser beweisen«, bot sie an.

Ein gieriges Funkeln trat in Kays Augen, der seine Frau an die Hand nahm und mit ins Obergeschoss zog.

Wiebke stand wie so oft hinterm Tresen und füllte die Gläser für ihre durstigen Gäste. Während ihre Bedienung die Bestellungen aufnahm und später auslieferte, sorgte die Chefin für den Nachschub.

»Hallo, Schwesterherz«, grüßte Fokke.

»Na, du Städter«, erwiderte sie.

Fiete wandte den Kopf und schaute Fokke aus rot geränderten Augen an.

»Moin, Fokke. Du büst jümmers noch hier?«, fragte er.

Der Fliesenleger schaffte es, einigermaßen verständlich zu reden. Fokke nickte nur und setzte sich auf den Barhocker am Ende des Tresens. Auf diese Weise hatten Wiebke und er wenigstens ein Mindestmaß an Privatsphäre.

»Ich habe Erich abgeholt. Oder besser gesagt, ich habe meinem lieben Onkel seinen Daimler zum Krankenhaus gebracht«, sagte Fokke.

Ihre Unterhaltung wurde zwar immer wieder von anstehenden Bestellungen unterbrochen, doch nach einer guten halben Stunde war seine Schwester umfassend informiert. Abgesehen natürlich von dem Teil, bei dem es um seine verbesserte Beziehung zur Kriminalrätin ging.

»Dann ist Erich also wieder ganz der Alte«, stellte Wiebke fest.

Das konnte Fokke nur bestätigen.

»Dein Zimmer ist frei, Fokke. Sobald es ein wenig ruhiger wird, fahr ich nach Dörpum und hole deine Sachen«, bot Wiebke an.

Fokke zierte sich nicht lange, sondern nahm das Angebot dankbar an. Auf die Frage, wie es mit Dirk weitergehen sollte, gab er eine klare Auskunft.

»Bis Sonntag kann ich noch versuchen, Licht ins Dunkel zu bringen. Aber am Montag erwartet mich mein Chef zurück am Schreibtisch.«

Es war Wiebke anzusehen, wie es ihr zu schaffen machte. Dennoch akzeptierte sie das Unvermeidliche und schlug ihrem Bruder vor, dass er vielleicht so etwas wie eine schriftliche Anleitung verfassen könnte.

»Dann können wir auch ohne deine unmittelbare Unterstützung weiter nach entlastenden Beweisen suchen und sie mit dir besprechen«, sagte sie.

Das war ein guter Vorschlag. Fokke lieh sich einen Schreibblock sowie einen Kugelschreiber aus und ging hinauf in sein Zimmer. Dort öffnete er wie immer sofort das Fenster und ließ die Geräusche der Kleinstadt herein. Dabei blieb sein Blick am Haus mit der bunten Fassade hängen, das die Bredstedter als »tanzendes Haus« bezeichneten. Eine regionale Künstlerin hatte es im Stil von Friedensreich Hundertwasser gestaltet. Die bunte Farbgebung und die asymmetrische Linienführung zogen unwillkürlich die Blicke auf sich.

»Genauso fühlt sich mein Denken an«, murmelte Fokke.

Hatte er zu Beginn der Ermittlungen noch angenommen, dass er trotz der besonderen Umstände mit seinem analytischen Denken den wahren Mörder schnell aufspüren würde, glaubte er heute nicht mehr daran.

Alles verzerrte sich und wirkte wie eine Illusion, die ihm den Blick auf grundlegende Wahrheiten verstellte.

Die Niederschrift seiner bisherigen Erkenntnisse würde ihm helfen, mehr Durchblick zu gewinnen. Möglicherweise verhalfen sie später seiner Verwandtschaft zum entscheidenden Durchbruch. Fokke setzte sich an den kleinen Tisch und schrieb drauflos. Nach und nach würde er den Text überarbeiten, bis er eine verständliche Form gefunden hatte, die sich mit den Abläufen chronologisch deckte.

Die wenigen Stunden bis zu seinem Aufbruch wollte Fokke hier bei Wiebke verbringen. Das Geschwisterpaar saß am Küchentisch und genoss das entspannte Frühstück. Es passte zu Fokkes Stimmung, dass sich in der Nacht von Sonnabend zu Sonntag ein neues Tiefdruckgebiet über die Nordsee nach Nordfriesland geschlichen hatte. Als er aufgewacht war, hatten graue Wolken bleischwer am Himmel gehangen, und seitdem regnete es fast ununterbrochen.

»Ich bring dich nach Husum zum Autoverleiher«, sagte Wiebke.

Fokke hatte seinen Leihwagen vor geraumer Zeit abgeben müssen, da er auf Dauer zu teuer war. Für seine Rückreise wollte er sich in der grauen Stadt erneut einen Mietwagen nehmen.

»Ich kann auch mit dem Bus fahren. Es macht mir nichts aus.«

Doch seine Schwester ließ keinen Widerspruch zu, so blieb

ihnen mehr gemeinsame Zeit. Obwohl Fokke dieses Mal länger als sonst geblieben war, hatten sie nur wenig Zeit füreinander gefunden.

»Frag schon«, forderte Wiebke ihn auf.

Fokke schaute ihr direkt ins Gesicht. Beim Schreiben waren ihm auch Dinge durch den Kopf gegangen, die nicht unmittelbar mit den Ermittlungen zu tun hatten.

»Du warst in der Nacht auf Erichs Hof, als Heike bei mir war. Richtig?«, fragte er.

Seine Schwester seufzte schwer. Sie hatte den Streit aus der Welt schaffen wollen, den sie und Fokke kurz zuvor vom Zaun gebrochen hatten.

»Ja. Die Seitentür war auf, und da auf mein Rufen keiner reagierte, bin ich nach oben gegangen«, erzählte Wiebke.

Fokke konnte ihrer Stimme nicht entnehmen, ob sie mit Enttäuschung oder Wut auf seine Affäre mit Heike Fehring reagierte.

»Es war nur ein Mal. Warum regt dich das so auf?«, fragte er.

Zu seiner Verwunderung senkte Wiebke den Kopf und wirkte verletzt. Was hatte er nur getan?

»Ich mag Heike nicht, weil ich sie für absolut berechnend halte«, fuhr sie fort.

Als Fokke zum Protest ansetzte, hob Wiebke abwehrend die Hand.

»Ich weiß, was du sagen willst. Deswegen ist es ja auch gar nicht. Es ist wegen Kay«, sagte sie.

Fokke verstand nicht, wieso Wiebke den Ehemann von Heike ins Spiel brachte. Eine Moralpredigt erwartete er nicht.

»Kay? Das verstehe ich jetzt nicht«, gab er zu.

Als Wiebke seinen Blick erwiderte, las er darin Scham. Das verwirrte Fokke noch mehr.

»Kay und ich haben seit längerer Zeit eine Affäre.«

Fokke wollte seinen Ohren nicht trauen. Er hatte zwar geahnt, dass seine Schwester nicht im Zölibat lebte, doch ihr Liebesleben war bislang kein Thema zwischen ihnen gewesen. Und nun das.

»Vielleicht sollten wir gelegentlich einen flotten Vierer arrangieren«, rutschte es ihm heraus.

Flammender Zorn schoss in Wiebkes Gesicht, und ihr Mund

klappte bereits auf, um ihrem Bruder eine harsche Antwort zu erteilen. Doch als sie in Fokkes Gesicht schaute, erlosch die Wut sofort wieder.

»Lieber nicht. Nachher findet Heike noch Gefallen daran«, sagte sie.

Für eine Weile hing jeder seinen Gedanken nach und versuchte, mit der neuen Situation umzugehen.

»Wat nu?«, fragte Fokke.

Das hätte Wiebke auch gern gewusst. Seitdem sie ihre Affäre eingestanden hatte, fühlte sie sich irgendwie erschöpft.

»Wir könnten jetzt schon losfahren. Dann bleibt noch Zeit für ein leckeres Fischbrötchen«, schlug sie vor.

Es sprach im Grunde nichts dagegen. Mit dem Familienclan hatte es am Abend zuvor eine abschließende Besprechung gegeben. Während Anne und Stefan für seine Abreise Verständnis aufbrachten, reagierte Karl-Heinz Mommsen verärgert.

»De Jung büxt doch ut«, knurrte er.

Wie immer leuchtete sein runder Schädel dunkelrot, was auf zwei Faktoren zurückzuführen war. Die Wut, die in ihm brodelte, und natürlich die Wirkung der diversen Schnäpse, die sich der Metzgermeister im Verlauf des Abends eingetrichtert hatte. Fokke löste sich aus den Erinnerungen und nickte zustimmend.

»Ja, gute Idee.«

Er ging hinauf in sein Zimmer, schloss das Fenster und packte seine Reisetasche. Nach einem abschließenden Blick verließ er den Raum, die Treppe hinunter. Als sein Fuß die letzte Stufe berührte, vernahm er zwei Stimmen aus der Küche. Wiebke schien sich mit einer Frau zu streiten. War Anne noch einmal gekommen und wollte ihren Neffen doch noch zum Bleiben überreden?

»Moin, Fokke.«

Beim Anblick von Heike Fehring verharrte Fokke überrascht in der Tür. Seine Schwester funkelte Heike erbost an, die es gelassen ertrug.

»Was willst du hier?«, fragte Fokke.

Es klang auch in seinen Ohren abweisend, und als er den verletzten Blick von Heike bemerkte, lenkte er ein.

»So war es nicht gemeint. Wiebke wollte mich gerade nach

Husum bringen, damit ich mir dort einen Mietwagen organisieren kann. Morgen muss ich meinen Dienst in Lübeck wieder aufnehmen«, erklärte er.

Heike Fehring schüttelte den Kopf. Seine Schwester hob verwundert die Augenbrauen und schaute dann zu Boden. Schließlich ging sie zu Fokke und nahm ihm die Reisetasche aus der Hand.

»Ich bring sie zum Wagen. Ihr zwei habt sicherlich einiges zu besprechen«, grummelte sie.

Während sich ihre Schritte entfernten, schaute Fokke fragend in Heikes Richtung. Sie lächelte undurchsichtig.

»Nein, musst du nicht. Das wird vermutlich Heidemarie Boysen sein«, sagte sie.

Sie bezog sich auf das laut klingelnde Handy in Fokkes Jackentasche. Verwirrt zog er es heraus und meldete sich.

»Ist das dein Ernst?«, fragte er.

Heidemarie teilte ihm knapp mit, dass sie ihn als zusätzlichen Ermittler angefordert hatte.

»Melde dich bitte morgen um acht Uhr in meinem Büro. Alles Weitere besprechen wir dann.«

Damit war das denkwürdige Telefonat beendet, sodass Fokke sich an Heike wenden konnte.

»Ich soll jetzt offiziell die Husumer Kollegen bei den Ermittlungen unterstützen.«

Heike machte eine wissende Geste. Fokke nickte nur und folgte ihr aus dem Gasthaus. Unter dem Vordach des Haupteinganges blieben sie stehen und schwiegen zunächst.

»Das hast du doch gedreht, oder?«, fragte Fokke.

»Ja. Ich dachte eigentlich, dass es ganz in deinem Sinne wäre. Offenbar habe ich mich darin getäuscht.«

In Heikes Stimme schwang Enttäuschung mit.

Die Besprechung in Heidemaries Büro verlief anfangs in ausgesprochen kühler Atmosphäre, bis Fokke einige deutliche Worte fand.

»Wir können es sofort abbrechen, Heidemarie. Mir passt es genauso wenig wie dir, von Heike Fehring wie eine Marionette eingesetzt zu werden«, sagte er.

In den blauen Augen der Kriminalrätin stieg ein neuer Ausdruck auf. Ihre Verlegenheit brachte Fokke auf die richtige Spur.

»Du hast angenommen, dass ich sie darum gebeten habe? Völlig falsch. Ich war bereits auf dem Weg nach Lübeck, als mich dein Anruf erreichte«, stellte er klar.

Nachdem das Missverständnis aus der Welt geschafft worden war, konnten beide endlich völlig offen sprechen. Fokke fand keinen Ansatzpunkt, an dem er die bisherige Arbeit der Husumer Kollegen als unzureichend empfinden konnte. Nachdem Heidemarie ihn umfassend informiert hatte, tat Fokke es ihr gleich.

»Dann wart ihr ja ganz schön fleißig«, staunte sie.

Bei verschiedenen Dingen gab es Überschneidungen, wie etwa den Katasterplänen.

»Wir konnten damit zunächst wenig anfangen. Erst die Unterlagen aus dem Schließfach ergaben ein Bild«, erklärte Heidemarie.

Die Husumer Kommissare gingen davon aus, dass Dirk seinem Nachbarn die insgesamt achtundzwanzigtausend Euro als Entschädigung für entgangene Einnahmen gezahlt hatte.

»Wir reimen es uns so zusammen, dass Hauke ansonsten den Betrug mit den Grenzsteinen offiziell gemacht hätte. Als er jedoch immer weitere Forderungen stellte, eskalierte der Streit, und es kam zum Totschlag«, sagte Heidemarie.

Es war eine denkbare Erklärung.

»Demnach hätte Hauke die Anzahlung bei Pörksen also mit dem Geld von Dirk geleistet«, sagte Fokke.

Zu seiner Überraschung wusste Heidemarie nichts von diesem Geschäft.

»Verdori! Ulf und Heiner haben kein Wort darüber verloren«, schimpfte sie.

»Wir können vermutlich eine brauchbare Indizienkette aufbauen, die Dirk als Täter im Fall Hauke Boysen dastehen lässt. Was ist aber mit dem Mord an Ron Tüchsen?«, fragte Fokke.

Hierfür griff Heidemarie auf die neuen Informationen zurück, die Fokke ihr soeben mitgeteilt hatte.

»Ron wurde das Opfer seiner Erpressung. Elfriede Schulz konnte das Geld nicht auftreiben und musste sich daher etwas überlegen«, antwortete sie.

In ihrer Version füllte die Arztfrau einen Umschlag mit ausgeschnittenen Zeitungsseiten, um den Bildhauer in Sicherheit zu wiegen. Als Tüchsen den Inhalt des Umschlages überprüfen wollte, schlug Elfriede Schulz zu und tötete ihn.

»Sie war vermutlich völlig verzweifelt, und das könnte ihr die erforderliche Kraft verliehen haben«, sagte Heidemarie.

Auch in dieser Theorie gab es noch einige Lücken, aber sie war brauchbar.

Fokke musste einsehen, dass die beiden Fälle nicht unbedingt zusammenhängen mussten.

»Dann schlage ich vor, dass ich mich um Pörksens Aussage kümmere und du vielleicht ein Gespräch mit Frau Schulz führst«, sagte er.

»Von wegen. Du willst dich nur davor drücken, der Frau reinen Wein einzuschenken. Wir fahren zusammen nach Bredstedt«, sagte Heidemarie.

Fokke gab sich geschlagen und saß wenige Minuten später in ihrem Dienstwagen.

»Wer hätte gedacht, dass wir doch noch gemeinsam ermitteln würden«, sagte sie.

Seitdem ihr bewusst war, dass Fokke eher unfreiwillig zu ihrem Ermittlerteam gestoßen war, sah Heidemarie darin offenbar einen gewissen Reiz.

»Wenn meine Familie davon erfährt, bin ich unten durch«, antwortete Fokke.

Heidemarie lachte laut auf.

»Das wird mir nicht anders ergehen. Sobald wir mit Pörksen geredet haben, wird es zum Tagesgespräch in Bredstedt werden«, sagte sie.

»Wochengespräch. Mindestens.«

Sie tauschten einen Blick aus und lachten dann los. Die Vorstellung, welchen Aufruhr ihre Zusammenarbeit in den beiden Clans auslösen würde, bereitete ihnen tatsächlich Vergnügen.

»Womit soll Ron die Schulz eigentlich erpresst haben?«, fragte Heidemarie auf einmal.

Fokke wollte mit der Affäre zwischen den beiden argumentieren, doch dann erkannte auch er den Widerspruch.

»Ron hätte mehr verloren als gewonnen, wenn Frau Schulz ihrem Ehemann davon erzählt hätte«, stieß er hervor.

»Sehe ich auch so. Gab es vielleicht ganz andere Dinge, die nicht ans Licht kommen sollten?«

Die Frage beschäftigte sie bis zum Firmensitz des Landmaschinenhändlers. Eine befriedigende Antwort fanden sie nicht.

»Ist der Chef im Büro?«, fragte Heidemarie.

Der Mechaniker hing mit dem Oberkörper im Motorraum eines Schleppers. Als die Ermittler ausstiegen, schaute er zu ihnen hinüber und bekam runde Augen. Auf Heidemaries Frage brachte er nur ein Nicken zustande. Fokke winkte ihm lächelnd zu und wusste, dass innerhalb der nächsten Stunde ganz Bredstedt informiert sein würde.

»Herr Pörksen? Wir haben eine Frage an Sie«, grüßte Heidemarie.

Der Inhaber des Landmaschinenhandels saß an einem Schreibtisch hinter einem Tresen und schaute die beiden ebenso ungläubig wie sein Mechaniker an.

»Gehörst du jetzt zur Husumer Kripo?«, brach es aus ihm heraus.

»Vorübergehend, Frank. Wir müssen wissen, wie Hauke Boysen zu seinem neuen Schlepper gekommen ist. Den hat er doch bei dir gekauft, oder?«, erwiderte Fokke.

Der sonst so schlagfertige Pörksen murmelte leise vor sich hin, während er den Kaufvertrag für den Schlepper heraussuchte. Dann knallte er das Papier auf den Tresen.

»Hier steht, Hauke hat fünfundzwanzigtausend Euro Anzahlung geleistet. Hatte er die in bar dabei?«, fragte Heidemarie.

Frank Pörksen warf einen Blick auf einen Stempelabdruck, in dem verschiedene Daten eingetragen worden waren. Dann schüttelte er den Kopf.

»Nö, das Geld kam von einer Berliner Bank«, antwortete er.

»Wat? Seit wann hatte Hauke denn ein Konto in Berlin?«, staunte Fokke.

Der Landmaschinenhändler hatte sich die Überweisung am Computer herausgesucht und nannte den Namen der Bank und des Kontoinhabers.

»Dr. Dietmar Schulz? Jetzt verstehe ich überhaupt nichts mehr«, sagte Heidemarie leise.

Fokke war auch perplex. Warum sollte der Arzt dem Landwirt die Anzahlung für einen Schlepper vorschießen?

Sie hatten Elfriede Schulz nicht angetroffen, dafür aber einen Gärtner. Als Fokke den älteren Mann nach Ron Tüchsen befragte, fiel die Antwort eindeutig aus.

»Der Künstler war öfter zu Gast bei der Frau Schulz.«

»Haben Sie noch andere Männer gesehen, die hier zu Besuch gekommen sind?«, hakte Fokke nach.

Das war zwar der Fall gewesen, doch mit Namen konnte der Gärtner nicht aufwarten. Seine Personenbeschreibungen passten ungefähr auf die Hälfte aller in Nordfriesland lebenden Männer. Sie fuhren weiter, und auf Fokkes Vorschlag hin legten sie einen Zwischenstopp im Restaurant auf dem Stollberg ein.

»Das scheint ja eines deiner Lieblingsrestaurants zu sein«, sagte Heidemarie.

Verwundert schaute Fokke sie an.

»Wieso?«

»Weil du mit Celia auch schon hier gegessen hast«, lautete die lakonische Antwort.

Wie hatte Fokke nur annehmen können, dass der Boysenclan weniger gut als seine eigene Sippe informiert sein könnte.

»Man kann hier auch keinen Schritt tun, ohne sofort beobachtet zu werden«, sagte er.

Heidemarie lachte und wandte sich dann dem Kellner zu. Fokke registrierte erfreut, dass sie nicht zu der Sorte Frauen gehörte, die ständig Kalorien zählte.

»Ich weiß, dass ich besser nur einen Salat essen sollte«, sagte sie.

Fokke schüttelte den Kopf.

»Ich finde es schön, dass du es nicht tust.«

Heidemarie schaute ihn an, und als sie erkannte, dass es ihm ernst damit war, lächelte sie zufrieden. Nachdem auch Fokke seine Bestellung losgeworden war, kehrten sie zu den Ergebnissen ihrer Befragungen zurück.

»Hauke hat das Geld von Dirk also nicht als Anzahlung für den Schlepper verwendet. Habt ihr etwas davon in seinem Haus gefunden?«, fragte Fokke.

Das musste Heidemarie verneinen, genauso wie die Frage nach einer Einzahlung auf Haukes Konto bei der Genossenschaftsbank.

»Wir müssten nachprüfen, ob er bei einer anderen Bank ein weiteres Konto unterhalten hat«, sagte sie.

»Sorry, das hatte ich vergessen zu erwähnen. Ein Kollege aus Lübeck hat mir den Gefallen getan und es bereits überprüft. Fehlanzeige«, gestand Fokke.

Heidemarie verstand Fokkes Verhalten, der nur einen Kollegen vor Schwierigkeiten hatte bewahren wollen, und ging nicht weiter darauf ein.

»Sehr seltsam. Wieso überweist der Berliner Arzt die Anzahlung, wenn Hauke selbst genügend Geld zur Verfügung hatte?«, wunderte sie sich.

»Vielleicht hat er das Geld für etwas anderes ausgegeben. Ich frage mich aber, wie Dirk an diese enorme Summe gekommen ist. Aus der Familie hat es ihm sicherlich niemand geliehen, davon wüsste ich«, sagte Fokke.

Das ankommende Essen unterbrach das Gespräch für eine Weile. Beide machten sich mit großem Appetit darüber her und tauschten nur gelegentlich ein oder zwei Sätze aus.

»Ich denke, ich sollte mal mit Dirk sprechen«, schlug Fokke vor.

Heidemarie war mittlerweile beim Nachtisch angekommen, während Fokke sich nur für einen Espresso entschieden hatte.

»Daraus wird nichts. Damit gefährdest du unsere Ermittlungsarbeit, Fokke. Außerdem rät ihm sein Rechtsanwalt sowieso ständig zur Aussageverweigerung. Der ist stumm wie ein Fisch«, wehrte sie ab.

Doch so leicht gab Fokke sich nicht geschlagen.

»Dirk und ich kennen uns seit der Kindheit. Vielleicht antwortet er mir nicht direkt, aber ich werde trotzdem was rauskriegen«, drängte er weiter.

Heidemarie löffelte das restliche Eis und schob dann mit einem zufriedenen Seufzer die Glasschale von sich weg.

»Was glaubst du denn, von ihm zu erfahren?«, fragte sie.

Fokke sah in den Schuldscheinen einen Schlüssel zu vielen Fragen.

»Wir stoßen immer wieder auf Geldsummen, die weder Hauke noch Dirk üblicherweise zur Verfügung haben. Darin sehe ich eine Verbindung«, sagte er.

Heidemarie dachte eine Weile über seine Argumentation nach.

»Na schön. Wir machen einen Besuch in der Untersuchungshaft. Ich rede, du schweigst. Verstanden?«

Mit dieser Einschränkung konnte Fokke bestens leben. Der Austausch mit Heidemarie war fruchtbarer als der mit seinen Verwandten. Sie waren beide Kriminalisten und betrachteten jeden Aspekt vor diesem Hintergrund. Es gefiel Fokke ebenfalls, dass seine Husumer Kollegin nicht einseitig ermittelte oder sich auf Dirk Mommsen als Täter versteifte.

»Erst Hauke und dann Ron. Zweimal sollen wir es mit Erpressern zu tun haben? Mir leuchtet das einfach nicht ein«, äußerte Fokke seine Gedanken laut.

Heidemarie stimmte ihm zu. Angesichts der Tatsache, dass es in Nordfriesland sehr selten Mordfälle gab und auch kaum mehr Erpressungsversuche, erschien ihr die Häufung in Bredstedt mehr als auffällig.

»Vielleicht haben Hauke und Ron gemeinsame Sache gemacht. Dummerweise sind sie dabei an den Falschen geraten, der lieber zwei Morde riskiert«, sagte Heidemarie.

»Bleibt zu klären, womit sie Frau Schulz erpressen konnten. Ohne einen triftigen Grund bringt uns diese Theorie kaum weiter«, sagte Fokke.

»Wenn deine Vermutung stimmt, liefert uns hoffentlich Dirk einen brauchbaren Hinweis«, antwortete Heidemarie.

Das hoffte Fokke sehr, denn so allmählich gingen ihm die Theorien aus.

ZWÖLF

Als Fokke seinen Cousin in den Raum eintreten sah, musterte er ihn neugierig. Dirk Mommsen war mittelgroß, hatte dunkelblondes Haar und wässrig blaue Augen. Er wirkte immer leicht abwesend.

»Moin, Dirk«, grüßte Fokke.

Dirk nickte nur stumm, bevor er sich nach einem misstrauischen Blick zu Heidemarie Boysen auf den Stuhl setzte. Fokke hatte verdrängt, welch sperriger Charakter Dirk war. Schon in der Schulzeit fiel er durch sein störrisches Verhalten auf. Wenn es ihm in den Sinn kam, packte er seinen Schulranzen und ging einfach. Auch mitten im Unterricht und gegen den erklärten Willen der Lehrer.

Dirk lebt in seiner eigenen Welt, hieß es innerhalb der Familie.

»Ich möchte Sie darüber informieren, dass Oberkommissar Fokke Mommsen ab sofort an den Ermittlungen beteiligt ist. Es steht Ihnen frei, sich ihm gegenüber zu äußern«, erklärte Heidemarie.

Dirk starrte schweigend auf die Tischplatte. Irgendwie musste Fokke Dirk klarmachen, dass er auf Unterstützung angewiesen war.

»Wir haben die Schuldscheine gefunden, die Sie unterschrieben haben. Hauke hat sie in einem Bankschließfach aufbewahrt«, sagte Heidemarie.

Dieses Mal hob Dirk den Kopf und schaute Fokke an. Der glaubte, Unverständnis im Blick seines Cousins zu lesen.

»Ihnen ist klar, was für einen Eindruck das hinterlässt? Wieso haben Sie sich ausgerechnet von Hauke das Geld geliehen?«, fragte sie weiter.

Dirk senkte den Kopf und starrte erneut auf die Tischplatte. Am liebsten hätte Fokke seinen stumpfsinnigen Verwandten an den Schultern gepackt und kräftig durchgeschüttelt. Während er sich an dieser Vorstellung erbaute, bemerkte Fokke das Spiel von Dirks Fingern. Er malte ein Rechteck auf die Tischplatte und strich es dann mit einem Finger entschieden wieder aus. Dirk blickte Fokke fest in die Augen.

»Also gut, Dirk. Ich habe verstanden, auch wenn du mit mir nicht reden darfst«, sagte Fokke.

Er nickte Heidemarie zu, die nach kurzem Zögern dem Streifenpolizisten einen Wink gab. Widerstandslos ließ Dirk sich abführen, ohne den beiden einen weiteren Blick zuzuwerfen.

»Was war das denn?«, fragte Heidemarie.

»Ist dir aufgefallen, wie Dirk mit den Fingern auf der Tischplatte herumgemalt hat?«

Fokke vollführte die gleichen Bewegungen, bis Heidemarie langsam nickte.

»Ja, stimmt. Aber was hat es zu bedeuten?«, fragte sie.

»Dirk hat keine Schuldscheine ausgestellt«, antwortete Fokke.

Er war sich absolut sicher, sodass Heidemarie schließlich einem Schriftvergleich zustimmte. Sie saßen in ihrem Büro, und nachdem Heidemarie ihre Anweisung telefonisch weitergegeben hatte, schaute sie Fokke auffordernd an.

»Und nun? Hast du noch mehr solcher Einfälle?«

Fokke schmunzelte. Er hatte in der Tat noch einen Einfall, vermochte aber Heidemaries Reaktion darauf nicht einzuschätzen.

»Raus mit der Sprache. Was heckst du jetzt schon wieder aus?«, drängte sie.

»Wir sollten ein Treffen der beiden Clans vorschlagen. Wer weiß, welche Informationen uns dabei unfreiwillig serviert werden«, sagte Fokke.

Heidemarie wollte protestieren, ließ es dann aber bleiben. Sie schaute zum Fenster hinaus und dachte über Fokkes Vorschlag angestrengt nach. Er ließ ihr die Zeit, um solange die Berichte aus dem Labor zu studieren. Hier fand er die Aussagen vom Brandsachverständigen, mit dem er im »Pesel« über das Feuer gesprochen hatte, bestätigt. Jemand hatte an mehreren Stellen Brandsätze gelegt und zudem Brandbeschleuniger verschüttet.

»Wie stellst du dir das vor?«

Heidemaries Frage unterbrach Fokkes Aktenstudium.

»Wir könnten jeweils eine Delegation von vier oder fünf Familienmitgliedern zulassen. Als Treffpunkt käme der ›Pesel‹ in Betracht«, erwiderte Fokke.

Der Vorschlag fand Heidemaries Billigung. Sie wollte mit Peter Boysen darüber sprechen, während Fokke sich mit Anne Mommsen in Verbindung setzen sollte.

»Wenn beide Seiten zustimmen, machen wir es«, sagte Heidemarie.

Als Fokke seiner Tante den Vorschlag unterbreitete, erntete er dafür reichlich Spott. Anne Mommsen lehnte ein solches Treffen rundweg ab und erinnerte ihren Neffen an die vielen Demütigungen, die sein Clan durch die Boysensippe erlitten hatte. Fokke ließ die Litanei an sich vorbeiziehen und spielte zum Schluss seinen besten Trumpf aus.

»Ich verstehe dich sehr gut, Anne. Dann hoffe ich nur, dass Peter dem Treffen ebenfalls nicht zustimmt. Ansonsten stehen wir ein wenig dumm da«, antwortete er.

Am anderen Ende der Leitung trat Stille ein, und Fokke glaubte fast, hören zu können, wie im Kopf seiner Tante die Gedanken herumjagten. Gespannt wartete er ab, bis Anne sich endlich wieder zu Wort meldete.

»Stell dich doch nicht so blöd an«, schimpfte sie.

Fokke grinste zufrieden.

»Soll Heidemarie sich doch zuerst äußern. Wenn Peter einem Treffen zustimmt, sind wir natürlich ebenfalls dabei. Kapiert?«, sagte sie.

Fokke bestätigte seiner Tante, dass er ihr cleveres Vorgehen durchschaut hatte und es genau so machen wollte. Anschließend kehrte er ins Büro von Heidemarie zurück, die ihr Telefonat beendet hatte und ihn erwartungsvoll anschaute. Fokke reckte den Daumen in die Höhe. Sein Bluff funktionierte bestens.

»Ja, Peter hat auch eingewilligt. Er versteht zwar nicht, was uns das bringen soll, aber er konnte sich schlecht verweigern«, sagte Heidemarie.

Damit war das Treffen besiegelt, und Fokke konnte mit seiner Schwester darüber sprechen. Zuerst reagierte Wiebke auf seinen Anruf ähnlich abweisend wie Anne, doch zum Schluss gab sie nach. Das Treffen wurde für den nächsten Tag im »Pesel« anberaumt.

Fokke fragte sich, ob das Zusammentreffen wohl ohne blutige Köpfe über die Bühne gehen würde. Auf jeden Fall würde es für neuen Gesprächsstoff in Bredstedt sorgen. Der Gedanke ließ ihn erneut schmunzeln.

Bereits beim Eintreffen der verschiedenen Familienmitglieder gab es die ersten lautstarken Auseinandersetzungen. Allein der Umstand, dass dieses Treffen im »Pesel« stattfand, erregte den Unmut einiger Boysens.

»Wer hat denn diesen Unsinn zu verantworten?«, rief Sievert Boysen.

Der Landwirt und Betreiber von Biogasanlagen schnauzte unmittelbar nach dem Eintreten im Gastraum los. Seine Frau nickte zustimmend, während sich Thea Boysen-Petersen gegen den Tonfall verwahrte. Die Ehefrau von Peter Boysen und Leiterin des Tourismusbüros bezog für ihren Mann Position. Fokke und Heidemarie saßen einträchtig nebeneinander am Tresen und verfolgten das Schauspiel.

»Im Kindergarten könnte es nicht lustiger zugehen«, frotzelte Fokke.

Statt einer Antwort deutete Heidemarie zur Eingangstür. Dort drängte sich soeben Karl-Heinz Mommsen an Ulf Boysen vorbei und setzte dazu seinen stämmigen Körper ein. Der Metzgermeister schob den überrumpelten Polizeihauptmeister kurzerhand zur Seite und warf auffordernde Blicke in Richtung des Boysenclans. Fokke seufzte schwer.

»Karl-Heinz sollte keinen Schnaps mehr kriegen«, sagte er zu Wiebke.

Seine Schwester stand hinter dem Tresen wie ein Kapitän auf seiner Brücke und schaute mit finsterer Miene auf Fokke und die immer mehr ausufernden Streitereien. Als sich schließlich auch noch Anne mit dem Bürgermeister anlegte, schlug Wiebke energisch mit der Glocke. Normalerweise wurde auf diese Art und Weise eine Lokalrunde angemeldet, doch heute diente es zur Eindämmung der lautstarken Auseinandersetzungen.

»Moin. Schön, dass ihr alle so pünktlich zu diesem Treffen erschienen seid«, rief Fokke.

Zu seiner Überraschung empfand er so etwas wie diebische Freude. Bevor er weitersprechen konnte, giftete Thea Boysen-Petersen dazwischen.

»Was hat der denn hier zu suchen? Fokke gehört nicht wirklich dazu«, rief sie erbost.

»Allerdings! Ich staune auch darüber, dass du ihn an den Ermittlungen teilhaben lässt, Heidemarie. Ich behalte mir vor, eine dienstliche Beschwerde einzulegen«, protestierte Peter Boysen scharf.

Zustimmendes Gemurmel wurde laut, bis Heidemarie energisch mit der flachen Hand auf den Tresen schlug.

»Ruhe! Fokke gehört jetzt zur Ermittlungsgruppe, die beide Todesfälle aufklären soll. Wir sind in offizieller Mission hier«, stellte sie klar.

Verblüffte Blicke wurden ausgetauscht, und auch die Mommsens wurden von dieser Eröffnung überrascht.

»Du hilfst Heidemarie, unseren Dirk hinter Gitter zu bringen?«, fragte Karl-Heinz verärgert.

»Da gehören Mörder nun einmal hin! Verwandtschaftliches Geklüngel werde ich nicht zulassen«, rief Peter Boysen.

Als die Anwesenden zu einem erneuten Wortduell ansetzten, schlug Wiebke wieder die Glocke. Sie tat es mit so viel Kraft, dass Fokke und Heidemarie sich die Ohren zuhalten mussten.

»Fokke wird alles daransetzen, den wahren Mörder zu finden. So viel Vertrauen müsst ihr schon aufbringen«, rief Thorben Mommsen.

Er hatte geschickt die kurze Ruhephase nach dem durchdringenden Glockenläuten ausgenutzt, um sein Statement abzugeben. Fokke nickte ihm dankbar zu.

»Wozu sollten wir uns hier eigentlich versammeln? Doch wohl kaum, um von Fokkes Mitwirken bei den Ermittlungen zu erfahren«, rief Sievert Boysen.

Er und Stefan Mommsen saßen nur wenige Meter auseinander. Obwohl sie mit ihren Betrieben durchaus Konkurrenten waren, verstanden sich die beiden Männer sehr viel besser als der Rest der beiden Clans. Für die jeweiligen Ehefrauen galt es allerdings nicht, wie die bösen Blicke von Anne in Richtung von Irmgard

Boysen bewiesen. Die Vorsitzende der Landfrauen schaffte es jedoch, diese Blicke zu ignorieren.

»Nein. Es gibt neue Fakten, zu denen wir euch befragen müssen«, antwortete Heidemarie.

Nur eine Stunde vor ihrem Aufbruch in Husum war das Ergebnis des Schriftenvergleichs eingetroffen. Fokke hatte die stummen Andeutungen von Dirk richtig interpretiert.

»Wir haben in einem Schließfach einer Bank einige Schuldscheine gefunden. Das Fach gehörte Hauke, und die Scheine waren von Dirk Mommsen unterschrieben«, sprach Heidemarie weiter.

Sie wollte weiter ausholen, doch erneut riefen die verschiedenen Clanmitglieder laut durcheinander. Peter Boysen erhob sich sogar und ging auf Anne zu, die ihrerseits die Schuldscheine als mieses Manöver des Boysenclans bezeichnete.

»Nimm das sofort zurück oder ich zeige dich wegen übler Nachrede an!«, brüllte Peter Boysen.

»Anne hat recht, die Scheine sind falsch«, sagte Heidemarie.

Obwohl sie ihre Stimme nicht sonderlich erhob, lösten ihre Worte ungläubiges Staunen aus. Selbst Anne war dermaßen verblüfft, dass sie schwieg.

»Es erschien uns von Anfang an sehr fraglich, wieso Dirk ausgerechnet von Hauke Geld leihen sollte. Woher hätte Hauke auch achtundzwanzigtausend Euro haben sollen?«, fragte Fokke in die Runde.

Zum ersten Mal an diesem Nachmittag nickte die Mehrzahl der Anwesenden.

»Was für einen Zweck erfüllen denn diese gefälschten Schuldscheine?«, fragte Thea.

»Die wurden Hauke untergejubelt, um vom eigentlichen Täter abzulenken«, antwortete Irmgard Boysen.

Bevor dieser eindeutige Vorwurf wieder ein Wortgefecht auslösen konnte, meldete sich Heidemarie zu Wort.

»Das wäre denkbar, aber ungewöhnlich kompliziert. Wer immer diesen Plan verfolgen sollte, hätte ungehinderten Zugang zum Schließfach haben müssen.«

Dieser Einwand wurde akzeptiert und damit weitere Spekulationen unterbunden.

»Es gibt aber noch eine Merkwürdigkeit, über die wir mit euch reden müssen. Warum hat ein Berliner Arzt die Anzahlung für Haukes Schlepper geleistet?«, fragte Fokke.

Die Mitglieder des Boysenclans tauschten Blicke aus, aber niemand wollte auf die Frage antworten. Fokke schaute zu Heidemarie, die mit gefurchter Stirn auf ihre Familienmitglieder schaute. Ihr kam das Verhalten offensichtlich ebenfalls merkwürdig vor. Sie rutschte vom Barhocker und stellte sich zwischen die Tische.

»Raus mit der Sprache! Was wisst ihr darüber?«, fragte sie.

Einige Köpfe senkten sich, während bei den Mommsens verärgerte Blicke ausgetauscht wurden. Jeder im Raum spürte, dass der Boysenclan ein Geheimnis bewahren wollte. Doch Heidemarie blieb hartnäckig und forderte erneut ihre Familienangehörigen auf, endlich mit der Sprache herauszurücken.

»Der Hauke hat die grüne Witwe getröstet«, murmelte Peter Boysen.

Fokke starrte den Bürgermeister ungläubig an. Hauke sollte ein intimes Verhältnis mit Elfriede Schulz gehabt haben? Wenn es der Wahrheit entsprach, ergab sich daraus eine Verbindung zum Mord an Ron Tüchsen.

Seine Befürchtungen hatten sich schneller als erwartet bestätigt. Die Fälschungen waren aufgeflogen und veranlassten die Polizei dazu, neue Denkansätze zu verfolgen.

Der Experte hat bestimmt keine fünf Minuten benötigt, um diese Amateurfälschung zu entlarven, dachte er.

Schon kurz nachdem er die Polizei auf das angebliche Schließfach von Hauke Boysen mit dem brisanten Inhalt aufmerksam gemacht hatte, traten erste Zweifel bei ihm auf. Doch es gab weiteres Ungemach, da sich die Ermittlungen in eine völlig unerwartete Richtung ausdehnten.

Was wollten die nur von Elfriede Schulz? Wie zum Teufel waren die nur auf sie gekommen?

Er konnte nicht glauben, wie rasant sich die Ermittlungen gegen seine Pläne entwickelten. War er anfangs davon ausgegangen, alles im Griff zu haben, verlor er diese Zuversicht zunehmend.

Was konnte er tun?

Erneut musste er drängende Entscheidungen treffen. Seine Gedanken kreisten um Elfriede Schulz, ohne eine simple Lösung für sein Problem zu finden. Da er bereits die Grenze überschritten hatte, bewegten sich seine Überlegungen schon sehr bald wieder in diesem gefährlichen Fahrwasser. Gefährlich vor allem für Elfriede Schulz. Musste er wirklich einen weiteren Zeugen aus der Welt schaffen? Vermutlich schon.

Es musste dieses Mal aber eindeutig wie ein Unfall aussehen. Bestenfalls ein Selbstmord wäre denkbar.

Durch einen weiteren Mord würde er nur die Polizei zu erhöhter Aktivität animieren, und die könnte sich schnell in seine Richtung entwickeln. Die verbleibende Zeit bis zu seinem Feierabend vertiefte er sich in alle möglichen Szenarien. Mehrfach entwickelte er Tötungsvarianten, nur um sie sofort wieder zu verwerfen. Schließlich lehnte er sich frustriert zurück.

Einen Selbstmord vorzutäuschen hatte er sich einfacher vorgestellt. Blieb also nur ein Unfall als Alternative übrig. Möglicherweise waren hierbei die Hürden weniger hoch. Mit frischem Elan stürzte er sich in seine Recherchen und plante das baldige Ableben von Elfriede Schulz.

Sie hatten nicht lange über einen Besuch bei Elfriede Schulz diskutieren müssen.

»Ich bin gespannt, ob Frau Schulz auf unsere Fragen überhaupt reagiert«, sagte Fokke.

»Vielleicht haben wir Glück, und ihr Ehemann ist immer noch in Berlin. In seiner Anwesenheit wird sie kaum mit uns über eine Affäre plaudern«, erwiderte Heidemarie.

Da sie ohne Vorankündigung an der Pforte auftauchten, war nicht einmal sicher, dass Elfriede Schulz überhaupt in der Villa sein würde. Doch sie erschien in der Haustür, und der weiße Pudel jagte kläffend aufs Tor zu.

»Hallo, Prinzessin«, rief Fokke.

Aus dem wütenden Bellen wurde ein freudiges Jaulen, was Heidemarie mit einem erstaunten Seitenblick quittierte.

»Sissy und ich konnten bereits Freundschaft schließen«, erklärte Fokke.

Elfriede Schulz betätigte die elektronische Entriegelung, sodass die beiden Ermittler die Pforte öffnen konnten. Nach einem kurzen Kläffen in Heidemaries Richtung umkreiste der Pudel nur noch Fokkes Beine. Er kraulte der Hündin immer wieder den Kopf, während er zum Eingang schritt.

»Moin, Frau Schulz. Das ist meine Kollegin, Kriminalrätin Boysen von der Husumer Kripo«, sagte er.

Elfriede Schulz nickte Heidemarie knapp zu, bevor sie sich wieder an Fokke wandte. Er konnte an ihren Augen ablesen, welche Frage nun kommen musste.

»Kollegin? Bei Ihrem letzten Besuch haben Sie mir nicht gesagt, dass Sie bei der Polizei sind«, beschwerte sie sich.

Fokke machte eine entschuldigende Geste.

»Zu dem Zeitpunkt war ich auch wirklich nur als Freund von Ron Tüchsen bei Ihnen, Frau Schulz«, erklärte er.

»Herr Mommsen gehört erst seit gestern zu meinem Ermittlerteam. Wir hätten einige Fragen. Können wir ins Haus gehen, Frau Schulz?«

Heidemarie sprang Fokke zur Seite. Mit einem skeptischen Gesichtsausdruck führte Elfriede Schulz die Besucher in das kühl eingerichtete Wohnzimmer. Sie bot ihnen keine Erfrischung an, füllte aber ihr eigenes Glas mit einer durchsichtigen Flüssigkeit auf. Fokke tippte auf einen Longdrink, denn ihm war die Alkoholfahne von Elfriede Schulz nicht entgangen.

»Ich wüsste nicht, in welcher Hinsicht ich der Polizei beim Mord an Ron helfen könnte«, sagte sie.

»Es geht uns vor allem um Ihre Beziehung zu Hauke Boysen. Wie würden Sie die beschreiben?«, fragte Heidemarie.

Für einen Augenblick blieb die Hand mit dem Glas auf halbem Weg zum Mund in der Luft stehen. Der Blick von Elfriede Schulz wurde misstrauisch. Dann trank sie einen langen Schluck aus dem Glas.

»Beziehung? Keine Ahnung, was Sie damit meinen. Herr Boysen und ich kannten uns nur flüchtig. Er hat Ron ein- oder zweimal geholfen, wenn er neue Skulpturen gebracht hat«, antwortete sie.

Sie wich aus, und das nicht einmal sehr geschickt. Fokke lehnte sich mit einem Lächeln vor.

»Dann würden Sie eine intime Beziehung zu Herrn Boysen also definitiv abstreiten?«, fragte er.

Erneut antwortete Elfriede Schulz nicht sofort, sondern nippte an ihrem Glas.

»Ja.«

Knapper hätte die Antwort nicht ausfallen können.

»Es gibt aber Zeugen, die uns etwas anderes erzählen. Wie erklären Sie uns das, Frau Schulz?«, hakte Heidemarie nach.

Für einen Moment sah es so aus, als wenn sie ausführlich antworten und Farbe bekennen wollte. Doch der Augenblick verstrich.

»Dann irrt sich Ihr Augenzeuge, Frau Boysen. Haben Sie noch weitere Fragen?«, erwiderte Elfriede Schulz.

Für Fokke stand fest, dass es ein Geheimnis gab und dieses wahrscheinlich mit einer intimen Beziehung verbunden war. Scheute Frau Schulz nur die vielfältigen Konsequenzen, wenn ihr Ehemann von der Affäre erfuhr?

»Allerdings. Wie gut kannte Ihr Mann Hauke Boysen?«, fragte Heidemarie.

Ein verwirrter Ausdruck trat in Elfriede Schulzes Gesicht.

»Dietmar? Ich glaube kaum, dass er Herrn Boysen überhaupt kannte«, antwortete sie.

Heidemarie hob verwundert die Augenbrauen. Als Frau Schulz diese Reaktion bemerkte, erbleichte sie. Offenbar ahnte sie, dass ihr Leugnen kaum noch Sinn machte. Als Elfriede Schulz das Glas an die Lippen führte, zitterte ihre Hand.

»Das ist sehr merkwürdig, Frau Schulz. Warum überweist Ihr Mann einem völlig Unbekannten die Anzahlung für einen Schlepper? Immerhin eine Summe im fünfstelligen Bereich«, hakte Heidemarie nach.

Es war unverkennbar, dass Frau Schulz sich in eine Sackgasse gedrängt fühlte. Sie nippte erneut an ihrem Drink und ließ den Blick unstet im Raum umherwandern. Schließlich stellte sie das Glas mit einem harten Ruck auf dem Tisch ab und erhob sich.

»Ich werde dieses Gespräch so nicht weiterführen. Zuerst spreche ich mit meinem Mann, der vermutlich unseren Rechtsanwalt einschalten wird«, sagte sie.

Dagegen konnten Fokke und Heidemarie nichts einwenden,

daher verließen sie das Haus. Sissy stürzte sich vor der Haustür wieder mit großer Begeisterung auf Fokke, doch sie wurde von den energischen Rufen ihres Frauchens zurück in Haus beordert.

»Da haben wir einen wunden Punkt getroffen«, sagte Fokke.

Er und Heidemarie saßen im Wagen auf dem Weg in Richtung der B 5.

»Sehe ich auch so. Für mich war ihre Reaktion eindeutig. Frau Schulz hat oder hatte eine Affäre. Fragt sich nur, ob Hauke tatsächlich ihr Liebhaber gewesen ist«, stimmte sie zu.

An dem Punkt war sich Fokke ebenfalls unsicher. Er konnte das Verhalten von Elfriede Schulz nicht wirklich deuten.

»Berliner sind komplizierte Menschen«, murmelte er.

Heidemarie lachte.

»Und wir Nordfriesen sind schlicht gestrickt und leicht zu durchschauen, oder wie meinst du das?«, fragte sie.

»Wir sind immer klar wie das Wasser und eindeutig wie der Wind«, antwortete Fokke.

Sosehr er sich um einen ernsten Gesichtsausdruck bemühte, es wollte ihm nicht gelingen. Schließlich lachten sie beide laut los.

»Frau Schulz wird sich mit ihrem Mann besprechen müssen. Geben wir ihr Zeit bis morgen Nachmittag«, sagte Heidemarie.

An der Kreuzung der B 5 änderte sie zu Fokkes Überraschung die Fahrtrichtung und lenkte den Passat zurück nach Bredstedt.

»Was ist denn nun los? Ich dachte, du wolltest zurück in dein Büro«, fragte er.

»Ich würde gern mit Herrn Christiansen von der Bank sprechen. Er hat das Schließfach gemeldet, und ich möchte wissen, wer es wann eingerichtet hat«, erklärte Heidemarie.

Das waren berechtigte Fragen. Spätestens seit sie wussten, dass Dirk diese Schuldscheine nie unterschrieben hatte, musste diese Frage dringend geklärt werden.

Als Fokke am nächsten Tag ins Büro kam, empfing Heidemarie ihn unerwartet kühl.

»Welche Laus ist dir denn über die Leber gelaufen?«, fragte er.

Der Blick aus Heidemaries Augen sprach Bände. Es brodelte ihn ihr.

»Deine Sippe macht wieder einmal Ärger. Der Rechtsanwalt von Dirk hat einen Schriftsatz eingereicht«, antwortete sie.

Fokke verstand kein Wort. Er hatte am Abend zuvor lange mit Wiebke über das Treffen gesprochen, und anfangs war sogar Anne noch dabei gewesen. Von irgendeinem Schriftwechsel zwischen Anwälten war nie die Rede gewesen.

»Gegen was oder wen richtet sich diese Klage?«, fragte er.

Heidemarie schnaubte verärgert auf und blieb stumm. Offensichtlich ging sie davon aus, dass Fokke ihr etwas vorspielte.

»Großes Indianerehrenwort. Ich habe nicht den blassesten Schimmer, was los ist«, versicherte er.

Heidemarie lehnte sich zurück und betrachtete Fokke einige Sekunden forschend.

»Angeblich soll Hauke die Grenzsteine selbst versetzt und mit den Auszügen des Katasteramtes deinen Cousin Dirk erpresst haben«, sagte sie.

Angesichts der bekannten Fakten war es ein sehr durchsichtiges juristisches Manöver. Fokke konnte Heidemaries Verärgerung gut nachvollziehen. Tief in seinem Inneren regte sich dennoch Widerspruch, denn was für normale Menschen eindeutiger Unsinn war, konnte für Hauke Boysen durchaus logisch gewirkt haben. Er und Dirk zählten beide nicht zur geistigen Elite Nordfrieslands.

»Ungünstiger Zeitpunkt. Da es aber unsere Ermittlungen höchstens am Rande berührt, würde ich es vorerst ignorieren«, sagte er.

Fokke fand seinen Vorschlag praktikabel und staunte über die ablehnende Haltung von Heidemarie. War damit die friedliche Zusammenarbeit bereits wieder an einem Endpunkt angekommen? Diese elendigen Kleinkriege ihrer Familienclans trieben erneut einen Keil zwischen ihn und Heidemarie.

»Es läuft doch gut mit uns, Heidemarie. Wollen wir uns etwa auf das Niveau unserer zerstrittenen Familien herablassen?«, fragte er.

Sie hielt den Kopf gesenkt und las scheinbar konzentriert in einer Akte. Doch Fokke bemerkte die angespannten Nackenmuskeln und wusste, dass es in ihr arbeitete. Schließlich hob sie den Kopf und schaute ihn direkt an.

»Ich glaube dir, dass du nicht eingeweiht warst. Solange die Sache mit der Grenzveränderung keine Auswirkung auf unsere Ermittlungen hat, können wir sie zunächst ausklammern«, ging sie schließlich auf Fokkes Vorschlag ein.

Er atmete erleichtert auf und nahm sich fest vor, sehr bald ein klärendes Gespräch mit seiner Tante und seiner Schwester zu führen. Fokke wollte ihnen verdeutlichen, wie negativ sich solche Spielchen auf die Ermittlungen auswirkten.

Während des Aktenstudiums am Nachmittag kam Fokke eine neue Idee. Er ging hinüber zu Heidemaries Büro.

»Daran haben wir bisher tatsächlich nicht gedacht. Gute Idee, Fokke. Bleib dran«, sagte sie.

Es genügte anschließend ein kurzes Gespräch mit Ole Förster, um mit ihm einen Termin im Feuerwehrhaus auszumachen. Heidemarie war damit einverstanden, dass sie nach dem Gespräch mit Ralf Christiansen direkt dorthin fuhren. Ihr erster Anlaufpunkt war jedoch die Filiale der Genossenschaftsbank am Marktplatz. Ralf Christiansen empfing die beiden und hörte sich an, was sie von ihm wollten.

»Die Schuldscheine waren Fälschungen? Und jetzt sehen Sie darin ein Motiv für den Mord an Herrn Boysen?«, fragte er.

»Wir müssten genau wissen, wann und von wem das Schließfach angemietet wurde. War Hauke Boysen persönlich hier in der Filiale?« Heidemarie ging nicht auf seine Fragen ein.

Christiansen entschuldigte sich für einen Augenblick, um das Verzeichnis aus dem Raum mit den Schließfächern zu holen. Als er zurückkam, wirkte er verunsichert.

»Probleme, Ralf?«, fragte Fokke.

Er kannte den drahtigen Bankkaufmann aus der gemeinsamen Schulzeit. Ralf Christiansen war ein guter Schüler gewesen, ohne als Streber zu gelten. Sie hatten von der D-Klasse bis zur A-Jugend gemeinsam Fußball gespielt, und dort hatte Fokke Ralf als schnell denkenden und entschieden auftretenden Menschen kennengelernt.

»Das ist sehr ungewöhnlich. Die Schließfach-Eröffnung wurde hier verzeichnet, aber ich kann keine Unterschrift von Hauke Boysen finden«, antwortete Christiansen.

Er reichte ihnen das Buch, sodass sie sich die entsprechenden Einträge ansehen konnten. Tatsächlich war alles gut dokumentiert, aber im Unterschriftenfeld war nur ein unleserliches Handzeichen zu erkennen.

»Kannst du nachvollziehen, wer an dem Tag für die Schließfächer verantwortlich war?«, fragte Fokke.

Ralf Christiansen schaute ins Buch und fuhr mit dem Zeigefinger die Spalten hinunter. Die Einträge waren chronologisch aufgelistet, und während Ralf die Daten prüfte, wanderte Fokkes Blick automatisch mit. Als er bei der vorletzten Eintragung den Namen entzifferte, stockte er.

»Das Zeichen dürfte zu Frau Sörensen gehören. Sie hat uns in der Urlaubszeit unterstützt. Normalerweise arbeitet sie in Viöl«, sagte Ralf.

Dann konnte sich jemand für Hauke Boysen ausgegeben haben, und genau dieser Gedanke war Fokke beim Anblick des anderen Namens gekommen.

»Ron Tüchsen hat am gleichen Tag ebenfalls ein Schließfach einrichten lassen. Existiert es noch, oder gibt es eine Aufstellung über den Inhalt?«, fragte Fokke.

Er deutete gleichzeitig mit dem Finger auf den Eintrag, sodass Heidemarie seinen Gedankengang nachvollziehen konnte.

»Nein, aber vermutlich war eine Skulptur darin. Wenn Ron eine wertvolle Arbeit beendet hatte, lagerte er regelmäßig die Kunstobjekte hier bei uns ein. Sobald der Kunde mit dem Geld kam oder die Summe auf dem Konto gutgeschrieben worden war, holte Ron das Kunstobjekt wieder ab und löste den Vertrag für das Schließfach auf«, antwortete Ralf.

»Können Sie Frau Sörensen zu dem Vorgang befragen?«, fragte Heidemarie.

Ralf Christiansen setzte sich hinter seinen Schreibtisch, um das erforderliche Telefonat zu tätigen. Es fiel sehr kurz aus.

»Frau Sörensen hat Urlaub. Sie reist mit ihrem Mann durch Vietnam und kommt erst in drei Wochen zurück«, teilte Christiansen mit.

So lange konnten Heidemarie und Fokke schlecht auf eine Aussage warten. Im Notfall mussten sie versuchen, Frau Sörensen in Asien zu kontaktieren. Sie dankten Ralf Christiansen für seine unkomplizierte Kooperation.

»Das ist doch selbstverständlich. Ich stehe jederzeit zur Verfügung, wenn es vonnöten ist«, wehrte er ab.

Als Heidemarie und Fokke auf dem gepflasterten Marktplatz standen, schauten sie genau auf die Fassade des »tanzenden Hauses«.

»Ich habe manchmal den Eindruck, dass die Ergebnisse unserer Recherchen ähnlich verzerrt sind«, sagte Fokke.

Seine Kollegin betrachtete die bunte Fassade und zuckte dann mit den Schultern.

»Das müsstest du doch kennen. Solange die Details nicht am richtigen Ort eingepasst sind, bleibt das Bild unklar. Ich glaube aber mittlerweile auch, dass beide Morde zusammenhängen«, antwortete sie.

Das war zwar auch in gewisser Hinsicht ein Fortschritt, aber nicht so, wie Fokke ihn sich wünschte. Er setzte soeben zu einer Erwiderung an, als sein Blick auf einen Trecker mit Anhänger fiel. Fokke starrte auf seinen Onkel, der in kurzer Hose mit Hosenträgern hinter dem Lenkrad saß und auf der Ladefläche eine Kuh transportierte.

»Wäre es nicht sicherer, wenn das Tier angebunden wäre?«, fragte Heidemarie.

»Natürlich. Verdori! Was treibt er da nur?«, stieß Fokke hervor.

Er rannte los und schaffte es, neben dem Trecker ein Stück mitzulaufen. Es dauerte eine Weile, bis er Erich auf sich aufmerksam machen konnte.

»Halt an!«, brüllte Fokke.

Er musste einen Zickzacklauf zwischen den Fußgängern hinlegen und gleichzeitig den Blickkontakt zu seinem Onkel suchen. Wäre im gleichen Augenblick nicht der Streifenwagen mit eingeschaltetem Blaulicht aufgetaucht, Erich Mommsen wäre vermutlich einfach weitergefahren. Ulf Boysen setzte seinen Wagen vor den Trecker und stoppte so das Fahrzeug.

»Dein Onkel spinnt doch«, sagte Heiner.

Er war aus dem Wagen gesprungen und leitete bereits den sich stauenden Verkehr um das Gespann herum. Ulf trat zum Führerhaus und öffnete die Tür.

»Wat is denn?«, fragte Erich.

Fokke schob den Streifenbeamten zur Seite und stieg zu seinem Onkel ins Führerhaus.

»Wieso hast du die Kuh denn nicht angebunden? Wohin willst du überhaupt mit ihr?«, fragte er.

Erich machte ein überraschtes Gesicht.

»Na, zu Karl-Heinz. Er soll sie für Wiebkes Konfirmation schlachten«, antwortete er dann.

Fokke wusste sofort, woher der Wind wehte.

»Ich kümmere mich um ihn«, rief er Ulf zu.

Der Hauptmeister schaute fragend zu Heidemarie, die zustimmend nickte. Im nächsten Augenblick erschien der stämmige Karl-Heinz in seiner blutigen Schürze im Durchgang zu seiner Metzgerei. Fokke winkte ihn heran und bat um Stricke, mit denen sie die Kuh auf dem Anhänger anbinden konnten.

»Spinnt he al wedder?«

Fokke nickte nur. Karl-Heinz Mommsen verschwand und kehrte wenige Augenblicke später mit einigen Stricken zurück. Die Kuh ließ sich ohne Schwierigkeiten anbinden, sodass Fokke die Rückfahrt zum Hof seines Onkels antreten konnte. Erich saß mit verständnisloser Miene auf dem Beifahrersitz über dem Radkasten.

»Ich fahre euch mit dem Wagen hinterher. Oder möchtest du für heute lieber Feierabend machen?«

Das Angebot von Heidemarie war sehr großzügig.

»Danke. Ich versorge erst Erich und die Kuh, aber danach können wir zu Ole fahren«, antwortete Fokke.

DREIZEHN

Der Chef der Bredstedter Freiwilligen Feuerwehr hatte die Ausrüstungsgegenstände eines der Löschfahrzeuge auf dem Hallenboden ausgebreitet.

»Wir kontrollieren jedes Fahrzeug innerhalb eines Monats einmal gründlich. Man weiß ja nie. Nach einem Einsatz wird die Ausrüstung zwar auch überprüft, aber da kann immer mal etwas durchrutschen«, erklärte Ole Förster.

Er reichte Fokke und Heidemarie seine schwielige Hand, nachdem er sie an einem Lappen abgewischt hatte.

»Ihr filmt jeden Einsatz. Also auch den am Hof von Hauke Boysen. Um die Aufnahmen geht es uns«, sagte Fokke.

»Ja, die könnt ihr euch gern ansehen. Einer der Nachwuchsfeuerwehrleute hat den kompletten Einsatz gefilmt. Das hat sich aber auch schon der Brandsachverständige angesehen«, erwiderte Ole.

Er führte die beiden in einen Aufenthaltsraum, in dem Tische und Bänke sowie ein Holztresen standen.

»Ich habe frischen Kaffee aufgebrüht. Will einer einen Becher?«

Heidemarie und Fokke nahmen das Angebot gern an und saßen kurze Zeit später an einem der Tische, während Ole den Videorekorder mit dem Fernsehgerät in der Ecke oberhalb des Tresens verband.

»Wir machen hier auch die Nachbesprechungen, und dabei sind die Filme sehr hilfreich. So, nun geht es los«, erzählte er.

Ole Förster setzte sich mit seinem Kaffeebecher dazu. Die verwackelte Optik und das teilweise unscharfe Material zeigten, dass ein sichtlich aufgeregter Amateur die Aufnahmen angefertigt hatte. Trotzdem packten Fokke die Bilder, und er vergaß sogar, an seinem Kaffee zu nippen.

»Können wir die Aufnahme langsamer ablaufen lassen?«, fragte er.

Ole ließ den Film ein kleines Stück zurücklaufen, damit Fokke und Heidemarie ab der gewünschten Stelle den verlangsamten Vorlauf zur Verfügung hatten.

»Stopp! Halt bitte mal an«, rief Fokke.

Verwundert kam der Feuerwehrmann der Aufforderung nach.

»Das sind die üblichen Schaulustigen. Was erwartet ihr da zu sehen?«, fragte er.

Die Antwort gab Ole Förster sich gleich darauf selbst.

»Ihr glaubt, der Brandstifter hat zugesehen? Mensch, darauf hätte man auch von selbst kommen können. Wäre schließlich nicht das erste Mal«, stieß er hervor.

Fokke konnte eine Reihe bekannter Gesichter ausmachen, und bei den restlichen Schaulustigen half ihm Ole weiter. Es war kein Fremder darunter, sondern ausschließlich Einwohner der Stadt oder der näheren Umgebung.

»Wir müssen den Film mitnehmen. Geht das?«, fragte Heidemarie.

»Wenn Sie noch zehn Minuten Zeit haben, kann ich eine Kopie anfertigen«, bot Ole an.

Während er sich darum kümmerte, saßen Fokke und Heidemarie nachdenklich am Tisch. Sie tranken den starken Kaffee und dachten über das Gesehene nach.

»Vermutlich befindet sich der Mörder unter diesen Schaulustigen. Es sind alles bekannte Gesichter«, stellte Fokke fest.

»Ja, aber Dirk gehört nicht dazu. Er ist bei seinen Kameraden und bekämpft das Feuer«, ergänzte Heidemarie.

Der Cousin von Fokke war auf keinem der Bilder zu sehen gewesen. Es war zwar kein stichhaltiger Beweis, verstärkte aber die Zweifel an seiner Schuld.

»Vielleicht müssen wir den Fall von einer völlig neuen Warte aus betrachten«, sagte Heidemarie.

Fokke schaute sie gespannt an und wartete darauf, dass sie fortfuhr. Doch da Ole Förster mit der Kopie im gleichen Augenblick zurückkam, musste er sich zunächst gedulden.

»Ich habe den kompletten Film überspielt. Das wäre eine echte Teufelei, wenn der Brandstifter unter den Schaulustigen zu finden wäre. Der müsste dann ja auch für den Mord an Hauke verantwortlich sein, oder?«

Weder Fokke noch Heidemarie antworteten ihm. Sie mussten die Bilder auswerten und dann die Zuschauer nach möglichen

Motiven überprüfen. Dazu wollte Heidemarie ihre Neffen von der Bredstedter Wache einsetzen. Als sie es im Auto erwähnte, verzog Fokke gequält das Gesicht.

»Es ist mir bewusst, dass du wenig von ihren Fähigkeiten als Polizisten hältst. Doch du täuschst dich. Heiner kann sehr gründlich arbeiten, wenn er vernünftige Anweisungen erhält. Ulf ist erheblich eigenständiger«, sagte Heidemarie.

»Na schön. Trotzdem wäre mir wohler dabei, wenn jemand ein wachsames Auge auf die beiden hätte«, sagte Fokke.

Als ein Lächeln in Heidemaries Gesicht aufblitzte, ahnte er das nahende Unheil.

»Sag nicht, dass du mir diese Aufgabe zugedacht hast«, protestierte Fokke.

»Doch, denn du verfügst über die nötige Erfahrung. Außerdem ist es reine Zeitverschwendung, wenn du immer erst nach Husum fährst und später zu Nachforschungen nach Bredstedt zurückkehren musst«, sagte Heidemarie.

Fokke seufzte leise. Er hatte es selbst provoziert und konnte sich kaum gegen die vernünftigen Argumente seiner derzeitigen Vorgesetzten verwehren. Also schluckte er alle Widerworte hinunter und bereitete sich auf das Gespräch mit Ulf und Heiner vor.

Am nächsten Tag führte Fokkes erster Weg ihn nach Dörpum. Er wollte nachsehen, wie es seinem Onkel ging.

Was nutzen die besten Medikamente, wenn er sie nicht einnimmt, dachte er besorgt.

Im Grunde war er davon ausgegangen, dass nach der Entlassung aus dem Krankenhaus eine Weile die Welt für Erich wieder in Ordnung sein sollte. Doch jetzt wurde Fokke klar, dass sein Onkel sein Leben nicht mehr allein bewältigen konnte.

»Erich?«

Fokke hatte den VW-Käfer auf dem Innenhof abgestellt. Beim Anblick des Oldtimers hatte er zunächst an einen dummen Scherz gedacht, doch der Wagen aus dem Jahre 1972 war das einzige Dienstfahrzeug, das ihm Ulf Boysen zur Verfügung stellen konnte.

»Normalerweise setzen wir ihn nur bei öffentlichen Auftritten ein, um für die Polizeiarbeit zu werben. Aber ansonsten haben wir nur den Streifenwagen, und den brauchen wir«, hatte Ulf gesagt.

»Ich bin es, Fokke«, rief er erneut.

Die Seitentür war unverschlossen und der Stall leer. Ein kurzer Blick auf die Melkanlage versicherte ihm, dass die Kühe an diesem Morgen pünktlich gemolken worden waren. Auch der Mist war entfernt worden, sodass Fokke von einem funktionierenden Ablauf ausging. Er stieß die Tür zur Küche auf und blieb verdutzt stehen.

»Kannst du nicht anklopfen, wie jeder anständige Mensch?«, fuhr ihn Erich an.

»Ich habe mehrfach gerufen«, verteidigte Fokke sich.

Am Tisch saß neben seinem Onkel eine kompakt gebaute Frau, die ihm vage vertraut vorkam.

»Moin. Lange nicht gesehen, was, Fokke?«, sagte sie.

Ihre Augen leuchteten fröhlich, und auf einmal wusste er wieder, woher er diese unverwüstliche Frohnatur kannte.

»Doris. Ich hätte dich fast nicht erkannt«, gab er zu.

Fokke schloss die Zwischentür und schenkte sich ungefragt einen Kaffee ein, um sich mit an den Tisch zu setzen.

»Arbeitest du immer noch in Bordelum in der Klinik?«, fragte er.

Doris Bahnsen war mit Wiebke zur Schule gegangen und hatte genau wie sie die Realschule verlassen, um einen Beruf zu erlernen. Fokke wusste aus Erzählungen von Wiebke, dass Doris Krankenschwester geworden war und in der Fachklinik in Bordelum arbeitete.

»Nö, schon länger nicht mehr. Seit April letzten Jahres bin ich als Gemeindeschwester tätig«, erwiderte sie.

Fokke verneigte sich innerlich vor Wiebkes Weitsicht. Sie hatte erfasst, dass Erich bei seiner Erkrankung regelmäßige Betreuung benötigte. Diese durfte aber nicht zu auffällig erfolgen, da der störrische Erich sich ansonsten schlicht verweigern würde.

»Da kommst du sicherlich viel rum«, sagte Fokke.

»Ja. Ich schau überall mal vorbei, und heute bin ich eben bei deinem galanten Onkel gelandet«, stimmte sie zu.

Erich und galant? Fokke verkniff sich ein Schmunzeln. Ganz

offensichtlich gefiel seinem Onkel die resolute Krankenschwester. Erich strahlte Doris an und füllte ihre Kaffeetasse nach, während er seinem Neffen auffordernde Blicke zuwarf.

»Für mich nicht mehr, Erich. Ich muss weiter. Einen schönen Tag noch«, verabschiedete Fokke sich.

Er erhob sich und verließ gut gelaunt den Hof seines Onkels. Wegen ihm musste Fokke sich vorerst keine Gedanken mehr machen. Er setzte seinen Weg fort und stellte den Käfer fünfzehn Minuten später hinter dem Taxi von Karl-Heinz Petersen, den alle nur Kalle nannten, ab.

»Moin, Fokke. Schickes Auto«, grüßte der.

In seinen schiefergrauen Augen lauerte der übliche Spott, denn Kalle verfügte über einen wachen Verstand und eine scharfe Zunge. Nicht alle seine Fahrgäste schätzten diese Eigenschaften an ihm, doch mangels größerer Auswahl nutzten sie trotzdem seine Dienste.

»Ja, der Sparzwang macht sich auch bei der Polizei immer stärker bemerkbar«, reagierte Fokke gelassen.

Nicht nur der Taxifahrer schaute den altertümlichen Käfer, dessen dunkelgrün-weiße Lackierung sehr auffällig war, neugierig an.

»Sind Sie wirklich ein Polizist, oder fahren Sie den Wagen nur zu Werbezwecken?«, fragte ein Tourist.

»Ich bin genauso echt wie der Streifenwagen«, antwortete Fokke.

Kalle grinste breit und nickte bestätigend, als der Mann ihn verunsichert anschaute.

»Fokke Mommsen ist ein waschechter Kommissar, und wenn Sie mit Ihrem lahmen Schlitten zu schnell fahren, jagt er Sie mit dem tollen Käfer«, versicherte er.

Der Tourist und seine Frau lachten immer noch, als sie in ihren Audi A6 einstiegen. Fokke schluckte den aufsteigenden Groll hinunter und wandte sich an Kalle.

»Du warst beim Feuer auf Hauke Boysens Hof unter den Schaulustigen. Wie kam es dazu?«, wollte er wissen.

Kalle furchte überrascht die Stirn und lehnte sich dann mit verschränkten Armen an seinen Wagen.

»Seit wann darf man nicht mehr beim Löschen eines Feuers zusehen?«

Es lag nicht in seiner Natur, jemandem Frage und Antwort zu stehen. Daher blieb Fokke ruhig und erklärte sein Anliegen.

»Den Täter zieht es immer an den Ort seiner Tat zurück. Ja, davon habe ich auch schon gehört«, erwiderte Kalle.

Fokke schwieg und ließ sich nicht zu einer heftigen Reaktion provozieren.

»Ich wäre gar nicht hingefahren. Habe schließlich genügend Brände in meinem Leben gesehen. Mein Fahrgast wollte aber unbedingt hin«, sprach Kalle weiter.

Natürlich verriet er nicht sofort, wer dieser Fahrgast gewesen war. Fokke erkannte aber seine Chance, als der Linienbus aus Schleswig eintraf. Kalle rechnete mit einer Fuhre, und das setzte ihn jetzt zeitlich unter Druck.

»Denk in Ruhe nach, Kalle. Ich habe Zeit«, versicherte Fokke.

Der Taxifahrer schaute zum Bus, der gerade die Haltestelle ansteuerte.

Mit einer lässigen Geste lehnte Fokke sich neben Kalle ans Taxi und schaute betont gelangweilt zu den ersten Fahrgästen, die aus dem Bus kletterten.

»Es war Ron«, stieß Kalle hervor.

»Ron Tüchsen, der Bildhauer?«

»Ja, wer denn sonst? Oder kennst du noch mehr Rons in unserer Gegend?«, fragte Kalle verärgert.

Fokke musste dieses Mal nicht lange nachfragen, denn drei Frauen, bepackt mit Reisetaschen, näherten sich dem Taxi. Eifrig sprudelte Kalle den Ablauf des betreffenden Abends heraus, bevor er das Gepäck der Frauen in den Kofferraum hievte.

»Danke, Kalle. Du hast mir sehr geholfen«, rief Fokke.

Er nickte den Damen zu, die ihn neugierig musterten. Während er sich in den Käfer setzte, dachte Fokke über das soeben Gehörte nach. Neuerdings schien Ron Tüchsen geradezu omnipräsent zu sein.

»Vielleicht betrachten wir die Morde bisher aus einem völlig falschen Blickwinkel«, murmelte er.

Da es bereits Mittagszeit geworden war, fuhr Fokke zurück in die Innenstadt. Er hatte mit sechs der Schaulustigen gesprochen, ohne dabei auf weitere Informationen zu stoßen. Bislang war das Gespräch mit Kalle Petersen das interessanteste gewesen. Als Fokke in die Wache kam, traf er dort auf Ulf und Heiner Boysen. Sie fertigten gerade die Niederschriften ihrer Befragungen an.

»Hallo. Wir sollten uns zusammensetzen und über die Ergebnisse sprechen«, sagte Fokke.

Er hängte seine Windjacke an die Garderobe. Der Sommer war nach Nordfriesland zurückgekehrt und ließ Bredstedt wieder wie eine echte Touristenstadt wirken. Fokke hatte seine Jacke umsonst mit sich herumgeschleppt, denn die Sonne heizte mächtig ein und ließ das Thermometer bereits am späten Vormittag auf fünfundzwanzig Grad hochklettern.

»Ich hab noch einen Termin. Mein Bericht ist fertig, aber die Leute wollten alle nur das Feuer sehen. Totale Zeitverschwendung, das Ganze«, sagte Heiner.

Mit einem wütenden Blick auf seinen Bruder verließ er die Wache. Fokke hatte nicht damit gerechnet, dass die alten Gräben nur deswegen verschwinden würden, weil er nun offiziell ermitteln durfte.

»Findest du auch, dass diese Zeugenbefragung für die Katz ist?«, fragte Fokke.

Er hatte sich eine Flasche Mineralwasser aus dem Kühlschrank genommen und die obligatorischen dreißig Cent dafür in die Kasse geworfen.

»Nein. Heiner braucht einfach noch Zeit, um sich an die neue Situation zu gewöhnen«, antwortete Ulf Boysen.

Fokke nickte.

»Und was ist mit dir? Kannst du dich überwinden, mit mir zusammenzuarbeiten?«, wollte er dann wissen.

»Heidemarie hat es angeordnet. Sie ist Kriminalrätin, du Oberkommissar und ich nur Hauptmeister. So einfach ist das«, lautete die Antwort.

Es war nicht die Art von Zusammenarbeit, die Fokke sich wünschte und für gut befand. Angesichts der speziellen Umstände reichte ihm diese Aussage aber vorerst.

»Wie waren deine Gespräche?«, fragte er.

Er hörte sich an, was Ulf Boysen von den Zeugen gehört hatte. Eine Bemerkung weckte Fokkes Aufmerksamkeit.

»Frau Thomsen hat Ron Tüchsen ins Haus gehen sehen?«, hakte er nach.

»Ja, das hat mich auch gewundert. Als ich aber nachfragte, war sie sich nicht mehr so sicher. Die anderen Zeugen haben Tüchsen nicht gesehen«, antwortete Ralf.

»Ron war tatsächlich da. Ich habe mit Kalle Petersen gesprochen. Er hat Ron am Abend im Taxi gehabt, und der wollte unbedingt zum Feuer«, sagte Fokke.

Die beiden Ermittler hingen für einen Augenblick ihren Gedanken nach, bevor Ulf sich wieder zu Wort meldete.

»Kommt es nur mir so vor, oder treffen wir neuerdings ziemlich oft auf den Bildhauer?«

»Nein, der Gedanke kam mir auch schon. Was sagt dir das?«, fragte Fokke.

Ulf konnte es noch nicht konkret in Worte fassen, aber fand diese Häufung auffällig und keinesfalls zu vernachlässigen.

»Da gebe ich dir recht. Vielleicht müssen wir beide Fälle aus einem neuen Blickwinkel betrachten«, sagte Fokke.

Er teilte seine Überlegungen mit Ulf, der sich durchaus damit anfreunden konnte. Im Gespräch wurde Fokke klar, dass Heidemarie mit der Einschätzung in Bezug auf ihren Neffen richtiglag. Ulf Boysen hatte das Zeug zu einem guten Polizisten.

»Ich gehe hinüber in den ›Pesel‹. Kommst du mit?«, fragte Fokke ihn.

Er wunderte sich nicht darüber, dass Ulf es ablehnte. Ihm fiel aber auf, dass er kurz gezögert hatte, und nahm es als gutes Zeichen. Als er kurze Zeit später über den Marktplatz auf den Eingang der Gaststätte zuging, sprach ihn Guido Hartmann an. Der Elektromeister saß unter einem der aufgespannten Sonnenschirme an einem Tisch und hatte ein Glas Bier vor sich stehen.

»Moin, Fokke. Wie man hört, ermittelst du jetzt gegen deine eigene Familie. Stimmt das?«, fragte er.

Die Blicke der anderen Gäste richteten sich automatisch auf Fokke. Selbst Touristen, denen die komplizierten Familienverhältnisse in Bredstedt unvertraut waren, spürten die angespannte Situation.

»Es stimmt, dass ich offiziell in die Ermittlungen in zwei Mordfällen eingebunden bin. Mehr gibt es dazu nicht zu sagen«, antwortete er.

Die Enttäuschung der Menschen war mit Händen greifbar, und sie tuschelten bereits miteinander, bevor Fokke den Gastraum betreten hatte. Er ignorierte es und ging auf den Tresen zu.

»Moin, Fokke. Du bist also auf dem Kriegspfad. Ist das nun gut oder schlecht für Dirk?«, fragte Fiete Heinzen.

Das Gesicht des Fliesenlegers leuchtete noch nicht so tiefrot wie meistens. Vermutlich war er noch bei der Arbeit in einem der Neubauten und trank daher weniger Bier.

»Natürlich gut, Fiete. Ich werde den Mörder finden. Verlass dich darauf«, antwortete Fokke.

Diese Aussage würde ihren Weg zu den Bewohnern der Stadt finden und seine Position verdeutlichen. Offiziell hatte Fokke keine Festlegung getroffen, doch Fiete würde es für ihn übernehmen. So konnte ihm niemand einen Vorwurf machen.

»Hallo, Bruderherz. Hunger?«

Wiebke winkte ihm zu, und als Fokke nickte, deutete sie auf die Tür zur Küche.

»Grete gibt dir etwas. Soll ich dir ein Bier zapfen?«

»Ja, gern. Können wir später reden, oder ist es jetzt schlecht?«, fragte Fokke.

Wiebke versprach, in zehn Minuten nachzukommen. Bis dahin konnte Fokke in Ruhe essen, wohlumsorgt von Grete. Fokke war froh, dass Wiebke ihm nichts übel nahm. Er genoss es, so verwöhnt zu werden, und löste seine Gedanken von den Ermittlungen.

Die Schlinge um seinen Hals zog sich immer mehr zu. Jetzt befragte die Polizei alle Schaulustigen, die am Abend des Brandes auf Hauke Boysens Hof gewesen waren. Hatte ihn vielleicht noch jemand ins Haus gehen sehen?

Wenn Ron mich bemerkt hat, könnte es doch auch noch jemand anders getan haben, dachte er.

Es war schier zum Verrücktwerden. Der Bildhauer war urplötzlich in der Wohnstube von Boysen aufgetaucht und hatte ihn am Schreibtisch des Landwirtes sitzen sehen.

»Was treibst du denn hier?«, hatte Ron gefragt.

Es gab keine simple, überzeugende Antwort, und der Blick des Künstlers war eindeutig. Er wusste sofort, dass er dem Brandstifter gegenüberstand. Was Tüchsen zu diesem Zeitpunkt nicht ahnte, war die weit schlimmere Tat, für die er ebenfalls verantwortlich war. Allzu lange blieb seine nächste Reaktion jedoch nicht aus.

»Du bist ein Mörder.«

Wenige Tage nach dem Feuer meldete Ron Tüchsen sich bei ihm und entpuppte sich als Erpresser. Entweder zahlte er die geforderte Summe, oder der Bildhauer würde seine Beobachtung der Polizei mitteilen.

»Die glauben dir kein Wort. Du warst doch betrunken«, wehrte er sich.

Es war ein verzweifelter Versuch, das Unvermeidliche noch abzuwenden. Natürlich ging Tüchsen nicht darauf ein, sondern blieb unerbittlich. Bis zu seinem Tod.

Wenn mich noch jemand gesehen hat, wird es eng, dachte er.

Seine sorgfältige Planung geriet immer mehr durcheinander. Er war immer noch mit dem Problemfall Elfriede Schulz beschäftigt, und nun trat bereits die nächste Gefahr auf den Plan. Als er Fokke Mommsen im lächerlichen Oldtimer vorbeifahren sah, bündelte er seinen Hass auf ihn.

»Wenn du nicht aufgetaucht wärst und deine Nase in fremde Angelegenheiten gesteckt hättest, gäbe es diese Schwierigkeiten überhaupt nicht«, schimpfte er halblaut.

Sollte einer der Kollegen just in diesem Augenblick an seiner Bürotür vorbeilaufen, wollte er ihn nicht zum unfreiwilligen Zeugen seines Wutausbruchs machen. Er galt als ruhiger beherrschter Mensch. War quasi das Musterbeispiel eines braven Bürgers, der sich nie etwas zuschulden kommen ließ. Dieses Bild musste er unbedingt aufrechterhalten, auch wenn dafür ein weiterer Mensch sein Leben verlieren musste.

Das war schließlich nicht seine Schuld.

Das Gespräch mit Wiebke hatte Fokke bestärkt. Er hatte ihr weitestgehend vermitteln können, weshalb seine offizielle Einbindung in die Ermittlungen ein Vorteil für Dirk und den Clan war. Trotz vorhandener Bedenken würde Wiebke ihm den Rücken stärken.

Kaum war er zurück auf der Wache, telefonierte er mit Heidemarie. Zunächst gab er seinen Bericht über den Stand der Befragungen ab und vergaß nicht, Ulf und Heiner für ihren Einsatz zu loben.

»Sie leisten gute Arbeit. Mit Ulf kann ich mich sogar über Theorien austauschen«, sagte er.

»Ich wusste doch, dass ihr miteinander zurechtkommt«, freute sich Heidemarie.

»Die Aussage von Kalle Petersen hat mich auf eine Idee gebracht, und Ulf teilt meine Auffassung«, fuhr Fokke fort.

Er umriss seine Theorie und begründete, warum er ab sofort Ron Tüchsen in den Mittelpunkt seiner Ermittlungen stellen wollte.

»Es ist immerhin ein neuer Ansatz. Meinen Segen hast du«, sagte Heidemarie.

Nach dem Telefonat bat er Heiner, die Wache zu hüten und auf eventuelle Notrufe zu reagieren.

»Ulf und ich fahren hinaus zur Werkstatt von Tüchsen«, teilte er mit.

Da Heiner Boysen für mögliche Einsätze den Streifenwagen benötigte, stieg Ulf zu Fokke in den VW-Käfer.

»Solange wir keine Verfolgungsjagd machen müssen, wird es gehen«, sagte er.

Fokke fing bereits an, den Oldtimer ins Herz zu schließen. Der Ottomotor versah anständig seinen Dienst, und das Geräusch aus dem Heck erinnerte ihn an seine Jugend. Damals fuhr der runde Kleinwagen noch ganz selbstverständlich über Nordfrieslands Straßen, da er für Führerscheinneulinge ein erschwingliches Gefährt darstellte.

»Wenn das erforderlich wird, rufen wir Heiner zu Hilfe«, sagte Fokke.

Auf der Fahrt hinaus zum Haus des Bildhauers sprachen sie nur wenig miteinander. Es war aber kein bemühtes Schweigen.

Schließlich erreichten sie das leer stehende Haus von Ron Tüchsen.

»Wer kümmert sich eigentlich um seinen Nachlass? Gibt es Verwandte?«, fragte Fokke.

»Nur eine jüngere Schwester, und die lebt seit ewigen Zeiten auf Lanzarote. Sie wurde informiert, hat sich aber bisher nicht bei uns gemeldet«, erwiderte Ulf.

Das Absperrband war noch intakt. Offenbar zog es nicht einmal Neugierige hierher, was Fokke durchaus begrüßte. Sie betraten zuerst die Werkstatt und blieben im grellen Licht der Nachmittagssonne stehen.

»Ich habe keine Ahnung, wonach wir eigentlich suchen. Deswegen ist es mir gleich, ob ich die Werkstatt oder das Wohnhaus übernehme. Wo möchtest du lieber suchen?«, fragte Fokke.

Ulf hatte eine Abneigung gegen die Werkstatt, da er mit Kunst wenig anfangen konnte. So fiel es Fokke zu, sich dort umzusehen. Was würde wohl mit den Bildern und Skulpturen geschehen, die keinen Abnehmer gefunden hatten? Stiegen sie durch den Tod Tüchsens in ihrem Wert?

Sie werden aber kaum der Grund für den Mord sein, dachte Fokke. Er war in die Hocke gegangen, um einzelne Bilder genauer zu betrachten. Nun richtete sich auf und trat zurück. Sein Blick erfasste die aneinandergereihten Skizzen, die er soeben angesehen hatte. Lag hier vielleicht doch der Schlüssel für die Tat?

Suchen wir an der falschen Stelle?, dachte Fokke.

Er war sich unsicher und überließ es daher seinem Instinkt, sich an der passenden Stelle zu melden. Die nächste Stunde verbrachte er damit, sich gründlich in der Werkstatt umzusehen. Während er Entwürfe betrachtete, in Schränken mit Arbeitsutensilien herumwühlte und ständig mit einem Niesreiz zu kämpfen hatte, schwieg sein Instinkt beharrlich.

»Fokke? Ich denke, ich habe was gefunden«, meldete sich Ulf.

Fokke folgte ihm hinüber ins Wohnhaus und musste dort zunächst die merkwürdige Einrichtung bestaunen. Ganz offensichtlich hatte Ron nicht nur in der Werkstatt gearbeitet, sondern nahezu jeden Raum im Wohnhaus dazu genutzt. Damit hatte Fokke nicht gerechnet.

»Kommt dir die Dame auf dem Aktbild bekannt vor?«, fragte Ulf.

Fokke trat näher an das Bild und schaute sich die Darstellung eines unbekleideten Frauenkörpers genauer an. Auf einmal erkannte er, wen Ron dermaßen freizügig abgebildet hatte.

»Das ist allerdings eine Überraschung. Gut gemacht, Ulf. Die Dame wird uns einige Fragen beantworten müssen«, sagte Fokke.

Am Tag darauf versammelten die Ermittler sich in der Wache in Bredstedt. Heidemarie eröffnete die Besprechung mit der Schilderung eines Telefonats. Fokke und Ulf tauschten einen vielsagenden Blick aus.

»Wollt ihr was dazu sagen?«, fragte Heidemarie.

Sie war am frühen Vormittag noch in einer Besprechung gewesen, sodass Fokke ihr noch nichts über ihren Fund in Rons Haus hatte sagen können.

»Ulf und ich haben uns gestern im Haus von Ron Tüchsen umgesehen. Dabei sind wir auf etwas sehr Interessantes gestoßen«, antwortete er.

Ulf hatte sich erhoben und stellte nun das Aktbild auf den Tisch. Mit einem zufriedenen Lächeln enthüllte er es und erfreute sich am erstaunten Ausruf seiner Tante.

»Das passt ja hervorragend. Wieso wurde es nicht schon bei der ersten Durchsuchung bemerkt?«, fragte Heidemarie.

Bevor der sichtlich getroffene Ulf Boysen darauf antworten konnte, sprang Fokke in die Bresche.

»Zu dem Zeitpunkt gab es keinen Hinweis, der Elfriede Schulz mit dem Mord in Verbindung brachte. Es war nur ein Aktbild, mehr nicht«, sagte er.

Ulf krauste überrascht die Stirn, doch Heidemarie nahm die Antwort hin.

»Sie muss geahnt haben, dass wir früher oder später darüber stolpern würden. Dann wollen wir uns doch einmal anhören, was Frau Schulz zu erzählen hat«, sagte sie.

Fokke und Heidemarie machten sich auf den Weg. In Haus und Atelier des Bildhauers waren keine weiteren Indizien zu finden gewesen. Fokke berichtete während der Fahrt von den Befragungen der Schaulustigen.

»Hat Frau Schulz gesagt, warum sie nun doch mit uns reden will?«, fragte er dann.

Elfriede Schulz hatte sich für ihr Verhalten am Tag zuvor entschuldigt und ein offenes Gespräch angeboten.

»Sie hat nicht angedeutet, worüber sie sprechen wird. Durch euren Fund verfügen wir zum Glück über ein Mittel, um sie notfalls ein wenig gesprächiger zu machen«, erwiderte Heidemarie.

Als sie das Anwesen von Elfriede Schulz betraten, freute sich der Pudel über den Besuch. Dieses Mal schloss seine Begrüßung auch Heidemarie ein, die der Hündin das Fell kraulte. Die Hausherrin trug einen luftigen Hosenanzug und hielt den Besuchern die Tür auf.

»Moin, Frau Schulz«, grüßte Fokke.

Er übernahm es, hinter sich die Haustür zu schließen, kaum dass Sissy zwischen ihren Beinen ins Haus gejagt war. Elfriede Schulz servierte ungefragt Kaffee und nahm sich auch selbst eine Tasse. Dass sie diesmal auf einen Drink verzichtete, nahm Fokke aufmerksam zur Kenntnis.

»Ich entnehme Ihrem Anruf, dass Sie einige Angaben zu Ihrem Verhältnis zu Herrn Tüchsen revidieren möchten«, eröffnete Heidemarie die Befragung.

Elfriede Schulz räusperte sich.

»Ron und ich haben tatsächlich miteinander geschlafen, Frau Boysen. Es war aber keine Affäre. Er hat mich nackt gemalt, aber kurze Zeit danach wurde unsere Beziehung wieder ausschließlich geschäftlich. Mehr war da nicht«, erzählte sie.

Fokke versuchte, im Gesicht der Frau zu lesen. Er konnte Angst, Scham und auch Trotz erkennen. Alles in allem wirkte Elfriede Schulz glaubwürdig auf ihn.

»Denken Sie bitte gründlich nach. War das wirklich schon alles?«, bohrte Heidemarie nach.

»Mehr war nicht«, beharrte Frau Schulz auf ihrer Aussage.

»Hat Ron versucht, Sie mit diesem Beischlaf zu erpressen?«, fragte Fokke.

Elfriede Schulz zögerte mit ihrer Antwort.

»Also ja. Was wollte er von Ihnen? Geld?«

Fokke ließ der Frau nicht die Zeit, sich eine Antwort zurechtzulegen. Er wollte keine Ausflüchte mehr hören.

»Nicht direkt. Er hat lediglich angedeutet, dass es von Vorteil für mich wäre, wenn ich ihm regelmäßig eine Skulptur oder ein Bild abkaufe«, antwortete Elfriede Schulz.

Das klang wiederum ehrlich und passte durchaus ins Bild, das Fokke sich mittlerweile von Ron Tüchsen gemacht hatte. Ron hatte auch nicht vor schmutzigen Tricks haltgemacht, um seinen Lebensunterhalt zu bestreiten.

»Wie man unschwer erkennen kann, sind Sie auf den Vorschlag eingegangen. Was ist dann passiert? Wollten Sie ihm nichts mehr abkaufen? Kam es zu einem Streit darüber?«, fragte Heidemarie.

Zunächst schaute Elfriede Schulz automatisch zur Wand mit den Bildern und kleinen Skulpturen, doch dann ruckte ihr Kopf erschrocken herum, und sie starrte Heidemarie entsetzt an.

»Streit? Was unterstellen Sie mir denn da? Ich habe dem armen Ron doch nichts angetan! Nie im Leben könnte ich so etwas tun«, stieß sie hervor.

Ihre Stimme rutschte eine Oktave höher und nahm einen unschönen Klang an. In Fokkes Ohren kam es dem Geräusch einer Kreissäge unangenehm nah.

»Anhaltende Erpressung führt Menschen oft zu Handlungen, die sie im normalen Leben niemals tun würden. Warum sollten wir glauben, dass es in Ihrem Fall anders ist?«, fragte er.

Heidemarie und er waren ohne lange Absprachen zum üblichen Wechselspiel in einer Befragung übergegangen. Dadurch erhöhte sich der Druck auf den Verdächtigen, da ihm wenig Zeit zum Nachdenken blieb. Seine Antworten sollten möglichst ungefiltert herauskommen.

»Natürlich war ich wütend auf ihn. So toll finde ich seine Kunstwerke nun auch wieder nicht, aber mein Dietmar verdient zum Glück genug Geld. Ron hat ja keine Unsummen verlangt«, sagte Frau Schulz.

Ihre Argumentation war durchaus schlüssig.

»Dann bleiben Sie also dabei, dass Sie nichts mit dem Mord an Ron Tüchsen zu schaffen haben?«, fragte Heidemarie.

Elfriede Schulz blieb bei ihrer Aussage. Obwohl Fokke spürte, dass es immer noch unausgesprochene Dinge gab, musste er es zunächst akzeptieren. Im Wagen diskutierte er mit Heidemarie darüber.

»Ja, ich glaube auch, dass Frau Schulz uns immer noch etwas verschweigt«, stimmte sie zu.

Ihre Ermittlungen hatten zwar neue Erkenntnisse zutage gebracht, doch von der Aufklärung der Morde waren sie immer noch weit entfernt.

VIERZEHN

Celia Boysen hatte ihn zur Scheunenfete mitgeschleppt. Zunächst hatte Fokke wenig Lust gehabt, an einem unkontrollierten Saufgelage teilzunehmen. So waren jedenfalls seine Erinnerungen an diese Scheunenfeste. Doch die Friseurmeisterin überzeugte Fokke, dass dieser Teil der Veranstaltung nicht für alle Gäste zutraf.

»Es gibt genügend Tanzverrückte, die sich keinesfalls betrinken wollen«, sagte sie.

Was das anging, fühlte Fokke sich auch nicht sonderlich angesprochen. In seiner Jugendzeit hatte er zwar regelmäßig die Tanzfläche aufgesucht, doch das fand zu Rockmusik oder späteren Discoklängen statt. Seit einigen Jahren mied Fokke derartige Veranstaltungen.

»Du kannst ja jederzeit flüchten, wenn es dir nicht gefällt«, lockte ihn Celia.

Sie verfügte über die erforderliche Hartnäckigkeit, ihn zu überzeugen, und so fand Fokke sich im Festzelt wieder. Aus riesigen Boxen dröhnte Musik und übertönte in den Ecken mit den langen Sitzgarnituren dennoch nicht das Stimmengewirr der Besucher. An zwei Tresen drängten sich die Gäste, sodass der Alkohol in Strömen floss.

»Woran denkst du?«, fragte Celia.

Sie hatte ihn bislang lediglich zu einer freien Sitzbank gelotst und war zweimal allein zum Tanzen verschwunden. So blieb Fokke reichlich Zeit, sich im Zelt umzusehen und gelegentlich Bekannte zu grüßen. Außer einigen oberflächlichen Gesprächen kam dabei zwar nichts heraus, aber er empfand es durchaus als angenehm. Irgendwie war er Teil dieser Gemeinschaft, und das gefiel Fokke mehr, als er gedacht hatte.

»Sorry. Ich musste gerade an Ron und seine amourösen Abenteuer denken«, erwiderte er.

Celia hatte ihnen einen Pott mit Cola-Rum besorgt und sprach dem Mixgetränk auch jetzt wieder ordentlich zu. Ein gefährliches Funkeln trat in ihre Augen.

»Warum? Weil du zu kurz kommst?«, fragte sie anzüglich.

Fokke erwiderte ihr freches Grinsen und schüttelte entschieden den Kopf.

»Nö. Ron hat aber gezielt eine Frau ausgesucht, die man später auch erpressen konnte. Das hätte ich nicht unbedingt von ihm erwartet«, sagte Fokke.

»Redest du etwa von der einsamen Arztfrau aus Berlin?«

Er hatte absichtlich keine Namen genannt und war erstaunt, wie leicht Celia auf Elfriede Schulz gekommen war.

»Vielleicht. Warum fragst du?«, blieb er vage.

Sie strich sich eine violett eingefärbte Strähne aus der Stirn und nippte an ihrem Drink.

»Die Schulze ist zu einsam, um allein zu bleiben. Ron war da nur einer unter mehreren Liebhabern«, antwortete Celia schließlich.

Bei ihrer Antwort wurde Fokke sofort hellwach.

»Ist das nur ein Gerücht aus deinem Salon, oder weißt du mehr darüber?«, hakte er nach.

Celia machte ein beleidigtes Gesicht. Bevor sie jedoch antworten konnte, wechselte das Musikstück, und sie sprang begeistert auf.

»Die Antwort erhält der Herr Kommissar nur auf der Tanzfläche.«

Wohl oder übel musste Fokke ihr folgen und fand sich auf der Tanzfläche wieder. Über seine mangelnde Technik musste er sich keine Gedanken machen, denn angesichts der Enge waren sowieso nur minimalistische Bewegungen möglich.

»Also? Was ist nun?«, rief er.

Obwohl er fast Wange an Wange mit Celia tanzte, musste er lauthals schreien. Sie lächelte kokett und drückte ihm statt einer Antwort einen Kuss auf den Mund. So angenehm ihm diese Zärtlichkeit auch war, seine Gedanken wollten sich partout nicht von Elfriede Schulz und deren Liebhaber lösen.

»Ich tanze nur weiter, wenn du mir endlich antwortest«, drohte er.

Da lenkte Celia ein und nannte den Namen. Es traf Fokke dermaßen unerwartet, dass er einfach stehen blieb. Dadurch löste er ein wenig Chaos aus, sodass Celia ihn eilig wieder in Bewegung versetzte.

»Jetzt ist aber Schluss mit der Arbeit!«

Energisch verbot sie sich weitere Gespräche über seine Ermittlungen, und es gelang ihr, Fokke sogar für ein langsames Stück auf der Tanzfläche zu halten.

»Geht doch sehr gut, du Tanzbär«, raunte sie in sein Ohr.

Fokke musste gestehen, dass er es immer mehr genoss. Celias biegsamer Körper schmiegte sich wunderbar an ihn und entführte seine Gedanken in völlig andere Regionen. Als sie nach mehreren Tänzen zu ihrem Platz zurückgingen, begegnete ihnen Elke Busch.

»Moin, ihr zwei. Alles im Lot?«

Völlig unbefangen plauderten die beiden Frauen miteinander und gaben Fokke das gute Gefühl, sich nicht entscheiden zu müssen. Unwillkürlich erinnerte er sich an seine Begegnung mit Heike Fehring, als er und Elke auf dem Deich spazieren gingen. Diese Situation im Festzelt sagte ihm weitaus mehr zu.

»Viel Spaß noch«, wünschte Elke und verschwand.

Am Tisch füllte Celia die Gläser nach und trank durstig. Fokke tat es ihr gleich und spürte die zunehmende Entspannung, die auch vom Alkohol stimuliert wurde.

»Das war eine gute Idee von dir«, lobte er.

Celia lächelte vergnügt.

»Ich habe noch mehr tolle Ideen. Fragt sich nur, ob du dafür auch bereit bist.«

Fokke schaute in ihre Augen und las darin eine eindeutige Botschaft. Celia wollte ihn, aber sicherlich nicht um jeden Preis. Fokke durfte weder ihren Willen unterschätzen noch ihre Gefühle auf die leichte Schulter nehmen.

»Ich arbeite daran, Celia. Ehrlich«, versicherte er.

Sie ließ es auf sich beruhen und musste Fokke später nicht lange animieren, um wieder mit ihr auf die Tanzfläche zu gehen. Spät in der Nacht stand er in einem Kreis gleichaltriger Männer und machte den Headbanger zu den harten Riffs von Uriah Heep. Bredstedt brachte in der Tat alle seine Seiten zum Vorschein, besonders nach dem Genuss einiger Gläser Cola-Rum.

Es war ihm total aus dem Ruder gelaufen. Wieso hatte Elfriede Schulz nur nicht so tief geschlafen, wie sie es sonst immer tat? Schluckte sie etwa keine Schlaftabletten mehr?

»Was willst du denn hier?«, fragte sie ihn.

Er hatte es geschafft, unbemerkt bis ins Wohnzimmer zu gelangen. Sissy war zwar aufgeschreckt, aber beruhigte sich sofort wieder. Sie kannte ihn schließlich sehr gut und sah keine Bedrohung im nächtlichen Besucher. Die Pudeldame ahnte nichts von seinem düsteren Plan.

»Dich überraschen«, hatte er geantwortet.

Ihr Blick war noch vom Schlaf getrübt, daher hoffte er, dass sie den Benzinkanister nicht bemerken würde. Leider war das verflixte Ding zu groß, um es neben seinem Bein zu übersehen.

»Was schleppst du denn da mit dir herum?«

Elfriede Schulz war nicht dumm, und mittlerweile war sie wach. Sie zog die richtigen Schlüsse aus seinem nächtlichen Auftauchen.

»Du willst das Haus in Brand stecken? Um Gottes willen, warum denn?«, fragte sie erschüttert.

Hätte sie nicht einfach weiterschlafen können? Der Benzingeruch war deutlich wahrzunehmen, da er den Verschluss bereits geöffnet hatte.

»Du weißt zu viel«, lautete seine nüchterne Antwort.

Verwirrung stieg in ihren Augen auf. Elfriede dachte so angestrengt nach, dass man ihr förmlich dabei zusehen konnte. Dann flackerte ihr Blick hinüber zu den Bildern und Skulpturen. Ihr Kopf zuckte zurück, und nun konnte er erkennen, dass sie alle Zusammenhänge erfasst hatte.

»Du hast Ron auf dem Gewissen! Was ist denn nur in dich gefahren?«, stieß sie hervor.

Er wurde immer wütender. Sie lebte das Luxusleben einer gut situierten Arztfrau und musste sich nicht um ihr Auskommen scheren. Er hingegen kämpfte hier um sein nacktes Überleben und sollte sich jetzt dafür auch noch rechtfertigen. Mit einem Wutschrei überwand er die Distanz zu Elfriede und packte sie grob an den Schultern.

»Es leben nicht alle Menschen in finanzieller Unabhängigkeit, du dumme Kuh! Ron wollte mich erpressen, deswegen musste er sterben«, brüllte er.

Sie versteifte sich, und erstmals trat Angst in ihre Augen. Er genoss den Anblick und stieß sie dann brutal von sich. Elfriede Schulz blieb mit ihrer Pantolette an der Kante des Teppichs hängen, auf dem der Couchtisch stand. Sie ruderte verzweifelt mit den Armen, doch es war vergebens. Er hätte die Frau festhalten können, doch stattdessen schaute er ungerührt zu, wie sie mit dem Kopf gegen die Tischkante krachte. Es gab ein hässliches Geräusch, so als wenn man eine Kokosnuss knacken würde. Sissy begann zu winseln und umkreiste den leblosen Körper seines Frauchens.

»Das hast du jetzt davon«, murmelte er.

In seinem Kopf legte er sich bereits eine Erklärung zurecht. Wenn Elfriede unglücklich stürzte und dabei ums Leben kam, war es schließlich nicht seine Schuld. Ein Lächeln spaltete seine Lippen, während er den Verschluss des Kanisters wieder zumachte. Es war nicht nötig, Spuren mit Feuer zu tilgen. Nach einem letzten prüfenden Blick nahm er den Benzinkanister und verließ ohne Eile das Haus.

So regelt sich manches einfach von selbst, dachte er zufrieden.

Das traurige Heulen der Pudelhündin ging im Starten des Automotors unter. Es berührte ihn überhaupt nicht. Seine Welt war wieder in Ordnung, ohne dass er dazu viel hatte beitragen müssen. So einfach hatte er sich die Beseitigung seines Problems gar nicht vorgestellt. Er fuhr zurück nach Bredstedt und pfiff leise die Melodie aus dem Autoradio mit. Darin ging es um Liebesbriefe, die jemand seiner Geliebten geschrieben hatte.

»So dumm war ich jedenfalls nicht«, frohlockte er.

Die Situation hatte etwas von einem Déjà-vu. Fokke kämpfte mit den Nachwirkungen von zu viel Alkohol, und seine Schwester lehnte mit verärgertem Gesichtsausdruck an seiner Zimmertür. Es gab aber einen wesentlichen Unterschied zum vorherigen Mal.

»Nein, ich war nicht bei Heike. Dafür erinnere ich mich aber daran, was man mir über Elfriede Schulz erzählt hat. Rate mal, wer ihr Liebhaber war?«, sagte Fokke.

Wiebke schaute ihren Bruder zweifelnd an.

»Na, Ron natürlich. Das hast du mir längst erzählt«, schimpfte sie.

Fokke richtete sich in die Senkrechte auf, schnappte sich die bereits halb geleerte Flasche Mineralwasser und setzte sie an den Mund. Er trank so gierig, dass ein Teil des Wassers vorbeilief und sein T-Shirt benässte. Fluchend wischte er sich die Mundwinkel aus und starrte Wiebke strafend an.

»Das war nur ein kurzes Techtelmechtel. Nein, nein. Frau Schulz hat einen anderen Liebhaber oder hatte ihn wenigstens über längere Zeit«, widersprach Fokke.

Als er die wachsende Ungeduld seiner Schwester registrierte, nannte er eilig den Namen. Er hätte Wiebke ebenso gut einen Eimer mit Wasser über den Kopf schütten können. Sie stand wie erstarrt und schüttelte immer wieder nur ungläubig den Kopf.

»Ralf? Das kann ich mir nicht vorstellen. Er ist doch verheiratet und hat zwei Kinder. Ist diese Elfriede Schulz nicht viel zu alt für ihn?«, sprudelte es aus ihr heraus.

Fokke hob abwehrend eine Hand in die Höhe.

»Langsam, Wiebke. Erstens wäre er nicht der erste verheiratete Mann, der nebenher eine Affäre am Laufen hätte. Außerdem ist Frau Schulz eine attraktive Frau, auch wenn sie einige Jahre älter als Ralf ist«, sagte er.

Vorerst war es nur ein unbestätigtes Gerücht. Sollte es Fokke gelingen, diese Liebesbeziehung nachzuweisen, brachte es für die laufenden Ermittlungen vermutlich wenig ein. Ralf Christiansen war ein unbescholtener Bürger Bredstedts und stand bislang nicht unter einem Tatverdacht. Eine Affäre brachte ihn sicherlich in Schwierigkeiten, rechtfertigte aber immer noch keinen Mord.

»Was hast du nun vor?«, wollte seine Schwester wissen.

Fokke warf einen Blick auf seine Armbanduhr. Es war kurz nach neun Uhr am Vormittag. Er war für zehn Uhr mit Heidemarie in Husum verabredet. Sie wollten die ruhigen Stunden am Samstag nutzen, um sich einen Überblick über den Stand ihrer Ermittlungen zu verschaffen.

»Ich muss in knapp fünfzig Minuten in Husum sein. Sei so lieb und mach mir einen starken Kaffee. Ich springe schnell unter die Dusche und mach mich dann auf den Weg«, erwiderte Fokke.

Wiebke verzog den Mund, sparte sich aber weitere Kommentare. Als Fokke zehn Minuten später mit nassen Haaren in der Küche auftauchte, wartete der Kaffee bereits auf ihn. Zusätzlich hatte seine Schwester ihm ein Brötchen mit Wurst und eines mit Käse belegt.

»Damit du nicht vom Fleisch fällst, Bruderherz«, sagte sie.

Fokke stürzte den Kaffee mit wenigen Schlucken hinunter, verbrühte sich dabei die Zungenspitze und schnappte sich die belegten Brötchen.

»Du bist und bleibst die Beste. Danke«, rief er und umarmte seine Schwester.

Dann löste er sich und eilte hinaus, um in den Käfer zu klettern.

»Willst du meinen Wagen nehmen? Der bringt dich auf jeden Fall rechtzeitig nach Husum«, bot Wiebke an.

»Quatsch. Der Käfer schafft das genauso gut«, lehnte Fokke ab.

Wenige Minuten später zockelte er gemütlich über die B 5 in Richtung Husum. Gleich nach der Dusche hatte er zwei Aspirin geschluckt, deren Wirkung jetzt einsetzte. Die Kopfschmerzen ließen nach, und so kaute Fokke genüsslich seine Brötchen. Der starke Kaffee hatte seine restlichen Lebensgeister geweckt, sodass er sogar leise zu pfeifen begann.

Vielleicht steckt ja doch mehr hinter dieser Liebesaffäre, dachte er.

Doch bereits auf Höhe des Ortsschildes von Struckum verflog seine gute Laune schlagartig. Aus dem Funkgerat kamen die Stimmen der Kollegen aus der Leitzentrale und die von Ulf Boysen. Fokke wartete ab, bis dieser Dialog beendet war, und nahm dann seinerseits Funkkontakt zum Streifenwagen von Ulf auf.

»Bei Frau Schulz wurde eingebrochen, und sie ist verletzt?«, fragte er nach.

Ulf bestätigte es und sorgte dafür, dass einige Struckumer Zeugen eines ungewöhnlichen Vorgangs wurden. Fokke aktivierte das Blaulicht und die Sirene am Käfer, während er gleichzeitig wendete. Vermutlich hatte keiner der Beobachter damit gerechnet, dass der Oldtimer immer noch als Einsatzfahrzeug in Betrieb war.

»Wehe, wenn wir zu spät kommen«, murmelte Fokke erbost.

Er lenkte den Wagen zurück in Richtung Bredstedt, um an

der Kreuzung nach Drelsdorf abzubiegen. Obwohl er das Gaspedal des Käfers bis zum Bodenblech durchdrückte, kletterte das Tachometer nur knapp über die Anzeige von einhundertzehn Stundenkilometern. Vorausfahrende Fahrzeuge reagierten auf die Sirene und das Blaulicht. Sie fuhren auf den breiten Randstreifen und schauten dem nur mäßig schnelleren Streifenwagen verwundert hinterher.

»Heidemarie? Wir haben ein neues Problem«, informierte Fokke gleichzeitig die Kriminalrätin.

Als sie erfuhr, auf wen ein Anschlag verübt worden war und welch neue Erkenntnisse Fokke in diesem Zusammenhang liefern konnte, kündigte Heidemarie ihr Kommen an.

»Vielleicht ist Frau Schulz noch ansprechbar, Fokke. Es wäre extrem wichtig für uns, wenn sie die Liebesbeziehung zu Ralf Christiansen bestätigen würde«, sagte sie.

Den wenigen Informationen aus dem Gespräch mit Ulf Boysen nach zu urteilen, hegte Fokke wenig Hoffnung. Der Gärtner hatte die offene Terrassentür bemerkt und war ins Haus gegangen. Dort fand er eine winselnde Sissy vor, die um die bewusstlose Frau Schulz herumtänzelte. Als der Gärtner die große Wunde an der Schläfe entdeckte, wählte er sofort den Notruf.

»Was ich zuletzt gehört habe, deutet leider nicht darauf hin. Sobald ich mehr sagen kann, melde ich mich wieder«, versprach Fokke.

Bis zum Grundstück mit der Villa des Berliner Arztes waren es nur noch wenige Kilometer. Bevor Fokke das Anwesen erreichte, machte er dem sich schnell nähernden Rettungswagen Platz. Der Beifahrer schaute ungläubig auf den VW-Käfer mit eingeschaltetem Blaulicht, der auf den Fahrradweg ausgewichen war. Fokke winkte ihm zu und folgte dann dem Fahrzeug.

Er traf rechtzeitig ein, um mit dem Notarzt über die Verletzungen von Frau Schulz sprechen zu können.

»Sie hat massive Kopfverletzungen an der rechten Schläfenseite. Ob es sich um eine Fraktur handelt, lässt sich erst später sagen«, erklärte der Arzt.

Fokke schaute zur Trage, auf der zwei Rettungskräfte soeben die ohnmächtige Elfriede Schulz aus dem Wohnzimmer rollten.

Sissy kläffte herzzerreißend aus ihrem vorübergehenden Gefängnis in der Küche.

»Wir mussten den Hund einsperren. Er wollte partout nicht von der Frau weg«, sagte Ulf Boysen.

»Gut gemacht, Ulf. Wer hat euch eigentlich alarmiert?«

Er deutete auf einen verstört dreinblickenden Mann. Es war der Gärtner, der immer noch unter Schock stand.

»Herr Hansen wollte den Rasen mähen. Als er das anhaltende Winseln des Pudels vernahm, hat er nachgesehen und sie gefunden. Er hielt sie für tot«, erklärte Ulf.

Fokke hatte nur kurz ins Gesicht der Frau sehen können. Doch das viele Blut und die fahle Gesichtshaut hätten vermutlich jeden Betrachter annehmen lassen, dass Elfriede Schulz nicht mehr am Leben sei.

»Hat er jemanden weglaufen sehen, oder sind ihm sonst irgendwelche Merkwürdigkeiten aufgefallen?«, fragte Fokke.

Ulf Boysen schob die Schirmmütze ein Stück in den Nacken.

»Hansen meint, es hätte nach Benzin gerochen«, antwortete er dann.

»Benzin? Hier im Haus?«, hakte Fokke nach.

Es schien ein schwacher Geruch des Treibstoffs in der Luft des Wohnzimmer gehangen zu haben.

»Und? Habt ihr auch so etwas gerochen?«, fragte Fokke.

Ulf schüttelte den Kopf.

»Nö, überhaupt nicht. Könnte trotzdem stimmen. Hansen hat schließlich die Terrassentür geöffnet und nicht daran gedacht, dass der Geruch damit auch verschwindet«, erwiderte er.

Benzin im Wohnzimmer? Für Fokke ergaben sich wieder einmal viele Fragen. Stand der Angriff auf Elfriede Schulz in einer Verbindung zu ihren Ermittlungen?

»Liegt uns etwas vor, wonach es zu Einbrüchen in der Gegend gekommen ist?«, fragte er Ulf.

Es gab immer wieder Einbrecher, die es bevorzugt auf Häuser von nicht ständig anwesenden Wochenendurlaubern abgesehen hatten.

»Keine Meldungen in der jüngeren Vergangenheit«, erwiderte Ulf Boysen.

In diesem Augenblick betrat Heidemarie das Haus und eilte sofort auf die beiden Männer zu.

»Ich habe die Kriminaltechniker angewiesen, die Spuren zu sichern«, sagte sie.

Dass sie sich nicht einmal Zeit für den üblichen Gruß nahm, war ein Beleg für ihre Aufregung.

»Was wissen wir schon?«, fragte sie.

Fokke nickte Ulf zu, der eine Zusammenfassung gab.

»Mehr nicht? Steht dieser Überfall in Verbindung zu den Morden?«, fragte Heidemarie.

»Kann man bislang nicht sagen. Wir müssen abwarten, bis Frau Schulz ansprechbar ist und uns hoffentlich etwas zum Täter sagen kann«, sagte Fokke.

»Vielleicht finden die Techniker ja Spuren, die uns mehr verraten«, sagte Ulf.

Einige Sekunden lang schauten die drei Polizisten stumm auf den Couchtisch. An der Ecke der Glasplatte war deutlich das anhaftende Blut zu erkennen.

»Was sagt dein Instinkt?«, fragte Heidemarie.

Fokke mochte es gar nicht, wenn man ihn dermaßen bedrängte. Auf der anderen Seite konnte er sie gut verstehen. Innerhalb der nächsten Stunde würden sich nicht nur die Medien auf sie stürzen, sondern auch ihre Vorgesetzten mehr erfahren wollen.

»Es gibt keine Einbruchserie, die hierzu passen würde. Außerdem scheint es mir ein sehr großer Zufall zu sein, wenn der Angriff auf Frau Schulz nicht in Verbindung zu unseren Ermittlungen steht«, antwortete er daher.

Ulf Boysen nickte zustimmend. Heidemarie seufzte schwer.

»Was willst du also tun?«

Ihre Frage richtete sich an Fokke, von dem sie offenbar einen Geistesblitz erwartete. Im Grunde tappte er jedoch genauso im Dunkeln wie seine Kollegen. Es fehlte das Verbindungsglied, das die Morde an Hauke Boysen, Ron Tüchsen und den Anschlag auf Elfriede Schulz verknüpfte. Fokkes Instinkt sagte ihm, dass die Fälle zusammenhängen mussten. Was fehlte, waren die erforderlichen Beweise.

»Es gibt eine Person, die mir Rätsel aufgibt. Ralf Christiansen arbeitet bei der Bank, bei der Hauke sein Konto hatte. Er machte uns auf dieses Schließfach aufmerksam, in dem die gefälschten Schuldscheine lagen, und er soll eine intime Beziehung zu Frau Schulz gehabt haben. Nun ist Bredstedt zwar eine Kleinstadt, aber ich finde Christiansens Verbindungen zu den Opfern bemerkenswert«, holte Fokke weit aus.

»Du verdächtigst den stellvertretenden Leiter der Genossenschaftsbank? Ist das dein Ernst?«, fragte Ulf verblüfft.

»Ich weiß selbst, wie unglaublich dieser Verdacht ist. Christiansen ist ein Pedant und neigt wahrlich nicht zu Gewaltausbrüchen. Mich stört nur, dass er in einer Beziehung zu jedem unserer Opfer steht. Ron hat er regelmäßig Schließfächer zur Verfügung gestellt, sodass der wertvolle Skulpturen darin aufbewahren konnte«, sagte Fokke.

»Hast du mehr als nur dein Bauchgefühl?«, fragte Heidemarie.

Fokke schüttelte den Kopf.

»Nein? Dann grab tiefer und bring mir handfeste Beweise. Ohne die haben wir keinen Grund, einen Mann wie Ralf Christiansen auch nur zu verdächtigen«, sagte Heidemarie.

Sie machte sich auf den Rückweg nach Husum und erinnerte Fokke und Ulf daran, dass man sie jederzeit über die Entwicklungen auf den aktuellen Stand bringen sollte.

»Glaubst du wirklich, dass Christiansen etwas mit den Morden und dem Überfall zu schaffen hat?«, fragte Ulf.

»Wie gesagt. Bisher habe ich nicht mehr als meinen Instinkt«, antwortete Fokke ehrlich.

Ulf nahm die Schirmmütze ab und strich sich durch das dünner werdende Haar. Sein Blick wanderte nachdenklich durch den Raum. Fokke verfolgte unterdessen, wie der Mitarbeiter des Tierschutzvereins von Heiner zur Küche gebracht wurde. Er hatte dort angerufen und die Situation des Pudels erklärt. Gleich darauf kam der Mann mit der grünen Weste über dem Hemd wieder aus der Küche und führte die laut winselnde Sissy an der Leine aus dem Haus.

»Merkwürdig ist es schon.«

Fokke wandte den Kopf und musterte Ulf. Er verstand nicht, was der mit seiner Bemerkung meinte.

»Im Grunde war die Indizienkette gegen Dirk reichlich dünn.

Erst der Fund der Schuldscheine belastete ihn sehr schwer. Wenn er dir nicht verraten hätte, dass die gefälscht sein müssen, hätte der Plan aufgehen können«, sprach Ulf weiter.

»Stimmt. Und wieso hat Christiansen uns nicht schon vorher vom Schließfach erzählt? Ihr habt euch doch nach Haukes Konten erkundigt«, fragte Fokke.

Ulf setzte die Mütze wieder auf.

»Wir sollten dem Herrn Bankkaufmann einige Fragen stellen. Mal sehen, wie er sich dabei verhält«, sagte er.

»Dann weiß er aber auch, dass wir ihn im Visier haben«, sagte Fokke, der eine Befragung nicht überstürzen wollte.

»Stimmt auch wieder. Hast du eine bessere Idee?«

Ulf schaute Fokke fragend an.

»Noch nicht, außer du kennst jemanden bei der Bank. Hast du eventuell eine zuverlässige Person, die uns weiterhelfen könnte?«, fragte Fokke.

Ulf machte ein trauriges Gesicht.

»Nö, leider nicht. So ein Maulwurf wäre echt prima, aber damit kann ich nicht dienen.«

»Dann bleibt uns noch Frau Sörensen aus der Filiale in Viöl. Wir müssen sie in Thailand aufspüren und zur angeblichen Einrichtung des Schließfaches befragen«, sagte Fokke.

Wenn Christiansens Kollegin seine Angaben nicht bestätigte, entstand das erste Loch in seinen Aussagen. Das wäre immerhin ein guter Anfang, um hinter die Fassade des Bankkaufmanns schauen zu können.

Ralf Christiansen hatte seine Frau Katrin zum Essen eingeladen. Katrin freute sich über den Vorschlag, da ihr das chinesische Restaurant in Husum besonders gut gefiel. Es wurde ein entspannter Abend, so wie das Ehepaar ihn schon längere Zeit nicht mehr erlebt hatte.

»Das war sehr lieb von dir«, dankte sie ihrem Mann auf der Rückfahrt.

Ralf genoss den Triumph. Er war felsenfest davon überzeugt, dass mit dem Tod von Elfriede Schulz alle Türen zu seiner dunklen Vergangenheit endgültig verschlossen waren.

»Ich hatte so viel Stress in den vergangenen Wochen, und du hast dich nie beschwert. Dafür hast du diesen Abend mehr als verdient«, erwiderte er.

Während Katrin das Autoradio einschaltete, hing Ralf seinen Gedanken nach. Der Posten des Filialleiters stand in wenigen Monaten zur Disposition, und man hatte ihm eindeutig signalisiert, dass seine Bewerbung mit größtem Wohlwollen angenommen werden würde. Ralf erinnerte sich an ein altes Versprechen, das er seiner Frau vor geraumer Zeit gemacht und nie eingelöst hatte.

»Du könntest eigentlich morgen einmal ins Reisebüro gehen«, schlug er vor.

Seine Frau stellte verwundert das leise Mitsummen der Melodie aus dem Radio ein und schaute Ralf verständnislos an.

»Wir wollten doch immer schon mal einen Skiurlaub über Silvester planen«, sagte er.

»Ehrlich?«

»Natürlich, Liebes. Das habe ich dir schon so lange versprochen, und jetzt wird es Zeit, dass wir endlich Nägel mit Köpfen machen«, erwiderte er.

Selbst im Licht der untergehenden Sonne konnte Ralf das glückliche Leuchten in ihren Augen erkennen. Er war eindeutig auf der Siegerstraße angekommen.

»Was war das?«, murmelte Katrin.

Im Radio wurden soeben die Tagesnachrichten verlesen, und als Ralfs Frau die Lautstärke aufdrehte, trafen ihn die Worte des Sprechers mit unglaublicher Wucht.

»In den frühen Morgenstunden wurde ein brutaler Überfall auf die Anwohnerin einer Villa in der Nähe von Drelsdorf verübt. Die Ehefrau eines Berliner Arztes wurde mit schweren Verletzungen ins Husumer Krankenhaus gebracht. Die Kriminalpolizei hat die Ermittlungen aufgenommen.«

Elfriede lebte. Diese Erkenntnis fraß sich wie Säure in Ralfs Kopf und blendete alle anderen Gedanken aus. Seine Euphorie wurde von großer Angst abgelöst. Sollte Elfriede Schulz wieder zu Bewusstsein kommen, würde sie ohne Zögern der Polizei seinen Namen nennen. Da ihn bislang niemand aufgesucht hatte, blieb Ralf noch ein wenig Zeit.

»Ralf!«

Der Aufschrei seiner Frau brachte ihn zurück in die Gegenwart. Er hatte die Kurve mit überhöhter Geschwindigkeit angesteuert, und daher drohte der Ford Focus auszubrechen. Wild entschlossen, einen Unfall zu vermeiden, kurbelte Ralf mit zusammengebissenen Zähnen am Lenkrad herum. Doch die Geschwindigkeit war schlicht zu hoch, und so brach der Wagen aus, legte einen Begrenzungspfosten um und brach dann durch einen Zaun. Der Ford bohrte sich tief ins frisch umgepflügte Feld und kam mit einem harten Ruck schließlich zum Stehen.

»Bist du in Ordnung?«, fragte Ralf.

Als von seiner Frau keine Antwort kam, schaute er erschrocken zur Seite.

»Katrin? So sag doch etwas«, rief er.

Er konnte sich nur sehr mühsam aus dem Sicherheitsgurt befreien, da sich das Gurtschloss verbogen hatte. Dann wandte Ralf sich zu Katrin, die im Sitz zusammengesunken war. Als er vorsichtig ihren Kopf anhob, erschrak er zutiefst.

»Du blutest ja«, sagte er.

Katrins Kopf musste mit großer Wucht gegen den Seitenholm geprallt sein, denn aus der offenen Wunde strömte immer noch Blut. Ralf reagierte panisch und kletterte zunächst aus dem Wagen, um zur Straße zu rennen. Auf halber Strecke erkannte er sein falsches Verhalten und kehrte zum Ford zurück. Aus der Ablage in der Mittelkonsole nahm er sein Handy und alarmierte die Rettungskräfte.

»Meine Frau ist ohnmächtig und hat eine große Wunde an der rechten Schläfenseite«, gab er Auskunft.

Die ruhige, präzise Stimme in der Leitzentrale entlockte ihm die erforderlichen Informationen.

»Können Sie bei Ihrer Frau einen Verband anlegen?«, erkundigte sich der Mann.

Sorgsam leitete er Ralf an, nannte jeden einzelnen Schritt, sodass er ruhiger wurde und gezielt reagieren konnte. Nach und nach eilten ihm andere Fahrzeugführer zu Hilfe, und schließlich trafen auch Polizei und ein Rettungswagen ein. Ralf wurde befragt, da er keine äußeren Verletzungen aufwies. In seiner Not gab er an, dass ihn ein anderes Fahrzeug von der Straße gedrängt hätte.

»Sie waren in einem Restaurant, Herr Christiansen. Haben Sie Alkohol getrunken?«, erkundigte sich der Polizist.

Ihm war anzusehen, dass er die Version des Unfalls nicht so recht glauben wollte. Ralf schüttelte den Kopf.

»Nein. Ich trinke nie, wenn ich noch Auto fahren muss«, antwortete er.

Er wollte seine Frau sowieso ins Krankenhaus begleiten und war mit einer Blutentnahme einverstanden. Die Beamten sicherten den Unfallort, und Ralf stieg in den Rettungswagen, der Katrin ins Krankenhaus nach Husum bringen würde.

»Vermutlich hat Ihre Frau eine schwere Gehirnerschütterung beim Aufprall erlitten, Herr Christiansen. Genaueres wird Ihnen der Kollege nach einer Untersuchung im Krankenhaus sagen können«, teilte der Notarzt mit.

Ralf nahm es mit einem dankbaren Nicken auf und saß dann schweigend im Fond des Streifenwagens. Er starrte zu der Trage seiner Frau, die in den Rettungswagen geschoben worden war. Er verfolgte scheinbar aufmerksam, wie der Arzt und der Sanitäter sich permanent um Katrin kümmerten. In Wahrheit rasten in Ralfs Kopf die Gedanken wie in einer Zentrifuge herum.

Ich muss eine Lösung finden, dachte er immer wieder.

Während der Fahrt nach Husum stellten ihm die Beamten keine weiteren Fragen, aber er fand trotzdem keine Ruhe. Im Krankenhaus wurde Ralf ebenfalls gründlich untersucht, und ihm wurde eine Blutprobe entnommen. Die Polizisten waren erstaunt, als ihnen das Ergebnis mitgeteilt wurde.

»Negativ? Dann stimmt es vermutlich doch mit dem anderen Wagen«, sagte einer der Beamten.

Ralf konnte jedes Wort mithören, da die Beamten lediglich ein Vorhang vom Behandlungsraum trennte. In seinem Kopf wuchs ein neuer Plan heran, in dem er sich als weiteres Opfer einer Serie von Anschlägen gegen Bredstedter Bürger sah.

Wenn ich es clever anstelle, gerate ich gar nicht weiter unter Verdacht, schoss es ihm durch den Kopf.

Ralf musste nur noch einen Weg finden, wie er verhindern

konnte, dass Elfriede Schulz gegen ihn aussagen konnte. Vielleicht genügte es ja, wenn man ihre geistige Verfassung in Frage stellte. Was wäre, wenn sie schon früher unhaltbare Vorwürfe ausgesprochen hätte? Noch verfügte Ralf über einen makellosen Ruf. Wem würden die Behörden mehr Glauben schenken? Einer überwiegend betrunkenen Frau, die bereits wegen falscher Anschuldigungen bekannt war, oder einem seriösen Kaufmann ohne jede Vorbelastung?

»Können wir uns noch einmal unterhalten, Herr Christiansen?«

Einer der Polizisten war durch den Spalt im Vorhang getreten.

»Ja, natürlich. Ich versuche mich gerade an die Marke des anderen Fahrzeugs zu erinnern«, antwortete Ralf.

Er konnte an den Gesichtern der Beamten ablesen, dass seine Glaubwürdigkeit enorm gestiegen war. Vermutlich kannten sie jetzt seine soziale Stellung und schätzten Ralf Christiansen als seriösen Bürger ein.

FÜNFZEHN

Die Neuigkeiten ließen Fokke auf den Schreibtischstuhl sinken, ohne seine Windjacke auszuziehen. Durch das geöffnete Fenster kam die frische Morgenluft in die Polizeiwache.

»Auf Ralf Christiansen wurde ein Anschlag verübt?«, fragte er ungläubig.

»Ja, so verrückt es auch klingt«, erwiderte Ulf Boysen.

Er reichte Fokke die ausgedruckte Meldung der Kollegen, die am Abend zuvor die ersten Untersuchungen vorgenommen hatten. Er überflog die Zeilen und konnte nur ungläubig den Kopf schütteln.

»Katrin Christiansen ist kurz zu sich gekommen und hat die Angaben ihres Mannes im Prinzip bestätigt. Sie erwähnte etwas von einem Angriff oder Überfall und zu hoher Geschwindigkeit«, ergänzte Heiner.

Der jüngere Bruder von Ulf schien schon länger über diese Wendung nachzudenken.

»Damit müssen wir wohl zu deinem Cousin als Täter zurückkehren«, sagte er. So wirklich konnte Heiner die Schadenfreude darüber nicht verbergen, was Fokkes Zorn anfachte.

»Dirk war es nicht, verdori! Nur weil Christiansen sich als Opfer eines Angriffs darstellt, heißt es nicht, dass er in anderen Dingen unschuldig ist«, erwiderte er scharf.

Heiner und Ulf tauschten einen Blick aus.

»Dann erklär uns doch einmal, wie du dir diese Geschehnisse zusammenreimst«, forderte Heiner.

Das hätte Fokke zu gern getan, doch ehrlicherweise musste er gestehen, es nicht zu können.

»Was willst du nun machen?«, fragte Ulf.

Als Fokke auf die Wache gekommen war, hatte er einen gut ausgearbeiteten Plan gehabt. Doch das unerwartete Ereignis zerstörte sein Vorhaben gründlich.

»Darüber muss ich erst einmal nachdenken. Habt ihr schon mit Heidemarie gesprochen?«

Natürlich wusste Heidemarie bereits von der neuen Entwicklung.

»Sie wartet auf deinen Anruf. Vermutlich möchte sie erfahren, wie du weiter vorgehen willst«, sagte Ulf.

Fokke erhob sich.

»Ich melde mich bei ihr, sobald ich mehr sagen kann. Vorerst brauche ich frische Luft und Bewegung«, teilte er mit.

Die beiden schauten ihn verblüfft an. Doch Fokke wollte sich nicht weiter erklären und verließ fast fluchtartig die Wache. Er stiefelte kurze Zeit später über den Marktplatz und traf dabei auf Karl-Heinz, der mit seiner blutigen Metzgerschürze in der Tür seines Geschäftes stand.

»Moin, Fokke. Wat maakst du denn för en Gesicht?«, fragte er.

Es wunderte Fokke, dass sein Onkel anscheinend noch nichts vom angeblichen Angriff auf den Bankkaufmann erfahren hatte.

»Hast du noch nicht gehört, was Christiansen und seiner Frau passiert ist?«, fragte er.

Erst bei dessen verwunderter Antwort erkannte Fokke seinen Irrtum. Außerhalb der ermittelnden Polizisten galt Ralf Christiansen als seriöser Bankmensch. Fokkes Familie ahnte nichts von den belastenden Indizien, die er und seine Kollegen gegen Ralf Christiansen hegten.

»Jau. Bredstedt kann bald in Banditenstedt umgetauft werden«, frotzelte Karl-Heinz Mommsen.

Es war ein müder Witz, und dennoch lachte Fokke pflichtschuldig. Er lehnte den angebotenen Kaffee, alternativ wollte sein Onkel auch gern einen Teepunsch servieren, ab. Mit einem flüchtigen Gruß wandte Fokke sich um und marschierte weiter. In den folgenden zwanzig Minuten bewegte er seine Gedanken hin und her, ohne einer Lösung auch nur ansatzweise näher zu kommen.

»Fokke? Wolltest du zu mir?«

Als Thorben ihn ansprach, hob Fokke den Kopf und schaute seinen Cousin verwirrt an. Er hatte unwillkürlich den Weg zum Institut eingeschlagen. Thorben stand auf der Eingangstreppe und musterte Fokke fragend.

»Nö. Oder vielleicht doch. Himmel, ich blick nicht mehr durch«, antwortete er.

Sein Cousin hob verwundert die Augenbrauen und winkte Fokke dann heran.

»Komm erst einmal rein. Wir reden in Ruhe über alles, dann klärt sich dein Kopf schon«, sagte er.

Erleichtert, endlich einen kompetenten Gesprächspartner gefunden zu haben, folgte Fokke seinem Cousin ins Institut. Dort summte es geradezu vor Aktivität, was Fokke überraschte.

»Was ist denn hier los?«

»Das sind Studenten der Kieler Uni. Sie nehmen an einem Projekt in nordfriesischer Geschichte teil und benötigen dazu die Unterstützung meines Instituts«, erklärte Thorben.

Sie suchten sein Büro auf, um ungestört reden zu können. Während Thorben mit seiner modernen Kaffeemaschine zwei Latte macchiato zubereitete, berichtete Fokke von den jüngsten Ereignissen.

»Vom Überfall auf Elfriede Schulz habe ich natürlich gehört. Das mit Christiansen und seiner Frau ist mir neu«, sagte Thorben.

Er nippte nachdenklich an seinem Kaffee und schüttelte verständnislos den Kopf.

»Wie passt Ralf Christiansen in eure Ermittlungen?«, fragte er schließlich.

Fokke erzählte seinem Cousin vom Verdacht, den er und seine Kollegen gegen den Bankkaufmann hegten.

»Der stille Ralf als Mörder? Kann ich mir genauso wenig vorstellen wie bei einem Techtelmechtel mit Elfriede Schulz«, gestand er.

»Und seit gestern Abend wird es noch unglaubwürdiger«, stimmte Fokke grimmig zu.

»Außer, Christiansen ahnt etwas und sucht sein Heil in der Flucht nach vorn. Wenn er selbst zum Opfer des mysteriösen Mörders wird, bringt er sich damit aus der Schusslinie«, sagte Thorben.

Fokke nickte anerkennend.

»Da ist was dran. Nur, wie beweisen wir es ihm?«

Darüber diskutierten sie fast eine Stunde, ohne eine elegante Lösung zu finden.

»Dann muss ich mich wohl auf die Lauer legen und hoffen, dass Christiansen einen Fehler macht«, sagte Fokke.

Auch Thorben sah keine andere Möglichkeit.

»Wenn mir was Besseres einfällt, melde ich mich«, versprach er.

Fokke bat ihn, nicht über dieses Gespräch zu reden.

»Auch nicht mit Anne oder Wiebke. Ich möchte nicht, dass sich der Clan einmischt und alles verdirbt«, sagte er.

Fokke verließ das Institut. Es wurde Zeit, dass er wieder zur Wache zurückkehrte.

Heidemarie Boysen starrte Fokke fassungslos an.

»Du willst Christiansen überwachen lassen?«

Fokke bemühte sich, die Aufregung seiner Vorgesetzten abzumildern. Auf der Fahrt von Bredstedt zur Inspektion in Husum hatte er sorgfältig seine Argumente abgewogen.

»Ja, aber offiziell verkaufen wir es als Personenschutz«, erwiderte Fokke.

Er hielt es für eine elegante Lösung, bei der Ralf Christiansen wenig Raum für Widerspruch blieb. Heidemarie schaute Fokke an, als wenn er ihr eine verdeckte Ermittlung gegen den Ministerpräsidenten vorgeschlagen hätte.

»Spinnst du? Wir haben keinerlei Handhabe, um Christiansen zu überwachen«, sagte sie.

»Na eben. Deswegen der Trick mit dem Personenschutz. Ist doch genial«, rief Fokke aus.

Wieso erkannte Heidemarie nicht, wie clever sein Kunstgriff war?

»Christiansen hat sich mit dem Märchen über den Angriff selbst ein Bein gestellt. Er kann nicht ablehnen, wenn die Polizei ihn beschützen will«, sagte Fokke.

Heidemarie erhob sich, strich den Rock glatt und trat neben ihn ans Fenster.

»Es ist dir ernst damit, richtig?«, fragte sie.

»Ja, natürlich. Wir haben dadurch die einmalige Gelegenheit, ihm auf die Finger zu sehen«, antwortete Fokke.

»Ja, ganz offiziell. Und genau darin sehe ich die Gefahr.«

Heidemarie wandte sich um und schaute Fokke offen ins Gesicht.

»Ich halte viel von deiner Theorie. Doch wenn wir Christiansen ganz offen bewachen, wird er sicherlich kaum irgendwelche krummen Dinger drehen.«

Er senkte den Kopf. Fokke wusste, wie zweischneidig sein Vorschlag war. Heidemarie hatte den wunden Punkt gefunden, wie er reumütig zugeben musste.

»Dann wirst du mir sicherlich zustimmen, dass eine heimliche Überwachung wesentlich aussichtsreicher wäre«, sagte sie.

Fokke wurde stutzig. Worauf wollte Heidemarie hinaus?

»Ja, aber das ist ja nicht in deinem Interesse«, sagte er.

»Nein, offiziell kann ich solche Methoden nicht tolerieren. Falls du oder jemand anderer aber ohne mein Wissen Christiansen in der Freizeit beobachtet, kann ich wenig dagegen tun«, sprach sie weiter.

Es war die versteckte Genehmigung für eine Überwachung von Ralf Christiansen, solange sie inoffiziell ablief.

»Ja, das ist wohl so. Wird Frau Schulz im Krankenhaus eigentlich beschützt?«, fragte er.

Auch daran hatte Heidemarie gedacht. Zwei Beamte waren rund um die Uhr vor der Zimmertür postiert, um weitere Anschläge bereits im Keim zu ersticken.

»Deine Leute nehmen ihre Aufgabe sicherlich sehr ernst, oder?«, fragte Fokke.

Sie krauste die Stirn.

»Ja, davon darfst du ausgehen. Was geht dir eigentlich durch den Kopf?«, fragte Heidemarie.

Es war eine sehr vage Vermutung. Fokke vertraute aber seinem Instinkt, der sich in vielen Ermittlungen entwickelt hatte.

»Was wäre, wenn Christiansen den Unfall mit Absicht herbeigeführt hätte?«

Heidemarie stieß sich von der Fensterbank ab und kehrte hinter ihren Schreibtisch zurück. Fokke schaute über den Parkplatz zu einer Lachmöwe, die auf der Kante der Außenmauer saß und ihn auszulachen schien.

»Ich nenne so etwas eine abenteuerliche Theorie, auch wenn ich die Richtung deiner Gedanken nachvollziehen kann«, antwortete Heidemarie.

»Ja, ich weiß. Immerhin erhält er so aber freien Zugang zum Krankenhaus, ohne viel erklären zu müssen«, sagte Fokke.

»Und deswegen sorgt er dafür, dass seine eigene Frau schwer verletzt wird? Jetzt übertreibst du aber. Oder siehst du in Christiansen mittlerweile einen kalten, abgebrühten Verbrecher?«, fragte Heidemarie.

Fokke zuckte mit den Schultern.

»Nein, eigentlich nicht. Vermutlich ist er in diese Sache reingerutscht und verursacht durch seine Schadensbegrenzung immer mehr Probleme«, gab er zu.

»Freut mich zu hören, dass du dich noch nicht komplett in die Welt der verrückten Theorien verabschiedet hast.«

Heidemarie lächelte ihn an und trank einen Schluck Mineralwasser. Dann lehnte sie sich zurück und musterte Fokke mit einem seltsamen Ausdruck in den Augen.

Es machte ihn nervös.

»Was ist denn? Wieso siehst du mich so merkwürdig an?«

Seine Fragen beantwortete Heidemarie lediglich mit einem rätselhaften Lächeln. Fokke fragte sich, ob er jemals die Frauen auch nur ansatzweise verstehen würde. Viel Hoffnung hatte er allerdings nicht.

»Hatten wir noch mehr zu besprechen, oder war's das fürs Erste?«, wollte Heidemarie wissen.

Fokke nahm den Rauswurf hin und saß fünf Minuten später in seinem VW-Käfer. Die Sonne hatte die Temperatur im Innenraum mächtig nach oben schnellen lassen, sodass er erst durchlüftete.

»Na, auf Werbetour?«, fragte eine Kollegin.

Sie war soeben mit einem neuen Passat vorgefahren und schaute lächelnd auf den Oldtimer. Ihr Kollege musterte den VW Käfer ebenfalls amüsiert.

Fokke grinste breit. »Nö, das ist die neue Richtung des Innenministeriums. So etwas nennt man dort Downsizing, und das wird ab sofort konsequent durchgezogen«, antwortete er.

Es gelang ihm, total ernst zu bleiben. Die beiden Streifenbeamten tauschten einen verwunderten Blick, während Fokke mit einem zufriedenen Schmunzeln die Seitentür des VW-Käfer schloss und selbst hinters Lenkrad rutschte. Er drückte die kleinen Ausstellfenster auf und fuhr los.

»Durch so ein dummes Gequatschte lassen wir uns doch nicht beirren, oder, Herbie?«

Der Käfer reagierte mit einem sonoren Blubbern des Boxermotors.

Sie hatten ihre Besprechung kurzerhand ins Freie verlegt. Die Sonne lockte, und es gab hinter dem Gebäude ein eingezäuntes Fleckchen Erde, auf dem Ulf und Heiner es sich gemütlich eingerichtet hatten.

»Nett habt ihr es hier«, sagte Fokke.

Sein Blick wanderte über die Garnitur aus Gartenmöbeln, die um einen Holztisch gruppiert war. Der Sonnenschirm hatte eindeutig bessere Tage gesehen, versah aber noch immer seine Aufgabe. Der Grill war nach dem letzten Fest offenkundig noch nicht gereinigt worden. Die Asche war vom Regen verklumpt, und Fokke sah mehrere Zigarettenkippen darin liegen.

»Jau, hebben wi. Was wird nun mit Christiansen?«, erwiderte Ulf.

Wenigstens hatte Ulf wegen des Anschlags nicht völlig den Verdacht aufgegeben.

»Offiziell bleibt er unbehelligt. Heidemarie sagt, dass wir zu wenig in der Hand haben«, erwiderte Fokke.

Die beiden Brüder tauschten einen verwirrten Blick.

»Sie hat aber nichts dagegen, wenn ihn jemand auf eigene Faust beschattet«, sagte Fokke.

Ein Lächeln erhellte Heiners Gesicht, während Ulf eher nachdenklich wirkte. Fokke hatte nicht erwartet, dass die beiden Kollegen diese Lösung positiv aufnehmen würden.

»Ich habe mir den Film der Feuerwehr noch einige Male angesehen und alle Schaulustigen identifiziert«, sagte Ulf übergangslos.

Fokke schaute ihn überrascht an.

»Und? Wer ist dir dabei aufgefallen?«

»Bis gerade eben eigentlich niemand. Aber Christiansen war auch dabei«, antwortete Ulf.

Heiner lehnte sich zurück und schnippte die Reste einer aufgerauchten Zigarette mit einer gekonnten Bewegung in die Asche des Grills.

»Sieh mal einer an«, murmelte Fokke.

Es war jedoch nicht mehr als ein winziges Mosaiksteinchen. Sie konnten Christiansen keinen Strick daraus drehen, nur weil er sich das Feuer auf einem Bauernhof ansah.

»Du willst ihn also in deiner Freizeit überwachen. Was versprichst du dir davon?«, fragte Ulf.

So genau wusste Fokke das auch nicht.

»Er ist kein Profi. Die Sache wächst ihm eindeutig über den Kopf, und vermutlich kann er schlecht stillhalten. Irgendwas muss er machen«, sagte Fokke.

Erneut setzte Ulf ein nachdenkliches Gesicht auf, ohne sich jedoch weiter zu äußern.

Kurz darauf mussten Heiner und Ulf nach Bordelum fahren, weil dort die Besitzer eines Hauses einen Einbruch melden wollten. Fokke blieb allein auf der Wache und nutzte die Gelegenheit, ein Schaubild mit den Ereignissen und den darin verwickelten Personen anzufertigen.

Eine Stunde später marschierte Fokke über den Marktplatz und winkte seinem Onkel im Metzgerladen zu.

Karl-Heinz erwiderte den Gruß nicht, sondern starrte seinen Neffen finster an.

»Was hab ich denn jetzt schon wieder verbrochen?«, murmelte Fokke. Kopfschüttelnd überquerte er den Marktplatz. Er betrat den Schankraum des »Pesel« und wollte sich auf einen der Barhocker setzen.

»Am Tresen ist kein Platz für Verräter.«

Der Kommissar starrte überrascht in die Gesichter von Anne und Wiebke. Sie schauten nicht weniger finster drein als wenige Augenblicke zuvor Karl-Heinz.

Fokke hatte versucht, mit Anne und Wiebke über die unnütze Gegenklage zu reden und sie zu bewegen, diese wieder rückgängig zu machen. Aber Anne blieb stur, und Wiebke schlug sich auf ihre Seite, was Fokke sehr kränkte. Er hatte gehofft, dass sich die Gemüter inzwischen wieder beruhigt hatten, und merkte jetzt, dass dies nicht der Fall war.

»Wat is nu all wedder los?«, fragte Fokke.

Anne schnaubte verächtlich auf. Wiebke stemmte ihre Fäuste auf das Blech neben dem Zapfhahn und funkelte ihren jüngeren Bruder wütend an.

»Du hast deine Seele verkauft, Fokke Mommsen!«

»Wie bitte? Wovon redet ihr bloß?«, fragte er fassungslos.

»Alles zeigt doch nur, dass du jetzt offiziell im Lager des Boysenclans bist. Dumm nur, dass es mein Bruder ist! Seinem eigenen Cousin dermaßen auf die Pelle zu rücken! Pfui, so hatte ich mir deine Unterstützung wirklich nicht vorgestellt«, stieß Wiebke hervor.

Fokke schob den Barhocker mit einer energischen Bewegung zurück an den Tresen. Langsam wurde es ihm zu blöd mit dieser dämlichen Fehde. Bisher hatte sich wenigstens Wiebke neutral verhalten, doch neuerdings stieß seine Schwester ebenfalls ins gleiche Horn.

»Zum letzten Mal! Ich kann weitaus mehr für Dirk machen, wenn ich offiziell die Ermittlungen leite. Wieso wollt ihr das einfach nicht kapieren?«

Fokke wartete nicht mehr ab, ob er eine Antwort erhielt. Mit langen Schritten durchquerte er den Schankraum und eilte gleich darauf weiter in Richtung Mühlenstraße. Fast eine Stunde wanderte er durch Bredstedt, gefangen in seinen düsteren Gedanken.

»Wie man es auch macht, macht man es falsch«, brummte er.

Als er die Umrisse des Instituts ausmachte, ging er gezielt dorthin. Thorben hatte sich heute schon einmal als guter Zuhörer erwiesen.

»Zufall, oder willst du mich schon wieder besuchen?«, fragte Thorben.

»Ich musste mir den Kopf freilaufen«, sagte Fokke.

Thorben grinste ihn an.

»Dann steht dir der Sinn vermutlich nach einem kalten Bier.«

Das waren die ersten vernünftigen Worte, die Fokke seit dem Verlassen der Wache vernommen hatte.

»Gute Idee«, sagte er.

Rechts von der Steintreppe, die zum Nebeneingang des Instituts führte, stand ein Sammelsurium an Tischen und Stühlen.

Dort führte Thorben seinen Cousin hin und drückte ihm zwei Minuten später eine gut gekühlte Flasche Bier in die Hand.

»Ich war vorhin im ›Pesel‹. Dort haben mich Anne und Wiebke wie zwei Furien empfangen und als Verräter tituliert. Siehst du es auch so?«, fragte Fokke.

Er hatte die Flasche bereits zur Hälfte geleert, da ihn der Spaziergang durstig gemacht hatte. Jetzt wischte er sich den Schaum von den Lippen und schaute Thorben an.

»Natürlich nicht. Hätte ich dir sonst ein Bier angeboten? Komm mit zu mir. Dann werfen wir uns Steaks auf den Grill und verhaften noch einige Bierchen«, schlug Thorben vor.

Der Vorschlag war ausgesprochen verführerisch, dennoch lehnte Fokke schweren Herzens ab.

»Nanu? Ich dachte, dein Dienst wäre vorbei«, staunte sein Cousin.

»Ist er auch. Jedenfalls der offizielle Teil davon«, antwortete Fokke.

Er stand auf und dankte Thorben, der nicht weiter nachhakte. Als Fokke wieder an der Gastwirtschaft seiner Schwester ankam, schaute er auf die gut besetzten Tische im Freien. Würde Wiebke ihn weiterhin im Zimmer wohnen lassen, oder musste Fokke sich schon wieder eine neue Bleibe suchen? Er ging an den Tresen und wartete, bis Wiebke seinen Blick erwiderte.

»Hab ich noch ein Zimmer hier, oder steht meine Reisetasche auf dem Hinterhof?«, fragte er direkt.

Seine Schwester wischte Ränder von Biergläsern weg.

»Ich werfe meinen Bruder nicht aus dem Haus. Auch dann nicht, wenn er es eigentlich verdient hätte«, sagte sie schließlich.

Mit einem zufriedenen Nicken nahm Fokke den Zimmerschlüssel vom Haken und stapfte die Treppe hinauf. Zehn Minuten später hatte er sich mit seiner Digitalkamera und einem leichten Pullover bewaffnet. Fokke ging wieder hinunter und setzte sich an einen frei gewordenen Tisch im Freien. Nachdem Erika seine Bestellung aufgenommen hatte, streckte er die Beine aus und dachte über seine bevorstehende Überwachung nach.

»Ist hier noch ein Stuhl frei?«, fragte Heiner Boysen.

Fokke war überrascht und nickte daher stumm.

»Ich dachte, du könntest ein wenig Gesellschaft brauchen«, sagte Heiner.

»Wobei? Beim Essen?«, wollte Fokke wissen.

»Dabei auch«, lautete die knappe Antwort.

Zu Fokkes großer Verwunderung wollte sich Heiner offenbar der Überwachung von Ralf Christiansen anschließen.

Sie hatten dabei zusehen dürfen, wie die Kinder in einem Plastikschwimmbecken herumtollten und später Federball spielten.

»So ein saftiges Steak wäre jetzt nicht übel, oder?«, fragte Heiner.

Er war kein sehr gesprächiger Observationspartner, aber Fokke war froh, dass Heiner ihm Gesellschaft leistete.

»Das und ein oder zwei kühle Bierchen«, stimmte er zu.

Fokke hatte schon länger keine Überwachung mehr persönlich durchgeführt und stellte fest, dass es sich kein Stück verbessert hatte. In der Dämmerung tauchten die ersten Mücken auf, die offenbar von ihrem Schweiß angelockt wurden. Sie wehrten sich nach Kräften gegen die Quälgeister und mussten dennoch einige Stiche hinnehmen. Das Gebüsch gegenüber von Christiansens Einfamilienhaus befand sich auf einem noch unbebauten Grundstück. So konnten sie das Haus unbemerkt beobachten, ohne selbst entdeckt zu werden. Wenn gelegentlich ein Spaziergänger vorbeikam, zogen Fokke und Heiner sich weiter zurück.

»Die Kohle glüht noch. Wenn du schnell bist, kriegt Christiansen vielleicht nicht mit, wenn du dir ein Stück Fleisch brätst«, schlug Fokke vor.

Sie grinsten sich an, bevor die nächste Mücke sich in Heiners Nacken setzte. Eine Stunde später waren die Lichter in den Kinderzimmern ausgegangen, und Christiansen saß allein auf der Couch.

»He, was sieht er sich wohl an. Einen alten Tatort?«, fragte Fokke.

Heiner hatte einen recht einfach gestrickten Humor, denn er prustete trotz des schlechten Witzes los. Er kämpfte über eine Minute mit seinem Heiterkeitsausbruch, bis er endlich mehrfach tief durchatmete. Der für Angler konzipierte Klappstuhl wackelte gefährlich unter ihm.

»Verkneif dir besser solche Witze, sonst fliegen wir noch auf«, beschwerte er sich.

In regelmäßigen Abständen erhob sich einer von ihnen, um sich ein wenig die Füße zu vertreten. Heiner war noch keine drei Minuten in der Dunkelheit verschwunden, da eilte er bereits zurück. Fokke wusste sofort, dass etwas passiert sein musste.

»Du musst mitkommen. Erich spinnt schon wieder«, rief Heiner.

Fokke stieß einen leisen Fluch aus und folgte seinem Kollegen durch den Seitenweg, der zur Straße führte. Im Licht der Laterne konnte er seinen Onkel sehen, der ratlos vor einer Gartenpforte stand. Erich Mommsen trug lediglich seine Feinrippunterwäsche und hatte einen verwirrten Gesichtsausdruck. Fokke und Heiner verfrachteten den protestierenden Erich in Heiners Privatwagen.

»Ich bringe ihn zurück zum Hof. Sobald ich die Betreuung organisiert habe, komme ich zurück«, versprach Fokke.

Während Heiner sich wieder auf den Beobachtungsposten schlich, startete Fokke den Focus.

»Kalle slööpt al. Ik wullt no Comics uttuschen«, sagte Erich.

Sein Gehirn hatte Fokkes Onkel erneut einen Streich gespielt und ihn bis in die Kindheit zurückgeführt. Vor über sechzig Jahren hatten die Eltern mit Karl-Heinz Mommsen in dem Haus gelebt, vor dessen Gartenpforte Erich gestanden hatte.

»Das könnt ihr morgen auch noch machen«, antwortete Fokke.

Auf der restlichen Fahrt brabbelte Erich sinnloses Zeug vor sich hin, während Fokke mit seinem Handy bei Doris Bahnsen anrief. Die Gemeindekrankenschwester meldete sich nach dem dritten Klingelton.

»Fokke hier. Ich habe Erich gerade eben mitten in Bredstedt eingesammelt. Er glaubt, wieder ein kleiner Junge zu sein«, berichtete er.

»Ich komme nach Dörpum auf den Hof. Warte dort auf mich«, sagte Doris.

Fokke musste nicht lange warten. Anscheinend war die Gemeindeschwester umgehend nach seinem Anruf aufgebrochen, denn sie traf nur wenige Minuten nach ihm auf dem Bauernhof ein. Doris prüfte die Medikamentenschachtel und wusste sofort Bescheid.

»Erich hat seine Medikamente nicht geschluckt. Weder heute Vormittag noch zum Abendbrot«, erklärte sie.

Verärgert schaute Fokke auf den Dienstplan, den die Familie ausgearbeitet hatte. Jeden Tag sollte einer vorbeischauen, um Erich bei der Einnahme der Medikamente zu überwachen. Solange das funktionierte, benötigte Erich keine weitere Hilfe.

»Ich klär das mit Anne. Sie war heute dafür zuständig«, erwiderte er.

Die Gemeindeschwester reichte Erich ein Glas Wasser und drückte ihm die Tabletten in die Hand. Gehorsam schluckte er sie und ließ sich anschließend widerstandslos ins Bett bringen. Doris kam zurück in die Küche, wo Fokke sich eine Flasche Bier geöffnet hatte. Die Gemeindeschwester nahm ihm die Flasche aus der Hand und trank einen langen Schluck.

»Das muss einfach klappen, Fokke. Wenn ihr es nicht hinbekommt, bleiben nur eine fremde Kraft als Betreuung oder das Heim«, sagte sie dann.

Darüber hatten sie im Familienrat ausführlich diskutiert und sich auf die Lösung mit den täglichen Kontrollbesuchen geeinigt.

»Ist schon klar, Doris. Ich sorge dafür, dass es zukünftig besser klappt. Danke fürs Kommen«, antwortete Fokke.

Sie reichte ihm die fast leere Flasche zurück.

»Falls ich auf der Rückfahrt von Heiner oder Ulf gestoppt werde und pusten muss, klärst du das auch für mich. Verstanden?«, sagte sie halb im Scherz.

Fokke erwiderte das breite Grinsen.

»Geht klar. Wir können schlecht zulassen, dass unsere Gemeindekrankenschwester den Führerschein verliert«, versprach er.

Nachdem Doris Bahnsen gegangen war, trank Fokke den letzten Schluck Bier aus und schaute dann zu seinem Onkel. Erich schnarchte selig vor sich hin, sodass Fokke die Rückfahrt nach Bredstedt antrat. Er hatte den Ford Focus kaum geparkt, als er verblüfft innehielt. Das klagende Geräusch eines Martinshorns durchschnitt die Nachtstille.

»Was hat das zu bedeuten?«, fragte Fokke.

Heiner Boysen tauchte aus der Dunkelheit des Seitenweges auf und schaute Fokke grimmig an. Er hob das Funkgerät leicht an.

»In der Leitstelle in Husum ist ein Anruf eingegangen. Ralf Christiansen hat gemeldet, dass jemand in sein Haus eingebrochen ist und seine Familie bedroht hat«, antwortete Heiner.

»Was? Und du hast nichts mitbekommen?«, fragte Fokke ungläubig.

»Nein, natürlich nicht! Weil da nämlich überhaupt niemand eingebrochen ist. Christiansen hat selbst einen Stein durch die Scheibe der Terrassentür geworfen«, erklärte Heiner.

Fokke war versucht, Christiansen wegen dieses Täuschungsmanövers sofort zur Rede zu stellen.

»Dann glaubt er aber auch, dass wir ihn auf dem Kieker haben«, mahnte Heiner.

»Da hast du recht. Besser, wir verschwinden von hier, bevor die Streife eintrifft«, sagte Fokke.

Sie sahen den Bully der Lecker Kollegen, die an diesem Abend Bereitschaftsdienst hatten. Zehn Minuten später setzte Heiner Fokke am Marktplatz ab.

»Dann bis morgen, Fokke«, sagte er.

»Danke, dass du mir geholfen hast. Ohne dich hätte Christiansens Manöver vielleicht geklappt. Morgen dürfen wir dann ganz offiziell mit ihm reden. Schließlich müssen wir den Einbruch bearbeiten«, antwortete Fokke.

Sie tauschten ein verschwörerisches Grinsen aus, bevor Fokke ausstieg und durch den Seiteneingang ins Gasthaus ging. Wiebke hatte schon vor über einer Stunde den Ausschank beendet, und daher lag das Haus im Dunkeln. Fokke ging in sein Zimmer und schaute durch das geöffnete Fenster in die Nacht. Ihm gingen viele Gedanken durch den Kopf, er würde ohnehin noch nicht schlafen können.

SECHZEHN

Wiebke hatte den »Pesel« für eine verlängerte Mittagspause geschlossen, damit der Familienrat in voller Größe tagen konnte. Fokke erfuhr davon erst, nachdem er das Frühstück nicht wie sonst in der Küche serviert bekommen hatte. Als Wiebke ihm ein Tablett aufs Zimmer brachte, ahnte er Böses.

»Ab sofort bist du ein Gast wie jeder andere. Wenn du dich nicht wie ein Bruder verhältst, dann muss ich auch nicht die große Schwester spielen«, sagte sie.

Er war zu dem Zeitpunkt noch nicht einmal richtig wach gewesen, sodass Fokke keinen Protest einlegen konnte. Nachdem er geduscht und sein einsames Frühstück zu sich genommen hatte, verließ er das Gasthaus. Auf seinem Weg durch den Schankraum stieß er auf den Aushang mit einem Hinweis für die Gäste.

»Was hat das zu bedeuten?«, fragte er Erika.

Die Aushilfe schaute verblüfft zu Fokke.

»Na, wegen eures Familienrates. Bist wohl noch nicht ganz wach, was?«

Mit dieser Erkenntnis, dass Wiebke ihm keinen Ton über diese Versammlung gesagt hatte, stapfte Fokke hinüber zur Wache. Er schmollte und trank dabei seinen Kaffee auf dem Innenhof des Reviers. Wütend über sich, die Welt und besonders diese dämliche Clanfehde starrte er düster auf die Buchsbaumhecke.

»Welche Laus ist dir denn über die Leber gelaufen?«, fragte Heiner.

Er kam aus der Hintertür auf den Hof und steckte sich eine Zigarette an.

»Im ›Pesel‹ tagt heute Mittag ein Familienrat des Mommsenclans. Ich bin allerdings nicht dazu eingeladen worden«, erwiderte Fokke.

Für einen Moment wurde ihm bewusst, wie absurd die Situation war. Er beschwerte sich bei einem Mitglied des verfeindeten Clans über den Umstand, dass er nicht zu einem Treffen seiner eigenen Familie eingeladen war.

»Kann ich verstehen. Seitdem du offiziell ermittelst, kann dich weder Anne noch Wiebke steuern«, sagte Heiner mit einem Achselzucken.

»Wie bitte? Mich steuert überhaupt niemand!«, schimpfte Fokke.

Heiner hob abwehrend eine Hand in die Höhe. Im gleichen Augenblick kam Ulf durch die Hintertür.

»Was bölkst du denn hier so rum?«, fragte er.

Heiner schmunzelte.

»Fokke hat Stress mit seiner Sippe«, sagte er.

»Na, das kennen wir doch irgendwoher«, erwiderte Ulf spöttisch.

Fokke sah ihn überrascht an.

»Echt? Macht eure Familie euch etwa auch die Hölle heiß?«, fragte er.

»Uns weniger. Aber nur, weil Heidemarie das meiste abfängt. Sie schert sich wenig um die Meinung des Clans, wenn es um einen Fall für die Polizei geht«, antwortete Ulf.

Darüber musste Fokke einen Augenblick nachdenken. Es war ihm nicht in den Sinn gekommen, dass Heidemarie, Heiner und Ulf sich ebenfalls mit solchen Problemen herumschlagen mussten. Jetzt verstand er auch, weshalb Ulf und Heiner dermaßen allergisch auf seine Privatermittlungen reagiert hatten.

»Das macht die Arbeit nicht unbedingt leichter, was? Besonders dann nicht, wenn auch noch ein ahnungsloser Kollege aus Lübeck seine Nase in eure Ermittlungen stecken will.«

Die Brüder schmunzelten, kommentierten seine Aussage aber nicht weiter.

»Ab sofort existiert in dieser Wache keine Fehde mehr, einverstanden?«, fragte Fokke.

Ulf und Heiner musterten ihn, bevor sie synchron nickten.

»Sehr gut. Hakst du bitte in Flensburg nach, wie weit die Unfallermittler sind?«, wandte er sich an Ulf.

»Mach ich. Was hast du vor?«

Fokke deutete auf Heiner.

»Wir beide haben einen Termin auf der Bank. Christiansen hat doch einen Einbrecher gemeldet. Wir sind ungemein gespannt, was er zu berichten hat«, antwortete er.

Ulf sah Fokke und seinen Bruder verblüfft an.

»Du hast ihm nichts gesteckt?«, fragte Fokke.

»Nö. Wusste ja nicht, ob es dir recht gewesen wäre«, antwortete Heiner.

Um das Thema Loyalität musste Fokke sich definitiv keine Sorgen machen, wenn Heiner sich nicht einmal gegenüber dem eigenen Bruder äußerte. Ulf schaute fragend.

»Heidemarie hat doch durch die Blume verlauten lassen, dass sie keine Einwände gegen eine inoffizielle Überwachung von Christiansen hätte. Bei der Gelegenheit konnte Heiner den Einbrecher genau sehen«, sagte Fokke.

Ulf grinste breit.

»Ja, das hat Heidemarie gut drauf. Das mit den Blumen und so«, stimmte er zu. »Ihr habt also den Einbrecher gesehen?«, fragte er dann.

»Nö«, sagten Fokke und Heiner.

Ulf blinzelte verwirrt und schüttelte den Kopf.

»Kapier ich nicht.«

»Es gab keinen Einbrecher. Den hat Christiansen frei erfunden, und wir fragen uns natürlich, warum er es tut«, sagte Fokke.

Ulf stieß einen leisen Pfiff aus und nickte.

»Ein unschuldiger Mensch erfindet keine Einbrecher. Glaubst du, dass er sich so in die Opferrolle flüchten will?«, fragte Ulf.

Fokke blieb vage.

»Es wäre möglich, aber vielleicht täusche ich mich auch.«

»Ich glaube nicht, dass du dich irrst. Christiansen hat definitiv Dreck am Stecken. Wir müssen nur noch herausfinden, wie viel Dreck es ist«, legte Heiner sich fest.

Fünf Minuten später machten sich Fokke und Heiner auf den Weg zur Bankfiliale. Im Eingangsbereich der Genossenschaftsbank begegneten sie verschiedenen Einwohnern, die das Gespann verwundert betrachteten.

»Daran müssen die Bredstedter sich erst gewöhnen. Ein Mommsen und ein Boysen, die friedlich zusammenarbeiten«, sagte Heiner.

»Wenn es für die schon schwer ist, wird es für unsere Familien wohl eine richtige Herausforderung«, sagte Fokke.

Sie tauschten einen verschwörerischen Blick aus. Auf einmal wusste Fokke, was er später tun würde. Es wurde Zeit, seiner Familie die Leviten zu lesen. Vorher stand aber das Gespräch mit Ralf Christiansen auf seinem Terminplan.

»Du?«, fragte Christiansen, als eine Angestellte Fokke und Heiner in sein Büro führte.

»Zurzeit gehöre ich zur Husumer Kriminalpolizei und leite die Ermittlungen hier in Bredstedt«, sagte Fokke.

Ralf Christiansen schien etwas erwidern zu wollen, doch dann deutete er nur auf die beiden Besucherstühle.

»Ihr kommt vermutlich wegen des Einbruchs von gestern Abend, richtig?«, fragte er.

Ralf Christiansen schien ganz begierig darauf zu sein, darüber zu sprechen. Fokke gewährte es ihm und ließ sich den Ablauf schildern, wobei er regelmäßig durch gezieltes Nachfragen die Ausführungen präzisierte. Heiner Boysen ließ ein Aufnahmegerät mitlaufen, damit er später die Niederschrift der Aussage in den Computer übertragen konnte. Auch ohne sein Vorwissen wäre Fokke angesichts der Detailfülle in Christiansens Aussage skeptisch geworden.

»Leider bringt uns die Beschreibung des Einbrechers nicht wirklich voran. Hast du nicht irgendeine Besonderheit an dem Mann bemerkt? Zog er vielleicht ein Bein nach, war er ungewöhnlich schlank oder korpulent? Es wäre sehr hilfreich, wenn du uns in dieser Hinsicht weiterhelfen könntest«, hakte Fokke nach.

Doch so detailversessen, wie Christiansen vorher gewesen war, so vage blieb seine Beschreibung des angeblichen Einbrechers. Als Fokke es schließlich akzeptierte, wirkte Ralf Christiansen sichtlich erleichtert.

»Kommen wir jetzt zum Unfall, Ralf. Wie geht es deiner Frau?«, wechselte er dann das Thema.

Sein Gegenüber schaute ihn verwirrt an. Christiansen hatte offenbar erwartet, dass der Zusammenstoß mit einem anderen Pkw auf der Rückfahrt von Husum nicht von der Bredstedter Polizei untersucht wurde.

»Äh, besser. Soll das bedeuten, dass ihr jetzt auch dafür zuständig seid?«, fragte er.

Fokke Mommsen hob in gespielter Verwunderung eine Augenbraue an.

»Ja. Wir müssen davon ausgehen, dass beide Vorfälle in einem Zusammenhang stehen. Siehst du das anders?«, fragte er.

Der Bankkaufmann erhob sich aus dem Schreibtischstuhl und trat an das Fenster. Für eine halbe Minute wandte er den Beamten seinen Rücken zu. Heiner ließ ein Schmunzeln aufblitzen, das aber genauso schnell wieder einer neutralen Miene wich.

»Darüber habe ich noch gar nicht nachgedacht, Fokke. Vermutlich hast du recht«, sagte Christiansen.

In Fokke stieg eine Ahnung auf. Hatte der clevere Bankkaufmann sich in seinen Geschichten verfangen? Fokke war ausgesprochen neugierig auf den Bericht der Kollegen, die den Verkehrsunfall bearbeiteten.

»Gibt es Probleme, von denen wir wissen sollten?«, fragte Fokke.

Ralf Christiansen dachte einige Sekunden angestrengt nach, bevor er den Kopf schüttelte.

»Nein, da fällt mir nichts ein«, erwiderte er.

Fokke und Heiner tauschten einen Blick aus.

»Welche Erklärung hast du für die Zwischenfälle, wenn es keine unglücklichen Zufälle sein sollen?«, hakte Fokke nach.

Christiansen zuckte ratlos mit den Schultern.

»Das müsst ihr herausfinden. Vielleicht treibt ja eine Bande aus Osteuropa ihr Unwesen in Bredstedt und Umgebung. Man hört ja ständig solche Sachen und glaubt nie, dass es einen selbst treffen könnte«, sagte er.

Fokke nickte verständnisvoll und erhob sich.

»Dann bedanken wir uns für deine Zeit. Ich sorge dafür, dass in den kommenden Tagen vermehrt in eurer Straße Streife gefahren wird«, sagte er.

Für einen winzigen Moment stieg Unmut in den Augen von Ralf Christiansen auf

»Danke, das wird meine Familie beruhigen«, erwiderte er.

Kaum standen sie vor der Tür der Filiale, schimpfte Heiner los.

»Der hat uns doch eine Nase gedreht! So ein mieser Hund«, fluchte er.

Fokke machte eine Geste, damit sein Kollege leiser sprach. Er wollte auf keinen Fall, dass Christiansen durch einen dummen Zufall gewarnt wurde. Sie gingen zurück zur Wache, wo Ulf wenig Neues über den Unfall zu berichten wusste.

»Ich habe mit den Kollegen telefoniert. Wenn es diesen anderen Wagen tatsächlich gegeben hat, dann hat der Fahrer keine verräterischen Spuren zurückgelassen«, erklärte er.

Dies wäre aber auch nur der Fall gewesen, wenn der angebliche Unfallverursacher den Wagen von Christiansen berührt oder ein hartes Bremsmanöver versucht hätte.

»Damit sind wir genauso schlau wie vorher«, murrte Heiner.

»Stimmt, und deswegen fahre ich jetzt nach Husum. Ich möchte Christiansens Frau und natürlich Frau Schulz vernehmen. Wenn ich Glück habe, darf ich mit beiden sprechen«, teilte Fokke mit.

Er überließ Heiner und Ulf die Wache und fuhr mit dem VW-Käfer los. Auch dieses Mal erntete er in seinem Oldtimer amüsierte Blicke, die er mit einem Lächeln oder Winken quittierte. Auf der Fahrt nach Husum dachte Fokke über den Stand der Ermittlungen nach.

So einen verzwickten Fall hatte er bislang noch nicht erlebt.

Aus dem Funkgerät kam zuerst ein statisches Knistern, bevor der Anrufer sich meldete.

»Heiner? Was ist passiert?«, fragte Fokke.

»Wann sollte dein Familienrat tagen? War das nicht jetzt?«, wollte Heiner wissen.

Fokke warf einen Blick auf seine Borduhr und schüttelte verärgert den Kopf. Die Ermittlungen hatten ihn dermaßen gefangen genommen, dass er an das heimlich einberufene Clantreffen überhaupt nicht mehr gedacht hatte.

»Gut, dass du mich daran erinnerst. Danke, Heiner. Ich dreh noch mal um und fahr zum ›Pesel‹«, antwortete Fokke.

Zehn Minuten später betrat er die Gaststätte über den Seiteneingang. Aus dem Schankraum quoll lautes Stimmengewirr. Fokke straffte die Schultern und trat durch die Verbindungstür hinter dem Tresen ein. Mehrere Blicke erfassten ihn, und schlagartig verstummten alle Gespräche.

»Ich denke, es wird Zeit, dass wir einige Dinge klarstellen«, sagte Fokke.

Verärgerte Blicke wanderten zwischen Karl-Heinz, der in seiner Arbeitskleidung gekommen war, und Anne Mommsen hin und her. Wiebke schaute Fokke nicht in die Augen, und auch Thorben wirkte beschämt.

»Warrt ook Tied, Fokke. Nu köönt wi anfangen«, rief Erich aus.

Ihm hatte offenbar niemand gesagt, dass dieses Treffen ohne Fokke stattfinden sollte. Vermutlich hatte Anne dafür gesorgt, weil sie sich der Loyalität des Alten nicht sicher war.

»Ich kann mir denken, was euch umtreibt. Ihr seht mich mit anderen Augen, nachdem ich offiziell für die Husumer Kripo ermittle«, sagte Fokke.

Zustimmendes Gemurmel wurde hörbar.

»Ihr seid mir schon ein feiner Haufen bornierter Friesen«, schimpfte Fokke und sprach trotz aufkommenden Protestes weiter: »Erst spannt ihr mich gegen meinen Willen für eure Privatermittlung ein und spielt ganz selbstverständlich mit meiner Karriere. Jetzt, wo ich meinen Beruf mit offizieller Genehmigung ausüben kann, seht ihr in mir auf einmal einen Feind. Das bin ich nicht!«

Den letzten Satz schleuderte er ihnen voller Verachtung an den Kopf. Jetzt senkten auch andere Familienmitglieder ihre Köpfe, doch Anne und Karl-Heinz hielten Fokkes Blick mit sturer Beharrlichkeit stand.

»Wir wollen nur, dass Dirks Unschuld endlich ans Licht kommt. Da du es vorziehst, dich neuerdings mit dem Boysenclan auf vertrautem Fuß zu bewegen und sogar Befehle von Heidemarie anzunehmen, erwarten wir von dir keine Unterstützung mehr«, gab seine Tante zurück.

Karl-Heinz kippte den Inhalt seines Schnapsglases mit einem Ruck hinunter und nickte zu Annes Worten lebhaft.

»So is dat«, rief er aus.

Die blauen Augen in seinem geröteten Gesicht funkelten Fokke erbost an. Für Karl-Heinz gab es in der Welt zwei Seiten. Die der Guten, zu denen er sich selbst und den Clan zählte, und die andere, wozu natürlich alle Boysens gehörten. Wer sich mit ihnen einließ, den rechnete er automatisch zu seinen Gegnern.

»Nein, Verdori! Ich will nach wie vor Dirks Unschuld beweisen. Als ermittelnder Kommissar stehen mir dafür weitaus bessere Möglichkeiten zur Verfügung, und ich hätte mir ein wenig mehr Vertrauen von euch schon gewünscht«, sagte Fokke vehement.

»Und was passiert, wenn du nur weitere Indizien findest, die gegen Dirks Unschuld sprechen? Was dann?«, wollte Anne wissen.

Sie war wesentlich intelligenter als Karl-Heinz, und das machte ihre Verbohrtheit umso schlimmer.

»Wenn es nur Hinweise gibt, die Dirk als Täter dastehen lassen, muss ich es akzeptieren«, sagte Fokke.

Der Wortwechsel war in den letzten Minuten nicht mehr von allgemeinen Bekundungen begleitet worden. Doch bei Fokkes ehrlicher Antwort ging ein verärgertes Raunen durch den Raum.

»Na also«, stellte Anne triumphierend fest.

»Ich ermittle ganz objektiv und werde kein Auge zudrücken, wenn es sich um einen Freund oder ein Familienmitglied handelt«, stellte Fokke klar.

»Ach nein? Und wieso fragst du den Mann deiner Geliebten nicht, womit ihn Hauke am Haken hatte? Willst du Heike schonen, oder was?«, feuerte Wiebke ihre Fragen ab.

Ungläubig schaute Fokke seine Schwester an. Mit dieser Attacke hatte er nicht gerechnet, und erst jetzt wurde ihm bewusst, wie sehr Wiebke unter seiner Beziehung zu Heike litt.

»Wie bitte? Sprichst du etwa von Kay Fehring und seiner Frau?«, fragte Thorben überrascht.

Als Fokke zu seinem Cousin hinüberschaute, bemerkte er einen Anflug von Enttäuschung in Thorbens Augen. Mit Thorben verlor er in diesem Augenblick seinen letzten Fürsprecher im Raum.

»Allerdings! Die Landrätin wirft sich Fokke wieder an den Hals, und mein liebeskranker Bruder erkennt nicht einmal, welchen Zweck Heike damit verfolgt. Sie will doch nur verhindern, dass Fokke sich den Streit zwischen Hauke und Kay genauer anschaut«, ergänzte Wiebke.

»Scheint ja bestens funktioniert zu haben. Oder hast du dich beim Tierarzt schon einmal umgesehen?«, wollte Stefan Mommsen wissen.

Langsam musste Fokke einsehen, dass sein Auftauchen bei der Versammlung ein Fehler gewesen war. Statt seiner Sippe ordentlich den Kopf zu waschen und sich Freiräume für die Ermittlungen zu verschaffen, stand er unvermutet am Pranger.

»Ich weiß überhaupt nichts von einem Streit, verdammt noch mal! Wenn ihr darüber Bescheid wisst, müsst ihr es doch sagen«, gab er scharf zurück.

Nun wurde aus dem Raunen ein lauter Protestausruf. Als Fokke seinen Blick über die Gesichter wandern ließ, verlor er jede Hoffnung. Selbst Wiebke und Thorben starrten ihn erbost an. Fokke würde hier keinen Frieden stiften können. Für seinen Clan war er zum Aussätzigen geworden, und er fragte sich zum wiederholten Male, warum er nicht zurück nach Lübeck gefahren war.

»Du solltest besser gehen, Fokke. Der Familienrat tagt ohne dich«, sagte Anne.

Sie musste ihre Stimme nicht einmal erheben. Die Kälte ihrer Worte traf Fokke, der den Hinauswurf mit einem verbitterten Kopfschütteln quittierte. Nur im Gesicht von Erich Mommsen stand kindliches Unverständnis. Seine Krankheit schlug just in dem Augenblick zu, in dem Fokke seine Unterstützung gut gebraucht hätte.

»Ich räume das Zimmer, Wiebke. Schick mir die Rechnung«, sagte er. Fokke wollte auf keinen Fall in den »Pesel« zurückkommen und hier wohnen. Es würde andere Möglichkeiten geben und wenn er sich eine Ferienwohnung der Boysens mieten musste. Mit einem Kloß im Hals verließ Fokke den Schankraum, eilte die Treppe zum Obergeschoss hinauf, warf im Zimmer seine Kleidungsstücke samt Toilettenartikel in die Reisetasche, um anschließend das Gasthaus zu verlassen. Den Zimmerschlüssel ließ er von außen im Schloss stecken. Wiebke würde sich darum kümmern.

Als Fokke die Tasche achtlos auf die Rückbank des Käfers geworfen hatte und sich gerade hinters Lenkrad klemmen wollte, hielt ihn eine Stimme zurück.

»Was ist passiert? Heiner hat mir erzählt, dass du dich mit deinem Clan auseinandersetzen wolltest. War's so schlimm?«, fragte Celia Boysen. Die Inhaberin des Friseurgeschäftes stand hinter Fokke und schaute ihn mitfühlend an.

»Sie haben mir das Vertrauen entzogen und mich vor die Tür gesetzt. Reicht das als Antwort?«, gab er hart zurück.

Im gleichen Augenblick erkannte Fokke, wie unfair seine Reaktion war.

»Sorry, Celia. Du hast mich in einem verflucht schlechten Augenblick erwischt«, entschuldigte er sich.

Sie legte den Kopf leicht schräg und blinzelte gegen die Sonne an. »Schon vergeben, alter Brummbär. Wenn dein Dienst vorbei ist, kommst du zu mir in den Laden. Ausreden lasse ich nicht gelten. Verstanden?«, erwiderte sie.

Die Wärme in ihrer Stimme tat ihm gut, daher nickte Fokke dankbar.

»Jau, das ist angekommen«, bestätigte er.

Zu seiner Überraschung drückte ihm die Friseurmeisterin einen Kuss auf die Wange und scherte sich nicht um die neugierigen Blicke einiger Fußgänger auf dem Marktplatz.

Mit erheblich besserer Laune trat Fokke die Fahrt in die Kreisstadt an. Die geringe Geschwindigkeit des Käfers gab ihm reichlich Gelegenheit, über seine veränderte Situation nachzudenken. Dieser Aufenthalt bedeutete eine Zäsur. In der Vergangenheit war Fokke der gern gesehene Gast in Bredstedt gewesen, wenigstens für den größten Teil seiner Familie. Mit dem heutigen Tag war alles anders. Fokke würde sich entscheiden müssen, ob er nach Abschluss der Ermittlungen überhaupt wieder zurück nach Bredstedt kommen wollte.

»Wenn ja, nicht wegen Wiebke oder sonst einem aus der Familie«, murmelte er.

Gleichzeitig dachte er an Celias Herzlichkeit, und als er die Stelle an der Wange berührte, wo ihre Lippen gewesen waren, lächelte Fokke versonnen. Möglicherweise brächten ihn ganz andere Gründe zurück in die Stadt, egal ob es seiner Familie passte oder nicht.

Sie hatten ihn bereits im Visier! Ralf Christiansen war nach dem Besuch der beiden Polizeibeamten extrem verstört, denn er glaubte, viele Zwischentöne vernommen zu haben.

Was konnte er nur tun, um sie von seiner Fährte abzubringen?

Es gab auf jeden Fall einige Hinweise im Ferienhaus von Elfriede Schulz, die er schleunigst entsorgen sollte. Wenn Fokke Mommsen der trinkfesten Arztgattin möglicherweise nicht viel Glauben schenken würde, sähe es in Verbindung mit den Videos und seinen Geschenken schon völlig anders aus.

Was hat mich nur geritten, mit Elfie eine Affäre anzufangen?, dachte er.

Es war nach einer der vielen Partys geschehen, zu denen er eingeladen worden war. Während Ralf normalerweise seinen Alkoholkonsum als Gast in anderen Häusern sorgsam kontrollierte, hatte er sich an dem bewussten Abend auf ein wüstes Gelage mit Ron Tüchsen eingelassen.

Für ein schlechtes Gewissen war es jetzt zu spät.

In der kommenden Stunde gelang es ihm dennoch schlecht, sich auf seine Aufgaben in der Bank zu konzentrieren. Ralf Christiansens Gedanken kehrten ständig zu den belastenden Dingen im Haus von Elfriede Schulz zurück.

Schließlich gab er seine Anstrengungen auf und meldete sich krank.

»Ich muss mir beim Unfall im Nacken einen Muskel verspannt haben. Die Kopfschmerzen bringen mich fast um«, erfand Ralf eine Ausrede.

Da alle seine Kollegen natürlich über den Autounfall unterrichtet waren, zog niemand seine Aussage in Zweifel. Zehn Minuten später lenkte er seinen Wagen bereits am Ortsausgangsschild von Bredstedt vorbei.

»In zwei Stunden finden die Schnüffler keine belastenden Hinweise mehr, und Elfie kann erzählen, was immer sie will. Einer Alkoholikerin glaubt doch niemand etwas«, murmelte er mit neuer Zuversicht.

Ralf Christiansen war so sehr in seinen Gedanken gefangen, dass ihm der Streifenwagen mit Ulf und Heiner Boysen nicht auffiel. Die beiden Polizisten hatten gerade einen Einbruch im

Lager eines Getränkegroßhandels aufgenommen, als sie Christiansen vorbeifahren sahen.

»Was meinst du? Macht Christiansen neuerdings auch Hausbesuche?«, fragte Heiner grinsend.

Zu seiner Verwunderung reagierte sein Bruder nicht entsprechend, sondern starrte dem Wagen nachdenklich hinterher.

»Was ist denn?«, wollte Heiner wissen.

»Das wäre auch der Weg nach Drelsdorf. Wenn Fokke mit seinem Verdacht richtigliegt, und daran zweifle ich eigentlich nicht mehr, dann will Christiansen möglicherweise die Abwesenheit von Elfriede Schulz ausnutzen«, sagte Ulf.

Heiner krauste überrascht die Stirn und nickte schließlich.

»Falls es Hinweise auf eine Affäre zwischen ihm und der Schulz gibt, könnte ihm so ein Gedanke wohl kommen. Soweit ich weiß, ist aber Dr. Schulz seit gestern im Haus«, sagte Heiner.

»Stimmt, aber das weiß Christiansen vermutlich nicht. Wir fahren einfach hinterher und sehen, ob mein Verdacht stimmt«, entschied Ulf.

Sein Bruder schlüpfte kommentarlos auf den Beifahrersitz und war gespannt, wohin sie Christiansen führen würde.

Als Fokke die Fahrertür des VW-Käfers abschloss, wanderte sein Blick automatisch über den Parkplatz. Er beschattete seine Augen und fand seine Beobachtung bestätigt.

»Moin. Kommst du gerade, oder fährst du schon wieder?«, begrüßte er Heidemarie.

Heidemarie Boysen stieg aus ihrem Passat und erwiderte sein erfreutes Lächeln.

»Als ich deinen neuen Dienstwagen auf den Parkplatz einbiegen sah, bin ich dir gefolgt«, antwortete sie.

Fokke lächelte schief.

»Was für ein Tag. Erst verkrach ich mich mit meiner Familie, und dann sind es ausgerechnet zwei Frauen des Boysenclans, die mich allein durch ihre Anwesenheit wieder aufrichten«, sagte er.

Verwirrt schaute Heidemarie ihn an. Fokke berichtete über das Treffen seiner Familie im »Pesel« und wie es abgelaufen war. Sie schlenderten nebeneinander über den Parkplatz zum Haupteingang des Krankenhauses. Heidemarie verbarg ihre Augen hinter einer großen Sonnenbrille, aber ihre Reaktionen sprachen für sich.

»Hört sich verdächtig nach einem der Vorwürfe an, die ich mir regelmäßig von meiner Sippe anhören darf«, sagte sie.

»Jetzt sind die Fronten wenigstens geklärt, und vielleicht hat Celia ja einen Vorschlag, wo ich die nächste Zeit unterkommen kann«, antwortete Fokke.

Da er in diesem Augenblick seiner derzeitigen Vorgesetzten galant den Vortritt ins Foyer des Krankenhauses gewährte, bemerkte Fokke das kurze Zusammenzucken bei Heidemarie nicht.

»Celia? Was hat sie denn damit zu tun?«, fragte sie ihn.

»Sie kam gerade dazu, als ich meine Reisetasche in den Käfer bugsiert habe. Nachdem ich ihr mein Leid geklagt hatte, lud sie mich zu sich ein«, erwiderte Fokke.

Sie hatten die Fahrstühle erreicht und stellten sich zusammen mit anderen Besuchern an. Als er sich Heidemarie zuwandte, schaute er in fragende Augen, die nun nicht mehr von den dunklen Gläsern einer Sonnenbrille verdeckt wurden.

»Keine Bange, Heidemarie. Ich suche lediglich ein Zimmer oder eine kleine Wohnung, die ich für die Zeit der Ermittlungen anmieten kann«, versicherte er.

»Wenn du dich enger an meine Familie bindest, wird es mit Wiebke und den anderen noch komplizierter«, warnte sie ihn

Sie stiegen zusammen mit den anderen Besuchern in den Fahrstuhl und ließen sich im vierten Stockwerk absetzen.

»Danke, aber zurzeit will ich nur die Morde aufklären. Hoffentlich bekommen wir einige Informationen von Frau Schulz und Frau Christiansen«, antwortete Fokke.

Heidemarie hielt ihn am Arm zurück, bevor Fokke an die Tür des Stationsarztes klopfen konnte.

»Katrin Christiansen? Demnach bezweifelst du die Sache mit dem anderen Fahrzeug?«, fragte sie.

»In gewisser Hinsicht sogar noch mehr als gestern, Heidemarie«, sagte Fokke.

In wenigen Sätzen gab er die Erlebnisse vom Vorabend wieder und erzählte vom Gespräch mit Ralf Christiansen an dessen Arbeitsplatz. Heidemarie nickte nur und klopfte dann ihrerseits an die Tür zum Arztzimmer.

»Dr. Simon? Kriminalrätin Boysen und das ist mein Kollege, Oberkommissar Mommsen. Wir müssen mit zwei Ihrer Patientinnen sprechen.«

Der Stationsarzt schilderte ihnen den Gesundheitszustand der beiden Frauen und erlaubte jeweils ein kurzes Gespräch. Er wies aber darauf hin, dass bei Elfriede Schulz nicht alle Erinnerungen bereits wieder präsent waren. Er konnte nicht vorhersehen, ob sie jemals den kompletten Ablauf des Unfalls würde schildern können. Heidemarie und Fokke des zuerst das Krankenzimmer von Elfriede Schulz, die halb aufgerichtet in ihrem Bett saß und lustlos in einer Zeitschrift blätterte.

»Kripo? Das wird aber auch Zeit, dass sich mal einer von Ihnen hier blicken lässt«, sagte sie aufgebracht.

Heidemarie Boysen warf Fokke einen Seitenblick zu, den der als Aufforderung interpretierte.

»Wir mussten Ihnen doch zunächst die Zeit geben, sich von den Verletzungen zu erholen. Wenn Sie uns jetzt aber erzählen können, was in Ihrem Haus passiert ist, wären wir Ihnen sehr verbunden«, antwortete er.

Der abweisende Blick in Elfriede Schulzes Augen milderte sich deutlich ab. Sie legte die Zeitschrift aus der Hand und erzählte.

»Demnach wurden Sie erst wach, als Sissy laut gebellt hat«, hakte Fokke nach.

Da ihm die Blutalkoholwerte der Arztgattin bekannt waren, wunderte er sich nicht über die sehr verzögerte Reaktion auf den nächtlichen Einbrecher.

»Ja, aber da war es schon zu spät«, stimmte Elfriede Schulz zu. Sie war auf der Couch eingeschlafen, und als sie durch das Bellen aufwachte, schlug der maskierte Mann sofort zu.

»Er hat nicht eine Sekunde lang gezögert oder war überrascht?«, fragte Fokke.

»Nein. Es wirkte fast so, als wenn er mich von Anfang an hatte umbringen wollen«, antwortete sie mit belegter Stimme.

Fokke gewährte ihr einen Moment, um sich zu sammeln. Sie

hatte mit Lücken ihrer Erinnerung zu kämpfen, was Frau Schulz sichtlich zu schaffen machte.

»Können Sie uns beschreiben, wie der Einbrecher aussah?«, fragte er dann.

Elfriede Schulz konnte leider nur mit einer ausgesprochen vagen Beschreibung aufwarten, wonach der Mann mittelgroß, eher schlank und vermutlich zwischen dreißig und fünfzig Jahre alt gewesen war.

»Gab es Auffälligkeiten, die Ihnen vielleicht erst später wieder eingefallen sind?«, fragte Fokke weiter.

Aus seiner beruflichen Erfahrung wusste er, dass sich Opfer und Zeugen oft erst mit einer zeitlichen Verzögerung an Details erinnern konnten.

»Es tut mir schrecklich leid, aber mir fällt wirklich nicht mehr ein«, sagte Elfriede Schulz müde.

Die Worte wurden immer leiser, und Fokke erkannte, dass sie erfolglos mit ihren Erinnerungen rang.

Sie verabschiedeten sich von ihr und verließen geräuschlos das Zimmer.

»Wie passt der Überfall ins bisherige Bild unserer Ermittlungen?«, fragte Fokke.

»Keine voreiligen Schlüsse, Herr Kommissar. Wir wissen nach wie vor nicht, ob der Einbrecher etwas mit den Morden zu tun hat«, mahnte Annemarie.

»Ja, schon klar. Es passt vorne und hinten nicht. Verflucht, Dirk sitzt in Haft, und Ron ist selbst ein Opfer«, schimpfte Fokke.

»Eins nach dem anderen, Fokke. Jetzt hören wir uns erst mal an, was uns Frau Christiansen über den Unfall erzählen kann«, reagierte Heidemarie gelassen.

Fokke folgte ihr ins Zimmer von Katrin Christiansen.

SIEBZEHN

Er hatte zu lange gezögert. Ihm war der Streifenwagen erst aufgefallen, als dieser bei einem verunglückten Rollerfahrer in Drelsdorf anhielt und dabei das Blaulicht einschaltete. Verfolgten ihn die Streifenbeamten etwa? Sein weiteres Vorhaben ließ sich zwar noch umsetzen, aber die Ermittler waren ihm bereits zu nahe gekommen. Er beschloss umgehend weitere Vorsichtsmaßnahmen, zu denen ein eindringliches Gespräch mit seiner Frau gehörte. Ralf Christiansen wollte sie im Krankenhaus besuchen. Als er die Station betrat, bemerkte er Fokke Mommsen und Heidemarie Boysen. Der Bankkaufmann erkannte die Leiterin der Husumer Kripo, und ein eisiger Schreck fuhr ihm in die Glieder.

Wenn jetzt schon die Chefin der Kripo zu Katrin geht, kann das nichts Gutes bedeuten, dachte er.

Seine Gedanken überschlugen sich, und wegen dieser Verwirrung erkannte Ralf zu spät, dass die beiden Ermittler gar nicht aus dem Zimmer seiner Frau gekommen waren. Sie gingen genau in diesem Augenblick darauf zu, klopften an und traten ein.

»Schietkram! Ich hätte Katrin noch vorwarnen können«, schimpfte er.

Er ging hinüber in die Warteecke, wo bereits andere Besucher saßen. Mit leerem Blick sank Ralf Christiansen auf einen unbequemen Stuhl und starrte hinaus auf den Gang. Sobald die beiden Ermittler an der Tür zur Warteecke vorbeigingen, musste er schleunigst mit seiner Frau sprechen.

Fokke musterte die schlanke Frau, die ihn und Heidemarie aus ängstlichen Augen anschaute. Katrin Christiansen war ein schüchterner Mensch, so viel wusste er bereits.

»Sie hat als Aushilfe in der Bank gearbeitet. Dort hat sie Ralf Christiansen kennengelernt, der ihr sofort den Hof gemacht hat«, hatte Heiner Boysen ihm erzählt.

Bei dem Unfall hatte sie sich eine Kopfverletzung sowie eine ganze Reihe von Prellungen zugezogen. Die dunklen Augen leuchteten im wachsbleichen Gesicht, als Heidemarie ihr den Grund ihres Besuchs erklärte.

»Ich kann Ihnen wirklich nicht mehr sagen als den Beamten, die den Unfall aufgenommen haben«, wehrte Katrin Christiansen ab.

Fokke konnte ihre Verunsicherung fast körperlich spüren und wusste daher, dass sie ihnen etwas vorenthalten wollte. Vorerst begnügte sich Fokke mit der Rolle des Zuhörers und verfolgte die Befragung sehr aufmerksam. Es gab oft Anzeichen für Lügen, wenn die verbalen Aussagen nicht mit den Reaktionen des Körpers übereinstimmten. Als Heidemarie Boysen sich den Ablauf des Unfalles detailliert schildern ließ, krampfte sich die linke Hand von Katrin Christiansen in die Bettdecke. Heidemarie schaute auffordernd zu Fokke, der dankbar die Gelegenheit ergriff.

»Das ist bestimmt nicht leicht für Sie, Frau Christiansen. Trotzdem möchte ich noch einmal zu der Stelle kommen, als das fremde Fahrzeug den Wagen berührt hat«, sagte er.

Fokke hatte mit voller Absicht ihre Darstellung so verändert, als wenn sie mit Sicherheit das andere Fahrzeug erwähnt hätte. Gespannt registrierte er, wie sich erneut die Finger der linken Hand in die Bettdecke verkrampften.

»Daran kann ich mich nicht mehr erinnern, Herr Kommissar«, stieß Frau Christiansen hervor.

Fokke krauste in scheinbarer Verwirrung die Stirn.

»Woran nicht? An die Marke des Fahrzeugs oder ob es überhaupt einen anderen Unfallteilnehmer gegeben hat?«, hakte er nach.

Längst hatte Heidemarie erkannt, was sich soeben vor ihren Augen abspielte.

»Ich muss Sie daran erinnern, dass Sie als Zeuge für jede Falschaussage strafrechtlich belangt werden können«, sagte Heidemarie Boysen.

Sehr gut gemacht, lobte Fokke sie in Gedanken.

Katrin Christiansen hatte zwei Möglichkeiten, um sich aus der Affäre zu ziehen. Sie konnte sich auf bestehende oder vorgetäuschte Erinnerungslücken berufen oder einfach ihre geschwächte Konstitution als Vorwand zur Unterbrechung der Befragung nutzen. Sie tat jedoch keines von beidem.

»Da war kein anderer Wagen. Vermutlich hat Ralf es nicht gesagt, um den Schaden von der Versicherung erstattet zu bekommen«, gab sie kleinlaut zu.

Fokke verkniff es sich, Heidemarie einen triumphierenden Blick zuzuwerfen. Er stützte seine Hände auf der Umrandung des Fußteiles von Katrin Christiansens Bett ab und sah sie an.

»Denken Sie bitte noch einmal ganz in Ruhe nach. Bleiben Sie bei der Aussage, dass es kein anderes Fahrzeug gab, das in den Unfall verwickelt war?«, fragte er.

Bevor sie antworten konnte, öffnete sich die Zimmertür, und der Stationsarzt kam in Begleitung einer Krankenschwester herein. Sie wurden beide Zeugen der Aussage, die Katrin Christiansen mit fester Stimme tätigte.

»Das ist die Wahrheit, Herr Kommissar. Ralf ist viel zu schnell gefahren und hat die Kontrolle über den Wagen verloren. Es gab kein anderes Fahrzeug. Kein anderer Fahrer hat unseren Unfall ausgelöst und ist einfach weggefahren. Da war überhaupt niemand«, sagte sie.

Damit lieferte Katrin Christiansen den Beweis, dass ihr Mann log. Heidemarie stoppte das digitale Aufzeichnungsgerät, auf dem auch festgehalten worden war, dass Katrin Christiansen auf ihr Aussageverweigerungsrecht als Ehefrau verzichtete.

»Ich lasse ein Protokoll Ihrer Aussage anfertigen und Ihnen zur Unterschrift vorlegen, Frau Christiansen. Außerdem empfehle ich Ihnen dringend, einen Rechtsanwalt einzuschalten«, sagte Heidemarie Boysen.

Auch über diesen Rat würden der Arzt und die Krankenschwester notfalls Zeugnis ablegen können. Fokke und Heidemarie verließen das Zimmer. Schweigend gingen sie hinüber zu den Fahrstühlen, ohne Ralf Christiansen in der Wartezone zu bemerken.

»Ich hatte gehofft, dass sie uns eventuell einen Hinweis liefern könnte. Damit habe ich nicht gerechnet«, sagte Heidemarie, während sie in einem der Fahrstühle hinabschwebten.

»Ich auch nicht. Wahrscheinlich hatte ihr Mann keine Zeit, sie auf unsere Befragung vorzubereiten«, erwiderte Fokke.

Sie durchquerten das Foyer und standen gleich darauf im

hellen Sonnenlicht. Fokke atmete mehrfach tief durch, um den Krankenhausgeruch aus der Nase zu bekommen. Als er neben dem VW-Käfer stehen blieb, ging Heidemarie nicht weiter. Fokke öffnete die Fahrertür und kurbelte beide Seitenscheiben hinunter, damit die gestaute Wärme aus dem Wagen entweichen konnte.

»Das war sehr gute Arbeit da oben, Fokke. Du hast erkannt, dass Frau Christiansen uns nicht alles erzählt hatte. Woran?«

Fokke tat ihr den Gefallen und schilderte seine Beobachtung.

»Das mit der Hand ist mir gar nicht aufgefallen«, sagte Heidemarie.

»Ich fahr zurück nach Bredstedt und konfrontiere Ralf Christiansen mit der Aussage seiner Frau. Mal sehen, wie er darauf reagiert«, sagte Fokke.

Er ging absichtlich nicht auf das Lob seiner Vorgesetzten ein, obwohl er sich darüber freute. Heidemarie setzte die Sonnenbrille wieder auf.

»Ja, mach das. Halte mich auf dem Laufenden. Ach ja. Und schöne Grüße an Celia«, sagte sie.

»Alles klar, Chefin«, murmelte Fokke verblüfft.

Er schaute Heidemarie nach, die zu ihrem Dienstwagen ging. Fokke wurde den seltsamen Eindruck nicht los, dass sie seine Verbindung zu Celia missbilligte.

Ist es, weil ich ein Mommsen bin?, fragte er sich.

Einen anderen Grund konnte Fokke sich schwer vorstellen. Die Temperatur im Inneren des Oldtimers hatte sich so weit abgekühlt, dass Fokke endlich einsteigen konnte. Einer Eingebung folgend, stellte er über Funk die Verbindung zur Wache in Bredstedt her.

»Ulf? Ich möchte, dass du mit Christiansen sprichst. Ja, jetzt sofort«, ordnete er an.

Fokke gab ihm die Aussage von Katrin Christiansen weiter und versicherte sich, dass Ulf Boysen die Anweisungen in vollem Umfang verstanden hatte.

»Das ist sehr wichtig. Wir haben nur diese eine Chance, Ulf«, schloss er das Gespräch.

Fokke lehnte sich im Sitz zurück. Er ließ seinen Gedanken freien Lauf und dachte darüber nach, wohin diese Aussage seine

Ermittlungen führen würde. Gedankenverloren wanderte sein Blick über den Parkplatz.

»He, das gibt es doch nicht«, entfuhr es ihm.

Verwundert schaute er auf Ralf Christiansen, der soeben sichtlich aufgeregt das Krankenhaus verließ. Fokke musste schnell reagieren und entschied sich zum Frontalangriff. Er sprang aus dem VW und rief Christiansen an.

»Ralf? Gut, dass ich dich hier treffe. Wir müssen uns unterhalten.«

Ralf Christiansen hätte genauso gut gegen eine Wand gelaufen sein können, so abrupt blieb er stehen und blockierte dadurch die Fahrspur. Während er Fokke fassungslos anstarrte, hupte ihn ein ungeduldiger Autofahrer an.

Christiansen wollte sich offensichtlich nicht mit Fokke unterhalten. Er überwand seinen Schrecken und stürmte los.

»Ralf! Das hat doch keinen Sinn«, brüllte Fokke frustriert.

Doch der schien völlig die Nerven verloren zu haben, denn er schubste auf seiner Flucht sogar eine ältere Frau zur Seite. Hätte deren Begleiterin nicht gedankenschnell zugepackt, wäre die an einer Krücke gehende Frau schwer gestürzt.

»Damit gräbst du dir endgültig dein Grab«, fluchte Fokke.

Er änderte seine Laufrichtung und schnappte sich das Funkgerät aus dem VW-Käfer, ohne sich um die verwunderten Blicke einiger Zeugen der Aktion zu kümmern.

»Ralf Christiansen hält sich zurzeit in Husum am Krankenhaus auf. Er hat sich der Vernehmung entzogen und befindet sich auf der Flucht«, gab er durch.

Während Fokke die persönlichen Daten von Christiansen übermittelte, beobachtete er dessen weitere Flucht.

»Der Flüchtige fährt einen weißen Polo«, ergänzte er anschließend.

Fokke gab das amtliche Kennzeichen durch und startete bereits den Boxermotor. Mit quietschenden Reifen, heulender Sirene und eingeschaltetem Blaulicht nahm er die Verfolgung auf.

»Keine Verfolgungsjagden. Pah!«, fluchte er vor sich hin.

Innerhalb der Stadtgrenze der Kreisstadt standen Fokkes Chancen trotz des Oldtimers gar nicht einmal so schlecht. Doch Ralf

Christiansen hatte nur eine kurze Wegstrecke bis zur L 30, und von dort gelangte er auf die Bredstedter Straße.

»Ein Streifenwagen hat Sichtkontakt«, murmelte Fokke zufrieden.

Er hatte Anweisung erteilt, dass ein möglicher Zugriff nur unter absolut sicheren Bedingungen erfolgen durfte.

»Der Fahrer befindet sich in einer Krisensituation und ist unberechenbar«, lautete seine Begründung.

Auf allen Straßen rund um Husum und im übrigen Nordfriesland waren zu dieser Tageszeit sehr viele Fahrzeuge unterwegs. Neben den Einwohnern bevölkerten vor allem Touristen die Gegend. Fokke wollte kein Risiko eingehen und keinesfalls unbeteiligte Zivilisten in Gefahr bringen.

»Unbedingt Sichtkontakt halten und auf den Sicherheitsabstand achten«, ermahnte er daher über Funk.

Eine Verfolgungsjagd in Nordfriesland unterschied sich erheblich von denen, die Fokke aus Lübeck kannte. Dort stand sehr schnell eine große Anzahl von Einsatzfahrzeugen zur Verfügung, die von der Leitstelle koordiniert werden konnten.

»Ein Wagen kommt aus Schobüll?« Fokke stöhnte laut auf.

Über Funk konnte er verfolgen, wie sich nur zähflüssig weitere Streifenwagen zur Unterstützung anmeldeten. Unglücklicherweise war keines der Fahrzeuge in der Nähe des flüchtigen Ralf Christiansen. Fokke verlor aufgrund der schwachen Motorisierung schon nach kurzer Zeit den Anschluss.

»Heidemarie?«

Sie rief auf Fokkes Handy an, um den Funkverkehr nicht zu belasten. Mit wenigen Sätzen schilderte er die Vorkommnisse auf dem Parkplatz am Krankenhaus.

»Christiansen hat offenbar eingesehen, dass er seine Lügengeschichte nicht mehr aufrechterhalten kann. Ich hoffe nur, dass er jetzt keinen weiteren Blödsinn macht«, sagte Fokke.

»Ich habe Heiner und Ulf angewiesen, in Bredstedt zu bleiben. Sie warten am Ortseingang, um Christiansen möglicherweise dort abfangen zu können«, sagte Heidemarie.

Schließlich schloss sie mit ihrem Passat zu Fokkes Käfer auf und überholte ihn.

»Fahr dort rechts auf die Tankstelle und steig dann zu mir um«, befahl Heidemarie.

Fokke kam der Anweisung nach, und so blieb der Oldtimer auf der Tankstelle in Hattstedt stehen, während er die Verfolgung zusammen mit Heidemarie fortsetzte.

»Wohin will er? Hast du eine Idee?«, fragte sie ihn.

Das Ziel von Christiansens Flucht schien weiterhin Bredstedt zu sein. Auf der B 5 kam Christiansen zügig voran, weil er sich nicht um die Geschwindigkeitsbegrenzungen kümmerte und mehrfach riskant überholte. Die Besatzung des Streifenwagens kommentierte das Verhalten des Flüchtigen und blieb auf Abstand.

»Vielleicht fährt er nach Hause und verkriecht sich dort«, sagte Fokke.

Er hatte bereits die absonderlichsten Verhaltensweisen erlebt, wenn ein Verbrecher die Aussichtslosigkeit seines Unterfangens erst einmal erkannt hatte. Heidemarie lenkte den Passat mit hoher Konzentration und wagte einmal mehr ein Überholmanöver. Der Fahrer des BMW mit Münchener Kennzeichen hupte erbost, doch sie schaffte es gerade noch, sich vor dem Gegenverkehr wieder einzufädeln.

»Was treibt ihn nach Bredstedt? Wirklich reine Panik, oder sieht er noch eine Chance, wie er noch Beweise beseitigen kann?«, bohrte Heidemarie weiter.

Fokke löste die verkrampften Finger vom Türgriff und entspannte die Beinmuskulatur.

»Was für Beweise meinst du?«, fragte er.

Heidemarie zuckte knapp mit den Schultern.

»Vielleicht irgendetwas in der Bank? In einem Schließfach?«

Es waren müßige Überlegungen, solange es keine konkreten Ansatzpunkte dafür gab.

»Alles möglich, aber ich denke, das werden wir bald wissen«, erwiderte Fokke.

Der Vorsprung von Christiansen würde nicht ausreichen, um solche Beweise verschwinden zu lassen. Sobald er den Polo anhielt, würde der Zugriff erfolgen. Vielleicht sogar schon, bevor er sein eigentliches Ziel erreicht hatte.

»Vorerst müssen wir alles dransetzen, dass wir Christiansen unversehrt festsetzen können«, stellte Fokke fest.

Der Polo jagte soeben durch Struckum. Ralf Christiansen verlangsamte die Geschwindigkeit nur minimal, sodass der Abstand zu seinen Verfolgern wieder leicht anwuchs. Für den Augenblick sah es so aus, als wenn er auf jeden Fall nach Bredstedt fuhr. Doch was kam dann?

Die beiden Polizisten sahen sich ungläubig an.

»Wiederholen Sie das bitte«, forderte Heiner die Leitstelle auf.

»Der Flüchtige hat die Bundesstraße verlassen, und es besteht kein Sichtkontakt mehr«, kam der Kollege in Husum der Bitte nach.

Bis vor wenigen Sekunden waren Heiner und Ulf sich ziemlich sicher gewesen, dass ihnen der weiße Polo demnächst vor die Kühlerhaube kommen würde.

»Wie konnten die Kollegen den Anschluss verlieren?«, fragte Ulf.

Sein Bruder kannte die Antwort.

»Weil Fokke den Abstand zu groß gelassen hat«, knurrte er verärgert.

Ulf nickte und schüttelte gleich darauf den Kopf, weil er die Wut in der Stimme seines Bruders gehört hatte.

»Stimmt schon, aber es ist trotzdem richtig. Was glaubst du, was passiert, wenn Christiansen die Gewalt über den Wagen verliert?«

Widerwillig musste Heiner eingestehen, dass Fokke vermutlich richtig gehandelt hatte.

»Dafür ist Christiansen jetzt weg«, murrte er dennoch.

Doch schon fünf Minuten später schöpften sie neue Hoffnung. Der Fahrer eines Milchtransporters hatte in der Werkstatt von Ron Tüchsen etwas bemerkt. Heiner hatte alle Anrufe, die bei der Wache eingingen, auf sein Handy umleiten lassen. Er fragte nach, ob der Mann sich nicht möglicherweise getäuscht hatte.

»Nö, da spukt jemand rum«, bestätigte der Fahrer.

»Steht da vielleicht ein Auto auf dem Platz vor dem Haus?«, wollte Heiner wissen.

»Ja, ein weißer Polo von hier«, lautete die eindeutige Antwort.

Die beiden Polizisten warfen sich einen überraschten Blick zu. Während Heiner sich auch diese Angabe noch einmal bestätigen ließ, startete Ulf bereits den Motor. Mit eingeschalteten Warnlampen, aber ohne Martinshorn fuhr er los.

»Melden Sie sich morgen in Bredstedt auf der Wache«, ordnete Heiner derweil an.

Nachdem er sein Telefonat beendet hatte, gab er über Funk die Meldung an Heidemarie und Fokke weiter.

»Nähert euch sehr vorsichtig und schnappt euch Christiansen, damit er nicht weiter die Umgebung unsicher macht«, befahl Heidemarie.

Sie und Fokke würden nur wenige Minuten nach ihnen am Haus des toten Bildhauers eintreffen. Ulf kannte die Gegend dort gut genug, um den Streifenwagen hinter einem Knick aufs Feld zu lenken.

»Ab hier gehen wir zu Fuß. Christiansen darf nicht mitbekommen, dass wir ihn erwischt haben«, mahnte Ulf.

Sein Bruder nickte zustimmend und prüfte dann den Zustand seiner Dienstwaffe.

»Die lassen wir besser stecken, Heiner. Ich glaube nicht, dass wir Ralf über den Haufen schießen sollten.«

Er legte seinem Bruder besänftigend die Hand auf die Schulter, um dessen Nervosität zu mildern. Heiner lächelte verkrampft und eilte dann los. Sie mussten sich erst bei der Werkstatt wirklich in Acht nehmen. Vorher sorgten die Apfel- und Birnbäume im hohen Gras für ausreichend Deckung.

»Er durchsucht das Atelier«, murmelte Ulf.

Sie lehnten am Stamm eines knorrigen Apfelbaums und starrten hinüber zur Rons Werkstatt. Hinter den hohen Glasscheiben konnte man deutlich die Umrisse eines Mannes erkennen.

»Vielleicht sollten wir abwarten, bis Fokke und Heidemarie eintreffen«, schlug Heiner vor.

Doch Ulf schüttelte entschieden den Kopf.

»So weit kommt es noch. Mit Christiansen werden wir schon noch ganz gut allein fertig«, widersprach er.

Sie trennten sich, um von zwei Seiten ins Atelier vorzudringen. Heiner musste den etwas längeren Weg durchs Haupthaus nehmen. Ulf stellte sich nach einem kurzen Sprint neben die Tür der Werkstatt und wartete auf den Warnruf seines Bruders. Sobald Heiner ins Atelier trat, würde er Christiansen laut anrufen und damit Ulf das Signal geben.

»Komm vom Schrank weg«, erklang wie vereinbart Sekunden später die Stimme von Heiner.

Ulf vernahm ein Geräusch und schob sich blitzschnell vor, riss die Ateliertür auf und erstarrte mitten in der Bewegung.

»Mach jetzt bloß keinen Quatsch, Ralf«, stieß er mit heiserer Stimme hervor.

Christiansens Gesicht war bleich, und sein Blick wirkte gehetzt. Er hatte einen Arm um den Hals von Heiner Boysen gelegt und drückte dem Polizisten einen Stechbeitel gegen die Halsschlagader. Blut lief in Heiners Hemdkragen.

»Wirf deine Pistole weg«, forderte Christiansen.

Es gab nichts, was Ulf in diesem Augenblick hätte unternehmen können. Sekunden später polterte die Pistole in eine Ecke des Ateliers, und er spreizte die Arme seitlich ab.

»Die Verstärkung ist jeden Augenblick hier. Komm doch zur Vernunft. Es ist vorbei«, redete er Ralf Christiansen gut zu.

Der holte mit dem Beitel blitzschnell aus und schlug Heiner mit dem Holzgriff zu Boden. Bevor Ulf irgendwie reagieren konnte, traf ihn der schwere Holzhammer im Gesicht. Er hatte nicht einmal mitbekommen, dass Christiansen das Werkzeug gegriffen hatte. Halb ohnmächtig sackte er zu Boden und musste zulassen, dass Christiansen ihn und Heiner mit den Handschellen fesselte.

»Die drei Ungerechten. Verdammt! Wieso bin ich nicht schon früher darüber gestolpert?«, schimpfte Christiansen vor sich hin.

Ulf war sich nicht sicher, ob er die Worte richtig verstanden hatte. Sie drangen wie durch tiefes Wasser an sein Ohr, aber selbst wenn Christiansen es genauso gesagt hätte, verstand er den Sinn trotzdem nicht. Er hörte die sich schnell entfernenden Schritte und kämpfte gegen die drohende Ohnmacht.

»Ulf? Bist du in Ordnung?«

Heiner rüttelte an der Schulter seines Bruders. Zum Glück waren seine Hände vor dem Körper gefesselt, sodass er sie eingeschränkt bewegen konnte. Ulf vernahm die Angst in der Stimme und bezwang endlich seine Schwäche. Er schlug die Augen auf und grinste seinen Bruder an.

»Halb so schlimm, Kleiner. Und selbst?«

Es kostete ihn einige Überwindung, die Taubheit in der rechten Gesichtshälfte zu ignorieren.

»Alles bestens, abgesehen davon, dass wir wie zwei dumme Anfänger aussehen«, erwiderte Heiner.

Zum Glück mussten sie nicht lange warten, bis ihre Vorgesetzten eintrafen.

»Himmel, was ist denn mit euch passiert?«, rief Heidemarie erschrocken aus.

Während Fokke die Handschellen löste, berichtete Ulf schonungslos darüber, wie Christiansen sie überwunden hatte.

»Tut mir leid«, murmelte er zum Schluss.

»Niemand hat Christiansen zugetraut, was er in den zurückliegenden Wochen getrieben hat. Er ist gefährlicher, als wir alle angenommen haben«, stellte Fokke fest.

Auf einmal war er sich überhaupt nicht mehr so sicher, ob seine bisherige Taktik richtig war. Hätte er Christiansen besser doch schon auf der Bundesstraße festnehmen lassen sollen?

»Er hat etwas Merkwürdiges gesagt, bevor er gegangen ist«, sagte Heiner.

»Ach, ja? Was denn?«, wollte Heidemarie wissen.

Ihr Neffe wiederholte die Worte und wurde von Ulf unterstützt.

»Ja, das habe ich genauso verstanden. Könnt ihr euch einen Reim darauf machen?«

Fokke dachte angestrengt nach und schaute sich dabei im Atelier um.

»Nö, leider nicht. Du?«

Auch Heidemarie musste passen.

»Seid ihr noch einsatzfähig?«, fragte sie dann.

Obwohl Ulfs Kopf mächtig dröhnte, nickte er beflissen.

»Gut, dann verfolgen wir Christiansen weiter«, befahl sie.

Sie und Fokke eilten hinüber zum Passat, um über Funk den aktuellen Status mitzuteilen und nach dem Aufenthaltsort des Flüchtigen zu fragen.

»Schöner Schiet, wa? Wenn ihn keiner gesehen hat, wird es ein reines Glücksspiel, Christiansen wiederzufinden«, schimpfte Fokke.

»Es bleibt uns nichts weiter übrig. Immerhin verfügen wir mittlerweile über fünf Streifenwagen. Damit können wir in Bredstedt und Umgebung ziemlich viel abdecken«, erwiderte Heidemarie.

Sie startete den Motor und lenkte den Passat in Richtung Kleinstadt.

Die Versammlung des Clans hatte außer heftigen Wortgefechten nur wenig eingebracht, wie Wiebke ernüchtert feststellen musste.

»Wohin fahren wir?«, fragte Erich Mommsen.

Ihr Onkel hatte wie öfter in den zurückliegenden Tagen nicht alle Medikamente geschluckt und verhielt sich seit einer halben Stunde wie ein zehnjähriger Junge.

»Nach Hause, Erich«, erwiderte Wiebke leise.

Es tat ihr in der Seele weh, ihren Onkel so zu erleben. Während der Clan sich zum wiederholten Male wegen des weiteren Vorgehens in die Wolle bekommen hatte, hatte Erich urplötzlich nach seinem Spielzeug verlangt. Zuerst hatten einige gelacht und es für einen Scherz gehalten, doch dann erkannten Anne und Wiebke, was passiert war.

»Es ist besser, wenn du Erich fährst. Sieh zu, dass er seine Tabletten nimmt, und ich versuche derweil, Doris zu erreichen«, hatte ihre Tante gesagt.

Die Versammlung würde zu keinem brauchbaren Ergebnis führen, Wiebke akzeptierte den Vorschlag und befand sich jetzt auf dem Weg nach Dörpum.

»Kann ik tohuus speeln?«, wollte Erich wissen.

Selbst seine Stimme klang wie die eines zehnjährigen Kindes.

»Ja, natürlich. Wir sind bald da, und dann machst du deinen Mittagsschlaf. Wenn du wieder wach wirst, kannst du spielen«, erklärte Wiebke.

Sie hatten unterschätzt, wie kompliziert die Betreuung eines an Demenz erkrankten Menschen sein würde. Der sorgsam ausgearbeitete Plan wurde permanent von alltäglichen Dingen des Lebens durchkreuzt, und Erich blieb immer wieder ohne Überwachung.

Die Vorfälle der zurückliegenden Tage zeigten Wiebke mehr als deutlich, dass es so keinesfalls weitergehen konnte.

»Wi sünd al dor«, freute sich Erich.

Kaum hatte Wiebke den Motor abgestellt, sprang er aus dem Wagen und stürmte hinüber zum Schuppen. Unter dem Schleppdach schoss gleich darauf ein schwarzer Kater hervor und jagte mit lautem Fauchen an Wiebke vorbei.

»Erich!«

Es war die energische Stimme der Gemeindekrankenschwester, die Wiebkes Onkel zur Räson brachte.

»Moin, Doris. Gut, dass du gleich kommen konntest.«

Gemeinsam schafften die Frauen es, den nörgelnden Erich dazu zu bringen, seine Medikamente einzunehmen und sich anschließend ins Bett zu legen. Dann setzten sie sich in der Küche an den Tisch.

»Wir sind überfordert mit seiner Betreuung, Doris. Hast du eine Idee, wie man es besser in den Griff bekommen kann?«, fragte Wiebke.

Doris zählte die unterschiedlichen Möglichkeiten auf. Wiebke wusste, dass eine sofortige Unterbringung in einem Pflegeheim auf harten Widerstand bei Erich selbst und auch der Sippe stoßen würde.

»Dann bleiben euch nur die beiden anderen Wege. Entweder einer von euch zieht hier ein und hat ein Auge auf Erich, oder ihr müsst eine Pflegekraft einstellen, die diesen Job übernimmt«, sagte Doris.

Die Bezahlung einer solchen Fachkraft würde man durch die gesamte Familie sicherlich aufbringen können.

»Ich bespreche es mit Anne. Könntest du uns Namen von guten Fachkräften geben, die für die Betreuung in Betracht kämen?«, fragte Wiebke.

Einzelne Namen konnte Doris zwar nicht liefern, dafür aber einige Adressen seriöser Vermittlungsagenturen. »Ich muss weiter. Bleibst du noch hier?«, fragte sie und erhob sich dabei.

»Ich kann bis heute Abend bleiben«, versicherte Wiebke.

Sie brachte Doris hinaus auf den Hof und winkte dem Auto kurz darauf hinterher. Wiebke ließ ihren Blick über die Gebäude wandern und fühlte sich verloren. Wo war nur die Zeit geblieben? Zu gut erinnerte sie sich an die herrlichen Abenteuer, die sie und Fokke mit ihren Freunden auf dem Bauernhof in ihren Sommerferien erlebt hatten.

Wie sollte es nur weitergehen?

Für einen Augenblick schaute sie traurig hinauf zum Fenster, hinter dem ihr Onkel in seinem Bett lag. Der Wind sorgte dafür, dass sich die Vorhänge nach außen beulten.

Das Fenster war vorhin doch zu, stutzte Wiebke.

Sie vergaß ihre Melancholie und rannte ins Haus, die Treppe hinauf und stieß wenige Sekunden später die Tür zum Schlafzimmer ihres Onkels auf.

»Oh, Erich. Was treibst du nur schon wieder?«, stöhnte sie beim Anblick des leeren Bettes.

Ihr Onkel musste sich durchs Fenster und übers Vordach aus dem Zimmer geschlichen haben, während sie mit Doris in der Küche gesessen hatte. Sie stand am Fenster und suchte nach einem Anzeichen, wo er sich aufhalten konnte. Wiebke wollte sich bereits abwenden, um das Zimmer zu verlassen, als sie die Gestalt auf dem Feld entdeckte.

Du willst zum Hof von Hauke Boysen?, staunte sie.

Während sie die Treppe hinuntereilte und durch die Seitentür ins Freie gelangte, fiel Wiebke der aktuelle Zustand ihres Onkels wieder ein. Als Erich zehn Jahre alt gewesen war, lebte einer seiner Freunde auf dem Nachbarhof. Vermutlich wollte Erich zu seinem Freund und mit ihm spielen.

Wenigstens bist du dieses Mal nicht so weit gekommen, dachte Wiebke.

Sie stieg über den Zaun und sah Erich in der Ferne, wie er gerade den Hofplatz neben der abgebrannten Scheune erreichte. Vermutlich würde der Anblick ihn eine Weile fesseln, sodass Wiebke ihn vielleicht einholen konnte.

Die erste Meldung wurde durch den Anruf eines Paketboten bestätigt.

»Christiansen ist offenbar auf dem Weg zu Haukes Hof«, sagte Heidemarie.

Fokke hatte das Lenkrad übernommen, nachdem sie am Atelier von Ron Tüchsen aufgebrochen waren. Heidemarie hielt den Funkkontakt und kommentierte die eingehenden Nachrichten.

»Das schaffen wir in zehn Minuten«, erwiderte Fokke.

Er überholte einen langsam fahrenden Touristen, der erkennbar zusammenzuckte, als er das Blaulicht auf dem Dach des Passats bemerkte. Den Kindern auf der Rückbank war es nicht einmal einen Blick wert. Sie konzentrierten sich weiterhin auf die kleinen Bildschirme vor sich, die an den Nackenstützen der Vordersitze befestigt waren.

»Die kriegen nicht einmal mit, wie schön es hier ist«, brummte Fokke.

Heidemarie warf ihm einen amüsierten Seitenblick zu.

»Sagt der Mann, der sich in die Marzipanstadt verdrückt hat und selbst keine Kinder zeugt.«

»Du weißt genau, was mich von hier vertrieben hat. Ohne den blöden Clankrieg würden wir schon länger zusammenarbeiten«, protestierte Fokke.

»Wie du selbst gerade erlebst, kann man sich bestens aus dem Familienquatsch heraushalten«, sagte Heidemarie.

Sie erreichten die kleine Stichstraße, die zum Bauernhof von Hauke Boysen führte. Unmittelbar hinter ihnen bog der Streifenwagen mit Ulf und Heiner ab.

»Damit dürfte die Flucht endgültig beendet sein. Heiner und Ulf sollen sich draußen um die Absicherung kümmern«, sagte Fokke.

Obwohl Heidemarie eigentlich diejenige war, die als Leiterin der Ermittlungen die Befehle erteilte, gab sie kommentarlos die Anordnung über Funk durch. Fokke registrierte es erfreut und dachte zum ersten Mal darüber nach, wie gut sie als Team funktionierten. Kurz darauf parkte er den Passat hinter dem weißen Polo, der neben dem vom Rauch geschwärzten Skelett der Scheune stand.

»Haltet die Augen offen. Christiansen darf uns nicht noch einmal entkommen«, mahnte Heidemarie ihre Neffen.

Ulf und Heiner nickten synchron.

»Hast du das gehört?«, fragte Fokke.

Er lauschte mit vor Konzentration zusammengekniffenen Lidern. Der Wind trug erneut verschiedene Stimmen an sein Ohr.

»Christiansen ist nicht allein im Haus. Wer könnte bei ihm sein?«, fragte Heidemarie erstaunt.

»Das werden wir gleich erfahren«, erwiderte Fokke entschieden.

Möglicherweise gab es eine völlig andere Erklärung, warum Christiansen hierher geflohen war. Es ging dabei vielleicht gar nicht um die Beseitigung von Beweisen, sondern um ein Treffen mit Komplizen. Fokke und Heidemarie setzten sich in Bewegung. Als er die Hand auf die Klinke der Eingangstür legte, fand er sie unverschlossen vor. Fokke drückte sie vorsichtig weiter auf und schob sich in den Flur.

»Sie sind in der Wohnstube«, raunte er.

Genau wie Heidemarie hatte Fokke mittlerweile die Pistole gezogen. Die Stimmen aus dem Raum wurden immer deutlicher, je näher sie der Tür kamen. Als Fokke unmittelbar davorstand, erkannte er die Stimme seiner Schwester und erstarrte.

»Wiebke? Was zum Teufel treibt denn deine Schwester hier?«, flüsterte Heidemarie.

Es war wie verhext. Vor einer Minute hatte Fokke noch angenommen, dass der Zugriff reibungslos über die Bühne gehen konnte, und nun das. Er machte Heidemarie mit Gesten klar, dass sie sich ein Stück zurückziehen sollten. Sie verließen das Haus, um sich zu beratschlagen.

»Was ist denn los?«, fragte Ulf verwundert.

Er und Heiner hörten sich an, wer bei Christiansen in der Wohnstube war, und fluchten leise.

»Was hat sie denn auf dem Hof von Hauke verloren?«, fragte Heiner verärgert.

»Das wüsste ich auch gern. Wir müssen uns jetzt schnell entscheiden, wie wir weiter vorgehen wollen. Riskieren wir den Zugriff, oder sollen wir auf ein SEK warten?«, wandte Fokke sich an Heidemarie.

Sie konnten eine Geiselnahme nicht ausschließen, und in solchen Fällen musste das Sondereinsatzkommando gerufen werden.

»Das SEK müsste aus Flensburg anrücken. Das dauert doch viel zu lang«, erwiderte Heidemarie.

»Dann also ein unmittelbarer Zugriff?«, hakte Fokke nach.

Die Kriminalrätin kaute unsicher auf ihrer Unterlippe, konnte sich zu keiner Entscheidung durchringen. Fokkes Blick erfasste zwei weitere Streifenwagen, die in die Stichstraße zum Hof einbogen.

»Da kommt Verstärkung. Ich denke, wir sollten es riskieren«, sagte er zu Heidemarie.

Sie schaute zu den Streifenwagen und nickte nach wenigen Sekunden zustimmend. Fokke eilte zu der Stelle, an der die Straße den Bauernhof erreichte. Dort veranlasste er die Fahrzeuge zum Anhalten und instruierte die Besatzungen. Anschließend parkten die Beamten die Wagen so, dass die Stichstraße unpassierbar wurde.

»Sie bewachen die Straße. Niemand darf ohne die Genehmigung von Kriminalrätin Boysen oder mir auf den Hof fahren«, befahl Fokke.

Die beiden dafür eingeteilten Polizisten nickten bestätigend. Mit der Besatzung des anderen Streifenwagens eilte Fokke zurück zu Heidemarie.

»Wir gehen jetzt rein und überwältigen Christiansen, falls es keine Gefahr für Wiebke bedeutet«, sagte diese.

Mit einem dicken Klumpen in der Magengegend drückte Fokke die Haustür erneut auf und schob sich in den Flur, in dem ihn warme, abgestandene Luft erwartete. Aus der Wohnstube konnte er erneut die erregte Stimme seiner Schwester vernehmen.

ACHTZEHN

Bevor sie Erich erreichte, löste er sich vom Anblick der niedergebrannten Scheune und ging ins Wohnhaus. Wiebke folgte ihrem Onkel – und traf nicht nur ihn in der Wohnstube an.

»Ralf? Was machst du denn hier?«, staunte sie.

Christiansen starrte nicht weniger fassungslos auf Erich und Wiebke. Auf seiner Stirn glänzte Schweiß, und seine Augen waren vor Schreck geweitet.

»Ich? Die Bank benötigt noch einige Unterlagen, die hier sein müssen«, erwiderte er.

Wiebke glaubte ihm kein Wort. Erich summte leise vor sich hin und schlenderte am Bücherregal entlang, ohne sich um Ralf oder Wiebke zu kümmern. Erich schnappte sich eine Skulptur und setzte sich zufrieden mit seinem Fund auf einen Sessel neben der Tür.

»He, Finger weg! Gib mir die Figur«, forderte Ralf ihn auf.

Erich schaute auf und zog eine Schnute, so wie es ein Kind machen würde, wenn es sich gegen einen Erwachsenen behaupten möchte. Wiebke schaute ungläubig auf Ralf, der sich drohend Erich näherte.

»Der dritte Ungerechte. Natürlich. Warum bin ich nicht früher darauf gekommen?«, murmelte Christiansen vor sich hin.

»Was faselst du denn da? Lass Erich in Ruhe. Du siehst doch, dass er seine Medikamente nicht geschluckt hat. Er ist nicht ganz bei sich«, hielt Wiebke ihn zurück.

Mit einer unwilligen Bewegung schüttelte Ralf ihre Hand ab und starrte dabei finster auf Erich, der den Kopf gesenkt hatte und sich auf die Skulptur konzentrierte.

»Gib her, oder ich nehm sie mir«, stieß Ralf hervor.

Es war der reine Wahnsinn, und Wiebke hatte keine Ahnung, wie sie mitten hineingeraten war.

Drehen denn heute alle durch?, fragte sie sich.

»Was stört dich denn daran, wenn Erich mit dieser blöden Figur spielt?«, fragte sie wütend.

Ralf fuhr herum und funkelte sie erbost an.

»Das ist die dritte Figur, die eigentlich im Atelier von Ron stehen sollte. Der miese Halunke hat sie Hauke überlassen, oder der blöde Kerl hat sie gestohlen«, erklärte er.

Wiebke verstand kein Wort und fragte sich langsam, ob Christiansen vielleicht auch den Verstand verloren hatte. War Demenz ansteckend, oder grassierte in Bredstedt eine Krankheit, die ganz ähnliche Symptome auslöste?

»Und wenn schon? Hatte er dir etwa die Figur versprochen oder gar verkauft?«, bohrte sie nach.

Erich brabbelte fröhlich vor sich hin und plapperte unverständliches Zeug, während er mit der Figur spielte.

»Da muss die Speicherkarte drin sein. Das ist doch das perfekte Versteck«, antwortete Ralf.

»Speicherkarte? Ich verstehe überhaupt nicht, wovon du eigentlich redest«, sagte Wiebke genervt.

Ralf trat zwei Schritte zurück und deutete auf die abgebrannte Scheune, von der man nur einige geschwärzte Dachsparren durch das Wohnzimmerfenster sehen konnte.

»Ron hat mich gesehen. Hier im Haus. Er wusste, dass Hauke mich mit Aufnahmen erpresste, die Elfie angefertigt hatte«, sagte Ralf.

Langsam dämmerte Wiebke, worüber er sprach. Es war zwar ungeheuerlich, aber es klang verdächtig nach einem Geständnis.

»Ihr habt euch gestritten, du und Hauke. Musste er deswegen sterben?«, fragte sie.

Ralfs Nicken bestätigte Wiebkes böse Ahnung. Ihr Blick wanderte hinüber zu Erich, der offenbar seine Umgebung total ausgeblendet hatte und sich völlig in seinem Spiel verlor.

»Es war nicht mit ihm zu reden. Dabei hatte ich es doch schon mit den fünfundzwanzigtausend Euro so gedreht, dass Hauke sie auf sein Konto überwiesen bekam«, sprach Ralf weiter.

»Das war dein Geld?«, fragte Wiebke.

Er schüttelte mit einem Grinsen den Kopf. In diesem Augenblick bekam Wiebke Angst vor dem schlanken Mann. Sie musste unbedingt einen Weg finden, wie sie sich und Erich hier unbeschadet herausbekam.

»Nein, das hat Elfriedes Gönnergatte bezahlen dürfen. Es war ganz leicht für mich, diese Überweisung zu manipulieren. Wozu sitzt man schließlich an der Quelle?«, sonnte er sich in seinem Ruhm.

Obwohl Ralf ganz offen über seine Schandtaten sprach, verstand Wiebke nicht alle Zusammenhänge.

»Wenn du Hauke bezahlt hast, war doch alles geregelt. Wieso habt ihr euch dann gestritten?«, fragte sie weiter.

Solange Ralf weiterredete, kam er wenigstens nicht auf falsche Ideen. Das hoffte Wiebke jedenfalls und dachte fieberhaft über einen Ausweg nach.

»Der dumme Kerl wollte mehr Geld. Typisch für diesen Versager, dass er den Bogen überspannen musste«, stieß Ralf wütend hervor.

Dabei wanderte sein Blick zu Erich, und er machte drei schnelle Schritte auf den Sessel zu. Wiebke erschrak und stellte sich schnell in den Weg.

»Kam es deshalb zum Streit? Deswegen musste Hauke sterben?«

Doch dieses Mal ließ Ralf sich nicht ablenken, sondern versetzte Wiebke einen derben Stoß. Sie taumelte gegen das Regal und spürte einen Stich in der Hüfte. Wiebke schrie unwillkürlich auf. Im nächsten Augenblick schleuderte Erich die Figur mit einer blitzschnellen Bewegung dem Bankkaufmann an den Kopf.

»Das wirst du büßen!«, schrie Ralf voller Wut.

Bevor Wiebke reagieren konnte, flog die Tür auf, und Fokke stürmte in den Raum. Gleich nach ihm sprangen zwei uniformierte Polizisten auf Christiansen zu, der nun keine Chance mehr hatte, zu fliehen.

»Nein, Ralf. Deine Flucht endet hier«, rief Fokke.

Die drei Männer rangen den sich wie wild gebärdenden Christiansen zu Boden und legten ihm Handschellen an. Heidemarie Boysen trat zu Wiebke und legte ihr einen Arm um die Schulter.

»Bist du in Ordnung? Soll ich einen Notarzt anfordern?«, fragte sie.

Der Schmerz in der Hüfte klang bereits ab, und daher winkte Wiebke ab.

»Nein, halb so schlimm. Ist nicht mehr als eine Prellung«, sagte sie und schluckte die aufkommenden Tränen hinunter.

»Wat is dat denn?«, frohlockte Erich.

Er schmunzelte vor sich hin und klaubte die Scherben der Figur vom Boden auf. Verwundert betrachtete er dann eine Speicherkarte, so wie man sie in Digitalkameras verwendete.

»Da is de Koort, von de Ralf jümmerto snackt hett«, stellte er fest.

Als Erich sie einstecken wollte, hielt Wiebke ihn davon ab.

»Das kannst du nicht behalten«, sagte sie.

Ihr Onkel zog entrüstet die Augenbrauen in die Höhe.

»Warum nich? Ik wullt bloot rutfinnen, wat dat ist«, erwiderte er. Seine Stimme wurde weinerlich.

Jetzt trat auch Fokke zu dem Sessel, in dem Erich sich wieder niedergelassen hatte.

»Ich kauf dir nachher ein großes Eis, Erich. Dafür musst du mir aber diese Karte überlassen. Einverstanden?«, schlug er vor.

Ein begeistertes Strahlen erhellte Erichs Gesicht, während er Fokke die Karte in die offene Hand legte.

»Kommst du mit auf die Wache, oder möchtest du vorher noch deinen Onkel nach Hause bringen?«, fragte Heidemarie.

»Das übernehme ich«, sagte Wiebke.

Fokke machte den beiden Beamten ein Zeichen, damit sie Ralf Christiansen abführten.

Zwei Tage später saßen Fokke und Heidemarie in ihrem Dienstzimmer in der Inspektion. Durch das geöffnete Fenster drang Motorenlärm zu ihnen. Heidmarie deutete auf die Akte vor sich.

»Runde Sache, Fokke. Christiansen hat alles zugegeben. Von der Affäre mit Elfriede Schulz über die Erpressung von Hauke bis zu dem Streit, der zum Totschlag führte«, sagte sie.

Niemand bezweifelte diese Aussage. Ralf Christiansen hatte Hauke Boysen auf dessen Hof besucht, um die Fortsetzung der Erpressung aus der Welt zu schaffen. Es kam zum Streit mit einem Handgemenge, bei dem der Landwirt mit dem Kopf gegen die Achsgabel eines Anhängers krachte.

»Es knackte ganz laut, und dann war Hauke tot. Ehrlich, ich wollte ihn nicht umbringen«, schwor Christiansen.

Fokke hatte die Aussagen noch gut im Kopf und sah es wie in

einem Film wieder vor sich. Mit dem Feuer glaubte Christiansen tatsächlich, die verräterischen Spuren beseitigen zu können.

»Den Einfall mit der Kerze als Zeitverzögerung hatte er aus einem älteren Film«, sagte Fokke.

Heidemarie nickte und schüttelte dann den Kopf.

»Ausgerechnet Ron Tüchsen sieht Christiansen dann während der Löscharbeiten im Haus von Hauke verschwinden. Er hat schnell geahnt, was wirklich passiert ist«, sagte sie dann.

»Klar, nachdem Hauke ihm alles über die Affäre und die Erpressung erzählt hatte. Da war nicht viel Phantasie erforderlich, um eins und eins zusammenzuzählen«, stimmte Fokke zu.

Hauke Boysen hatte Ron Tüchsen die Speicherkarte zur Aufbewahrung überlassen. Tüchsen sollte dafür einen Anteil erhalten, doch so weit kam es nicht mehr.

»Als Tüchsen erkannte, wie gefährlich Christiansen werden konnte, brachte er die Figur mit der Speicherkarte ins Haus von Hauke. Er ging davon aus, dass niemand ausgerechnet dort nachsehen würde«, ergänzte Heidemarie.

Christiansen hatte in einem permanenten Wechselbad der Gefühle gelebt, wie er selbst erzählte. Mal fühlte er sich sicher, weil nach dem Mord an Tüchsen niemand mehr auf die Erpressung kommen konnte. Dann wieder überkamen ihn Zweifel, und die Ermittlungsarbeit der Polizei versetzte ihn in Unruhe.

»Er hat den gleichen Fehler wie viele Verbrecher gemacht«, sagte Heidemarie.

»Allerdings. Er wollte seine Spuren beseitigen und gleichzeitig falsche Fährten legen«, stimmte Fokke zu.

Heidemarie lachte unfroh auf.

»Spätestens bei der Rückkehr seiner Viöler Kollegin aus Thailand wäre sein schöner Plan mit dem Schließfach aufgeflogen. Christiansen hat es geahnt und versuchte verzweifelt, weitere entlastende Fakten zu schaffen«, sagte sie.

»Der Einfall mit dem Wagen, der ihn von der Straße zu drängen versuchte, hätte ohne seine Frau klappen können. Auch der angebliche Einbruch war kein so schlechter Versuch, wenn wir Christiansen zu dem Zeitpunkt nicht längst beschattet hätten«, sagte Fokke.

Hätte Christiansen bessere Nerven gehabt und einfach nur abgewartet, säße Dirk Mommsen vermutlich immer noch in Untersuchungshaft. Ohne die hektischen Aktivitäten von Christiansen wären Fokke und Heidemarie nicht so schnell auf ihn gekommen.

»Es fing alles mit einer Affäre an, die seiner weiteren Karriere schaden konnte. Dabei hätte Elfriede Schulz selbst vermutlich geschwiegen. Ihr wurde der Alkohol zum Verhängnis«, sagte Heidemarie.

Sie hatte bei einem Fest ihre Digitalkamera mit der von Hauke Boysen vertauscht. Elfriede Schulz war zu betrunken, um es zu bemerken.

»Ich kann mir lebhaft Haukes Gesicht vorstellen, als er Schulz und Christiansen bei ihren erotischen Spielen zu sehen bekam«, lachte Fokke.

Ab diesem Augenblick beschwor Hauke Boysen sein übles Schicksal herauf. Für seine absurde Idee, mit getrocknetem Schafskot als alternativer Energiequelle das große Geschäft zu machen, hatte er keine Bank gewinnen können. Niemand wollte Hauke dafür einen Kredit einräumen.

»Ohne diese dumme Geschäftsidee wäre Hauke vielleicht nicht einmal auf den verrückten Einfall mit der Erpressung gekommen«, sagte Heidemarie. Sie schaute einen Moment aus dem Fenster.

Fokke konnte sich lebhaft vorstellen, wie sehr ihr der ganze Fall zu schaffen machte. Hauke Boysen war einfach nur einfältig gewesen und geriet auf die schiefe Bahn. Er musste auch deswegen sterben, weil er den falschen Menschen in die Quere kam. Zum einen war das Ron Tüchsen, der selbst große Geldprobleme hatte, und zum anderen Christiansen, der wegen einer Affäre sein ganzes Leben gefährdet sah.

»Spricht deine Schwester wieder mit dir?«

Die Frage von Heidemarie holte Fokke zurück in die Gegenwart. Während der Phase des Schweigens hatte er sich gefragt, ob er zu einem früheren Zeitpunkt auf Christiansen als Täter hätte kommen können. Wenn ja, wäre einigen Menschen großes Leid erspart worden. Auch wenn Elfriede Schulz sich von der Attacke wieder vollständig erholen würde, saß der Schock über Christiansens Angriff sehr tief.

»Doch, wir reden wieder miteinander. Die zurückliegenden Tage haben aber viel verändert. Wiebke ist dichter an die Familie gerückt, und ich werde für immer gebrandmarkt bleiben. Da hilft es mir wenig, dass ich Dirk schließlich doch noch entlasten konnte«, gab er offen zu.

Heidemarie nickte. Dann öffnete sie eine Schublade, entnahm ein Dokument und schob es Fokke über den Tisch zu. Er nahm es auf und überflog die offizielle Meldung aus dem Kieler Innenministerium.

»Ihr habt die Planstellenkürzungen rückgängig gemacht. Meinen Glückwunsch. Dann behält Lena Arndt ihren Posten auf Föhr. Das freut mich für sie«, sagte Fokke.

»Der Posten des zivilen Ermittlers in Bredstedt muss auch wieder besetzt werden«, ergänzte Heidemarie.

Als Fokke ihren Blick wahrnahm, hob er abwehrend beide Hände hoch.

»Falls du dabei an mich gedacht hast, verzichte ich liebend gern«, rief er aus.

»Warum? Du könntest Hauptkommissar werden und dort leben, wo du dich nach eigener Aussage am wohlsten fühlst. Macht dir der Gedanke etwa Angst, dass dein Clan dich ablehnen würde?«, wollte Heidemarie wissen.

Fokke fühlte sich in die Enge getrieben. Sein Leben hatte sich im Laufe der Ermittlungen total verändert. Er fand viele Gründe, warum er in Bredstedt bleiben wollte. Auf der anderen Seite scheute er auch die Reaktionen seiner Familie, obwohl das bisherige Verhältnis sowieso nicht mehr existierte.

»Meine Dienststelle in Lübeck ist unterbesetzt. Man wird einer Versetzung also kaum zustimmen. Wir können diese Gedankenspiele gleich wieder vergessen«, warf er ein.

Heidemaries mildes Kopfschütteln ließ Fokke aufmerken.

»Was willst du damit andeuten?«, fragte er.

»Da hat jemand seinen politischen Einfluss ausgenutzt, um eine Versetzung zu ermöglichen. Dein Vorgesetzter in Lübeck würde keine Einwände erheben, wenn du ein Versetzungsgesuch einreichst«, erwiderte Heidemarie.

Demnach hatte Heike Fehring dieses Problem aus der Welt

geschafft. Warum? Möglicherweise aus Dankbarkeit, dass Fokke durch den Ermittlungserfolg ihren Ehemann gleich mit entlastet hatte. Alles sah danach aus, dass Kay Fehring der neue Kreisveterinär werden würde. Außerdem hatte das Ehepaar sich wieder angenähert, wie Fokke gerüchteweise erfahren hatte.

»Ich habe nicht einmal eine Wohnung in Bredstedt, und bei Wiebke im ›Pesel‹ kann ich schlecht wohnen«, stellte Fokke fest.

Er wusste, dass er sich in einem Rückzugsgefecht befand und es nicht gewinnen konnte. Offensichtlich war Heidemarie Boysen fest entschlossen, ihn zum Bleiben zu bewegen.

»Die Ferienwohnung, in der dich Celia untergebracht hat, kannst du behalten. Du bekommst einen ordentlichen Mietvertrag«, räumte sie auch dieses Hindernis aus dem Weg.

Fokke gab auf und signalisierte seine Niederlage mit einem Nicken.

»Na also. Dann bist du der neue Kommissar in Bredstedt. Willkommen im Team«, rief Heidemarie zufrieden aus.

Für Fokke stand noch nicht fest, ob er eine gute oder fatale Entscheidung gefällt hatte.

Übersetzung Niederdeutsch – Hochdeutsch

Seite 7, 56, 112, 146

So'n Schiet! – So eine Scheiße!

Verdori – verdammt

Seite 8

Schiet! Dieser Dösbaddel hat Schiet gelagert. – Scheiße! Dieser Tollpatsch hat Scheiße gelagert.

Seite 14

De Jung will utbüxen. – Der Junge will abhauen.

Seite 16

Wat mott, dat mott. – Was muss, das muss.

Seite 26

Schaapschiet – Schafscheiße

Rum mutt, Zucker kann, Water brukt nich. – Rum muss, Zucker kann, Wasser muss nicht. (Grogrezept!)

Seite 33

Dööskopp – Blödmann

Seite 34

Wat is nu mit de Schaapschiet? – Was ist nun mit der Schafscheiße?

Seite 46

Do, wat du wullt, de Lüt snackt doch! – Mach, was du willst, die Leute reden doch!

Seite 48, 49

De ole Düvel! – Der alte Teufel!

Seite 49

En Swarten? – »Ein Schwarzer?«

De ole Düvel is mien Dood. – Der alte Teufel ist mein Tod.

De Kaffee ist gliek fardig. – Der Kaffee ist gleich fertig.

De hem de Steen ännert, und nu schall Dirk dorför büßen. – Die haben den Stein versetzt, und nun soll Dirk dafür büßen.

Seite 50

Verdori, du muss de Jung helpen! De Husumer Kripo söcht doch nich länger no een annern Ümbringer. – Verdammt, du musst dem Jungen helfen! Die Husumer Kripo sucht doch nicht länger nach einem anderen Mörder.

Seite 53

Dat is een liese Düvel. – Das ist ein leiser Teufel.

Seite 61

Glööv ick nich. – Glaub ich nicht.

Seite 64

Wat geiht uns dat an? – Was geht uns das an?

Seite 74

Höker – kleiner Kaufmannsladen

Seite 85

Wat kickst du denn so scheel? – Was guckst du denn so missgünstig?

Seite 86

Ach, nix. Wo fuhrwarkst du denn hüüt? – Ach, nix. Wo arbeitest du denn heute?

Dat Water löppt anners wedder op Feld. – Das Wasser läuft sonst wieder aufs Feld.

De Kommissar ut Lübeck. – Der Kommissar aus Lübeck.

Seite 87, 143

Klookschnaker – Klugschwätzer

Seite 110

Kalle töövt noch nich. – Kalle wartet noch nicht.

Dat weer wohl ein Glas to vel, wa? – Das war wohl ein Glas zu viel, was?

Disse Künstler drinkt man nich so licht ünner'n Disch. – Diese Künstler trinkt man nicht so leicht unter den Tisch.

Wat ist mit dien Auto passeert? – Was ist mit deinem Auto passiert?

Seite 113

Wat stimmt nich mit mi, Fokke? – Was stimmt nicht mit mir, Fokke?

Dat weer doch so echt. He stünn vör mi und vertellte, wat ich vondaag doon schall. – Das war doch so echt. Er stand vor mir und sagte, was ich heute tun soll.

Seite 115

Worüm hett Hauke nur nich höörn wullt? Diese Dummbüdel harr doch allens kaputt maakt. – Warum hat Hauke nur nicht hören wollen? Dieser Dummkopf hat doch alles kaputt gemacht.

Seite 118

Uhln sitt Uhln ut. – Eulen brüten Eulen aus.

Seite 119

Tüdelkraam – Quatsch/Unsinn

Seite 120

Glööv mi dat. – Glaub mir das.

Seite 135

Mannslüüd blieven jümmers Mannslüüd. – Männer bleiben immer Männer.

Dat geiht di gornix an! – Das geht dich gar nichts an!

Seite 136

Mien Bregen lööst sik op. – Mein Hirn löst sich auf.

Seite 137

Glööv ick di, Fokke. Wat is mit de Hof vun Dirk? – Glaub ich dir, Fokke. Was ist mit dem Hof von Dirk?

Muss nich glieks dood umfallen, mien Jung. Hans kümmert sik al üm. – Musst nicht gleich tot umfallen, mein Junge. Hans kümmert sich bereits darum.

Wo geiht di dat? – Wie geht's dir?

Kiek maal an. De Kommissar besöcht uns ook maal wedder. – Schau mal an. Der Kommissar besucht uns auch mal wieder.

Seite 138, 156

Deern – Mädchen

Seite 139
Dat jöökt mi gornich. – Das kratzt mich überhaupt nicht.

Seite 144
Schietweder – Scheißwetter

Seite 152
Jau, se kunnen jümmer good ünnerenanner. – Ja, sie haben sich immer gut verstanden.

Seite 156
De Hof geiht vör oder ünner. – Der Hof geht vor oder unter.
Töövt en Deern op di? – Wartet ein Mädchen auf dich?

Seite 163, 249
Warrt ook Tied. – Wird auch Zeit.

Seite 170
Du büst jümmers noch hier? – Du bist immer noch hier?

Seite 173
De Jung büxt doch ut. – Der Junge reißt doch aus.

Seite 196
Spinnt he al wedder? – Spinnt er schon wieder?

Seite 230
Wat maakst du denn för en Gesicht? – Was machst du denn für ein Gesicht?

Seite 235
Jau, hebben wi. – Ja, haben wir.

Seite 240
Kalle slööpt al. Ik wullt no Comics uttuschen. – Kalle schläft schon. Ich wollte noch Comics austauschen.

Seite 249
Warrt ook Tied, Fokke. Nu köönt wi anfangen. – Wird auch Zeit, Fokke. Nun können wir anfangen.

Seite 269
Kann ik tohuus speeln? – Kann ich zu Hause spielen?

Seite 270

Wi sünd al dor. – Wir sind schon da.

Seite 278

Wat is dat denn? – Was ist das denn?

Da is de Koort, von de Ralf jümmerto snackt hett. – Das ist die Karte, von der Ralf ständig gesprochen hat.

Warum nich? Ik wullt bloot rutfinnen, wat dat ist. – Warum nicht? Ich wollte bloß herausfinden, was das ist.

Danksagung

Mein besonderer Dank gilt Irmgard Schnoor. Dank ihrer kritischen Begleitung konnte ich viele Fehler vermeiden.